FJB

CAT CLARKE

FALSCHE SCHWESTERN

ROMAN

Aus dem Englischen
von Jenny Merling

FJB

MIX
Papier aus verantwortungsvollen Quellen
FSC® C083411
FSC
www.fsc.org

Erschienen bei FISCHER FJB

Die Originalausgabe erschien 2016 unter dem Titel
›The Lost and the Found‹ bei Crown Books Young Readers

Satz: Pinkuin Satz und Datentechnik, Berlin
Druck und Bindung: CPI books GmbH, Leck
Printed in Germany
ISBN 978-3-8414-0225-7

KAPITEL 1

Sie weiß es. Ganz sicher.

Ich hatte gestern zum ersten Mal Sex in meinem Leben.

Keine Ahnung, wie sie es herausgefunden hat. Ich bin nicht so dumm, Tagebuch zu führen, und ich habe auch weiß Gott nicht so ein seltsames Mum-und-ich-sind-beste-Freundinnen-und-erzählen-uns-alles-Verhältnis zu ihr. Vielleicht haben Mütter einfach einen siebten Sinn bei dem Thema?

Ich sehe es an ihrem Blick. Das Problem ist nur, dass ich ihr leider nicht ansehe, was sie darüber denkt. Im Moment habe ich wirklich nicht die leiseste Ahnung. Ist sie böse? Enttäuscht? Findet sie es katastrophal? Ist es ihr egal? Ist sie vielleicht ein kleines bisschen stolz?

»Wie läuft's eigentlich bei Marthas Mum auf der Arbeit? Hat die große Entlassungswelle schon angefangen?«

Ah, Themenwechsel. Ein klassischer Trick, auf den ich aber natürlich nicht hereinfalle. Ich zucke mit den Schultern. »Weiß nicht, sie ist gestern Abend erst spät nach Hause gekommen. Ich glaube, sie war nach dem letzten Kurs noch mit ihren Kolleginnen weg.« Ich trinke einen Schluck Tee. Ich bin die Ruhe selbst. »Martha macht sich aber ganz schön Sorgen.«

Mum nickt. Sie merkt, dass sie verloren hat. »Ist ja auch hart.«

»Aber die haben doch total viel Geld! Marthas Dad verdient genug für beide, ich versteh gar nicht, wieso ihre Mum überhaupt arbeiten geht.« Mist. Das hätte ich nicht sagen sollen. Normalerweise passe ich besser auf, aber heute bin ich zu müde. Feminismus, Gleichberechtigung und Unabhängigkeit der Frauen sind für Mum ganz große Themen. Heute springt sie jedoch nicht darauf an. Offensichtlich beschäftigen sie andere Sachen mehr.

»Alles in Ordnung, Mum?« Ich versuche, das nicht öfter als dreimal am Tag zu fragen, aber es ist nun mal eine Angewohnheit von mir. Wenn sie sich in diese Hölle in ihrem Kopf zurückzieht, muss ich sie einfach zum Reden bringen. Ihre Antwort war stets dieselbe, und ich habe sie kein einziges Mal geglaubt: »Klar, alles bestens, Schatz.«

Auch heute weicht sie nicht vom Drehbuch ab, und das fühlt sich irgendwie beruhigend an. Ich hatte schon halb damit gerechnet, dass sie mich stellt: »Nein, mit mir ist nicht alles in Ordnung, lieb, dass du fragst. Meine Tochter hat mich nämlich dreist darüber angelogen, wo sie gestern Abend war, um mit Thomas Bolt in einem Van ihr erstes Mal zu haben!«

Auf dem Küchentisch liegt eine zusammengefaltete Zeitung. Die ist mir bis jetzt gar nicht aufgefallen, weil meine Gedanken die ganze Zeit nur darum kreisen, dass ich gestern Abend in einem Van mit Thomas Bolt mein erstes Mal hatte.

Man kann nur die Sportseite der Zeitung sehen. Irgendein Team hat ein anderes besiegt, und ein paar Leute haben sich darüber gefreut, ein paar andere nicht. Aber es hat einen Grund, dass die Zeitung zusammengefaltet ist. Deshalb sieht mich Mum auch so komisch an. Deshalb hat sie die Zeitung weggelegt, als ich in die Küche gekommen bin. Sie will nicht, dass ich das sehe.

In einer normalen Familie – bei Martha oder Thomas zu Hause oder bei wirklich jedem anderen – ist eine Zeitung eben eine Zeitung: Papier, auf dem Nachrichten stehen. Kriege und Streiks und der Preis der Landwirtschaftsmesse für den größten Kürbis. In unserer Familie – die alles andere ist als normal – wird eine Zeitung schnell zur Zeitbombe.

Ich tue also so, als hätte ich sie gar nicht bemerkt. Mum macht sich an den Abwasch. Ihren Schultern ist die Last anzusehen, die täglich auf ihnen liegt. Sobald sie mit dem Rücken zu mir steht, ziehe ich die Zeitung zu mir heran und lege sie mir in den Schoß. Zeitbombe hin oder her, ich muss Bescheid wissen.

Selbst wenn es erst einmal gute Nachrichten sind, merkt man früher oder später, dass es leider doch etwas Schlechtes ist. Und das macht es noch viel schlimmer: Wenn die Hoffnung wieder zerstört wird. Mum trifft es immer am härtesten, sagen alle. Und wahrscheinlich haben sie recht, aber für Dad ist es auch schwer. Und für mich persönlich ist es auch nicht gerade leicht. Aber Dad hat Michel, und ich habe Thomas, und Mum hat niemanden.

Was auch immer sie diesmal geschrieben haben, hoffentlich sorgt es nicht wieder dafür, dass Mum komplett in ihren Schildkrötenmodus geht. Beim letzten Mal ist sie eine Woche lang nicht aus dem Schlafzimmer gekommen. Ich habe ihr ab und zu etwas zu essen gebracht, aber sie hat es kaum angerührt. Sie hat auch nicht mit mir geredet und ist nicht ans Telefon gegangen. Dad kam vorbei. Ich habe an der Tür gelauscht.

»Du musst dich zusammenreißen. Tu's für Faith, die braucht dich jetzt.«

Das stimmt nicht. Ich bin sehr gut damit klargekommen, obwohl das Timing kaum ungünstiger hätte sein können – ich war damals gerade mitten in einer Prüfungsphase. Aber ich *brauche* sie nicht, zumindest nicht mehr so wie früher, als ich klein war. Es wäre nur schön, wenn sie begreifen würde, dass neben Komplett-Zusammenbruch und Alles-super-Lächeln noch andere Optionen existieren. Dass es einen Mittelweg gibt.

Ich schlage die Zeitung auf. Es ist schlimm.

ICH BIN LAUREL LOGANS MÖRDER!

Ich seufze. Mum dreht sich zu mir um. Sie reißt mir die Zeitung aus der Hand, knüllt sie zusammen und wirft sie in den übervollen Mülleimer. Der Mülleimerdeckel schwingt hin und her. Sie setzt sich und nimmt meine Hand. Ihre Finger sind eiskalt, aber das sind sie sowieso immer. Manchmal frage ich mich, ob sie jemals warm waren. *Früher.*

»Darüber wollte ich gerade mit dir reden. Ich habe schon mit der Polizei gesprochen, es ist nichts. Der Mann ist verrückt. Man sollte ihn dafür einsperren, aber er sitzt sowieso schon zweimal lebenslänglich ab.« Sie seufzt. »Typisch Regenbogenpresse – die schreiben irgendwo im Artikel sogar selbst, dass der Mann es gar nicht gewesen sein kann. Aber damit lässt sich ja keine Auflage machen. Es muss schon eine reißerische Überschrift sein.«

Mir steigen plötzlich die Tränen in die Augen, und ich weiß nicht einmal genau, warum. So was passiert ja nicht zum ersten Mal, solche Geschichten tauchen immer wieder in der Zeitung, im Fernsehen oder im Internet auf. Das geht schon mein ganzes Leben so, und man sollte meinen, ich müsste mich mittlerweile daran gewöhnt haben. Normalerweise fühle ich mich auch mehr oder weniger immun dagegen, aber heute habe ich anscheinend meinen Sentimentalen.

Mum mag es nicht, wenn ich weine. Das geht wahrscheinlich allen Müttern so, aber bei ihr geht es um mehr, wenn sie sagt: »Ach Süße, bitte wein doch nicht!« Es ist, als ob ich ihr damit alles noch schwerer mache. Deshalb versuche ich normalerweise, in ihrer Gegenwart nicht zu weinen. Es gibt einfach nichts Schlimmeres, als unglücklich zu sein und dann auch noch ein schlechtes Gewissen deshalb eingeredet zu bekommen. Also huste ich schnell und sage, ich sei ganz schön müde.

»Du und Martha, ihr habt bestimmt wieder die ganze Nacht gequatscht, hm?«

Ich muss lächeln. Manchmal kennt Mum mich wirklich kein bisschen.

Bevor ich ins Bett verschwinden kann, erzählt sie mir die Geschichte von dem Typen, der behauptet, er hätte meine Schwester umgebracht. Er hat vor zehn Jahren seine gesamte Familie getötet und sitzt in einem Hochsicherheitsgefängnis ein. In letzter Zeit hat er es sich zum Hobby gemacht, Morde zu gestehen, die er gar nicht begangen hat. Mum ist ziemlich gut darin, so zu tun, als wäre ihr das alles völlig egal, aber ich durchschaue sie natürlich sofort. In einem Interview hat sie sogar mal selbst zugegeben, wie es ihr immer das Herz zerreißt, wenn solche Geschichten in der Zeitung auftauchen.

Dad behauptet, er verachtet solche Interviews. Es ist nicht leicht für ihn, wenn die Zeitungen Details ihrer Ehe erörtern. Aber er kann nichts dagegen sagen, weil er ja weiß, dass wir das Geld echt brauchen. Und dann besteht auch nach wie vor die Chance, dass jemand diese Artikel liest, der vielleicht etwas über Laurel weiß und sich an die Polizei wendet. Wenn Dad zu Mums »Medienaktivitäten« befragt wird, ist seine Antwort immer dieselbe: Der Zweck heiligt hoffentlich irgendwann die Mittel.

»Wann holt dich Michel heute ab?« Mum sieht immer irgendwie seltsam aus, wenn sie seinen Namen ausspricht, als würde sie kurz die Nase rümpfen. Vielleicht bilde ich mir das aber auch nur ein.

»Um zehn.«

»Aber du bist doch gerade erst seit einer Stunde zu Hause!« Einen Moment herrscht Schweigen, dann räuspert sich Mum, und ich weiß, jetzt kommt irgendetwas Unangenehmes. »Ich habe überlegt … dass es uns vielleicht gut tun würde, wenn wir zwei mal ein Wochenende zusammen verbringen. Wir könnten sogar wegfahren. Wie wär's mit einem Städtetrip nach Prag oder nach Paris?«

»Ähm …« Eine SMS von Martha blinkt auf meinem Handy. Ich halte es so, dass Mum sie nicht lesen kann.

Und? WIE WAR'S? ☺

Ich weiß nicht, was ich Mum antworten soll. Sie weiß doch ganz genau, dass ich die Wochenenden normalerweise bei Dad und Michel verbringe. So ist das schon seit sechs Jahren und wurde nicht vom Gericht entschieden, sondern von Mum und Dad. Sie sind trotz der Scheidung immer noch beste Freunde, das betonen sie immer.

Ich habe heute Morgen keine Lust auf Streit und will Mum bestimmt nicht sagen, dass ich mir kaum was Schrecklicheres vorstellen kann, als mit ihr zusammen durch Prag oder Paris zu latschen – oder auch jede andere Stadt, die mit P anfängt. Wir wissen beide genau, wie das endet: Sie würde so tun, als fände sie alles total toll, und würde mich von einer Touristenattraktion zur nächsten schleppen. Ich müsste mich von ihr vor dem Eiffelturm fotografieren lassen, ohne selbst fotografiert werden zu wollen, damit die Trauer nicht auch noch im Fotoalbum festgehalten wird. Die Augen enthüllen einfach alles, auch wenn jemand Fremdes ihr Grinsen vielleicht für ein echtes Lächeln halten würde. Aber ein Blick in ihre Augen macht klar, dass ein Teil von ihr schon vor langer Zeit gestorben ist.

In der Zeitung sieht man ständig Fotos von Mum, und auf keinem davon lächelt sie. Darauf achtet sie immer sehr. Sie meint, man würde ihr das bloß zum Vorwurf machen, und da hat sie wahrscheinlich recht. *(Wieso lächelt die denn? Wie kann denn eine Mutter lächeln, deren Tochter als vermisst gilt?)* Also lächelt sie nicht. Und das wird ihr dann genauso zum Vorwurf gemacht, man bezeichnet sie als ›kalt‹ und ›hartherzig‹. Sie kann einfach nicht gewinnen.

Also sage ich Mum, dass ich über das gemeinsame Wochenende nachdenken werde und dass wir ja vielleicht in ein oder zwei Monaten mal mit Dad und Michel darüber reden können. Sie nickt, aber ich merke genau, sie ist von meiner Reaktion enttäuscht. Verdammt, jetzt habe ich wieder ein schlechtes Gewissen. In diesem Haus lauern überall Fallen und Schuldgefühle, sie verstecken sich unter den Dielen und hinter der Tapete. Man kann sie nachts sogar flüstern hören.

Eigentlich hatte ich gehofft, dass wir sie in unserem alten Haus zurückgelassen hätten, als wir vor ein paar Jahren umgezogen sind, aber Mum hat sie anscheinend sorgfältig in Packpapier eingeschlagen, in einen Karton getan, den dann säuberlich mit schwarzem Filzstift beschriftet und mit in den Umzugstransporter gestellt. Die Schuldgefühle kommen immer mit, egal, wo wir hinziehen.

Ich stehe auf und umarme Mum. Einen Moment lang bleibt sie steif, dann entspannt sie sich ein wenig und umarmt mich auch. Sie ist so mager. Überall Ecken und Kanten. Früher hat sie mehr gewogen, das hat ihr viel besser gestanden. Wenn ich mich an die frühere Version meiner Mutter bloß besser erinnern könnte! Immerhin gibt es Fotos davon. Auf meinem Lieblingsfoto backen Mum, Laurel und ich zusammen Kuchen. Mum trägt eine rosa Schürze, ihre Wangen sind gerötet, und sie lacht – ein *echtes* Lachen. Ich stehe auf einem Stuhl, damit ich an die

Arbeitsplatte heranreiche. Ich habe Mehl auf der Nase und strecke demjenigen, der das Foto macht, die Zunge heraus. (War das Dad? Ich weiß es nicht mehr.) Laurel rührt gerade mit konzentriertem Blick in einer Schüssel. Sie trägt eine Federboa und ich ein kleines Krönchen auf dem Kopf, wahrscheinlich sind das die Anziehsachen, die man als Vier- und Sechsjährige beim Backen eben so trägt.

Das Telefon klingelt. Mum steht auf und drückt mir einen Kuss auf die Wange.

»Hallo? Ja, das bin ich.« Sie klemmt sich das Telefon zwischen Ohr und Schulter und wischt Krümel vom Küchentisch.

Ich gehe nach oben, um meine Tasche für das Wochenende bei Dad zu packen. Ich brauche nicht viel, ein paar Sachen und Kosmetikartikel lasse ich immer bei ihm. Manchmal nervt das, weil ich zum Beispiel ständig meine Lieblingsjacke bei Mum vergesse, wenn ich zu ihm fahre, und umgekehrt geht es mir mit anderen Sachen genauso. Trotzdem: Diese Unannehmlichkeiten sind es wert, wenn man dafür ein paar Tage zu Hause rauskommt. Bei Dad und Michel zu Hause fühle ich mich anders, da fällt das Atmen irgendwie leichter.

Als ich in die Küche zurückkomme, steht Mum mit dem Rücken zu mir. Sie hat immer noch das Telefon in der Hand, schweigt aber.

»Mum?«

Keine Reaktion.

»Mum? Alles okay?«

Das »Alles bestens, Schatz« kommt nicht.

Ich schiebe mich am Küchentisch vorbei und stelle mich direkt vor sie. Sie ist blasser als vorhin. Eine Träne läuft ihr die linke Wange hinunter, sie wischt sie nicht ab. Ich sehe der Träne dabei zu, wie sie die Kontur ihres Gesichts nachzeichnet und an ihrem Hals hinunterrinnt.

Schließlich sieht sie hoch. Ihr Blick ist anders als sonst. Ich kann nicht genau sagen, was anders ist, aber es macht mir Angst.

Mum setzt zum Sprechen an, verstummt dann aber wieder. Ich bin nicht sicher, ob ich hören will, was sie zu sagen hat. Aber habe ich eine Wahl?

»Das war gerade die Polizei.«

Nein. Bitte nicht. Nicht heute. Der Anruf, vor dem sie sich seit 13 Jahren jeden einzelnen Tag gefürchtet hat. Sie haben bestimmt ihre Leiche gefunden.

Mum schwankt ein wenig, als würde sie gleich in Ohnmacht fallen, also ziehe ich sie zu einem Stuhl am Küchentisch. Sie sinkt darauf zusammen und lässt das Telefon auf den Tisch fallen. Sie nimmt meine Hände. Ich hocke mich vor sie hin.

»Sag's schon, Mum. *Bitte.*«

Sie räuspert sich. »Sie haben ein Mädchen gefunden. In der Stanley Street.« In der Stanley Street haben wir damals gewohnt, als es passiert ist. »Es … es ist wahrscheinlich Laurel.« Sie drückt meine Hände so fest, dass es weh tut. »Ich soll gleich zur Polizeiwache und sie identifizieren.«

Meine Beine geben unter mir nach. Ich schwanke. »Mum, das tut mir so leid. Ich weiß gar nicht … o Gott.«

Da lächelt Mum plötzlich. »Nein, nein! Ich meinte doch

nicht … aber das kannst du ja nicht wissen.« Sie lässt meine Hände los und streichelt mir über die Wange. »Sie sind sich schon ziemlich sicher, dass es Laurel ist. Und sie lebt. Laurel lebt!«

KAPITEL 2

Ich kann das nicht glauben. Ich erlaube mir einfach nicht, das zu glauben. Mum versucht auch, ruhig zu bleiben, aber ich sehe es ihr an: Sie hat Hoffnung. Die hatte sie seit Jahren nicht mehr. Auch die Polizei muss davon ausgehen, dass es wahr sein könnte, sonst hätte man sie nicht angerufen. Nach Hunderten, vielleicht Tausenden von Falschmeldungen, die unter anderem meinten, Laurel würde in einem usbekischen Gebirge unter Ziegenhirten leben.

Aber das ergibt doch keinen Sinn, dass sie auf einmal vor unserem alten Haus auftaucht. Nach *13* Jahren? Ich habe sofort ein sechsjähriges Mädchen mit glänzenden, blonden Haaren im Kopf. Sie trägt ein neues Kleid, weiß mit bunten Punkten. Vorn ist ein kleiner Limofleck drauf, aber den sieht man unter den anderen bunten Punkten kaum. Das Mädchen lächelt. Ihr fehlt ein Vorderzahn. Sie hält einen Teddy im Arm und hat eine große Schramme auf der Wange. So sieht eine Schramme aus, die man sich zuzieht, wenn einen die kleine Schwester durchs Wohnzimmer jagt, man hinfällt und sich dabei am Couchtisch stößt.

Das Bild des blonden Mädchens namens Laurel Logan mit der Zahnlücke im gepunkteten Kleid und mit dem Teddy im Arm war weltweit in so gut wie jeder Zeitung abgedruckt (wahrscheinlich sogar in der *Usbekistan Times*, wenn ich so drüber nachdenke). Bei dem Anblick haben vermutlich alle gedacht, es könnte kein niedlicheres Mädchen auf der Welt geben. Na ja, jedenfalls: Zwei Stunden, nachdem Mum dieses Foto von Laurel geknipst hat, war sie verschwunden.

Ich bin auch mit auf dem Foto: vier Jahre alt, irgendwie ganz niedlich, aber nichts Besonderes. Nicht so wie sie. Krause, braune Locken, Knopfaugen, Secondhandklamotten. Ich spiele im Hintergrund im Sandkasten und bin auf dem Foto nur unscharf zu sehen. So geht das schon mein ganzes Leben lang: Ich bin immer im Hintergrund und irgendwie unscharf.

Laurel wäre jetzt 19. Eine Erwachsene. Schwer vorstellbar. Natürlich haben wir die digital gealterten Fotos von ihr gesehen, die die Polizei hat anfertigen lassen. Das letzte wurde vor vier Jahren gemacht: Laurel mit 15. Diese Bilder sehen aber immer irgendwie falsch aus. Man erkennt genau, dass sie einfach nur ein Foto – *das* Foto – genommen und damit irgendwelchen Computerkram angestellt haben. Das Ergebnis wirkt jedes Mal seltsam, es sieht nie nach einem echten Menschen aus.

Mum und ich sehen uns schweigend an. Sie versucht immer noch, sich nicht zu sehr zu freuen, das merkt man ihr an. Ein Teil von ihr erlaubt ihr nicht ganz den Glauben daran, dass dieser Albtraum tatsächlich zu Ende sein könnte. Sie hat sich schon so oft Hoffnungen gemacht, und sie sind ihr jedes einzelne Mal wieder genommen worden.

Mir fällt auf, dass sie zittert. Ich greife nach ihrer Hand.

»Ist die Polizei wirklich sicher? Woher wissen die das denn so genau?«

»Ich muss gleich deinen Vater anrufen. Natalie meinte, sie kann das auch tun, aber ich dachte, ist bestimmt besser, wenn ich das mache. Meinst du, er ist zu Hause? Oder soll ich es erst mal auf seinem Handy versuchen?« Sie sieht auf die Uhr, die lose an ihrem Handgelenk baumelt. »Michel ist wahrscheinlich eh schon auf dem Weg hierher. Du solltest trotzdem das Wochenende dort verbringen, du kannst ja jetzt nicht hier allein bleiben. Und ich ruf dich dann an, sobald ich mehr weiß.«

»Mum, jetzt warte doch mal kurz! Woher wissen die so genau, dass ... sie das ist?« Ich bringe es nicht über mich, ihren Namen auszusprechen.

»Weißt du noch, sie hatte sich doch an dem Tag weh getan, bevor sie ... Natalie sagt, das Mädchen hat auch eine Narbe auf der Wange! Nach so vielen Jahren ...« Sie schüttelt fassungslos den Kopf. Dann drückt sie meine Hand. »Ach, und da ist noch was: Sie hat Barnaby dabei!«

Sie ist es also wirklich. Meine Schwester ist wieder da. Ich habe eine Schwester.

Anfangs gab es in den Zeitungen viele Fotos von Barnaby. Ich selbst erinnere mich natürlich nicht mehr daran, aber ich habe mittlerweile so viel recherchiert, dass ich ein Buch darüber schreiben könnte, was damals passiert ist. Mum und Dad hatten Laurel ein halbes Jahr vor ihrer Entführung zu Weihnachten einen Teddy geschenkt. Ich habe auch so einen Teddy bekommen, der vermutlich jetzt in irgendeiner Gerümpelkiste liegt. Das besondere an den Teddys war ihr Aussehen. Mum und Dad sind mit uns zu so einem Laden gegangen, wo man sein Kuscheltier individuell gestalten kann. Laurel hatte ganz genaue Vorstellungen davon, wie ihr Teddy aussehen sollte. Man konnte auch eine Nachricht aufnehmen, die der Teddy abspielt, wenn man auf seinen Bauch drückt. Laurel hat sich nicht getraut, selbst etwas zu sagen. Deshalb haben Mum und Dad für sie »FROHE WEIHNACHTEN, LAUREL! ALLES LIEBE VON MUMMY UND DADDY!« draufgesprochen. Ich habe die Nachricht für meinen Bär selbst gesprochen, irgendeinen Quatsch über einen Teddy, der ein Picknick macht.

Laurels Bär war braun und ganz weich. Er trug eine Jeanshose, ein rotweißgestreiftes T-Shirt und eine blaue Mütze mit seinem Namen darauf. Laurel musste nicht lange überlegen, als es um seinen Namen ging: »Barnaby«, sagte sie sofort.

Barnaby den Bären gibt es nur einmal. Und selbst wenn es noch einen anderen Teddy mit der gleichen Jeanshose und dem gleichen T-Shirt gäbe, mit der gleichen Mütze und demselben Namen aufgestickt – es gibt auf der ganzen Welt nur einen, der die Nachricht von meinen Eltern spricht. Und als Laurel damals entführt wurde, verschwand auch Barnaby.

Das war ein winziger Trost für meine Eltern, glaube ich, dieses Wissen, dass Laurel nicht ganz allein war. Der Teddy war schon vorher ihr Ein und Alles gewesen. Sie nahm ihn überall mit hin und vertraute ihm alle ihre Geheimnisse an. An manchen Tagen bestand sie darauf, dass er mit uns am Abendbrottisch saß. Wenn ich die Augen schließe und mir ganz große Mühe gebe, kann ich diese Szene vor mir sehen. Aber dieses Bild vor meinem inneren Auge von Laurel und Barnaby nebeneinander am Tisch ist wie alle meine Erinnerungen an Laurel aus zweiter Hand.

Manchmal liege ich abends im Bett und versuche, meinen Kopf ganz leer zu machen. Ich leere mein Gehirn Stück für Stück – werfe Mum raus und Dad und Michel, die Schule und Thomas und Martha und was es zum Abendbrot gab. Ich lasse das alles aus meinen Ohren raus und auf mein Kissen tropfen, bis nichts mehr in meinem Kopf ist. Und dann warte ich auf sie. Auf eine echte Erinnerung, eine, die nur mir gehört und die ich nicht nur aus irgendeiner Zeitung oder aus dem Internet habe oder aus den Erzählungen meiner Großeltern und von einem der vielen anderen, die ständig mit mir über sie reden wollen.

Manchmal funktioniert es. Ich sehe sie lachen und weiß, das ist wirklich sie, das ist nicht aus einem der drei Videos, die ins Internet hochgeladen wurden und die ich so oft gesehen habe, dass ich sie mitsprechen kann. Wie das von ihr, als sie zum ersten Mal im Leben auf einem Pony saß und Angst hatte herunterzufallen. Dieses Lachen hier ist anders – es gehört nur mir. Ein geheimes Lachen zwischen zwei Schwestern.

Dieses Lachen war in den letzten 13 Jahren alles, was ich von ihr hatte. Aber jetzt ist sie wieder da.

KAPITEL 3

Mum kommt nach dem Telefonat mit Dad zurück in die Küche. Sie hat geweint, ihr Gesicht ist ganz rot und fleckig.

»Ist Laurel verletzt?« Ich kann nicht fassen, dass ich da nicht früher draufgekommen bin.

»Was?« Mum sucht zerstreut nach dem Autoschlüssel. Der liegt auf dem Regal im Flur, wo er immer liegt.

»Ob sie verletzt ist! Stimmt irgendwas nicht mit ihr?«

»Nein. Die Polizei meint sogar, sie ist in überraschend guter Verfassung, wenn man bedenkt, dass sie …«

Ich warte darauf, dass Mum den Satz zu Ende spricht, aber sie ist mittlerweile damit beschäftigt, vor dem Flurspiegel ihr Make-up zu überprüfen.

»Mum? Ich hab Angst.«

Sie dreht sich zu mir. »Angst? Wovor denn, Faith? Das hier ist doch … na ja, es ist einfach ein Wunder!« Sie zieht ihre aufgesprungenen Lippen mit Lippenstift nach und betrachtet prüfend ihr Spiegelbild. »Meinst du, sie erkennt mich?«, fragt sie leise.

Es klingelt an der Tür. Es gibt mehrere Antwortmöglichkeiten auf Mums Frage, aber nur eine ehrliche.

Ich stelle mich hinter sie. Unsere Blicke treffen sich im Spiegel. Ich streiche ihr eine Haarsträhne hinters Ohr.

»Natürlich, Mum.« Mit Ehrlichkeit fährt man eben nicht immer gut.

Sie dreht sich mit einem strahlenden Lächeln zu mir herum und umarmt mich fest. »Meine Süße kommt zurück nach Hause«, flüstert sie.

Die gehässige Stimme in meinem Kopf flüstert mir etwas so Gemeines und Egoistisches zu, dass ich Mum besonders fest drücke: *Und was ist mit mir? Bin ich etwa nicht deine Süße?*

Michel weiß schon Bescheid, Dad hat ihn anscheinend unterwegs angerufen. Er sagt dreimal hintereinander: »Ich kann's nicht fassen«, während Mum ihm die Details erzählt.

Mum hat anscheinend vergessen, dass sie Michel normalerweise nicht leiden kann. Sie umarmt ihn sogar, das erste Mal überhaupt. Michel ist genauso überrascht wie ich, als sie sich plötzlich auf ihn stürzt. Sie plappert ununterbrochen, holt kaum Luft. Normalerweise ist sie höflich aber distanziert ihm gegenüber, und das hasse ich. Besonders, weil er immer nur gut über sie spricht. Er lässt das einfach über sich ergehen und beschwert sich nie, als würde es ihm nichts ausmachen. Manchmal wäre ich gern mehr wie er (›ein bisschen französischer‹, wie er es nennt).

Eigentlich wollten Michel und ich zu einer Ausstellung, aber jetzt bleiben wir natürlich zu Hause und warten auf mehr Neuigkeiten. In die Ausstellung können wir ja auch noch nächste Woche oder die Woche darauf.

»Vielleicht könnt ihr ja mit Laurel zusammen hingehen, wenn sie wieder zu Hause ist.« Mum sagt das so, als wäre das ein ganz normaler Satz.

Michel legt unschlüssig den Kopf zur Seite, was Mum offensichtlich als Nicken interpretiert. Es war aber bestimmt keins. »Du musst mal langsam los, Olivia. John ist vielleicht schon da.«

Das war genau das Richtige, um Mum aus dem Haus zu bekommen: Sie will natürlich nicht, dass Dad vor ihr bei Laurel ist.

Die Verabschiedung ist wieder verkrampft. Mum ist Michel gegenüber distanziert und scheint auch nicht recht zu wissen, was sie zu mir sagen soll. Schließlich küsst sie mich auf die Wange und sagt, dass sie mich liebhat.

»Ich hab dich auch lieb, Mum. Ich hoffe …« Diesmal bin ich diejenige, die den Satz nicht zu Ende bringt.

Mum nickt, als wüsste sie ganz genau, was ich sagen wollte. Aber das tut sie nicht.

Ich hoffe, sie erkennen sich nach 13 Jahren wieder, aber ich glaube es eher nicht. Ich hoffe, dass sich unser Leben nicht *völlig* verändert. Ich hoffe, Mum vergisst nicht, dass es mich auch noch gibt, sobald sie die perfekte Tochter wieder hat.

Vielleicht war der Satz doch schon zu Ende: Ich hoffe.

Michel fährt vorsichtig, beide Hände am Lenkrad. Wenn er fährt, fühle ich mich immer viel sicherer als bei Dad. »Wie geht's dir, *ma chérie*?« Michel weiß, dass ich es mag, wenn er Französisch spricht, und tut mir ab und zu den Gefallen.

Ich schließe die Augen und lausche in mich hinein. Ja, wie geht's mir denn? Vor anderthalb Stunden stand noch ganz klar fest, was das Wochenende bringen würde: erst zur Ausstellung mit Michel, dann Mittagessen in einem Pub mit Dad, nachmittags gemeinsam backen, abends Pizza und eine DVD. Am Sonntagmorgen dann früh aufstehen und mit Michel auf den Wochenmarkt, wo er sich wie von Zauberhand in den französischsten Franzosen verwandelt, den man sich nur vorstellen kann. Er trägt sogar eine Baskenmütze, ehrlich jetzt, und er übertreibt seinen Akzent und betört die Frauen, damit sie unsere (zugegebenermaßen aber auch wirklich phantastischen) Macarons kaufen. Sonntagnachmittag dann wieder zurück nach Hause und den Rest des Tages mit Mum vor dem Fernseher abhängen.

Diese Wochenendrituale tun mir immer sehr gut. Michels und Dads Wohnung fühlt sich an wie zu Hause. Am liebsten wäre ich da schon vor langer Zeit ganz eingezogen, aber ich weiß, das würde Mum das Herz brechen. Außerdem wäre Dad bestimmt auch nicht allzu scharf darauf, mich die ganze Zeit da zu haben. Er ist ganz gern Wochenendvater, glaube ich.

Ich war elf, als sich meine Eltern scheiden ließen. Kindern macht es wohl immer sehr viel aus, wenn sich ihre Eltern trennen – bei mir war's anders. Ich kann mich nicht daran erinnern, überhaupt geweint zu haben. Nicht mal, als Dad seine ganzen Sachen ins Auto gepackt hat und weggefahren ist. Mum findet es bis heute komisch, dass ich nicht wie ein normales Kind reagiert habe. Man sollte meinen, sie wäre erleichtert, dass es mir nicht so schlechtging. Ich hatte Verständnis dafür, dass meine Eltern nach der Sache mit Laurel nie wieder glücklich miteinander werden konnten.

Dad mochte schon immer Frauen und Männer. Mum wusste das, als sie sich an der Uni kennenlernten und ›sofort Hals über Kopf ineinander verliebten‹. Ich weiß das, weil Mum vor ein paar Jahren in einem Interview darüber gesprochen hat. Sie wollte die Wahrheit ans Licht bringen, weil in der Presse so viele gemeine Sachen über sie beide geschrieben worden waren (*LAURELS VATER HAT SCHWULE AFFÄRE!*). In den Zeitungen steht immer, er sei schwul und hätte meine Mutter nur geheiratet, weil er unbedingt Kinder wollte. Dabei war Laurel adoptiert. Und als das dann ans Licht kam, gab es wieder einen großen Wirbel in der Presse. Sie konnten einfach nicht verstehen, warum.

Ich war ein medizinisches Wunder. Dad hat wohl eine niedrige Spermienzahl (igitt) und mit Mums Eierstöcken stimmt auch irgendetwas nicht. Die Chancen standen schlecht, dass die beiden auf natürlichem Weg ein Kind zeugen. Eigentlich dürfte es mich also gar nicht geben. Mum behauptet immer, sie und Dad seien überglücklich gewesen, zwei wunderschöne Töchter zu haben. Ich habe nie weiter nachgefragt. Vielleicht war ich gar nicht erwünscht?

Mein Vater wurde jahrelang von den Zeitungen in sehr seltsamem Licht dargestellt. Dabei bezog sich die Überschrift mit der ›schwulen Affäre‹ auf ein Foto von Dad, wie er aus Michels Wohnung kommt. Es war schwer für Michel, und er spricht bis heute nicht gern über diese Zeit. Ich habe keine Ahnung, warum er überhaupt was mit meinem Dad angefangen hat. Jeder normale Mensch hätte sich bei unserer chaotischen Familiensituation sofort aus dem Staub gemacht. Aber Michel ist einfach ein toller Mensch. Er ist Tierarzt. Wahrscheinlich muss man nett sein, wenn man Tierarzt werden will. Man muss sich um andere kümmern wollen und darf kein Problem damit haben, wenn einem mal ein Papagei aufs T-Shirt kackt.

Michel sieht sehr, sehr gut aus. Er hat perfekte Haut, wuschelige schwarze Haare und trägt einen Dreitagebart. Wäre er ein paar Zentimeter größer und eitler, hätte er bestimmt Model werden können. Dad ist nicht etwa hässlich, er sieht nur eben sehr britisch aus. So, wie man sich einen Mann namens John vorstellt. Langweilige Haare, normales Gesicht, blasse Haut, ein bisschen zu dünn, immer gebeugte Schultern. Ich werde nie verstehen, was Michel an ihm findet.

»Faith? Alles klar bei dir?«

Ich habe immer noch keine Antwort darauf, deshalb schneide ich einfach ein neues Thema an. »Ich hatte gestern Sex mit Thomas.«

KAPITEL 4

Ich habe meinen festen Platz auf der Couch bei Michel und Dad. Sie haben ein großes Ecksofa, und mein Stammplatz ist genau in der Ecke, von wo aus ich einen Blick aus dem Fenster habe. Ich versuche immer, in Ecken zu sitzen, wenn es irgendwie geht. Das war mir selbst nie aufgefallen, Michel hat mich mal darauf hingewiesen. Dad hat gelacht und meinte, ich hätte das schon als kleines Kind getan. Als ich daraufhin gesagt habe, dass ich einfach nicht gern mit dem Rücken zur Zimmermitte sitze, weil Fotografen gern mal aus dem Nichts auftauchen und einen knipsen, hat er aufgehört zu lachen.

Michel hat uns beiden Tee gemacht, und ich sitze auf meinem Lieblingsplatz. Die Sonne scheint ins Fenster. Tonks, die Katze, hat sich auf meinem Schoß zusammengerollt. Michel ist totaler Harry-Potter-Fan. Dad weiß nicht mal, wer Harry Potter überhaupt ist.

»Also, du und Thomas …?«

»Jep, ich und Thomas.«

»Wow! Und wie geht's dir so damit?«

Ich zucke mit den Schultern. »Keine Ahnung. Ganz gut, glaube ich. Es war … nett.«

»Was? Nett? Deine Welt wurde nicht etwa nicht aus den Angeln gehoben? Kein Feuerwerk?«

Ich schüttele den Kopf.

»Na ja, so ist das wohl meist beim ersten Mal. Mein Gott, wenn ich an mein erstes Mal denke …«

Ich halte mir die Ohren zu. »Nein, nein, nein, das will ich gar nicht hören! Erzähl mir bitte nichts von deinem Sexleben, sonst muss ich daran denken, dass Dad auch Sex hat, und das ist einfach …« Ich schüttele mich und mache Würgegeräusche.

Michel grinst. »Ach so, also ich muss mir anhören, wie du Sex hattest, aber ich darf dir nicht erzählen, wie Jean-Luc einmal nach dem Fußballtraining in der Umkleidekabine auf mich gewartet hat und …«

Ich muss lachen und werfe Michel ein Kissen an den Kopf. Tonks springt daraufhin beleidigt von meinem Schoß herunter und tappt davon, ohne mich eines weiteren Blickes zu würdigen. Es tut so gut, mit Michel zu lachen, auch wenn ich weiß, dass er das alles nur sagt, um mich auf andere Gedanken zu bringen.

»Aber mal im Ernst, alles okay bei dir?«

»Weil ich jetzt nicht mehr Jungfrau bin oder weil Laurel zurück ist?«

Michel zuckt mit den Schultern. »Wegen beidem.«

»Ja, alles okay so weit.« Ich versuche, mich gerade ein wenig selbst zu überzeugen. »Doch. Ich glaube, ich liebe Thomas, und ich glaube, er liebt mich auch, also gab's keinen Grund, *nicht* mit ihm zu schlafen. Und irgendwann wird's mir bestimmt auch Spaß machen –, wir müssen nur noch ein bisschen üben. Und uns vielleicht einen besseren Ort suchen als seinen Lieferwagen.«

»Ja, echt romantisch!«, sagt Michel trocken.

»Und wegen Laurel … na ja, ich freu mich natürlich.«

Michel rückt ein Stück näher an mich heran. »Bei mir kannst du ehrlich sein, das weißt du doch.«

Ja, das weiß ich. Ihm gegenüber bin ich auch immer ehrlich. Ich weiß nicht genau, woran es liegt, aber ich habe Michel vom ersten Moment an vertraut. Ich kann ihm wirklich alles erzählen, und er würde es nie Dad verraten. Ich schließe die Augen und hole tief Luft. »Ich hab Angst.«

»Wovor denn?«

»Man sagt doch immer: ›Überleg dir gut, was du dir wünschst, es könnte in Erfüllung gehen!‹ Ich wünsche mir schon mein ganzes Leben lang, dass sie zurückkommt. Aber ich habe nie wirklich daran geglaubt. Also, ich *dachte*, dass ich daran glaube, aber jetzt ist mir aufgegangen, dass ich innerlich davon überzeugt war, es würde nie passieren. Weißt du, was ich meine?«

Michel nickt.

»Seit ihrer Entführung habe ich immer in ihrem Schatten gestanden. Und das hat mir weh getan. Du weißt ja, dass ich es nicht ausstehen konnte, dass es immer nur um Laurel ging. Und dass ich keine normale Kindheit hatte wie andere. Aber jetzt ist sie wieder da, und alles wird bestimmt ganz anders, oder? Und vielleicht … keine Ahnung … vielleicht ist mir grad aufgegangen, dass ich doch lieber im Schatten stehe.«

Michel legt mir den Arm um die Schultern. Ich lehne meinen Kopf gegen seinen. »Das ist vollkommen in Ordnung. Egal, was du fühlst – das ist alles in Ordnung. Es gibt in so einer Situation keine richtigen oder falschen Gefühle. Es ist ja beim besten Willen auch keine normale Situation.«

Normal. Das habe ich mir immer gewünscht. Und langweilig. Ich wäre dankbar gewesen für die normalste, langweiligste Kindheit, die man sich nur vorstellen kann. So wie bei Martha. Niemandem in Marthas Familie ist jemals was passiert, was man auch nur im Entferntesten als interessant bezeichnen könnte. Sie weiß wahrscheinlich nicht einmal, was für ein Glück sie damit hat.

Michels Handy klingelt. Es ist Dad. Michel sieht mich schuldbewusst an, wir denken beide dasselbe: Dad hätte mich zuerst anrufen sollen. Michel sagt nur »ja«, »okay« und »alles klar«, man wird nicht wirklich schlau daraus. Ich gehe Tonks suchen. Sie liegt auf meinem Bett unter der Decke. Ich kraule ihr den Kopf, bis sie mir verziehen hat, dass ich sie vorhin aufgeschreckt habe.

Nach einer Weile kommt Michel ins Zimmer und reicht mir das Telefon. Er geht wieder raus, um mir ein bisschen Privatsphäre zu lassen, und ich wünsche mir sofort, er wäre geblieben.

»Faith? Sie ist es. Sie ist es wirklich.« Dad weint. Ich habe ihn noch nie so weinen gehört, so laut schluchzend. »Der Bär … erinnerst du dich noch an ihren Teddy?« Er wartet meine Antwort nicht ab. »Sie haben es irgendwie geschafft, die Nachricht auf dem Chip abzuspielen! Sie haben uns die Aufnahme vorgespielt! Ist das zu fassen?« Wieder wartet er keine Antwort von mir ab. »Sie ist es wirklich! Laurel ist wieder da!«

»Das ist toll, Dad.« Meine Reaktion ist völlig unangemessen, ich klinge ja, als hätte er mir gerade erzählt, dass seine Lieblingsfußballmannschaft gewonnen hat. Ich versuche es noch mal. »Wirklich, phantastisch.« Nicht viel besser.

»Sie hat nach dir gefragt. Sie erinnert sich noch an dich. Ist das nicht wundervoll? Warte bloß, bis du sie siehst. Sie ist eine wunderschöne junge Frau. Genau wie du.«

Es ist offensichtlich, dass er das ›genau wie du‹ noch schnell hinterhergeschoben hat.

»Sie hat wirklich nach mir gefragt?«

»Ja! Sie wollte wissen, ob du immer noch so gern Sandburgen baust.« Dad lacht.

Ich habe damals gerade eine Sandburg im Sandkasten gebaut, als sie entführt wurde.

»Wir haben ihr ein Foto von dir gezeigt. Sie konnte gar nicht glauben, wie groß du geworden bist.«

Das ist ja alles schön und gut, aber irgendetwas verschweigt er mir doch. »Was ist denn nun passiert? Wo war sie die ganze Zeit?«

Ich höre gedämpfte Stimmen. Anscheinend hält Dad den Hörer zu. Ich frage mich, ob Mum eben die ganze Zeit mitgehört hat. »Darüber reden wir, wenn wir zu Hause sind, mein Schatz. Das Wichtigste ist, dass Laurel wieder da ist –, und sie ist gesund und munter.«

Laurel wird die nächsten Tage in einem Hotel schlafen. Mum bleibt bei ihr, Dad kommt nach Hause. Die Polizei muss mit Laurel reden, und dann soll sie noch von einem Arzt, einem Psychologen und ein paar anderen Leuten untersucht werden. Außerdem ist eine speziell geschulte Betreuerin aus London auf dem Weg hierher.

Ich darf bis morgen niemandem davon erzählen, nicht mal Thomas und Martha. (Aber natürlich werde ich mit den beiden sprechen.) Morgen Nachmittag soll es eine große Pressekonferenz geben. Ich frage mich, wie sie das alles so schnell organisiert haben.

»Morgen kannst du sie sehen, Schatz. Freust du dich schon auf deine große Schwester?« Dad redet mit mir wie mit einem kleinen Kind.

Ob ich mich freue? Ehrlich gesagt hatte ich noch nie so große Angst. »Ich kann's kaum erwarten«, sage ich.

KAPITEL 5

Michel überredet mich zum Backen, denn Macarons würden ganz bestimmt helfen. Wir verbringen schon seit Jahren jeden Samstagnachmittag gemeinsam in der Küche. Dad schaut in der Zeit meistens Fußball oder fährt eine Runde Fahrrad.

Anfangs war es nur aus Spaß. Meine traurigen Backversuche landeten meistens im Mülleimer, Michel hingegen nahm seine perfekten Macarons mit in die Tierarztpraxis und verteilte sie unter seinen Kollegen (nachdem wir Berge davon gegessen hatten, versteht sich). Es war Dads Idee, sie auf dem Wochenmarkt hier um die Ecke zu verkaufen. Michel und ich konnten uns nicht vorstellen, dass wir Abnehmer dafür finden würden, aber schon beim ersten Mal waren wir innerhalb einer Stunde komplett ausverkauft. Es war meine Idee, dass Michel so richtig schön den Franzosen raushängen lassen sollte. Wer würde nicht gern Original-Macarons von einem echten Franzosen kaufen, der auch noch sehr, sehr gut aussieht?

Als wir mit dem Backen loslegen, bekomme ich eine SMS von Thomas. Er fragt, warum ich mich den ganzen Tag noch nicht gemeldet habe, und macht sich Sorgen, dass ich nach dem, was gestern zwischen uns war, unglücklich bin. *Unglücklich? Nach dem ganzen Sex, den wir hatten?!*, schreibe ich zurück.

Thomas redet nicht gern über Sex. Bei ihm muss ich mir keine Sorgen machen, dass er vor seinen Freunden damit in der Umkleide angibt. Nicht, dass er sich jemals in die Jungenumkleide verlaufen würde, Sport ist nicht so seins. Thomas sieht sich selbst gern als verzweifelten Künstler. Er zeichnet und schreibt Gedichte und trinkt viel zu viel Kaffee.

Wo ich schon mal dabei bin, schreibe ich auch gleich Martha zurück. Die wartet bestimmt schon den ganzen Tag auf meine Antwort und hat Mühe, nicht alle zwei Minuten auf ihr Handy zu schauen.

Gestern Abend war super! Danke noch mal, dass ich angeblich bei dir war. Meld mich später. Hab Neuigkeiten (hat nichts mit Sex zu tun).

Martha schreibt zuerst zurück: *NEUIGKEITEN?!*

Dann Thomas: *Vermiss dich.*

Ich verdrehe die Augen, ich kann einfach nicht anders. Thomas schreibt immer so ernsthafte SMS, egal, wie sehr ich versuche, mal ein bisschen spaßig zu schreiben.

Ich werde den beiden heute Abend von Laurel erzählen. Sie verdienen es, darüber Bescheid zu wissen. Die zwei sind immer für mich da gewesen, wenn wieder irgendeine Lügengeschichte über uns in der Zeitung stand oder wenn mich die Mädchen in der Schule deshalb fertiggemacht haben, weil Mum wieder mal einen ihrer kleinen Zusammenbrüche hatte.

Meinen Teil der Macarons versaue ich heute so richtig, Michels sind aber gelungen wie immer, und er macht noch zwei Bleche (eins mit Himbeerfüllung und eins mit gesalzenem Karamell – meine beiden Lieblingssorten). Er merkt, dass ich heute nichts Vernünftiges mehr zustande bringen werde, und tröstet mich damit, dass wir morgen nicht zum Markt müssen, wenn ich nicht möchte. Er könne auch allein gehen, oder wir bleiben alle zu Hause – wie ich will.

Ich glaube, ich habe ihn in diesem Moment noch lieber als ohnehin schon. Ich sage, dass ich auf jeden Fall mit auf den Markt komme. Warum, sage ich ihm aber nicht: Es ist vielleicht das letzte Mal, dass nur wir beide hingehen. Vielleicht will Laurel ja ab nächster Woche mitkommen. Und vielleicht ist sie auf wundersame Weise die geborene Bäckerin, und ihre Macarons werden jedes Mal perfekt.

Dad kommt früher nach Hause als sonst. Er sieht erschöpft aus. Er umarmt erst Michel eine gefühlte Ewigkeit und dann mich noch mal eine halbe gefühlte Ewigkeit lang. Sie wechseln ein paar Worte auf Französisch, so schnell, dass ich keine Chance habe, etwas zu verstehen.

Wir setzen uns auf die Couch, und Dad erzählt. Laurel ist ein bisschen unterernährt und leidet an akutem Vitamin-D-Mangel, weil sie so wenig Sonnenlicht hatte, aber sonst ist körperlich alles in Ordnung mit ihr. Dem ersten Eindruck nach zu urteilen ist sie psychisch stabiler, als wir zu hoffen gewagt haben. Aber natürlich merkt man auch, dass sie Schlimmes hinter sich hat. Als ein Polizist für einen DNS-Test einen Abstrich in ihrem Mund machen wollte, ist sie richtig hysterisch geworden. Dafür hatten aber alle Verständnis, sagt Dad. Laurel hat schließlich unvorstellbar Schreckliches hinter sich.

Dad geht nicht ins Detail, erzählt nur, dass sie von einem sehr kranken Mann entführt worden war, der sie im Keller eingesperrt hat. Das hatten viele vermutet, aber Mum war immer davon überzeugt gewesen, dass sie vielleicht von einem Paar entführt worden war, das unbedingt eine kleine Tochter haben wollte. Es hat nie jemand widersprochen, wenn sie von dieser Theorie erzählt hat. Alle haben immer nur genickt und peinlich berührt gelächelt.

»Ist sie da weggelaufen?« Mir gefällt die Vorstellung, dass Laurel geflohen ist, Mut besitzt und sich gewehrt hat.

Dad schüttelt den Kopf. »Er hat sie freigelassen.«

»Wieso?«

»Das weiß keiner.«

»Aber das ist doch seltsam, oder? Warum sperrt er sie erst 13 Jahre lang ein, und dann lässt er sie einfach so gehen?«

»Ich bin einfach nur froh, dass er es getan hat.«

Bin ich ja auch. Klar bin ich das. »Hat die Polizei ihn festgenommen?«

Er schüttelt wieder den Kopf. »Nein. Wir wissen nicht mal, wo er Laurel gefangen gehalten hat. Der Kerl hat ihr die Augen verbunden, ist mit ihr zur Stanley Street gefahren und hat sie da rausgelassen. Die Polizei sucht natürlich nach Spuren, und Laurel gibt sich auch große Mühe zu helfen, aber es fällt ihr sehr schwer. Sie kann nicht mal genau sagen, wie lange sie mit dem Auto unterwegs waren.

Und sie kann auch nicht viel darüber erzählen, wo er sie die ganzen Jahre lang gefangen gehalten hat. Dieses Arschloch war echt clever.« Dad flucht sonst nie, wenn ich dabei bin.

»Also ist dieser Psycho noch irgendwo da draußen? Was, wenn er zurückkommt?«

»Die Polizei geht davon aus, dass er sich versteckt halten wird, aber sie wollen natürlich kein Risiko eingehen. Sie werden uns Polizeischutz bieten, du musst dir also überhaupt keine Sorgen machen.«

Ich versuche, das alles zu verdauen. Die Polizei hat keine Ahnung, wer dieser Mann ist. Wie kann denn das sein? Ich versuche, mir vorzustellen, was das für ein Mensch sein muss, der so was tut. Der ein Mädchen jahrelang bei sich im Keller einsperrt. »Er hat sie missbraucht, oder?«

Dad sieht Michel an, und Michel nickt, und es macht mich unglaublich wütend, dass mein Vater anscheinend keine einzige Entscheidung allein treffen kann.

»Ja.« Dads Kiefer mahlen. »Er hat sie geschlagen. Und er hat sie immer wieder missbraucht.«

Mir wird schlecht. Ich blinzele die Tränen weg.

»Ich weiß, das ist nicht leicht für dich, aber ich muss dich darauf vorbereiten. Sie hat viel durchgemacht.« Er atmet tief ein und aus. Dann setzt er sich sehr aufrecht hin und klopft mir aufmunternd aufs Bein. »Aber das Wichtigste ist, dass sie jetzt in Sicherheit ist. Und wir können endlich wieder eine Familie sein.«

Ihm ist wohl nicht ganz bewusst, dass wir nicht einfach wieder die Familie sein können, die wir vor 13 Jahren waren.

Dad sagt, wir müssen Laurel Zeit geben, über alles hinwegzukommen, und dass sie dabei die beste Unterstützung haben wird, die es gibt. Therapien, Beratungsgespräche und so weiter.

Mum und Dad haben es so eingerichtet, dass ich sie morgen früh sehe. Also kann ich nicht mit Michel auf den Markt gehen. Es hat keinen Zweck, mit ihnen darüber zu reden, sie würden es eh nicht verstehen. Meine Eltern kommen nicht mal auf den Gedanken, dass ich vielleicht nervös bin, meine Schwester nach 13 Jahren zu sehen. Sogar Angst habe.

KAPITEL 6

Michel rät Dad, er solle sich ein bisschen hinlegen und ausruhen.

Dad umarmt mich. »Ich kann nicht fassen, dass es wirklich vorbei ist. Ich hab nicht mehr daran geglaubt.« Er schüttelt den Kopf und murmelt etwas von einem Wunder. Dann geht er ins Schlafzimmer.

Michel will los und die Pizza holen. Er fragt, ob ich mitkommen will, aber ich möchte lieber ein bisschen allein sein.

»Das ist alles ganz schön viel, hm?« Seine braunen Augen sehen mich warm und verständnisvoll an.

Ich nicke. »Machst *du* dir gar keine Sorgen?«

»Worüber denn?«

»Weiß nicht … dass Mum und Dad jetzt vielleicht wieder zusammenkommen?« Ich sage das nicht, um gemein zu sein, ganz ehrlich nicht.

Michel lächelt nur. »Hey, willst du mir etwa Angst machen? Nein, ich mache mir keine Sorgen. Wieso? Hätte ich denn deiner Meinung nach Grund dazu?«

»Ich weiß es doch auch nicht! Aber Dad benimmt sich so seltsam.«

»Natürlich benimmt der sich seltsam, es war ja wohl auch ein ziemlich seltsamer Tag.«

»Haben sie Laurel schon gesagt, dass Mum und Dad nicht mehr zusammen sind? Weiß sie von dir?« Komisch, dass mir das jetzt erst einfällt.

Michel nimmt seine Jeansjacke, die bestimmt älter ist als ich. »Ja, sie weiß Bescheid. Deine Mum wollte damit noch ein paar Tage warten, aber John hat darauf bestanden, es ihr gleich zu sagen.«

»Und?«

»Nichts und! Sie hat überhaupt kein Problem damit. Also zerbrich dir nicht dein hübsches Köpfchen!« Er tut so, als wollte er mir die Haare zerwuscheln, was er nur macht, um mich zu ärgern.

Ich ducke mich lachend weg.

Ich versuche, mir vorzustellen, wie sich das anfühlen muss, wenn man nach so langer Zeit zu seiner Familie zurückkehrt. Man würde doch wollen, dass alles noch beim Alten ist, oder? Aber in 13 Jahren kann sich viel ändern. Da kann eine Mutter sich schon mal vor lauter Trauer fast auflösen, ein Vater mit einem tollen Franzosen zusammenziehen und eine kleine Schwester aufhören, Sandburgen zu bauen, und stattdessen anfangen, Mauern um sich herum zu errichten.

Ich gehe in mein Zimmer und schließe die Tür hinter mir, damit Dad nicht aufwacht. Zuerst rufe ich Thomas an. Er ist beleidigt, weil ich mich den ganzen Tag nicht gemeldet habe, also erzähle ich ihm gleich alles.

»Ist das dein Ernst? Du verarschst mich doch gerade, oder?« Er hat meinen Sinn für Humor noch nie wirklich verstanden, aber dass er es auch nur für möglich hält, dass ich bei diesem Thema Witze machen könnte, ist wie ein Schlag ins Gesicht.

Ich schweige.

»Ach du Scheiße. Du meinst das wirklich ernst. O mein Gott.« Er klingt fast so schockiert, wie ich selbst im ersten Moment war. »Was ist denn nun passiert? Wo war sie die ganze Zeit? Geht's ihr gut?«

Ich erzähle ihm alles, was ich weiß. Es beruhigt mich irgendwie, dass er fast genau dieselben Fragen stellt wie ich. Dadurch fühle ich mich nicht mehr so sehr wie ein Freak. Und als er fragt, wie es mir mit der ganzen Sache geht, fühle ich eine Welle der Liebe zu ihm.

Ich weiß jetzt, dass es richtig war, gestern mit ihm zu schlafen. Ich war mir nämlich vorher gar nicht so sicher, ob ich das wirklich wollte. Ich hatte Angst davor. Das hätte ich aber weder vor Thomas noch vor Martha jemals zugegeben. Zum Glück gab es dann aber überhaupt keinen Grund, Angst zu haben. Es war größtenteils schön, wir waren nur ein bisschen unsicher miteinander, und ich fand es teilweise lustig (als Thomas zum Beispiel plötzlich einen Krampf im Bein hatte). Ich weiß wirklich nicht, wieso alle so eine Riesensache daraus machen.

Thomas kann toll zuhören. Er unterbricht mich nie und widerspricht nur ganz selten. Er ist einfach ein richtig guter Freund. Auch wenn ich seine Gedichte nie kapieren werde. Und er schreibt wirklich sehr viele Gedichte.

Ich sage ihm, dass wir uns in nächster Zeit wohl nicht so

oft nach der Schule treffen können. Ich habe keine Ahnung, wie das alles mit Laurel wird. Kommt sie nach Hause und zieht einfach in ihr Zimmer? Sie hat nämlich ein eigenes Zimmer bei uns, darauf hat Mum nach dem Umzug bestanden. Wenigstens hat sie es nicht auch noch wie damals dekoriert, voller Rosa und Glitzer. Es sieht jetzt einfach aus wie ein hübsches Gästezimmer mit ein paar von Laurels Sachen darin. Mum hatte deswegen ein schlechtes Gewissen, weil nicht mehr alles so aussehen würde wie früher, wenn Laurel zurückkäme. (Es war immer »wenn«, nie »falls«.) Am Ende stimmte sie einem Umzug auch nur zu, weil wir dadurch mehr Geld für die Suche nach ihr hatten.

Thomas bietet an, dass ich mich immer melden kann, wenn ich reden will. Er sagt, dass er mich liebt, und ich sage ihm, dass ich ihn auch liebe, und dann lege ich auf und fühle mich zum ersten Mal heute wieder wie ein normaler Mensch.

Martha kreischt: »Ich glaub's nicht.« Immer und immer wieder.

Ich fasse für sie zusammen, was ich weiß –, was nicht allzu viel ist, wenn man es genau betrachtet. Sie sagt noch ein paarmal: »Ich glaub's nicht«, und fragt dann, wann ich Laurel denn kennenlernen werde.

In diesem Moment geht mir auf, dass *kennenlernen* in diesem Zusammenhang eigentlich das falsche Wort sein sollte. Man kann ja nur jemanden kennenlernen, den man noch nie gesehen hat, oder? Trotzdem fühlt es sich in diesem Zusammenhang genau wie das richtige Wort an. Ich kenne Laurel ja tatsächlich nicht.

Ich verspreche Martha, mich morgen wieder zu melden, und lege auf. Sie hat mich nicht gefragt, wie es mir geht. Warum sollte sie auch? Laurels Entführung hat mein ganzes Leben beherrscht (und ruiniert), und jetzt ist sie eben wieder da. Problem gelöst, könnte man meinen.

Es gibt doch keine Pizza, sondern Sushi. Dad redet beim Essen ununterbrochen von Laurel. Dann trinken wir Kaffee und essen Macarons, und Dad kommt wieder auf Laurel zu sprechen. Wir versuchen, einen Film zu sehen, aber Dad kann nicht anders und fängt wieder mit Laurel an. Also geben wir nach einer halben Stunde auf. Er entschuldigt sich, hört aber trotzdem nicht auf, von Laurel zu sprechen. Den Rest des Abends telefoniert er mit Freunden und Verwandten, mit denen, die Mum bis jetzt noch nicht angerufen hat. Er erzählt ihnen die tolle Neuigkeit und bittet sie gleichzeitig um Diskretion. Mit mir will keiner von ihnen sprechen. Warum auch?

Ich sage, dass ich heute früh ins Bett will.

Dad nickt begeistert. »Gute Idee, mein Schatz. Morgen ist ja ein großer Tag.« Er drückt mich und sagt, dass er es gar nicht erwarten kann, »seine zwei Mädels nebeneinander zu sehen, so wie es immer hätte sein sollen«.

Michel drückt mich auch und flüstert, dass er mich liebhat. Wann er Laurel wohl kennenlernt? Bis jetzt wurde noch mit keinem Wort erwähnt, dass er morgen mitkommt.

Als ich in meinem Zimmer die Jalousie herunterlasse, geht mir auf, dass ich von hier aus sehen kann, wo sie schläft. Hinter einem Bürogebäude leuchtet das neonblaue H des Hilton-Hotels hervor. Da drüben ist Laurel jetzt irgendwo, zusammen mit meiner Mutter. *Unserer* Mutter.

KAPITEL 7

Ich wache am nächsten Morgen davon auf, dass jemand Sturm klingelt. Da will anscheinend jemand ganz dringend zu uns. Ich stolpere aus meinem Zimmer. Dad legt gerade den Hörer neben das Telefon, und Michel steht mit besorgtem Blick neben ihm. Bevor ich fragen kann, was los ist, klingelt Dads Handy, das auf dem Küchentisch am Ladekabel hängt.

»Journalisten«, sagt Dad. »Das ging aber schnell. Dann hat eine Pressekonferenz jetzt keinen Sinn mehr, oder?« Er sieht eher resigniert als wütend aus.

Ich werfe einen Blick auf die Küchenuhr. Noch nicht mal acht. Michel füllt gähnend Wasser in die Kaffeemaschine. Jetzt klingelt auch noch mein Handy.

Dad läuft mir hinterher. »Das würden die nicht wagen …«

Unbekannte Nummer.

»Faith, geh nicht ran«, sagt Dad, aber ich tu's trotzdem.

»Hallo?«

»Spreche ich mit Faith Logan?«

»Wer ist da?«

»Ich bin's, Jeanette Hayes. Ich wollte nur mal fragen, wie es dir heute Morgen geht?«

Jeanette Hayes. Ungefähr so beliebt in unserer Familie

wie der Teufel höchstpersönlich. Mit einigen Reportern kommen Mum und Dad ganz gut aus, mit ein oder zwei sind sie sogar mittlerweile befreundet, aber Jeanette Hayes gehört definitiv nicht dazu. Es fing ein paar Monate nach Laurels Verschwinden an, dass die Beziehung litt. Die Suchaktion nach ihr war in vollem Gange, und die Geschichte wurde immer noch fast jeden Tag in irgendeiner Zeitung erwähnt. Jeanette Hayes fand es unfair, wie viel Aufmerksamkeit Laurels Fall bekam, und schrieb einen langen Artikel über die vielen anderen Kinder, die ebenfalls seit einer Weile vermisst wurden. Davon gab es mehr, als man annehmen würde. Die Überschrift lautete: *DIE VERGESSENEN KINDER*. Laut Hayes bekam Laurels Fall nur deshalb so viel Aufmerksamkeit, weil sie ein hübsches blondes Mittelklassemädchen sei und meine Eltern »Beziehungen zu den Medien« hätten. Sie ging sogar so weit zu behaupten, dass durch die Suche nach Laurel Polizeiressourcen verschwendet würden, die an anderer Stelle nötiger seien.

Das war alles schon schlimm genug, aber dann veröffentlichte sie eine Woche später auch noch einen Artikel, in dem sie schrieb, Laurel sei höchstwahrscheinlich sowieso längst tot, und es sei an der Zeit, dass das Land »den Tatsachen ins Auge sehe«.

Andere Journalisten widersprachen ihr und nannten sie »gefühllos« und »herzlos«. Ihr wurde vorgeworfen, sie könne das alles nur deshalb nicht nachvollziehen, weil sie selbst keine Kinder habe. Sie bekam sogar Morddrohungen. Das machte ihr aber anscheinend nicht das Geringste aus, im Gegenteil: Sie schrieb daraufhin ein Buch. Ich habe es mir manchmal in der Bibliothek angesehen, wenn Mum gerade abgelenkt war. Es war voller Fotos und Geschichten über andere vermisste Kinder. In manchen Fällen hatte Hayes die Familien interviewt und dazu befragt, wie sie damit umgingen, dass die Suche nach ihrem Kind an den Rand gedrängt wurde und höchstens eine kurze Notiz darüber auf Seite 12 erschien, während Laurel Logan immer noch die Titelseiten beherrschte. (»Was macht ausgerechnet *sie* so besonders?«, fragte ein Vater aus London.) Der Rest des Buchs bestand aus einem eilig zusammengeschriebenen Bericht über meine Familie. Sie hatte nicht mal versucht, mit Mum und Dad zu reden, um die Wahrheit herauszufinden.

Auf der Innenseite des Schutzumschlags prangt ein Schwarzweißfoto von Jeanette Hayes, auf dem sie herausfordernd in die Kamera sieht. Sie schaut darauf tatsächlich aus wie eine ernsthafte Journalistin, aber das liegt wahrscheinlich nur an der Brille. Früher habe ich dieses Foto oft betrachtet und überlegt, warum sie uns so hasst. Warum sie nicht wollte, dass Laurel zu uns zurückkam.

Sie wiederholt jetzt ungeduldig ihre Frage.

Tja, wie es mir heute Morgen geht? »Mich würde viel mehr interessieren, wie es *Ihnen* heute Morgen geht.«

»Das verstehe ich jetzt nicht. Ich will einfach kurz ein Zitat von dir, irgendwas Prägnantes, aber es soll von Herzen kommen. Du weißt schon, was ich meine.«

»Und ich hätte gern ein Zitat von Ihnen. Dazu, dass Sie sich geirrt haben, was Laurel angeht, und dass es falsch war, diesen ganzen Quatsch über meine Familie zu schreiben. Sie wissen schon, was ich meine.«

Dad gestikuliert, dass ich auflegen soll. Journalisten durften nie mit mir reden und auch kein unverpixeltes Foto von mir abdrucken. Die ein, zwei Mal, dass es doch jemand versucht hat, gab es sofort eine saftige Klage. Das war auch so eine Sache, die Hayes an meinen Eltern kritisierte: Sie würden ständig Leute verklagen.

»Aha, ich verstehe.« Sie klingt gelassen. »Ich habe mich geirrt, was Laurel angeht. Und ich freue mich natürlich sehr, dass ich unrecht hatte.«

Ich lächele triumphierend.

»Aber ich stehe nach wie vor zu allem, was ich über die Polizei und über deine Eltern geschrieben habe.«

Bitch. Ich möchte irgendwas Schlaues erwidern. Irgendwas, das ihr richtig weh tut. Sie soll wissen, wie viel Kummer sie uns bereitet hat, als ob der Kummer über Laurels Verschwinden noch nicht genug gewesen wäre.

Dad hilft mir aus, indem er mir das Handy aus der Hand nimmt und eine Ladung Ausdrücke hineinschreit. Dann legt er auf und wirft das Handy angeekelt auf das Bett. »Soll sie doch *das* drucken.«

Manche dieser Wörter habe ich noch nie aus dem Mund von meinem Vater gehört. Irgendwie cool.

»Das war *sie*, nicht?«, fragt er leise.

Ich nicke.

Er umarmt mich. »Wir lassen uns den Tag aber nicht von ihr versauen, okay? Das ist *unser* Tag.«

Ich nicke wieder. »Ich geh mal duschen.«

Was zieht man denn bloß an, wenn man seine Schwester trifft, von der man dachte, sie sei tot? Mein Kleiderschrank hier gibt nicht viel her, also habe ich sowieso keine große Wahl. Am Ende werden es eine graue Jeans, ein schwarzes T-Shirt und Chucks. Ich will einfach wie ich selbst aussehen.

Michel sagt, ich würde toll aussehen, was nicht stimmen kann, weil ich kaum geschlafen habe. Er hält während des gesamten Frühstücks eine fröhliche Unterhaltung am Laufen und ignoriert dabei geflissentlich Dads Handy, das immer wieder vibriert.

Ich wünschte, er würde mitkommen.

Im Fahrstuhl sagt Dad, ich soll mich im Auto ducken und niemanden ansehen. Sobald das Auto aus der Tiefgarage kommt, geht das Blitzlichtgewitter los, und wir sind von Fotografen umringt, die rufen und sich gegenseitig schubsen. Die riskieren echt, überfahren zu werden. Nur für ein Foto von uns. Ich starre auf den kleinen Plastikhund auf dem Armaturenbrett, den ich Dad vor ein paar Jahren zu Weihnachten geschenkt habe. Er nickt ununterbrochen, als wäre er mit diesem ganzen Wahnsinn einverstanden.

Dad schafft es tatsächlich, niemandem über den Fuß zu fahren; er ist heute anscheinend gnädig drauf. Dann sind wir die Meute endlich los und auf dem Weg zum Hotel. Ich sehe immer wieder in den Außenspiegel, ob uns auch kein Fotograf auf einem Motorrad folgt, aber wir haben die wohl erst mal abgehängt.

Dad trommelt mit den Fingern auf das Lenkrad, bis ich ihn bitte, damit aufzuhören. Er entschuldigt sich, und dann entschuldige ich mich, und er fragt, wieso ich mich denn jetzt entschuldige. Wir lachen beide nervös.

»Alles okay, Schatz? Du siehst ein bisschen blass aus.«

Ich blicke zum grauen, wolkenverhangenen Himmel. Würde mich nicht wundern, wenn es noch anfängt zu schneien. »Ich hoffe, sie mag mich.«

Dad lacht los. »Ob sie dich mag? Sie wird dich sogar total liebhaben! Sie ist doch deine Schwester!« Seltsamerweise beruhigt mich das tatsächlich.

Vor dem Hotel und in der Lobby lungern dankbarerweise keine Fotografen herum. Eine rothaarige Frau in einem etwas zu engen Hosenanzug eilt auf uns zu. Ihr goldenes Namensschild weist sie als Gillian Crook, stellvertretende Hotelmanagerin aus. Es ist ihr offensichtlich ein ernstes Anliegen, dass wir auch ja verstehen, wie sehr sie sich für uns freut und welche Ehre es für sie ist, dass »die kleine Laurel« hier in ihrem Hotel übernachtet. Sie schüttelt Dads Hand viel zu lange und umarmt mich dann, was sich sehr komisch anfühlt, weil ich sie nicht zurückumarme. Irgendwelche wildfremden stellvertretenden Hotelmanagerinnen zu drücken ist nicht so mein Ding.

Gillian Crook fängt an zu weinen, weil das alles ein bisschen viel für sie ist –, wenn sie bloß darüber nachdenkt, dass die kleine Laurel ausgerechnet in ihrem Hotel wieder mit ihrer Familie vereint wird! Davon wird sie garantiert noch ihren Enkeln erzählen (obwohl sie ja noch nicht mal verheiratet ist!). Wenn das die beste Geschichte ist, die sie auf Lager hat, tun mir ihre hypothetischen Enkel jetzt schon leid. Dad und ich nicken eine Weile höflich und versuchen, sie dann abzuschütteln, aber sie sagt, dass wir noch mit jemandem sprechen müssen, bevor wir rauf in das Zimmer können.

Sie führt uns zur Bar. Dort ist es leer bis auf eine Frau, die etwas auf einem Laptop tippt. Als sie uns kommen hört, steht sie auf. Sie ist etwa 30, hat schulterlange braune Haare und ein Durchschnittsgesicht. Sie stellt sich als Maggie Dimmock vor, die Psychologin, die gestern aus London eingeflogen ist. Ihr Spezialgebiet sind »Familienzusammenführungen«, was also nicht etwa nur ein Begriff ist, den sich gestern jemand auf die Schnelle ausgedacht hat.

Wir setzen uns zu ihr. Gillian Crook bleibt neben uns stehen. Maggie wirft ihr mehrfach Blicke zu, aber erst beim dritten Mal kapiert sie es und verschwindet. Maggie zählt ihre Qualifikationen auf, als wollte sie uns etwas beweisen. Letztes Jahr sei sie zum Beispiel »für einen ganz ähnlichen Fall« in die Schweiz geflogen. Obwohl der Fall dann doch wieder nicht ähnlich war, denn das Mädchen aus der Schweiz war lediglich zwei Jahre lang verschwunden.

Menschen, die denken, dass zwei Jahre keine lange Zeit für ein Kind sind, ticken meiner Meinung nach nicht ganz richtig.

Maggie Dimmock hat bereits ein paar Stunden mit Laurel verbracht, was ich unfair finde; ich habe sie schließlich noch nicht mal gesehen. Maggie meint, Laurel sei eine bemerkenswerte junge Frau, und Dad nickt, so wie zu allem, was sie bis jetzt gesagt hat. Sie wird sich die nächste Woche über noch mehrmals mit ihr treffen, und es wird auch Sitzungen mit uns vieren gemeinsam geben. Es gehe darum, der Familie »den Übergang so leicht wie möglich zu machen«, und man könne natürlich nicht erwarten, dass Laurel zurückkommt und sich sofort mopsfidel in die Familie einfügt. Maggie klingt wie die Moderatorin einer Kindersendung, voller Enthusiasmus und gutem Willen. Sie tut mir leid.

Sie erzählt noch mehr, aber ich höre nicht mehr zu. Ich möchte einfach nur meine Schwester sehen. Ich will, dass das hier alles endlich vorbei ist. Ich halte es langsam nicht mehr aus.

Dad und ich fahren mit dem Fahrstuhl hoch in den obersten Stock. Das Hotel hat darauf bestanden, Laurel in der Präsidentensuite unterzubringen. Die hoffen bestimmt auf gute Publicity dadurch.

Eine letzte Hürde auf dem Weg zu Laurel gibt es noch: Vor der Tür wartet Sergeant Dawkins, die Opferschutzbeamtin, die unsere Familie betreut. Ich kenne Sergeant Dawkins (Natalie) schon seit Jahren. Ich mag sie, aber ich will jetzt nur noch in dieses Zimmer. Trotzdem lasse ich mich von ihr umarmen. Sie hat das Ganze mehr oder weniger mit uns zusammen durchgestanden, das ist also auch ein großer Tag für sie.

»Sie freut sich schon so auf dich, Faith.« Wenn doch bloß alle damit aufhören würden, mir das ständig zu sagen.

Sergeant Dawkins zieht Dad zur Seite und flüstert ihm etwas zu. Es gibt immer etwas, das ich nicht hören soll, oder womit ich angeblich nicht klarkommen würde. Ich habe mich mittlerweile so sehr daran gewöhnt, dass ich kaum noch darauf achte.

Und dann klopft Dad an die Tür, und Mum öffnet sie so schnell, als hätte sie die ganze Zeit dahinter gestanden. Dad legt mir die Hand auf die Schulter und schiebt mich fast ins Zimmer hinein. Ich stehe vor meiner Schwester.

Ich habe jetzt eine Schwester.

KAPITEL 8

Meine neue Schwester bricht erst mal in Tränen aus. Sie kommt vom Fenster zu mir herübergelaufen und umarmt mich so stürmisch, dass ich ein paar Schritte zurückstolpere. Sie lässt mich trotzdem nicht los.

Mum und Dad halten sich einen Moment lang im Hintergrund, beide strahlen über das ganze Gesicht. So habe ich sie noch nie lächeln sehen. Lange können sie sich aber nicht zurückhalten, und schon stecke ich mitten in einer dicken, lachenden, weinenden, ungläubigen Familienumarmung. Es fühlt sich komplett an, vollkommen, irgendwie symmetrisch. Wahnsinn.

Nach einer Weile entknoten wir uns wieder, treten einen Schritt zurück und sehen einander einfach nur an. Mum und Dad sehen von Laurel zu mir und wieder zurück. Laurel starrt mich an, als könne sie nicht glauben, dass ich echt bin, und ich starre sie an, weil ich nicht fassen kann, wie wunderschön sie ist –, obwohl ich ja immer wusste, dass sie superhübsch sein würde. Ich hatte ein Bild von ihr im Kopf, wie sie heutzutage wohl aussehen würde, das sah immer ganz anders aus als die künstlich gealterten Fotos von der Polizei. Aber dem realen Mädchen, das jetzt vor mir steht, kam meine Vorstellung überraschend nahe.

Sie ist ein paar Zentimeter größer als ich, etwa 1,70 Meter. Ihre Haare sind etwas länger als schulterlang, und es sieht aus, als hätte sie sie selbst geschnitten. Ihre Augen sind sehr blau. Sie trägt kein Make-up, und ihre Haut ist fahl und ein bisschen fettig. Trotzdem ist sie faszinierend schön. Die Narbe auf ihrer Wange sieht aus wie eine silberweiße Träne.

Sie ist sehr dünn, der Kapuzenpullover und die Jeans, die sie anhat, hängen locker um ihren Körper. Mir geht auf, dass das Sachen von mir sind. Am liebsten würde ich einen Witz darüber machen, weil es einfach so eine typische Geschwistersituation ist (*Mum, die hat sich schon wieder einfach meine Jeans genommen!!!*), aber das ist wohl gerade nicht der richtige Zeitpunkt. Es stört mich ja auch nicht, dass sie meine Sachen anhat, aber es wäre schon nett gewesen, wenn Mum wenigstens vorher gefragt hätte. Wie ich sie kenne, hat sie sowieso schon eine Riesenshoppingtour geplant. Sie hat sich immer eine Tochter gewünscht, mit der sie shoppen gehen kann.

»Du bist so erwachsen!« Laurel lächelt mich unter Tränen an.

Dad holt sein Handy raus und will ein Foto machen. Wir stellen uns vor das Sofa, Laurel legt den Arm um mich, und wir lächeln beide in die Kamera. Wir müssen ein bisschen zu lange lächeln, weil Dad den falschen Knopf drückt und aus Versehen ein Video von uns aufnimmt, aber dann bekommt er es doch noch hin.

»Wir gehen mal einen Kaffee trinken und lassen euch Mädchen ein bisschen allein«, sagt Mum.

Beim Gedanken, mit Laurel allein zu sein, steigt leichte

Panik in mir auf, aber gleichzeitig weiß ich auch, dass es ohne Mum und Dad in mancher Hinsicht leichter sein wird, weil sie uns sonst die ganze Zeit beobachten und versuchen, alles für die Nachwelt festzuhalten. Bevor sie gehen, umarmen sie uns noch ein paarmal. Anscheinend wird in unserer Familie ab jetzt sehr viel umarmt.

Laurel setzt sich in eine Ecke der Couch. Ich sitze im Sessel daneben. Ich hatte noch keine Zeit, mich in der Präsidentensuite genauer umzusehen, aber sie ist auf jeden Fall größer als unser ganzes Haus, das ist klar.

Laurel folgt meinem Blick. »Es ist zu groß.«

»Hm?«

Sie spielt am Bündchen ihres (meines) Kapuzenpullovers herum. »Ich hätte lieber was Kleineres gehabt. Das bin ich mehr gewohnt.«

O mein Gott. Sie wurde 13 Jahre in einem Keller eingesperrt, natürlich fühlt sie sich da in so einer riesigen Suite erst einmal unwohl. »Sag das doch Mum. Die finden bestimmt auch ein kleineres Zimmer für dich.«

Laurel schüttelt den Kopf. »Mum gefällt es so gut.«

Es fühlt sich komisch an, jemand anderen meine Mutter »Mum« nennen zu hören. Es will mir einfach nicht in meinen Kopf, dass ich hier in diesem absolut dekadenten Hotelzimmer sitze und mit meiner Schwester rede.

»Schon seltsam, oder?« Manchmal ist es am besten, die Dinge beim Namen zu nennen und zuzugeben, dass einem eine Situation unangenehm ist, bevor es der andere tut.

Laurel grinst. »Total seltsam, ja.«

Wir sitzen einen Moment schweigend da. Laurel sieht zur Tür. Vielleicht hätte sie es lieber gehabt, wenn Mum und Dad hiergeblieben wären? Die wissen irgendwie immer genau, was zu sagen und zu tun ist, und ich ganz offensichtlich nicht.

»Schön, dass du wieder da bist.« Das ist echt banal, aber es ist mir wichtig, es laut auszusprechen. Es ist mir verdammt wichtig, dass sie es weiß.

Laurel lächelt wieder. Ihre Zähne sind makellos.

»Deine Zähne sich echt makellos.«

»Äh … danke?« Sie sieht mich an, als hätte ich gerade was Komisches gesagt. Wahrscheinlich habe ich das auch.

»Sorry. Ich dachte bloß … na ja, du warst ja so lange nicht beim Zahnarzt, während ich zweimal pro Jahr hingehe, und im Gegensatz zu dir habe ich Füllungen und muss eine Spange tragen und so. Sorry, ich halt lieber wieder den Mund.« Was ist denn bloß mit mir los?

Laurel sieht mich nicht an, als ob ich verrückt wäre. Sie sieht mich überhaupt nicht an. »Ich habe mir jeden Tag dreimal fünf Minuten lang die Zähne geputzt. Plus Mundspülung und Zahnseide. Das war eine von seinen Regeln.«

O Mann. »Tut mir leid, ich wollte nicht …«

»Ist schon in Ordnung. Ich muss mich ja eh daran gewöhnen, darüber zu reden. Gestern Abend habe ich mir die Zähne nur ganz kurz geputzt. Und heute Morgen auch. Und Zahnseide habe ich gar nicht benutzt.« Endlich huscht so etwas Ähnliches wie ein Lächeln über ihr Gesicht, und ich entspanne mich wieder. »Du musst dir keine Sorgen machen. Ich kann darüber reden. Über ihn.«

Wenn mir passiert wäre, was ihr passiert ist, würde ich nie wieder darüber reden, glaube ich. »Ich kann mir nicht vorstellen, was du durchgemacht hast.« Noch so eine Banalität.

»Gut. Ist besser so.« Sie fängt an, an einem Fingernagel zu knabbern, hört aber gleich wieder auf und versteckt ihre Hände in den Pulloverärmeln. Ob das auch so eine Regel von ihm war? »Jetzt will ich aber endlich mal was über dich hören. Du musst mich auf den neuesten Stand bringen, und da haben wir bestimmt ganz schön was vor uns. Erzähl mir doch einfach komplett alles, was du in den letzten 13 Jahren so gemacht hast.« Ich muss wohl sehr erschrocken aussehen, denn sie fängt an zu lachen. »War nur ein Witz! Zumindest nicht *ganz* ernst gemeint.«

»Hm … wo soll ich denn anfangen?«

»Tut mir leid, ich wollte dich nicht in Verlegenheit bringen.« Sie starrt wieder vor sich hin.

Ich weiß zwar nicht, woran sie gerade denkt, aber ich bin ziemlich sicher, dass ich froh darüber sein sollte.

»Weißt du, egal, wie schlimm es war – ich war immer froh, dass er mich entführt hat und nicht dich. Immer, wenn ich Angst hatte oder nicht schlafen konnte, hab ich an dich gedacht.«

Ich habe mehrere Zeitungsartikel darüber gelesen, wieso er sie genommen hat und nicht mich. Die meisten Leute meinen, es hatte was mit dem Alter und der Haarfarbe zu tun: Ich war vier und braunhaarig, Laurel war sechs und blond.

Ich hatte lange Zeit immer wieder den gleichen Albtraum: Ein Mann steht vor uns. Er hat immer die Sonne im Rücken, so dass man sein Gesicht nicht erkennen kann. Er nimmt Laurel an die Hand und geht mit ihr weg. Ich spiele einfach weiter im Sandkasten. Manchmal laufe ich ihm hinterher und frage, ob ich ein Eis haben kann, und dann nimmt der Mann mich auch noch an die Hand und wir gehen zu dritt davon.

»Hast du immer noch dein Nachtlicht?«

Ich habe keine Ahnung, was sie meint.

»Diesen Pinguin mit der roten Mütze und dem Schal. Du hattest so einen seltsamen Namen für ihn, ich komm grad nicht drauf.«

Plötzlich sehe ich ihn ganz deutlich vor mir. »Flocke!«

Laurel nickt heftig, ihre Augen leuchten, und wir müssen beide über dieses Wunder einer gemeinsamen Erinnerung lachen.

Warum ist Flocke mir bloß entfallen? Ich konnte jahrelang nicht ohne seinen sanft leuchtenden Bauch in der Zimmerecke einschlafen. Flocke war der Einzige, der mich vor den Monstern unterm Bett und im Kleiderschrank beschützen konnte. Und vor dem Monster draußen auf der Straße, das kleine Mädchen mitnimmt und Familien traurig macht.

Laurel erzählt, dass sie immer an Flocke gedacht hat, wenn sie nicht schlafen konnte. Wenn sie das Gefühl hatte, an der Dunkelheit um sich herum zu ersticken. Sie hat ihn sich ganz genau vorgestellt, jedes kleine Detail. »Manchmal konnte ich ihn wirklich fast vor mir sehen, aber nur, wenn ich mich ganz stark konzentriert habe. Das war immer so schön. Dann konnte ich endlich ruhig einschlafen. Aber manchmal war ich nicht mehr sicher, wie rot seine Mütze war, oder sein Schnabel sah in meinem Kopf falsch aus.«

Ich nicke, als würde ich verstehen. Und ein bisschen verstehe ich sie tatsächlich. Aber ganz werde ich das alles nie nachvollziehen können, oder? Selbst wenn sie mir jedes kleinste Detail erzählen würde, werde ich nie wissen, wie es sich anfühlt, in einem völlig dunklen Keller eingesperrt zu sein, voller Angst und ganz allein. Oder schlimmer noch: voller Angst und *nicht* allein.

KAPITEL 9

Laurel ist zutiefst enttäuscht, dass ich nicht weiß, wo das Nachtlicht abgeblieben ist. Ich tröste sie, dass wir zu Hause gleich danach suchen werden.

»Zu Hause«, sagt sie. »Das klingt schön.«

Sie fragt mich über die Schule aus und ist völlig begeistert von allem, weil sie ja nie zur Schule gegangen ist. Ich frage sie, ob sie lesen kann, und entschuldige mich sofort, weil mir das plötzlich sehr unsensibel vorkommt. Laurel findet es aber gar nicht schlimm. Sie hat lesen und schreiben gelernt, und hatte auch mehr oder weniger die gleichen Fächer wie ich. Ich gebe mir keine Mühe, meine Skepsis zu verstecken, und hake nach.

»Doch, er hat mich unterrichtet.«

»So richtige Schulstunden?«

Sie nickt. »Er fand es schlimm, ungebildet zu sein. Er meinte, dafür gibt's keine Entschuldigung.«

»Also hattest du auch Schulbücher und so?«

»Ein paar. Aber größtenteils hatte er seine eigenen handschriftlichen Notizen. Für jedes Fach einen Ordner in einer anderen Farbe.«

Das ist so absurd, dass ich es mir einfach nicht vorstellen kann. Dass dieses Monster, dieser Psychopath, ihr Mathe und Grammatik und Naturwissenschaften beigebracht haben soll. Er hat ihr auch Bücher mitgebracht, aber sie durfte nur lesen, wenn sie lieb gewesen war. Sie ging nicht ins Detail, was dieses »lieb sein« genau bedeutete. Vor ein paar Jahren hat er ihr beigebracht, wie man mit einem Computer umgeht; er meinte, heutzutage müsste jeder wissen, wie man einen Computer benutzt. Natürlich gab es keine Internetverbindung.

Wir reden und reden, und langsam beginnt sich ein Bild für mich zusammenzusetzen, wie die vergangenen 13 Jahre für sie waren, und sie bekommt auch ganz langsam ein Bild von meinem Leben. Wir tauschen Informationen aus, füllen die Lücken, stellen einander Fragen und beantworten sie. Ich versuche jedoch, alle Themen, die sie unglücklich machen könnten, dabei auszuklammern, was bedeutet, dass die Fragen, die ich ihr stelle, nicht unbedingt die sind, die mich auch wirklich interessieren.

Laurel ist fasziniert davon, dass ich einen Freund habe. Sie fragt mich über Thomas aus, und ich antworte ihr, so gut es geht. Sie fragt sogar, ob ich schon Sex mit ihm hatte. Nach einer kurzen verkrampften Pause sage ich ihr die Wahrheit. Sie fragt, ob es mir Spaß gemacht hat, und ich sage, ja, irgendwie schon. Da wird sie ganz still, und ich schlage vor, über etwas anderes zu reden.

Sie schüttelt heftig den Kopf und meint: »Also ich *hasse* das. Ich will das nie wieder machen. Das ist ekelhaft.«

Sie sieht so gehetzt und wütend aus, dass ich den Mann, der dafür verantwortlich ist, am liebsten sofort umbringen würde. Oder nein, ich würde ihm lieber erst einmal weh tun, ihm die schlimmsten Schmerzen bereiten, die man haben kann, und ihn dann umbringen. Was er ihr angetan hat, hat nichts mit Sex zu tun. Er ist über ein kleines Mädchen hergefallen und hat sie auf die schrecklichste Art verletzt, die es gibt. Vermutlich kann sie nicht sehen, dass es da einen Unterschied gibt.

»Was war das eigentlich für ein Mann? Ist aber auch okay, wenn du nicht darüber reden willst.«

Laurel reicht mir kommentarlos ein Blatt Papier vom Tisch.

Eine Zeichnung. Schwer zu sagen, wie alt der Mann darauf ist – zwischen 40 und 50 vielleicht? Seine Augen liegen ein klein wenig zu weit auseinander, angeblich wirken Menschen dadurch vertrauenswürdiger. Ein absolut durchschnittliches Gesicht – bis auf die große, gebogene Nase mit den stark ausgeprägten Nasenlöchern. Er hat kurze Haare.

»Das ist er?«

Laurel nickt. Ich sehe also jetzt den Mann, der meine Schwester entführt hat.

»Das ist noch nicht ganz fertig. Der Phantomzeichner von der Polizei kommt nachher und feilt vor der Pressekonferenz ein bisschen weiter daran rum. Die Nase ist irgendwie noch nicht richtig.« Sie betrachtet das Bild.

Ich kann mich kaum beherrschen, ich würde das Blatt am liebsten zerknüllen und anzünden, zusehen, wie sein Gesicht schwarz wird und verbrennt.

»Wie heißt er?«

Laurel lächelt abwesend. »Zuerst habe ich ihn Smith genannt. Er hat mir natürlich nicht seinen echten Namen verraten.«

Smith. Wahrscheinlich der häufigste Name im ganzen Land. »Zuerst?«

Laurel sieht mich fragend an.

»Du hast gesagt, *zuerst* hast du ihn so genannt. Und später?«

Zum ersten Mal weicht Laurel meinem Blick aus. Es fällt ihr schwer, mir zu sagen, wie sie ihn nennen musste.

»Daddy.«

Genau in diesem Moment platzen meine Eltern mit Essen und Getränken herein. Ich sehe auf die Uhr. Laurel und ich haben über zwei Stunden miteinander geredet. Draußen schneit es mittlerweile in dichten Flocken.

Ich schaffe es gerade noch so, meinen vorwurfsvollen Blick abzuwenden, während Mum und Dad sich ihre nassen Jacken und Schals ausziehen. Sie versuchen beide, zwanglos zu wirken, man merkt aber genau, dass sie uns heimlich forschend ansehen, um herauszufinden, wie unser Gespräch gelaufen ist. Laurel und ich lächeln um die Wette, alles bestens, danke der Nachfrage. Ich glaube, dass Mum schon viel früher wieder zurückkommen wollte, aber Dad sie überredet hat, uns noch ein bisschen Zeit zu geben.

Daddy. Bei der Vorstellung, dass sie diesen Mann so genannt hat, wird mir ganz schlecht. Ich hoffe, dass sie meinen Eltern nicht davon erzählt hat. *Unseren* Eltern.

Dad packt Sandwiches aus. »Shrimps mit Mayo?«

Laurel sagt »Iiih!«, und ich mache gleichzeitig Würgegeräusche. Wir müssen beide lachen.

Dad verdreht die Augen. »Dann ess ich das eben.« Man merkt, wie er sich freut, dass wir einer Meinung sind und offensichtlich warm miteinander werden.

Laurel und ich greifen gleichzeitig nach dem Sandwich mit Bacon, Salat und Tomate. Sie meint sofort, dass ich es haben kann, aber ich bestehe darauf, dass sie es nimmt. Ich würde Laurel gern fragen, was sie die ganze Zeit so gegessen hat, denn egal, was es war, es war jedenfalls nicht genug. In kürzester Zeit hat sie ihr Sandwich heruntergeschlungen und schiebt gleich noch eine kleine Tüte Chips hinterher. Ich merke, dass wir anderen drei ihr beim Essen zusehen. Laurel merkt es anscheinend nicht, oder falls doch, macht es ihr wohl nichts aus.

Mum stellt fest, das hier sei ja unser erstes gemeinsames Essen als Familie seit 13 Jahren. Sie entschuldigt sich dafür, dass es nichts Besonderes ist, und verspricht, bald etwas Richtiges zu kochen – vielleicht einen Braten? Dann könnten wir uns endlich wieder als Familie um einen Tisch setzen.

Laurel sagt, sie würde sich freuen, und Dad schlägt Rinderbraten und Yorkshire-Pudding vor, weil er das schon ewig nicht mehr gegessen hat. Mum wird rot (keine Ahnung, wieso).

»Kommt Michel auch?« Ich kann einfach nicht anders. Irgendjemand muss die anderen ja daran erinnern, dass eben nicht mehr alles so ist wie früher.

Einen Moment lang herrscht Schweigen. Laurel reißt in die Stille hinein eine zweite Tüte Chips auf. »Das hoffe ich doch«, sagt sie. »Ich will ihn endlich kennenlernen!«

Dad lächelt dankbar. Wir wissen alle, dass Laurel damit eben einen möglichen Streit verhindert hat.

Mum sagt: »Natürlich ist Michel mit dabei«, als wäre das sowieso ihr Plan gewesen, als hätte sie nicht für einen Moment komplett vergessen, dass es ihn überhaupt gibt. Danach ist sie ein bisschen stiller, und ich habe ein schlechtes Gewissen, denn ich bin schuld daran. Aber ich werde sicher nicht zulassen, dass Michel an den Rand gedrängt wird. Er gehört genauso zu dieser verrückten Familie wie alle anderen hier. Und im Gegensatz zu diesen anderen hat er sie sich tatsächlich ausgesucht.

Nach dem Essen tauchen eine Menge Leute auf. Es herrscht Chaos. Sie versuchen, eine Pressekonferenz zu organisieren, aber alle wissen, dass die Presse es ja längst selbst herausgefunden hat. Die Geschichte geht schon durchs Internet. #LaurelLogan ist Thema auf Twitter. Ich habe eine Unmenge SMS bekommen, und die wenigsten davon sind von meinen Freunden. Trotzdem schreibe ich Martha und Thomas zurück, dass alles so weit in Ordnung ist.

Martha antwortet sofort: *Wie ist das so, wenn man plötzlich eine große Schwester hat*?

Ich überlege kurz und sehe zu Laurel hinüber, die sich gerade mit einem Polizisten unterhält, der offensichtlich der Vorgesetzte der anderen ist. Wieso der überhaupt eine Uniform trägt? Bestimmt will er damit noch mehr Eindruck schinden. Hinter ihm steht ein ziemlich junger Polizist mit einem blauen Auge. Ob das der ist, den Laurel gestern angegriffen hat? Muss ich Dad nachher mal fragen.

Laurel sieht ganz schön unglücklich aus, während die anderen reden. Mehrmals schüttelt sie den Kopf. Schließlich legt ihr Mum den Arm um die Schultern und schiebt sie in Richtung der Toiletten davon. Worum ging's denn da gerade?

Als sie endlich wieder da sind, winke ich Laurel zu. Sie hebt schüchtern die Hand. Ihr gelingt sogar ein kurzes Lächeln. Alle haben ihr davon abgeraten, an der Pressekonferenz teilzunehmen, weil es zu viel für sie werden könnte. Aber sie ist fest entschlossen. Sie will sogar eine Nachricht verlesen.

»Ich lass den doch nicht gewinnen«, hat sie mir zugeflüstert, und ich war stolz auf sie.

Ich schreibe Martha zurück: *Ich glaub, es gefällt mir ganz gut.*

KAPITEL 10

Ich sehe mir die Pressekonferenz allein auf dem riesigen Fernseher in Laurels Zimmer an. Keiner wollte, dass ich dabei bin, am wenigsten ich selbst.

Es ist ein surreales Gefühl, meiner Familie (*jetzt noch besser, mit extra viel Laurel!*) dabei zuzusehen, wie sie 15 Stockwerke unter mir den Saal betritt. Laurel geht in der Mitte zwischen Mum und Dad. Mum weint jetzt schon. Unbewusst ziehe ich Vergleiche zu der Pressekonferenz nach Laurels Verschwinden. Die habe ich insgesamt bestimmt hundertmal auf YouTube gesehen.

Dad sprach direkt in die Kamera, sprach denjenigen an, der sie uns weggenommen hatte. »Sie gehört zu uns. Faith fragt die ganze Zeit nach ihrer großen Schwester. Wenn Sie uns jetzt zusehen, tun Sie das Richtige. Bitte. Geben Sie uns unsere Tochter zurück. Bringen Sie Laurel wieder nach Hause.« Dann brach er zusammen. Bis dahin hatte er es geschafft sich zusammenzureißen. Er ließ sich auf einen Stuhl fallen. Mum griff nach seiner Hand, drückte sie fest, als wollte sie ihm von ihrer Kraft abgeben. Dabei weinte sie selbst pausenlos.

Diese Pressekonferenz ist ganz anders. Zum einen ist es viel lauter. Sobald meine Familie hereinkommt, rufen ihnen die Journalisten schon Fragen zu, und ein Blitzlichtgewitter geht los. Der ältere Polizist holt seine Brille aus der Brusttasche und verliest eine Stellungnahme. Dann verliest ein anderer Polizist eine weitere Stellungnahme und hält ein neues Bild von »Smith« in die Kamera. Das hier haben sie am Computer erstellt, glaube ich. Es sieht ein bisschen anders aus als das, was ich gesehen habe – das Gesicht ist schmaler und die Nasenlöcher sind größer. Beide Polizisten betonen, wie sehr sie sich über Laurels Rückkehr freuen, dass sie aber nicht ruhen werden, bis der Mann, der dieses entsetzliche Verbrechen begangen hat, seiner gerechten Strafe zugeführt wurde. Genau dasselbe haben sie auch auf der Pressekonferenz gesagt, nachdem Laurel gerade entführt worden war. Es waren nicht diese beiden Polizisten, aber das macht fast keinen Unterschied.

Polizist Nummer Zwei erklärt danach, seine Kollegen seien in diesem Moment bereits unterwegs, würden an Türen klopfen und Fragen stellen. Laurel habe ihnen sehr hilfreiche Hinweise über ihren Entführer geben können. (Ach ja? Das war mir neu.) Angeblich sei es lediglich eine Frage der Zeit.

Dann wird angeboten, Fragen zu beantworten. Natürlich gibt es viele. Die meisten richten sich an Laurel und an meine Eltern, aber ein paar werden auch den Polizisten gestellt.

»Woher wollen Sie wissen, dass Laurel jetzt tatsächlich nichts mehr passieren kann? Wieso sollte der Entführer sie einfach so gehen lassen?«

»Wir sind uns völlig sicher, dass Laurels Martyrium vorbei ist, und wir werden alles in unserer Macht Stehende tun, um ihre Sicherheit auch weiterhin zu gewährleisten. Und was die Frage angeht, wieso der Entführer sie hat gehen lassen – heute sollten wir einfach dankbar sein, dass sie frei und wieder bei ihrer Familie ist. Mit der Beantwortung der anderen Frage können wir uns dann in den nächsten Tagen und Wochen beschäftigen.«

»Hat irgendjemand den Verdächtigen gesehen, als er Laurel gestern im Garten vor ihrem alten Haus abgesetzt hat?«

»Das können wir zum jetzigen Zeitpunkt noch nicht sagen. Es sind jedoch Polizisten in der Stanley Street unterwegs, die von Haus zu Haus gehen und die Anwohner befragen.«

»Hat die Polizei im Fall Laurel Logan versagt?«

Der Polizist Nummer Eins seufzt leise. »Wir haben getan, was wir konnten. Die Suchaktion damals war die größte, die es hier im Bezirk bis jetzt gab. Unglücklicherweise ... tragischerweise hat es nicht gereicht. Bernard Ness würde an dieser Stelle gern ein paar Worte sagen, bevor die Logans selbst zu Wort kommen.« Man merkt ihm ziemlich deutlich an, dass ihm die letzte Frage so gar nicht gefallen hat.

Bernard Ness ist der Parlamentsabgeordnete unseres Bezirks. Keine Ahnung, was der da zu suchen hat. Bernard Ness ist nicht dick, aber er arbeitet sich ächzend und keuchend zum Mikrophon vor. Ich muss ihm die ganze Zeit auf die Nase starren, die ist rund und rot, genau wie der Rest seines Gesichts. Seine Koteletten sind schweißnass.

Bernard Ness war auch bei der Pressekonferenz vor 13 Jahren dabei, damals noch etwas weniger rot und etwas weniger rund. Er hielt sich allerdings im Hintergrund. Dieses Mal steht er direkt neben meiner Familie mit auf der Bühne. Schnell wird klar, dass er aus zwei ganz bestimmten Gründen dabei ist: Er hört sich selbst gern reden und versucht verzweifelt, mit einer »guten Nachricht« in Verbindung gebracht zu werden (und, seien wir mal ehrlich, das hier ist seit langer Zeit die beste »gute Nachricht«, die aus der Presse zu erfahren war). Vielleicht hofft er, dass die Leute den Finanzskandal vergessen, in den er verwickelt war.

Ness sagt, dass das Verbrechen an der »kleinen Laurel Logan« vor 13 Jahren uns alle schockiert und am Boden zerstört habe. Fast hätte es »unsere Gemeinde« in verschiedene Lager gespalten. Am Ende hat es uns jedoch noch enger zusammenwachsen lassen. »Wir« haben dabei die Hoffnung nie aufgegeben – wie ich erfahre.

Er redet viel zu lange, aber niemand traut sich, ihn zu unterbrechen. Laurel, Mum und Dad hören ihm höflich zu. Laurels Gesicht ist völlig ausdruckslos.

Schließlich kommt Ness doch langsam zum Ende. Er wendet sich direkt an Laurel, dreht sich zu ihr um. Kunstpause. Dann: »Willkommen zu Hause, Laurel.«

Sie nickt nur, lächelt nicht.

Als Nächstes ist Dad an der Reihe. Er war schon immer der Familiensprecher. Als Erstes sagt er: »Ich werde mich kurz fassen«, und das finde ich großartig von ihm. Bernard Ness steht hinter ihm und nickt, als wäre das kein Seitenhieb gegen ihn gewesen. Dad erzählt, wie sehr wir uns alle freuen, dass Laurel wieder da ist, und bedankt sich bei allen, die die letzten 13 Jahre weiter nach ihr gesucht und nie aufgegeben haben. Er bedankt sich bei der Polizei und sagt (sehr nachdrücklich), dass sie nicht dafür verantwortlich sind, was »dieser Mann« Laurel angetan hat. Dann tut er etwas Seltsames. Er wendet sich noch einmal direkt an den Entführer: »Egal, wer Sie sind, egal, wo Sie sind – Sie können sicher sein, dass wir Sie früher oder später finden. Und dann werden Sie für dieses Verbrechen zur Rechenschaft gezogen.« Er lässt das einen Moment wirken und holt dann tief Luft. Seine Hände umklammern das Rednerpult. »Aber heute will ich mich bei Ihnen bedanken.« Die Menge bleibt ruhig, aber man merkt sofort, dass alle völlig schockiert sind. »Danke, dass Sie uns unsere Tochter zurückgegeben haben.«

Dad setzt sich wieder hin, und nun weiß niemand, wie es weitergehen soll. Die Polizisten tauschen Blicke aus, Mum sieht zu Dad, Dad sieht zu Laurel, und Bernard Ness sieht zu den Journalisten (natürlich).

Da steht Laurel auf und tritt ans Pult. Sie lässt den Blick über die Menschen vor sich schweifen, sieht jedem Einzelnen ins Gesicht und jeder Kamera in die Linse. Obwohl die ganze Zeit Blitzlichter aufflackern, zuckt sie nicht zusammen. »Ich heiße Laurel Logan.« Sie räuspert sich. Ich kann nicht fassen, wie mutig sie ist, dass sie das einfach so macht. »Ich möchte diese Gelegenheit nutzen, um mich bei einigen Menschen zu bedanken.« Sie wiederholt, was Dad schon gesagt hat, bedankt sich bei der

Polizei und bei der Öffentlichkeit, aber sie erwähnt auch explizit die Presse. »Danke, dass Sie meine Geschichte am Leben erhalten haben, danke, dass Sie mich nicht vergessen haben.«

Das klingt ein bisschen kitschig, aber die Journalisten gehen bestimmt voll darauf ab. Ich kann mir vorstellen, dass Dad das nicht gerade gut findet, nach allem, was er wegen der Presseleute durchmachen musste, aber ich nehme mal an, Laurel hat das Recht, hier zu sagen, was sie möchte.

Laurel starrt in die Fernsehkamera, und es fühlt sich an, als würde sie mich direkt ansehen. So fühlt es sich bestimmt auch für alle anderen an, die gerade zusehen – unsere Freunde und deren Familien, Thomas und Martha, die Menschen im ganzen Land und auf der ganzen Welt. Die Kamera zoomt näher heran, so dass man nur noch sie sieht. Sie haben ihr vor der Pressekonferenz nicht die Haare gemacht, und Make-up trägt sie anscheinend auch nicht, höchstens ein bisschen Puder. Sie sieht aus wie ein Mädchen, das sehr viel Schlimmes erlebt hat.

»Gestern ist für mich ein Albtraum zu Ende gegangen. Ich habe schon nicht mehr daran geglaubt. Natürlich habe ich es gehofft und habe jede Nacht dafür gebetet, und wenn es ganz schlimm wurde …« Sie verstummt und unterdrückt ihre Tränen. »… na ja, dann habe ich noch mehr gehofft und gebetet. Gestern wurden meine Gebete endlich erhört.« Sie senkt für einen Moment den Kopf und sieht dann wieder hoch in die Kamera. »Ich kann meine Gefühle nicht in Worte fassen – eine Mum, einen Dad und eine Schwester zu haben, die nie aufgehört haben, nach mir zu suchen. Denen ich nie egal geworden bin. Und die mir erzählt haben, dass Sie, da draußen, mich nie vergessen haben. Dass fremde Menschen aus der ganzen Welt Briefe, Postkarten und sogar Geld geschickt haben. Dass die Polizei unermüdlich nach mir gesucht hat und mein Fall die ganze Zeit über in den Zeitungen war. Ich kann Ihnen gar nicht sagen, wie viel mir das bedeutet.« Sie senkt wieder den Kopf. Ich wette, mindestens die Hälfte der Anwesenden hat schon Tränen in den Augen.

Laurel bedankt sich noch einmal bei allen. Smith erwähnt sie nicht. Sie sagt, sie freut sich darauf, ihre Familie neu kennenzulernen, besonders ihre kleine Schwester Faith. Sie lächelt, als sie meinen Namen sagt, und sofort werden Fotos gemacht. Ich muss auch lächeln.

Sobald sie verstummt und vom Pult weggetreten ist, fangen die Journalisten an, Fragen in den Raum zu rufen. Man sollte meinen, sie hätten heute vielleicht ein bisschen mehr Respekt, wären vielleicht ein bisschen sensibler, aber nein. Es ist schwer, einzelne Fragen herauszuhören, aber die meisten beginnen mit irgendeiner Variante von: »Wie geht es dir damit, dass …?«

Ein Mann tritt ans Pult. Einer von denen, die vorhin im Hotelzimmer herumgelungert haben. Er versucht, die Menge durch Gesten zur Ruhe zu bringen, und sieht dabei aus wie ein Verkehrspolizist. Es dauert lange, bis die Rufe verstummen. Als es endlich so weit ist, ruft eine einzelne Frauenstimme eine letzte Frage in den Raum: »Laurel! Laurel! Warst du schon shoppen?« Ich beschimpfe den

Fernseher, aber die Menge lacht. Sogar Mum und Dad lächeln. Laurel nicht.

Die Pressekonferenz ist vorbei. Ein Mann und eine Frau mit perfekt frisierten Haaren sitzen in einem futuristisch eingerichteten Fernsehstudio und unterhalten sich darüber, wie mutig Laurel ist. Sie benutzen sehr oft das Wort »bemerkenswert« und hoffen angeblich, dass die Medien unsere Familie ab jetzt in Ruhe lassen. Schwer, das ernst zu nehmen – einer ihrer Korrespondenten hat uns nämlich mehrmals seine Fragen durch den Briefschlitz gerufen.

Die schicken neuen Moderatoren beschließen, dass die Moral der Geschichte ist, dass man nie die Hoffnung aufgeben sollte, egal, wie schlimm die Dinge stehen. Sie wirken sehr zufrieden damit, dass sie eine Lebensweisheit aus Laurels Geschichte ziehen konnten.

Eine SMS von Martha: *Das war ja surreal.*

Das war es wirklich.

KAPITEL 11

Mum tritt einen Schritt zurück und begutachtet ihr Werk. »Und, was meinst du?«

Das Zimmer sieht viel besser aus als noch vor einer Woche, es wirkt richtig gemütlich. Mum hat Laurel gefragt, welche Farben sie mag und ob sie irgendwelche Vorschläge für ihr neues Zimmer hat. Laurel hatte keine besonderen Wünsche, wollte nur, dass man vom Bett aus die Tür sehen kann. Mum musste nicht fragen, warum.

Ich habe stundenlang auf dem Dachboden in Kartons kramen müssen (den traumatischen Spinne-in-den-Haaren-Vorfall versuchen wir mal ganz schnell wieder zu vergessen), aber letztendlich habe ich gefunden, wonach ich suchte. Ich stöpsele Flocke, den Pinguin, in die Steckdose neben der Tür. Er gibt dem Zimmer den letzten Schliff. Jetzt kann Laurel hier einziehen. Meine Schwester kann nach Hause kommen.

Irgendjemand (vielleicht die psychologische Betreuerin Maggie?) hat plötzlich entschieden, dass Laurel doch nicht sofort wieder zu Hause einziehen soll. Sie bräuchte ein bisschen Zeit, um sich wieder an das Leben in unserer Welt zu gewöhnen. Mum war darüber natürlich nicht gerade glücklich, aber Dad hat sie schließlich überzeugt. »Ist doch nur noch eine Woche, Schatz.« Und da hat er ja recht: Eine Woche ist nichts im Vergleich zu den 13 Jahren. Die beiden haben abwechselnd in dem zweiten Zimmer von Laurels Hotelsuite übernachtet.

Laurel musste fast jeden Tag mit der Polizei sprechen und ihre Geschichte immer wieder erzählen, jedes Mal einem anderen Polizisten. Mum hat berichtet, wie Dad am Mittwoch einen der jungen Männer fast angeschrien hat, weil er ihr immer wieder dieselben Fragen gestellt hat. Es ging auch schon wieder um den Abstrich im Mund für den DNS-Test. Diesmal haben sie es mit einer Polizistin versucht, und Laurels Reaktion war etwas weniger aggressiv, aber im Grunde die gleiche. Sie hat sich im Bad eingeschlossen, bis die Polizistin gegangen ist. Diese Test-Sache muss wohl eine schlimme Erinnerung bei ihr hochgeholt haben.

Dad meint, die sollten sie jetzt wirklich mal in Ruhe lassen. »Sie hat doch so schon genug, mit dem sie fertigwerden muss, da braucht sie nicht auch noch irgendwelche Polizisten, die ständig was von ihr wollen. Und was soll dieser Test eigentlich bringen?«

Laurel spricht regelmäßig mit einer Psychologin. Wahrscheinlich über den Missbrauch, aber ich habe nicht genau nachgefragt. Außerdem gab es zwei Familiensitzungen mit Maggie Dimmock, eine im Hotel und eine in unserem früheren Lieblingsitaliener. Die zweite Sitzung war eine große Sache, weil Laurel nicht gewöhnt ist, draußen zu sein. Sie durfte nur ganz selten raus; und wenn, dann hat ihr der Mann die Augen verbunden und ist mit ihr in seinem

Van zu einem Wald gefahren. Die Polizei wollte natürlich so viel wie möglich über diesen Wald erfahren, sie haben Laurel sogar Fotos von verschiedenen Bäumen gezeigt, um dadurch vielleicht einzugrenzen, wo er liegen könnte. Laurel konnte sich aber nur an Kiefern erinnern, und die stehen ja leider fast überall.

Sie konnte auch nicht genau sagen, wie weit der Wald von dem Haus entfernt war, in dem sie gefangen gehalten wurde. Mehrmals versuchte sie, die Sekunden und Minuten zu zählen, die sie im Van unterwegs waren, aber Smith war nicht dumm – manchmal dauerte die Fahrt eine Stunde, manchmal auch drei. In dem Wald sollte Laurel sich dann sportlich betätigen. Einmal versuchte sie wegzulaufen. Er hat dafür gesorgt, dass es bei diesem einen Mal blieb.

Dieser Wald war 13 Jahre lang Laurels einziger Aufenthalt in der Außenwelt; einfach nur die Straße hinunterzugehen ist deshalb schon eine große Leistung für sie. Wir haben versucht, die Journalisten und Fotografen zu ignorieren, die sie natürlich auf Schritt und Tritt verfolgen. Ein paar Polizisten achten darauf, dass wenigstens Abstand gehalten wird.

Ich bin neben Laurel gelaufen, ein Stück hinter Mum und Dad. Maggie lief hinter uns. Sie war viel zu dünn angezogen für das kalte Wetter und bibberte im Wind. Laurel starrte alles um sich herum ganz fassungslos an – die Autos, die Läden, die Menschen. Einmal fuhr ein Krankenwagen mit heulender Sirene an uns vorbei, da griff sie nach meiner Hand. Ich sprach beruhigend auf sie ein und streichelte sanft ihre Finger. Ich versuchte, mir vorzustellen, wie sich das gerade für sie anfühlen musste, aber natürlich würde ich das nie wissen. Sie ließ meine Hand nicht mehr los, bis wir sicher im Restaurant angekommen waren. Es war leer, wahrscheinlich hatte Maggie vorher angerufen und darum gebeten.

Laurel war ganz verwirrt von der Speisekarte, verwirrt von der Tatsache, dass sie sich aussuchen durfte, was sie essen wollte. »Ich kann nehmen, was ich will?«

»Egal, was«, antworteten Mum und Dad gleichzeitig.

Mum schlug Spaghetti vor. »Das war früher dein Lieblingsessen.«

Es schmeckte Laurel hervorragend. Sie war zwar etwas ungeschickt dabei und matschte ziemlich herum, aber ich machte einfach das Gleiche mit meinen Spaghetti, schon war es ihr nicht mehr unangenehm.

Es fühlte sich nicht einmal wie eine Therapiesitzung an, aber vielleicht war Maggie auch einfach sehr gut in ihrem Job. Manchmal stellte sie Fragen in den Raum und erinnerte uns wieder daran, warum wir eigentlich da waren. Sie fragte zum Beispiel, ob wir uns um irgendetwas Bestimmtes Sorgen machten. Ich schüttelte den Kopf, obwohl ich mir um sehr viele Dinge Sorgen machte.

Wir sprachen darüber, wie es würde, wenn Laurel zu Hause einzog. Mum und Dad hatten offensichtlich schon darüber gesprochen. Sie hatten beschlossen, dass Laurel und ich die Wochenenden gemeinsam bei ihm und Michel verbringen würden. Ob Mum damit wohl sofort einverstanden gewesen war? Bei Dad würden wir uns allerdings ein Zimmer teilen müssen.

»Das ist doch in Ordnung, oder?«, fragte er uns und nahm sich einen Grissino.

Ich nickte.

»Ich kann auch gern auf der Couch schlafen.« Laurel sah auf ihren leeren Teller hinunter.

»Nein, wirklich, ist überhaupt kein Problem. Wird bestimmt lustig!« Ich lächelte sie an, damit sie mir glaubte.

Maggie schien erst einmal zufrieden damit, wie bis jetzt alles lief, warnte uns aber davor, dass es immer mal wieder »Stolpersteine« geben würde und wir uns selbst nicht zu viel Druck machen sollten.

»Das Wichtigste ist, miteinander zu reden und einander zuzuhören. Kommunikation ist das A und O.« Außerdem könnten wir sie jederzeit anrufen, wenn wir Redebedarf hätten, und nachdem sie wieder zurück in London wäre, würden die Familiensitzungen von einem Kollegen fortgeführt, der hier in der Nähe wohnte.

Dad bestellte eine Flasche Champagner (und ignorierte dabei Mums missbilligenden Blick) und schenkte fünf Gläser ein. Laurel hatte noch nie Alkohol getrunken. Beim ersten Schluck verzog sie das Gesicht, nach dem vierten war sie auf den Geschmack gekommen. Mum ermahnte sie, nicht zu schnell zu trinken.

Laurel kicherte und leerte das Glas in einem Zug.

Am Donnerstag musste ich wieder zur Schule, obwohl Dad sich die ganze Woche freigenommen hatte. Das war unfair. Mum und Laurel gingen Klamotten kaufen und danach zum Friseur. Eigentlich hätte das doch etwas sein müssen, was wir zu dritt tun, dachte ich. Auch wenn ich einkaufen normalerweise hasste.

In der Schule war es genauso verrückt, wie ich erwartet hatte, aber zum Glück gab es ja noch Martha und Thomas. Es war unser erstes persönliches Treffen, seitdem Laurel wieder da war. Und es war das erste Mal, dass ich Thomas wiedersah, nachdem wir Sex gehabt hatten.

Thomas war schon eine halbe Stunde vor Unterrichtsbeginn im Klassenraum. Er saß mit dem Rücken an einen Heizkörper gelehnt auf dem Fußboden, las ein Buch und aß einen Apfel. Thomas isst Äpfel immer komplett auf: die Kerne, das Kerngehäuse, alles – bis auf den Stiel. Als ich das das erste Mal sah, meinte ich, ich fände das eklig. Daraufhin hatte ich mir einen Vortrag über die »empörende« Menge an Essen anhören müssen, die jeden Tag verschwendet und weggeworfen würde.

Ich rutschte mit dem Rücken an der Heizung herunter, wobei bestimmt Farbe von dem alten Ding abblätterte, und setzte mich neben ihn. Ich wollte etwas sagen, aber er hob den Zeigefinger. Ich kannte das schon, Thomas muss immer noch den Absatz zu Ende lesen, bevor er einem zuhören kann. Schließlich klappte er das Buch zu, legte die Überreste des Apfels darauf und küsste mich. Wie zu erwarten war, schmeckte er nach Apfel.

Er legte den Arm um mich, und ich lehnte meinen Kopf gegen seinen. »Verrückte Woche, hm?«, flüsterte er.

»Absolut verrückt.« Ich schloss die Augen. Zum ersten Mal seit Tagen fühlte ich mich wieder wie ich selbst.

»Wenn du reden willst, bin ich immer für dich da, okay?

Aber wenn du nicht drüber reden willst, ist das auch in Ordnung. Was du eben brauchst.« Er drückte mir einen Kuss auf die Stirn, und ich wusste wieder, wieso ich ihn so mochte. Liebte.

Die Tür öffnete sich, und eine Gruppe Mädchen kam herein. Ich wusste schon, was mir bevorstand, und wollte es um jeden Preis verhindern. Ich stand auf, wandte ihnen den Rücken zu und tat, als würde ich etwas in meinem Rucksack suchen. »Lass uns abhauen«, flüsterte ich Thomas dabei zu.

Thomas brauchte leider eine Weile, bis er seine Sachen zusammengeräumt hatte.

»Faith! O mein Gott, Faith! O … mein … Gott!«

Ich blieb noch einen Moment mit dem Gesicht zur Wand stehen, aber ich wusste ja, es würde nichts helfen. Laney Finch würde den ganzen Tag da stehen, wenn es sein musste. So widerwillig, als würde ein Erschießungskommando auf mich warten, drehte ich mich um.

Bevor ich irgendetwas tun konnte, kam Laney Finch auf mich zugestürzt und umarmte mich. Ich stolperte einen Schritt zurück und stieß mir dabei den Ellenbogen an der Heizung. Laney hatte die Arme so fest um mich geschlungen, dass es sich anfühlte, als hätte sie mehr als zwei. Ich wurde von einem Laney-Tintenfisch festgehalten! Ich umarmte sie nicht zurück, nicht das kleinste bisschen. Meine Arme hingen einfach nur steif an meiner Seite wie zwei Stöcke. Über Laneys Schulter hinweg konnte ich ihre Freunde sehen, die ein Stück entfernt standen, miteinander flüsterten und uns anstarrten. Mindestens zwei von ihnen sahen aus, als würden sie mich am liebsten auch umarmen. Sie hatten Tränen in den Augen und die Hände vor der Brust zusammengeschlagen, als wären sie von ihren Gefühlen einfach überwältigt.

Laney trat einen Schritt zurück, hielt meinen Arm jedoch immer noch fest. Sie weinte natürlich auch. »Ich kann's echt nicht glauben, Faith. Das ist doch einfach zu krass, oder? Ist das nicht ein Wunder? Ich denke, das kann man echt als Wunder bezeichnen. Ich hab für sie gebetet, weißt du. Jeden Abend. Hatte ich dir das erzählt?«

Laney hatte mir es tatsächlich erzählt. Das war ihr erster Satz zu mir gewesen, als sie vor fünf Jahren beschlossen hatte, dass wir von nun an Freundinnen sein würden. Laney Finch redete sich außerdem gern ein, dass sie die Dinge tiefer empfand als andere Menschen. Was völliger Schwachsinn ist. Sie ist so jemand, der in den Nachrichten von einer Naturkatastrophe in einem fernen Land erfährt, und dann deshalb weint. »Ach, diese armen Menschen … stell dir das mal vor … das bricht mir einfach das Herz.« Und fünf Minuten später telefoniert sie mit einer ihrer eingebildeten Freundinnen und beschwert sich darüber, dass ihre Eltern ihr kein neues MacBook Air zum Geburtstag kaufen.

Laney Finch hat sich vom ersten Tag an größte Mühe gegeben, sich an mich ranzuschmeißen. Ich habe mir hingegen die größte Mühe gegeben, so unranschmeißbar wie möglich zu sein. Aber irgendwie kommt das nicht bei ihr an. Jedes Mal, wenn ein neuer Artikel über Laurel in der Zeitung stand, war Laney Finch sofort zur Stelle, warf mir mitfühlende Blicke zu oder stellte viel zu persönliche Fragen. Ein einziges Mal bin ich deshalb richtig ausgerastet, als sie mir erzählt hat, sie wüsste genau, wie es mir geht, ihre kleine Katze sei nämlich vor zwei Wochen weggelaufen.

Ich hatte mir vorgenommen, diesmal wenigstens zu *versuchen*, nett zu sein, murmelte also »danke« und befreite mich vorsichtig aus ihrem Griff. Thomas war überhaupt keine Hilfe, der war damit beschäftigt, seinen Apfel komplett aufzuessen und das Buch vorsichtig in seinen Rucksack zu packen, damit der Schutzumschlag intakt blieb. Endlich ließ mich Laney wieder los und tupfte sich elegant die Augen trocken. Ob sie wohl in weiser Voraussicht jeden Tag wasserfeste Mascara trug, um auf ihre ständigen Fake-Heulanfälle vorbereitet zu sein?

»Das ist so eine tolle Nachricht, Faith. Ich kann gar nicht mehr aufhören zu lächeln, seitdem ich davon gehört habe ... und wie es dir erst gehen muss!« Wie zum Beweis schüttelte sie lächelnd den Kopf, als hätte sie tatsächlich seit fünf Tagen nicht mehr damit aufgehört.

Ich wartete. Sie lächelte noch ein bisschen. Ich sagte, dass ich leider los müsste, auch wenn es noch mindestens 20 Minuten bis zum Unterrichtsbeginn waren. Ich wollte Thomas' Hand nehmen, aber Laney stellte sich zwischen uns beide.

»Und, wie geht's Laurel so? Sie ist bestimmt total ... ja, keine Ahnung ...« Laney weiß gern Dinge, besonders die, die andere nicht wissen. Sie braucht Gerüchte wie die Luft zum Atmen.

»Ihr geht's gut, danke.« Ich warf Thomas einen Blick zu, der eindeutig signalisierte HILF MIR, ICH MUSS HIER WEG, aber aus irgendeinem Grund schien er nicht zu verstehen.

Laney kam noch ein Stück näher heran. Ich roch ihren Zahnpasta-Atem. »Was meinst du, warum hat er sie gehen lassen? Ist schon komisch, oder?«, flüsterte sie und sah mich mit großen Augen an.

»Boah, Laney, hau doch endlich ab.« Martha kam genau im richtigen Moment.

Laney zuckte zusammen und drehte sich zu Martha um. »Entschuldige, aber das hier ist eine private Unterhaltung.«

Martha stellte sich neben mich und sah Laney mit einem liebenswürdigen Lächeln an. »Wohl kaum. Genau genommen ist es nicht mal eine Unterhaltung, wenn nur einer von beiden redet. Also lass Faith doch bitte in Ruhe und heul für koreanische Waisenkinder.«

Laney war zu schockiert, um darauf etwas zu erwidern. Sie öffnete nur den Mund und schloss ihn wieder.

Martha verschränkte die Arme. Sie wirkte in diesem Moment wie ein Türsteher. Martha ist groß. Muskulös. Und anscheinend sogar einschüchternd, wenn das Licht im richtigen Winkel fällt. »Hau ab!«

Laney sah mich hilfesuchend an. »Ich wollte doch nur … ich fühle wirklich mit dir, weißt du.«

Ich nickte.

Schließlich machte sich Laney aus dem Staub. Ihre Traube von Freundinnen umringte sie, schob sie aus dem Raum und warf uns im Rausgehen böse Blicke zu.

Martha winkte ihnen zu. Dann drehte sie sich wieder zu mir um. »Gern geschehen.«

»Danke.«

Wir umarmten uns. Ganz schön praktisch, so ein persönlicher Bodyguard.

Den Rest der Woche wichen mir Martha und Thomas nicht von der Seite. Einer von beiden war immer bei mir. Laney blieb nicht die Einzige, die mich ausfragen wollte. Die Lehrer wollten auch alle mit mir reden. Wenigstens hatte ich die Schulversammlung am Montag verpasst, die aus diesem Anlass stattgefunden hatte.

Es hätte sich gut anfühlen sollen, und ich hätte von der Aufmerksamkeit nicht genervt sein sollen, aber es fühlte sich nicht gut an, und die Aufmerksamkeit nervte mich sehr. Ich wollte einfach nur meine Ruhe. Schlimm genug, dass Tag und Nacht Fotografen und Kamerateams vor dem Haus standen – und eine Polizeistreife ein Stück die Straße runter dauercampte. Dann auch noch in der Schule jeden Tag belästigt zu werden, das war einfach zu viel für mich. Ich wünschte mir Normalität in meinem Leben. Wie auch immer die dann aussah.

KAPITEL 12

»Laurel! Laurel! Wie fühlt es sich an, wieder zu Hause zu sein? Laurel! Wie hast du …«

Die Wohnungstür schließt sich und sperrt die lauten Stimmen draußen im Vorgarten aus. Die Vorhänge sind zugezogen, trotzdem kann man immer noch die Blitzlichter sehen. Wieso knipsen die einfach weiter? Jetzt, wo sie im Haus ist, ist doch gar nichts mehr zu sehen.

Dad schließt die Tür ab und lehnt sich mit dem Rücken dagegen. »So viel dazu, uns ein bisschen Ruhe zu gönnen.« Gestern Abend hat er ein Interview auf SkyNews gegeben – an dem Abend also, als Laurel wieder bei uns zu Hause eingezogen ist – und hat genau darum gebeten: dass sie uns in Ruhe lassen. Dummerweise ist das nun genau das, was die Medien so gar nicht wollen.

Mum ringt die Hände und sieht ängstlich zu Laurel, die wie angewurzelt mitten im Flur stehen geblieben ist und sich umsieht. Im Arm hält sie einen Teddy. Er ist abgewetzt, und ich kann ihn bis hier riechen. Außerdem hat er nur noch einen Arm. Barnaby hat mehr durchgemacht als der Durchschnittsteddy.

Die Fotografen haben garantiert ein Foto von Laurel mit dem Bären im Arm gemacht. Das wird *das* Foto. Es wird innerhalb weniger Minuten im Internet kursieren, in ein paar Stunden in den Nachrichten gezeigt und morgen früh auf den Titelseiten der Zeitungen zu sehen sein. Vielleicht drucken sie daneben noch ein altes Foto von Barnaby ab. Bestimmt fällt das Wort »ergreifend«, und es werden Parallelen zwischen dem Teddy und Laurel gezogen.

Draußen wird es langsam wieder leiser. Laurel (und Barnaby) und ich sitzen auf der Couch, Dad lehnt sich in den Sessel am Kamin. Mum kocht Tee. Laurel betrachtet ein Foto auf dem Kaminsims. Genau in der Mitte steht eins von ihr, da ist sie etwa fünf. Daneben eins von mir im selben Alter. Von meinen Eltern gibt es keine. Im alten Haus war das noch anders, da stand von den beiden ein Bild auf dem Kaminsims, das an ihrem Hochzeitstag gemacht worden war. Sie sehen jung und ein bisschen betrunken darauf aus, prosten der Kamera mit Sektgläsern zu. Was aus dem Foto wohl geworden ist?

Mum wollte gern ein Willkommen-zu-Hause-Banner aufhängen, aber ich habe ihr klargemacht, dass das total unangebracht wäre. So was macht man vielleicht, wenn die Tochter von ihrem freiwilligen sozialen Jahr aus Nicaragua oder nach einem langen Krankenhausaufenthalt zurück ist. Nicht, wenn sie entführt und regelmäßig von einem Psychopathen vergewaltigt worden war.

Laurel trinkt gern Tee. Smith hat ihr Tee gebracht, wenn sie traurig war. Er hat immer gesagt: »Nach einer Tasse Tee sieht alles schon wieder ganz anders aus.« Mum war entsetzt, als sie das gehört hat, sie sagt das nämlich auch immer. Während der Gefangenschaft hat Laurel immer aus derselben gelben Tasse mit Smiley drauf getrunken. Bis sie ihr eines Tages heruntergefallen und auf dem Betonboden in tausend Scherben zersprungen ist. Smith hat sie daraufhin so hart geschlagen, dass sie hingefallen ist und sich die Hand an einer Scherbe aufgeschnitten hat. Er hat die Wunde dann selbst genäht, und das so ordentlich, dass man die Narbe fast nicht mehr sieht. Die Polizei hatte überlegt, ob das ein möglicher Hinweis auf einen medizinischen Hintergrund bei Smith sein könnte, aber Laurel meinte, das glaube sie nicht. Er habe nur oft in den medizinischen Fachbüchern gelesen, die immer zum Einsatz kamen, wenn sie mal krank war.

Mum kommt mit einem Tablett herein und verteilt die Tassen. Laurels ist rot und hat ihren Namen darauf. Beim Anblick der Tasse strahlt sie und sieht fragend zu Mum. Die nickt in meine Richtung.

»Ich dachte, wäre bestimmt nett, wenn du deine eigene Tasse hast. Ich hab die gleiche.« Zum Beweis halte ich meine hoch. Am Rand ist ein kleines Stück abgeplatzt, und das I in »Faith« ist schon ganz ausgeblichen.

Laurel betrachtet ihre Tasse, als wäre sie etwas unendlich Kostbares oder Magisches. Dann sieht sie mich mit demselben Blick an. »Danke, Faith. Das ist …« Ihre Stimme versagt kurz. »… wirklich lieb von dir.«

Ich zucke mit den Schultern. »Ist doch keine große Sache.« Aber ich freue mich total, dass sie ihr gefällt. Aus der eigenen Tasse schmeckt Tee doppelt so gut.

Nachdem wir ausgetrunken haben, gehen wir hoch und zeigen Laurel ihr Zimmer.

Mum lässt Laurel zuerst hineingehen. »Tut mir wirklich leid, dass wir umgezogen sind. Ich hab mir immer so gewünscht, dass du in dein altes Zimmer zurückkannst, wenn du wieder da bist. Das wäre viel schöner gewesen.« Sie weicht Dads Blick aus, und Dad sieht auch zu Boden.

Laurel bemerkt anscheinend nichts davon. »Ist doch nicht schlimm. Das hier ist ja jetzt mein Zuhause. Wo ihr alle seid.« Sie hätte nichts Perfekteres sagen können.

In Mums Augen glitzern Tränen. »Na, wie findest du's?« Wenn Mum doch bloß nicht so offensichtlich um Laurels Gunst buhlen würde. Das Zimmer ist nichts im Vergleich zu der Präsidentensuite, aber es ist sehr viel besser als das Loch, in dem sie in Gefangenschaft war. Eine Pritsche mit einem schmutzigen Schlafsack. Eine nackte Glühbirne. Mäuse.

Laurel entdeckt ihn sofort. »Du hast ihn echt gefunden!«

Ich zucke wieder mit den Schultern. Das mache ich ganz schön oft die letzten Tage. »Dachte, den hättest du bestimmt gern.«

»Ich fass es nicht! Der sieht ja genauso aus wie ... das ist echt derselbe!« Sie kniet sich vor das Nachtlicht und betrachtet es eingehend. Zögernd streicht sie über den Kopf. Sie sieht sich zu mir um, in ihren Augen stehen Tränen. »Ist es wirklich in Ordnung, wenn ich den in meinem Zimmer habe? Ich mag's nicht, wenn es so dunkel ist.«

Ich nicke. »Na klar!«

Mum hockt sich neben Laurel. »Du kannst nachts auch gern die Tür offen lassen, wenn du möchtest. Dann kommt auch ein bisschen Licht aus dem Flur rein.«

»Ich glaube, die Mädchen kommen hier ohne uns klar«,

sagt Dad. »Faith kann Laurel alles zeigen, was sie wissen muss. Ich bring dann nachher die Sachen hoch.«

Laurel setzt sich auf das Bett und streicht immer wieder mit der einen Hand über die Bettdecke. In der anderen hält sie Barnaby. »Schön. Das Zimmer, meine ich.«

Ich setze mich neben sie. »Mum hat sich Sorgen gemacht, dass es dir vielleicht nicht gefällt. Wir können es jederzeit umräumen und anders streichen, wenn du willst.«

»Wieso sollte es mir nicht gefallen? Ist doch perfekt. Mein eigenes Zimmer.«

Sie setzt Barnaby auf einen Stuhl in der Ecke. Ich würde ihr gern sagen, dass der mal in die Waschmaschine gehört, aber jetzt ist vielleicht nicht der richtige Zeitpunkt. Mum hat wirklich an alles gedacht. Drogerieartikel, Schlafanzüge, eine Haarbürste. Auf der Kommode liegt sogar eine Auswahl an nagelneuem Make-up. Laurel berührt jedes einzelne Stück, als wollte sie sichergehen, dass es echt ist und ihr nicht gleich wieder weggenommen wird. Die Foundation betrachtet sie besonders lange, und da geht mir was auf: Sie weiß ja gar nicht, wie man das alles benutzt.

Ich erkläre, was das alles ist, und verspreche, ihr zu zeigen, wie man es aufträgt. »Aber wirklich brauchen tust du Make-up gar nicht, du bist auch ohne wunderschön.« Ich grinse.

»Ich bin doch nicht schön«, sagt sie leise.

»Doch, bist du!«

Laurel schüttelt den Kopf.

Auf dem Nachttisch liegt ein altes Handy von mir mit einer neuen SIM-Karte.

»Ist das für mich?«

Ich nicke und zeige Laurel dann, wie es funktioniert. Ich scrolle durch die Telefonnummern, die ich für sie eingespeichert habe.

»Du kannst mich jederzeit anrufen.«

Laurel drückt auf eine Taste, und mein Handy vibriert in der Hosentasche. Ich hole es raus, gehe ran und sage hallo. Laurel sagt auch hallo in ihr Handy, und wir müssen beide lachen.

»Wo ist dein Zimmer?«, fragt sie.

»Gleich nebenan. Willst du es mal sehen?«

In meinem Zimmer liegen sehr viele Sachen herum. Sehr viel mehr, als in einem Zimmer von dieser Größe herumliegen sollten. Mum versucht, mich immer zu überreden, doch mal etwas wegzuwerfen oder im Secondhandladen abzugeben, aber mir gefällt es einfach so. Ich finde es gemütlich. Ich werfe nicht gern Dinge weg. Ich lasse Erinnerungen nicht gern los.

»Wow«, sagt Laurel.

»Tut mir leid, ist ganz schön unordentlich, ich weiß.«

Sie schüttelt den Kopf und sieht sich um. Die Wände sind voller Bilder – Fotos, die ich gemacht habe, Bilder aus Zeitschriften. Man sieht kaum noch die Wand selbst. Mir fällt auf, dass keine Fotos von Laurel dabei sind. Ich wünschte, ich hätte noch welche aufgehängt, bevor sie kam.

Auf dem Schreibtisch stehen kleine Figuren aus Happy Meals und Überraschungseiern, ordentlich in Reih und Glied wie Soldaten. Neben dem Schreibtisch türmt sich ein Stapel Schuhkartons. Laurel sieht nicht hinein, und das ist vielleicht auch besser so. Was sie wohl von einem Schuhkarton voller Zuckertütchen halten würde, die ich bis letztes Jahr gesammelt habe?

Laurel fragt nach ein paar von den Fotos an den Wänden, und so kommen wir auf meine Lieblingsfilme und Lieblingsbands. Man vergisst leicht, dass sie die ganzen Dinge ja gar nicht einordnen kann, weil sie noch nie davon gehört hat. Es stört sie aber anscheinend nicht, dass ich mich ständig verbessern, immer weiter ausholen und erst andere Dinge erklären muss, bevor ich wieder zu dem zurückkommen kann, was ich ihr eigentlich erzählen wollte. Sie nimmt alles auf und hört mir hochkonzentriert zu. Das fühlt sich schön an.

Laurel hat natürlich schon ein paar Filme gesehen. Manchmal hat Smith einen alten Fernseher und einen Videorecorder in den Keller geschoben (wer sieht denn heutzutage noch Videos?). Laurel meint, es war etwa einmal im Monat, vielleicht auch seltener. Sie hat kein System dahinter erkannt, es war keine Belohnung für gutes Betragen. Die Filme waren alle ziemlich alt: *Mary Poppins*, *The Sound of Music* und *Wer hat unseren Dinosaurier geklaut?* Den mochte sie besonders.

»Ist das dein Freund?« Laurel zeigt auf ein Foto neben meinem Bett.

»Ja, das ist Thomas.«

»Der sieht aber gut aus.«

Thomas sieht wirklich gut aus, aber irgendwie erst auf den zweiten Blick, finde ich. Man sieht ihm an, dass er Gedichte schreibt. Seine Haare sind zu lang, und er ist eher der blasse, interessante Typ, nicht so der braungebrannte mit dem markanten Kinn. Er hat sehr liebe, weiche Züge, das gefällt mir. Als er zu uns an die Schule kam, hatte er keine Probleme mit den Jungs, wie das sonst oft der Fall mit jemand Neuem ist: Von ihm hat sich keiner herausgefordert gefühlt, weil er einfach überhaupt nichts alphamännchenmäßiges an sich hat. Dafür sind ihm aber die Mädchen sofort reihenweise verfallen. Innerhalb weniger Tage hatte er bereits unzählige Angebote für Schulrundführungen und Dates. Selbst die beliebten Mädchen schmissen sich an ihn ran. Er hat das natürlich sofort durchschaut, hat immer höflich aber bestimmt abgelehnt, wollte lieber allein sein. Und dann hat er mich entdeckt.

Erst ist mir das gar nicht aufgefallen. Thomas ist sehr gut darin, jemandem hinterherzuschleichen. Aber irgendwann habe ich doch gemerkt, dass er einfach immer überall da war, wo ich gerade hinging – im Flur, in der Bibliothek, auf dem Schulhof.

Als ich Martha davon erzählt habe, hat sie nur die Augen verdreht. »Wurde ja auch Zeit! Ich hab mich echt gefragt, wann du das endlich mal mitkriegst.« Sie meinte, ich soll ihn einfach ansprechen.

»Wieso rennst du mir denn ständig hinterher?«, war aber wohl nicht die Formulierung, die sie gewählt hätte.

Thomas wirkte dementsprechend erschrocken, als ich ihn in der Bibliothek so ansprach, stritt aber auch nicht ab, dass er mir tatsächlich hinterherlief. »Ich find dich eben interessant.«

»Wenn du bloß irgendwas über meine Schwester wissen willst, dann frag einfach.« Es passierte mir ständig, dass die Leute mich anstarrten und über mich flüsterten.

Thomas sah mich nur an.

»Was ist jetzt? Ich habe wirklich Besseres zu tun, als hier rumzustehen und mich von dir anstarren zu lassen, also wenn du nichts dagegen hast, geh ich dann wieder.« Normalerweise war ich nicht so unhöflich, aber etwas an seinem Blick machte mich irgendwie angriffslustig.

»Wieso sollte ich dich was über deine Schwester fragen?«

Ich verschränkte die Arme und sah ihn abwartend an.

Er klappte sein Notizbuch zu und sah gespannt zurück. Schließlich beendete er unsere Pattsituation mit einer Frage, die mir noch niemand gestellt hatte: »Wer ist denn deine Schwester überhaupt?«

Ich glaube, diese sechs Wörter haben mich überzeugt. Ich behaupte nicht, dass ich mich danach sofort Hals über Kopf in ihn verliebt hätte. Aber diese Frage sorgte zumindest dafür, dass ich ihn nicht sofort hasste, sondern eher ein bisschen mochte. Irgendwann mochte ich ihn dann schon ziemlich, und ein paar Monate später liebte ich ihn sogar irgendwie.

Thomas' Eltern waren beim Militär, deshalb hat er schon in mehr Ländern gelebt, als andere aus dem Urlaub kennen. Nachdem sie die Armee vor ein paar Jahren verlassen haben, sind sie mit ihm hierhergezogen. Er redet aber nicht gern darüber, weil diese Militärsache sich nicht gut mit seinen pazifistischen Ansichten verträgt.

Als mir klarwurde, dass Thomas sich nicht etwa über

mich lustig machte, sondern seine Frage zu meiner Schwester wirklich ernst meinte, erzählte ich ihm, wer sie war.

»Ach ja, ich glaube, davon habe ich schon mal gehört.« Das sagte er genau in dem gleichen Tonfall, in dem ich ihm immer sage, ich hätte von einem Gedicht oder einem Buch schon mal gehört, obwohl ich keine Ahnung habe, wovon er gerade redet. Ich habe mich noch nie so darüber gefreut, von jemandem angelogen zu werden.

Wir haben uns unterhalten, bis es klingelte und wir wieder zum Unterricht mussten. Zwei Wochen später fragte er mich, ob ich mal mit ihm ausginge. Eine Woche später habe ich ihn das erste Mal geküsst. Er weiß nicht, dass ich nie mit ihm ausgegangen wäre, wenn er mich nur etwas über Laurel hätte fragen wollen.

Laurel setzt sich auf mein Bett und fragt mich weiter über Thomas aus. Sie will wissen, warum ich ihn mag. (Sie sagt nicht »liebe«.) Wieso ich mir von allen Jungs an der Schule ausgerechnet Thomas als Freund ausgesucht habe.

Ich muss lächeln, als sie das sagt. Als ob sich alle Jungs an meiner Schule überschlagen hätten, um mit mir zusammen zu sein! Ich sage ihr nicht die Wahrheit: dass ich ihn wollte, weil er der Einzige war, der nie, wirklich nie mit mir über sie reden wollte.

KAPITEL 13

Mum hat Laurel nicht gefragt, ob das hier in Ordnung für sie ist, sie hat einfach alles organisiert und ihr erst heute Morgen davon erzählt. Mir ist das Ganze schon zu viel, wie muss es Laurel da erst gehen?

Ich habe noch nie so viele Verwandte von mir in einem Raum gesehen. Laurel sitzt in der Mitte auf der Couch, und alle bilden einen Kreis um sie herum. Es gab schon eine ganze Menge Tränen und auch schon eine ganze Menge Sekt. (Es besteht durchaus Grund zu der Annahme, dass da ein kausaler Zusammenhang besteht.)

Der einzige Mensch, der fehlt, ist meine Großmutter. Dads Mutter lebt in Frankreich und ist gesundheitlich ziemlich angeschlagen. Ihr Mann ist gestorben, als ich fünf war, fast genau ein Jahr nach Laurels Entführung. Ich kann mich nicht mehr an ihn erinnern. Mums Eltern sind aber da. Gran zupft die ganze Zeit imaginäre Fussel von Laurels T-Shirt, nur um sie anzufassen.

Mums Schwester Eleanor hat bereits sechs Gläser Sekt intus (ich habe mitgezählt). Die beiden sehen sich sehr ähnlich, aber wenn sie nebeneinanderstehen, kann man deutlich erkennen, dass eine von ihnen schon wirklich Schlimmes durchmachen musste, während das Schrecklichste im Leben der anderen bis jetzt war, wenn sie im

Winterschlussverkauf mal nicht den Marc-Jacobs-Mantel erwischt hat, den sie unbedingt wollte. Na gut, das ist jetzt vielleicht nicht ganz fair. Mum betont immer, dass sie die ersten Wochen und Monate ohne ihre Schwester nicht durchgestanden hätte. Eleanor hat damals alles stehen und liegen lassen und ist bei uns eingezogen, um sich um mich zu kümmern. Aber trotzdem.

Irgendwann will Dads Bruder Hugh von Laurel wissen, ob sie schon Angebote für ihre Geschichte bekommen hätte. Er kann anscheinend nichts Schlimmes an der Frage finden. »Warum sollte man nicht was Positives aus der Sache mitnehmen, hm?«

Das betretene Schweigen, das sofort entsteht, bemerkt er gar nicht.

Seine Frau Sally stößt ihn an. »Hugh!«

Er sieht überrascht auf. »Was denn? Hab ich was Falsches gesagt?«

Dad sieht ihn böse an. Hugh wendet sich daraufhin beschämt den Snacks zu und ist dann erst einmal ziemlich lange mit der Entscheidung beschäftigt, ob er eine Möhre oder ein Radieschen nehmen soll. Niemand sagt, dass es schon sehr viele Angebote gab. Fernsehinterviews, Zeitungsinterviews, Zeitschriftenbeiträge, Fotoshoots. Ein Designer mit einem völlig bescheuerten Namen, den ich mir nie merken kann, hält Laurel seit der Pressekonferenz für seine neue Muse und will eine von ihr inspirierte Kollektion entwerfen, »Lost & Found«.

Laurel ist völlig verwirrt von der vielen Aufmerksamkeit. »Wieso mögen die mich denn alle so?« Aber sie mögen sie natürlich überhaupt nicht, sie wollen nur Geld mit ihr machen. Alle wollen eben ein Stück von der kleinen Laurel Logan.

Wahrscheinlich nimmt sie auch ein paar Angebote an. Dad hat sie nur gewarnt, dass sie sehr vorsichtig dabei sein muss und es vorher mit ihrer Psychologin besprechen soll. Er macht sich Sorgen um sie und hätte am liebsten, dass sie die ganze Zeit nur zu Hause verbringt. Sie sei doch noch so verletzlich!

Gestern Morgen kam er mit einem kleinen Koffer an. Letzte Nacht hat er bei uns im Haus geschlafen, weil er da sein wollte, wenn Laurel das erste Mal hier übernachtet.

»Und was ist mit Michel?«

»Was soll denn mit ihm sein?«

»Wieso ist er nicht hier? Er gehört ja wohl auch zur Familie.«

»Das weiß ich selbst, vielen Dank. Deine Mutter meinte, es wäre doch schön, wenn nur wir vier heute Abend zusammen sind.«

»Kann ich mir vorstellen. Sie kann ihn einfach nicht ausstehen.«

»Das stimmt nicht. Und so einfach ist das auch alles nicht.« Das sagen Eltern immer, damit wollen sie einem bloß das Gefühl geben, man würde ihre wahnsinnig komplexen Beziehungen eh nicht verstehen.

»Er sollte schon dabei sein, finde ich.« So leicht gab ich mich nicht geschlagen.

»Das kann ich aber leider nicht entscheiden. Mums

Haus, Mums Regeln.« Wenigstens klang das so, als hätte er Michel eigentlich auch lieber dabei und wäre genauso wenig begeistert davon wie ich, dass meine Mutter gerade versuchte, eine perfekte kleine Familie zu kreieren, die es schon seit 13 Jahren nicht mehr gab.

»Ich hoffe, er kommt damit klar.«

»Womit?«

Ich zuckte mit den Schultern. »Ist doch bestimmt nicht einfach für ihn, dass Laurel wieder da ist.« Dad sah ehrlich erstaunt aus. »Vielleicht macht er sich Sorgen, dass du ihn jetzt verlässt und zu Mum zurückgehst.« Damit hatte ich endlich ausgesprochen, was mir schon die ganze Woche durch den Kopf ging. Die meisten Kinder würden sich wahrscheinlich freuen, wenn ihre Eltern wieder zusammenkämen. Ich nicht.

»Was?« Dad lachte. »Meinst du das ernst? Ach, Faith.« Er zog mich zu sich heran. »Das ist ausgeschlossen. Deine Mutter weiß das. Und Michel weiß das auch. Ich liebe ihn.«

Es war mir ein bisschen unangenehm, Dad das sagen zu hören. Aber es beruhigte mich auch. Ich hatte Michel gestern Abend eine SMS geschrieben, nur um mal zu hören, wie es ihm so ging. Er schrieb zurück, dass er die Tatsache nutzte, die Wohnung mal für sich zu haben, und sich alle *Alien*-Filme hintereinander ansah. Er fragte, wie es mit Laurel lief. »Super«, antwortete ich.

Mum machte uns einen Rinderbraten. Sie scheute wirklich weder Kosten noch Mühe, es war fast wie Weihnachten. Wir fanden heraus, dass Laurel Erbsen sehr gern mochte, aber keinen Rosenkohl aß. Und sie verputzte zwei Portionen Bratkartoffeln. Langsam nahm sie ein bisschen zu. Man konnte tatsächlich schon einen kleinen Unterschied sehen. Jeden Tag sah sie ein bisschen gesünder aus.

Nach dem Essen wussten wir alle nicht so richtig, was wir jetzt tun sollten. Wir saßen zusammen im Wohnzimmer und tranken Tee. Laurel war auf meinem Stammplatz auf der Couch, aber das machte mir nichts aus. Ich schlug vor, dass wir doch fernsehen könnten. So was machen normale Familien an einem Samstagabend, glaube ich. Dad gab Laurel die Fernbedienung, und sie zappte durch die Programme. Sie war immer noch völlig fasziniert von der großen Auswahl an Kanälen und konnte sich nicht zwischen einem Film über einen riesigen Killerhai und einer Doku über Erdbeben entscheiden und sah mich hilfesuchend an.

Ich flüsterte »Hai«.

Sie nickte und grinste, und zum ersten Mal hatte ich dieses Gefühl: Wir waren *Schwestern.* Uns verband etwas. Erst seit kurzem, und das Band war noch so zart wie ein Spinnenfaden, aber es war da und glitzerte im Sonnenlicht, wenn man genau hinsah.

Dann war plötzlich Laurel im Fernsehen. Sie hatte schon umgeschaltet, ohne zu begreifen, was sie gerade gesehen hatte, und schaltete sofort zurück. Mum versuchte, sie zu überreden, doch den Sender zu wechseln, aber Laurel wollte nichts davon hören. Kann ich verstehen, ich würde mich auch selbst sehen wollen, wenn ich im Fernsehen wäre. Ist doch ganz normal –, wenn man an einer offenen Tür vorbeikommt und seinen Namen hört, bleibt man schließlich auch stehen und lauscht auf das, was da geredet wird.

Es war ein Studio mit einem riesigen Bildschirm, darauf war ein Foto von Laurel mit der Unterschrift *Laurel Logan – Wie geht es jetzt weiter?* Zwei Männer in Anzügen saßen davor und unterhielten sich über meine Schwester. Einer von ihnen war angeblich Psychologe und Fachmann auf dem Gebiet posttraumatische Belastungsstörung. Er trug so eine Nerdbrille, die nur Menschen tragen, die ganz genau wissen, dass sie kein echter Nerd sind. Er bezeichnete Laurel immer wieder als gestört. Als er das Wort das zweite Mal benutzte, sagte Mum: »Ich glaube, das reicht jetzt.« Aber Laurel wollte weiter zuhören.

»Es ist nun mal eine Tatsache, dass es für Laurel schwierig sein wird, ein normales Leben zu führen. Die Einzelheiten ihres Martyriums, die nach und nach bekannt werden …« Er sprach die Einzelheiten nicht aus, schüttelte nur fassungslos den Kopf, um zu verdeutlichen, dass sie wirklich schrecklich waren.

Der Moderator (glänzend schwarze Haare, vorstehendes Kinn) beugte sich ein Stück zu ihm hinüber. »Aber wenigstens ist endlich das passiert, worauf wir alle so lange gewartet haben!« Aus seinem Mund klang die Rückkehr meiner Schwester wie ein Bericht über ein Fußballspiel. Jetzt, wo ich drüber nachdachte, kam er mir auch aus einer Sportsendung bekannt vor. Was hatte der denn in einer ernsthaften Sendung über ernsthafte Themen zu suchen? Wieso durfte der meine Schwester diskutieren? »Das ist doch wie im Märchen: ›Und von da an lebten sie glücklich bis an ihr Lebensende.‹« Er lehnte sich wieder zurück. Man sah ihm an, dass er sehr stolz auf diese Zeile war.

»Ja, natürlich ist es sehr schön, dass Laurel wieder bei ihrer Familie ist, das bestreitet niemand. Ich meine nur, die Situation ist nicht einfach. Ein Mädchen, das jahrelang missbraucht wurde, fügt sich nicht einfach wieder in die Familie ein, als wäre nichts gewesen.«

Dr. Nerdbrille schob seine Brille hoch. Sie sah neu aus, die hatte er sich bestimmt extra für seinen Auftritt in dieser sinnlosen Fernsehsendung gekauft.

Der Fußballexperte Mr Helmfrisur bedankte sich bei Dr. Nerdbrille und sah wieder in die Kamera. »Das waren ein paar wirklich sehr interessante Aspekte zu der Geschichte, die im Moment die ganze Nation beschäftigt.«

Laurel schaltete den Fernseher aus.

Mum streichelte ihr den Arm. »Denk nicht drüber nach, mein Schatz. Die haben keine Ahnung, wovon sie reden. Die kennen dich ja überhaupt nicht.«

Meine Eltern und ich waren solche Dinge schon gewohnt. Man ahnt nichts Böses, hört Radio, blättert eine Zeitschrift durch oder will ein bisschen fernsehen, und plötzlich kommt etwas zu unserer Familie, und schon ist der Tag für einen gelaufen.

Laurel war das aber noch nicht gewöhnt, sie fing an zu weinen. »Aber es wird doch alles wieder gut, oder? Ich werd wieder gesund, ja? Ich bin doch jetzt zu Hause. Das hier ist doch mein Zuhause.«

Dad sah aus, als würde ihm das Herz brechen. Mum hatte auch Tränen in den Augen. »Auf jeden Fall, mein

Schatz. Du bist jetzt zu Hause. Und alles wird wieder gut, versprochen.« Mum umarmte sie fest und wiegte sie wie ein kleines Kind.

Ich ging in die Küche und machte uns allen noch einen Tee.

KAPITEL 14

Die Party geht schon viel zu lange. Plötzlich fällt mir auf, dass ich Michel schon eine ganze Weile nicht mehr gesehen habe. Man hat ihm angemerkt, wie unwohl er sich fühlte. Er kannte Mums Familie bis heute nicht mal und war auch ganz schön nervös, weil er Laurel zum ersten Mal sehen würde. Sie war aber superoffen, hat ihn sofort umarmt und gesagt, dass sie sich schon darauf freut, ihn näher kennenzulernen. Sie hat sogar gefragt, ob er ihr nicht vielleicht ein bisschen Französisch beibringen kann.

Tante Eleanor ist ihm gegenüber schon etwas *zu* herzlich und flirtet ihn an, sobald Mum und Dad mal nicht in der Nähe sind.

Ich finde Michel schließlich in der Küche. »Versteckst du dich etwa?«

Er schlägt gerade Eier in eine Schüssel. »Natürlich nicht!«

Ich sehe ihn skeptisch an.

»Na gut, ja, ich verstecke mich hier. Aber hast du mal den Dip gekostet, den deine Mutter gekauft hat? Der ist *dégoûtant*! Ich werde schnell was anderes anrühren.« Wahrscheinlich wollte Mum ihn einfach aus dem Wohnzimmer haben, damit sie einen auf fröhliche Familie machen kann. Michel weiß das bestimmt auch, aber in der Küche fühlt er sich sowieso besser aufgehoben.

Ich sehe nach, ob ich die Tür richtig geschlossen habe. »Und, was hältst du von Laurel?«

Michel rührt die Eier mit einem Schneebesen schaumig. »Total nett. Ich weiß gar nicht, wieso ich so nervös war.«

»Weil du wolltest, dass sie dich mag. Ging mir genauso.«

»Meinst du denn, sie wird mich mögen?« Er sieht mich nicht an, sondern starrt konzentriert auf den Eischaum.

»*Alle* mögen dich, Michel.«

»Bis auf deine Großeltern.«

Da hat er leider recht. Ich habe sie ein paarmal dabei erwischt, wie sie ihn komisch angestarrt haben. Wer weiß, was Mum denen über ihn erzählt hat. Ich stoße ihn mit dem Ellenbogen an. »Tante Eleanor mag dich auf jeden Fall sehr!«

»Ja, die macht mir langsam Angst!«, flüstert Michel.

»Pass bloß auf, dass du nicht mit ihr allein in einem Raum bist!«

Michel gießt Olivenöl in einem dünnen Strahl in die Eimasse. »Und wie geht's dir so? Ist schon eine krasse Veränderung, hm? Wie war's in der Schule?«

Mum und Dad haben mich das nicht gefragt. »Ach, war ganz okay. Die typischen neugierigen Fragen halt. Das bin ich ja schon gewohnt.«

»Hab ein bisschen Geduld; irgendwann hört das auch auf.«

Ich zucke mit den Schultern. »Und wenn nicht, macht Martha Hackfleisch aus denen.«

Michel lacht. »Das glaub ich dir. Die wirkt echt einschüchternd, wenn sie’s drauf anlegt. Ich freu mich übrigens schon riesig auf nächsten Samstag.«

Laurel und ich sollen gemeinsam bei Michel und Dad übernachten. Mum meinte, es wäre vielleicht noch zu früh dafür, aber Dad hat gefragt: »Wofür genau? Bei uns sind die Mädchen doch genauso zu Hause wie bei dir.«

Ich war sehr stolz auf ihn, dass er das so klar gesagt hat. Laurel freut sich auch schon drauf. Sie hat gefragt, ob wir dann auch ein Mitternachtsmahl machen können. Das hat sie aus diesen Enid-Blyton-Büchern. Ich habe ihr nicht gesagt, dass so was für kleine Kinder ist, sondern meinte, klar, auf jeden Fall, mit Malzbier und allem Drum und Dran.

Dad kommt in die Küche und legt den Arm um Michel. »Na, was macht ihr zwei hier?« Michel hält ihm einen Teelöffel mit dem Aioli hin. Dad kostet. »Noch ein bisschen mehr Salz, würde ich sagen.«

Michel verdreht die Augen. »Das sagst du immer. So viel Salz ist nicht gut für dich!«

Dad streckt ihm die Zunge heraus. »Aber damit wird alles so lecker! Faith sieht das genauso, stimmt’s?«

Ich hebe nur abwehrend die Hände. »Lasst mich da bitte raus, ich will hier nicht in euren kleinen Ehekrach verwickelt werden.«

Dad lacht und schüttelt den Kopf. »Okay, Mich, du hast gewonnen. Dann servier eben eine langweilige Aioli, die nach nichts schmeckt.«

Michel verdreht wieder die Augen, salzt aber nach.

»Laurel hat nach dir gefragt, Faith. Ich glaub, sie könnte

da draußen deine Unterstützung gebrauchen, es ist alles ein bisschen viel für sie. So viele neue Leute.«

Ich grummele, dass es eh eine sehr schlechte Idee war, die ganze Familie auf einmal einzuladen.

Dad zuckt nur mit den Schultern. »Seh ich auch so, mein Schatz. Aber du weißt doch, wenn sich deine Mum mal was in den Kopf gesetzt hat, kann man sie schwer davon abhalten. Und wenigstens hat Laurel damit alles auf einmal hinter sich.«

In diesem Moment steckt Mum den Kopf zur Tür herein. »Familienfoto!«

Och nee.

Laurel muss mit jedem einzeln ein Foto machen und dann auch noch in jeder nur denkbaren Kombination. Laurel mit Gran, Laurel mit Gramps, Laurel mit Gran *und* Gramps. Es dauert ewig. Natürlich wollen auch alle noch ein Foto mit der eigenen Kamera oder dem eigenen Handy. Michel steht in der Tür und sieht zu, wie alle Fotos von Mum, Dad, Laurel und mir gemeinsam knipsen. Wenigstens stehen Mum und Dad nicht nebeneinander; Laurel und ich sind als Puffer dazwischen.

Mum will ein Foto von Laurel und mir. Erst stehen wir noch mit ein paar Zentimeter Abstand zueinander da. Mum und Dad knipsen los. Mum hat schon wieder Tränen in den Augen. Ich hasse es, wenn Fotos von mir gemacht werden. War schon immer so, wird wohl auch immer so bleiben. Aber ich verstehe, dass meine Eltern das brauchen, und das ist mir im Moment wichtiger als die Tatsache, dass ich mich dabei unwohl fühle. Alle sehen uns zu (bis auf Eleanor, die sich gerade den letzten Schluck Sekt ins Glas gießt). Ich lege Laurel schließlich einfach den Arm um die Schulter und ziehe sie ein Stück zu mir heran. Sie legt mir den Arm um die Taille und lehnt ihren Kopf gegen meinen. Da muss ich lächeln, ein richtiges strahlendes Lächeln. Ich denke nicht mal wie sonst über meine Zahnlücke nach.

Zwei Schwestern, endlich wieder vereint.

KAPITEL 15

Wie sich herausstellt, ist Laurel ein Naturtalent im Macarons-Backen und mit Feuereifer bei der Sache. Ich hatte ehrlich gesagt Sorge, dass es keinen Spaß mehr machen würde, wenn jemand anderes mit dabei ist, weil mir diese Zeit mit Michel eigentlich heilig ist. Aber es ist schön, Laurel dabeizuhaben. Michel dreht die Musik lauter – wir hören immer kitschigen französischen Neunziger-Pop beim Backen, bei dem ich schon perfekt mitsingen kann, ohne auch nur ein Wort zu verstehen –, und wir bilden eine kleine Backstraße. Am Ende steht Michel und verteilt den Teig mit einer Spritztüte auf den Backblechen.

Dad wollte uns erst gar nicht allein lassen, was mich kurz irritiert hat. Andererseits kann man ihm ja auch nicht wirklich einen Vorwurf machen, er hat schließlich die letzten 13 Jahre mit Laurel verpasst. Ist also nur natürlich, dass er jetzt jede freie Minute mit ihr verbringen möchte. Mum ist genauso, auch wenn sie immer wieder betont, dass Laurel Zeit für sich braucht. Es klingt eher, als ob sie sich selbst daran erinnern muss, und nicht uns.

Seit drei Wochen ist Laurel wieder zu Hause. Seit vier Wochen ist sie wieder frei. Die Zeit vergeht so schnell.

Mittlerweile ist wieder ein bisschen Normalität bei uns eingekehrt, die Medien haben ihre Kameras und Mikros eingepackt und unseren Vorgarten geräumt. Sie hatten ja auch keinen Grund mehr zu bleiben: Außer dem hundertsten Foto von Laurel, wie sie das Haus verlässt, war nichts abzugreifen. Mum fand es schlimm, als unser Vorgarten noch okkupiert war, aber Laurel schien es gar nicht allzu viel auszumachen. Einmal habe ich gesehen, wie sie den Journalisten da unten sogar vom Fenster aus zugewinkt hat. Ich riet ihr, so was lieber bleiben zu lassen. Ich habe sie danach auch nicht mehr beim Winken erwischt, aber ich weiß, dass sie es trotzdem weiter getan hat, weil es im Fernsehen zu sehen war.

Der Streifenwagen ist allerdings immer noch da. Er parkt ein Stück die Straße runter auf der gegenüberliegenden Seite. Die Polizisten da drin langweilen sich bestimmt zu Tode. Zumindest machen sie auf mich immer den Eindruck, wenn ich mal an dem Auto vorbeikomme.

Laurel versteht nach und nach, wie die Welt so funktioniert. Manchmal vergisst man beinahe, dass sie keine normale 19-Jährige ist, die ein ganz normales, langweiliges Durchschnittsleben führt. Aber dann stellt sie eine Frage oder macht irgendetwas Seltsames, und da fällt es einem wieder ein. Einmal hat sie zum Beispiel darauf bestanden, dass Barnaby der Bär mit am Abendbrottisch sitzt. Mum hat so getan, als wäre das völlig normal. Zum Glück war Barnaby da schon wieder sauber.

Ich versuche, ihr so viel wie möglich beizubringen, weil ich den Gedanken kaum ertragen kann, dass sie da draußen in der großen weiten Welt herumläuft und nicht auf alles vorbereitet ist. Die Sitzungen zweimal die Woche bei der Psychologin helfen ihr auf jeden Fall, und ihre neue Psychotherapeutin Penny mag sie auch sehr. Gemeinsam machen sie regelmäßig Ausflüge. Am besten hat es Laurel bis jetzt im Zoo gefallen. Der Kinobesuch hingegen war eine Katastrophe, da hat sie nämlich nach zehn Minuten plötzlich eine Panikattacke bekommen. Keiner weiß, wodurch sie ausgelöst wurde. Es war kein gewalttätiger Horrorfilm oder Psychothriller oder so was, bloß der neueste Pixarfilm. Laurel wollte hinterher nicht darüber reden. Wenn sie über etwas nicht reden will, presst sie die Lippen ganz fest aufeinander und bekommt Grübchen im Kinn. Sie sieht dann aus wie ein kleines Kind. Penny sagt, man darf in solchen Momenten nicht in sie dringen, denn sie braucht noch Zeit.

Die Polizei will nach wie vor ständig irgendetwas von ihr, und das macht es auch nicht gerade leichter. Es ist schwierig, wie eine normale Familie zu leben, wenn man ständig daran erinnert wird, dass man eben keine normale Familie ist. Neulich ist Mum gegenüber Sergeant Dawkins komplett ausgerastet, weil die plötzlich zusammen mit einer weiteren Polizistin unangekündigt vor der Tür stand. Sergeant Dawkins meinte, sie müssten jetzt endlich einmal den DNS-Test vornehmen. Sie versprach Laurel, es würde nicht weh tun und auch nur eine Sekunde dauern, aber Laurel ließ sich nicht überreden. Sie wich vor den beiden Frauen zurück, als hätte sie panische Angst. Mum wollte sich schützend vor ihr Kind stellen, aber Sergeant Dawkins meinte, es müsse wirklich sein. Da ist Laurel komplett zusammengebrochen, hat geweint und sich an den Haaren gezogen. »Nein, nein, nein, nein, nein!«, hat sie immer wieder gerufen und am ganzen Körper gezittert. Also brachte ich Laurel in ihr Zimmer. Sobald wir drin waren, ist sie unter den Tisch gekrabbelt, und ich habe zum ersten Mal die kleine Höhle gesehen, die sie sich dort gebaut hat – ein Nest aus Kissen und Decken, kaum groß genug für ein Kind, ganz zu schweigen von einer erwachsenen Frau.

Laurel schaffte es trotzdem irgendwie hinein und wickelte sich in eine Decke. Diese Decke gehörte mir, ich hatte nicht mal bemerkt, dass Laurel sie sich genommen hatte. Ich kniete mich vor sie hin und fragte, ob alles in Ordnung sei. Sie schwieg.

Auch in den nächsten Minuten blieb das so. Egal, was ich sagte, sie antwortete nicht. Ich setzte mich im Schneidersitz direkt vor sie hin. »Es ist okay, Laurel. Du musst keine Angst mehr haben. Du bist in Sicherheit. Ich bleibe hier bei dir.« Ich redete so noch eine Weile auf sie ein, erzählte vom Abendbrot (Ofenkartoffeln) und von dem Essay, den ich in Englisch schreiben musste – einfach alles Mögliche, um sie zu beruhigen. Irgendwann streckte sie eine Hand unter der Decke hervor und griff nach meiner. »Ich lass dich nicht alleine, Laurel«, sagte ich.

Sie drückte meine Hand und sah mich an. Sie hatte Tränen in den Augen. »Danke«, flüsterte sie.

An diesem Abend aß Laurel zum ersten Mal eine Ofenkartoffel. Ich sorgte dafür, dass sie perfekt war – schön viel Salz, ganz viel Butter, viel zu viel Käse. Sie fand sie absolut köstlich.

Mum regte sich derweil über die Polizei auf (*Was er-*

lauben die sich eigentlich? Wieso lassen die sie nicht einfach in Ruhe, sie hat doch genug durchgemacht! Die sollten sich lieber darum kümmern, endlich dieses Monster zu verhaften!), aber Laurel ging es schon wieder viel besser. Ich hatte sie irgendwann aus ihrer Höhle locken können, wir hatten die Decke zusammengelegt und den Stuhl wieder vor den Tisch geschoben. Mum erzählte ich nichts von der Höhle, sie würde sich bloß Sorgen machen.

Als Dad nach Hause kommt, befüllen wir gerade die letzten Macarons. Er hat sich offensichtlich beeilt. Laurel reicht ihm einen kleinen Teller mit drei Macarons. Sie sagt, sie hätte ihm extra die gelungensten ausgesucht. (Das stimmt nicht ganz, erst hatte sie die Macarons Tonks geben wollen, die darf aber nur Spezialkatzenfutter essen.)

Dad strahlt sie an, isst die Süßigkeiten und verkündet, sie wären ausgezeichnet. Er zwinkert mir zu. »Pass bloß auf, Faith, du bekommst Konkurrenz! Backen liegt uns wohl im Blut.«

Alle lachen. Niemand sagt, dass ihr das kulinarische Können garantiert nicht vererbt worden ist, weil sie ja schließlich adoptiert wurde. Genauso wie Dad nicht erwähnt, dass er Macarons nicht ausstehen kann. Meine hat er noch nie probiert.

Laurel und ich bleiben an diesem Abend lange wach und reden. Sie schläft im Bett, ich auf der Luftmatratze. Wir haben das mit einer Münze entschieden. Auf dem Boden ist gerade genug Platz für die Matratze, sie passt genau zwischen den Schrank und das Bett. Erst hat es sich komisch angefühlt, so nah neben jemandem zu schlafen, den ich ja eigentlich gar nicht kenne. Wenn ich bei Martha bleibe, schlafe ich immer im Gästezimmer, und sie hat noch nie bei mir übernachtet. Ich weiß gar nicht genau, wieso.

Laurel liegt auf der linken Seite und schaut mich unter der Decke hervor an. Ich liege auf meiner rechten Seite und tue so, als wäre die Luftmatratze genauso bequem wie das Bett (*mein* Bett). Wir haben das Licht ausgemacht, es ist aber nicht völlig dunkel im Zimmer. Dad hat ein zweites Nachtlicht gekauft, damit Laurel Flocke nicht jedes Wochenende mit herbringen muss. Laurel redet gern noch ein bisschen vor dem Einschlafen. Sie bittet mich immer, ihr Geschichten zu erzählen, aber es müssen wahre Geschichten sein. Sie will alles über meine Kindheit, die Schule und Thomas wissen. Besonders über Thomas.

Beim ersten Treffen mit ihm war sie auch sehr aufgeregt. Das hat sie zwar nicht gesagt, aber man hat es deutlich gemerkt. Sie hat immer wieder in den Spiegel gesehen, ob ihre Haare auch sitzen, und war total nervös. Ich hatte Thomas und Martha zu Pizza und einem Film eingeladen. Das war doch die einfachste Art, dass sich alle mal kennenlernten. Ich wollte natürlich, dass sich die wichtigsten Menschen in meinem Leben gut verstehen. Ich hatte es sogar geschafft, Mum für diesen Abend aus dem Haus zu kriegen: Sie war mit einer Freundin in einer Cocktailbar verabredet – etwas, das sie nach Laurels Verschwinden nie getan hatte.

Martha und Thomas kamen gleichzeitig an. Ich stellte alle einander vor, und anfangs war es ein bisschen verkrampft, aber dann mussten wir über diese seltsame Situation lachen, und da war es schon nicht mehr so schlimm. Thomas war mit dem Auto da, also konnte er nichts trinken. Martha, Laurel und ich tranken Wein. Mum hatte gesagt, wir sollten nicht mehr als eine Flasche leermachen, also wurden es natürlich zwei. Laurel kippte das erste Glas fast auf ex hinunter, beim zweiten ließ sie sich dann aber etwas mehr Zeit. Zuerst war Martha noch ziemlich schüchtern, was für sie sehr ungewöhnlich ist. Thomas schien sich aber sofort wohl zu fühlen. Er war höflich und charmant und bot sogar an, uns die Pizza auszugeben. Ich wollte sein Angebot gerade annehmen, da zog Laurel mehrere 20-Pfund-Scheine aus der Hosentasche. Mum hatte ihr das zugesteckt, bevor sie gegangen war. Ich ignorierte die kleine Stimme in meinem Kopf, die fragte, wieso sie das Geld nicht mir gegeben hatte. Vielleicht war das von jetzt an einfach so? Laurel war immerhin die ältere von uns beiden. Sie bestand auch darauf, selbst beim Pizzaservice anzurufen.

Nachdem sie die Bestellung aufgegeben und ihren Namen und Adresse genannt hatte, verstummte sie für eine Weile. Ich sah zu Martha – sie hatte denselben Gedanken wie ich. Laurel antwortete mit »ja« auf eine Frage, die garantiert »Laurel Logan? *Die* Laurel Logan?« gelautet hatte. Ich wollte ihr das Telefon aus der Hand nehmen, aber sie winkte ab. Sie strahlte plötzlich richtig. »Danke, wie nett! Ja. Ja. Es ist toll, wieder zu Hause zu sein. Danke schön, wirklich sehr nett von Ihnen.« Dann schwieg sie wieder und lauschte. »Danke! Schönen Abend noch. Tschüs. Ja, mach ich. Tschüs!« Sie legte auf und sah uns triumphierend an. »Er hat gesagt, wir kriegen noch gratis eine Stange Knoblauchbrot und eine Flasche Sprite dazu!«

»Und wieso?«, fragte ich.

Laurel zuckte mit den Schultern. »Keine Ahnung. Er hat mich im Fernsehen gesehen. Er meinte, ich bin hübsch.«

Ich hatte keine Lust, Laurel einen Vortrag über Fremde zu halten, die einem Geschenke machten. Thomas freute sich bloß auf die Sprite und prostete Laurel mit seinem Wasser zu. »Cheers, Laurel!« Meine Schwester lächelte ihn an. Ich ignorierte den bedeutungsvollen Blick, den Martha mir daraufhin zuwarf. Als der Pizzabote klingelte, wollte Laurel ihm unbedingt öffnen. Ich weiß zwar nicht, ob »dem Pizzaboten das Geld geben« zu den Alltagsdingen zählt, die Laurel laut ihrer Therapeutin üben soll, aber nun gut.

Bei der Suche nach einem Film auf Netflix kam es noch einmal zu ein paar unangenehmen Momenten. Thomas scrollte durch die Filme, und Laurel schlug immer wieder den einen oder anderen vor. Leider kannte sie die Filme aber nicht, und genau das war das Problem. Man macht sich ja keine Vorstellung, in wie vielen Filmen Entführungen, gruselige Psychopathen, sexueller Missbrauch oder irgendeine Art Familientrauma vorkommen. Ich lehnte Laurels Vorschläge immer wieder ab, Thomas war irgendwann ganz genervt und gab mir die Fernbedienung. »Dann such *du* doch was aus!« Und das tat ich dann. Eine romantische Komödie, die noch keiner von uns gesehen hatte. Thomas hasst Romcoms. Genau genommen hasst Thomas alle Filme, die nicht vier Stunden lang sind und

Untertitel haben. Er machte sich die ganze Zeit über den Film lustig, was aber okay war, denn der war wirklich ganz schön schlecht. Laurel machte das nichts aus, sie fand ihn toll. Am Ende musste sie sogar weinen und dann über sich selbst lachen.

Nachdem Thomas und Martha gegangen waren, bedankte sie sich bei mir.

»Wofür denn?« Ich knabberte an einem Pizzarand.

Sie sah mich sehr ernst an. »Dass du mich in deine Welt reinlässt.«

Ich wusste nicht genau, was sie damit meinte. Sie sah mir meine Verwirrung anscheinend an. »Ich meine nur, ich finde es wirklich sehr lieb, dass ich Zeit mit dir und deinen Freunden verbringen darf. Es muss schwer für dich sein, auf einmal eine Schwester zu haben, die aus dem Nichts auftaucht und dein ganzes Leben auf den Kopf stellt.« Plötzlich sah sie sehr unsicher aus, als wäre ihr peinlich, was sie gesagt hatte.

Ich legte den Pizzarand zurück auf den Teller und schüttelte den Kopf. »Nein, es ist genau andersherum. Vorher war mein Leben auf den Kopf gestellt. Und du hast …« Würde ich das jetzt wirklich sagen? Mein Gedanke war so kitschig, dass er perfekt in den Film von eben gepasst hätte. Laurel sah mich an, ganz offen und ehrlich und erwartungsvoll. »Mit dir ist es wieder richtig herum.«

Laurels Lächeln war das breiteste, das ich je gesehen habe.

Manchmal ist ein bisschen Kitsch also ganz in Ordnung.

KAPITEL 16

Laurel ist das erste Mal mit auf dem Markt. Die Frau vom Stand neben uns kommt vorbei, um hallo zu sagen. Maureen verkauft ausgefallenen Essig, Erdbeerbalsamico ist ihr neuester Bestseller. Sie ist sehr nett und immer gutgelaunt, auch wenn das Wetter mal schlecht ist oder nur wenige Kunden kommen.

»Hast du dir ein bisschen Unterstützung mitgebracht, Michael?« Sie nennt ihn immer »Michael«, aber er verbessert sie nicht, wünscht ihr nur lachend einen guten Morgen. Maureen begrüßt als Nächstes Laurel, die gerade eine Wachstuchtischdecke auf dem Verkaufstisch ausbreitet (rotkariert natürlich). »Hallo! Ich bin Maureen, aber nenn mich einfach Mo. Schön, dich kennenzulernen … O mein Gott!« Sie sieht Michel an. »Ist das etwa …?« Dann dreht sie sich wieder zu Laurel um. »Bist du …?«

Michel stellt sich neben sie. »Ja, aber könntest du das vielleicht für dich behalten?«

Maureen lacht kurz auf. »Für mich behalten? Du weißt schon, dass sie eh jeder erkennen wird, oder?«

Ich wüsste gern, was Laurel über solche Gespräche denkt.

Maureen fragt, ob sie sie mal umarmen darf. Ich hätte nein gesagt, aber Laurel nickt. »Du armes Mädchen«, flüsterte Maureen. Sie beschimpft außerdem Michel als Geheimniskrämer, weil er ihr nichts von Laurel erzählt hat, und geht kopfschüttelnd zurück zu ihrem eigenen Stand.

Dann geht die Katastrophe los. Schon der erste Kunde erkennt Laurel sofort, obwohl sie sich den Schal so hochgezogen hat, dass er ihr Gesicht halb verdeckt. Gegen halb elf hat sich eine richtige Menschenmenge um uns geschart. Das war sonst nie so. Wir waren einfach Faith und Michel, die mit den besten Macarons außerhalb von Paris. Jetzt sind wir »die Schwester und der Fast-Stiefvater der kleinen Laurel Logan«. Und keiner kauft mehr Macarons.

Eine Frau drängelt sich nach vorn durch und will unbedingt ein Foto von ihrer Tochter mit Laurel. Der Tochter (etwa zehn Jahre alt und damit beschäftigt, eine Tüte Chips in sich hineinzustopfen) scheint das Ganze eher egal zu sein. Laurel stellt sich vor unserem Stand neben das Mädchen. Ihr Lächeln wirkt echt. Wie macht sie das bloß? Die Frau bedankt sich nicht einmal bei ihr.

Immer mehr Leute bitten um ein Foto mit meiner Schwester, als wäre sie ein Fernsehstar und nicht etwa eine junge Frau, die etwas unglaublich Schreckliches durchmachen musste. Das ist denen wohl egal: berühmt ist berühmt. Zu Hause werden sie sagen, dass diese Laurel Logan in echt dünner aussieht als im Fernsehen, oder größer oder hübscher. Dass man ihr überhaupt nicht anmerkt, was sie erlebt hat. Dass ihre Schwester ruhig ein bisschen netter hätte sein können und nicht annähernd so hübsch ist wie Laurel, und wieso zieht die eigentlich die ganze Zeit so ein Gesicht? Freut sie sich etwa nicht, dass ihre Schwester wieder da ist?

Michel versucht, der Situation Herr zu werden, aber als es plötzlich 30 Menschen sind, vielleicht sogar mehr, weiß er, dass er keine Chance hat. »Ich glaube, ich bringe Laurel mal lieber nach Hause. Kannst du so lange auf den Stand aufpassen?«

Jemand ruft Laurel eine Frage zu: »Hast du keine Angst, dass er immer noch irgendwo da draußen herumläuft?« Jemand anderes, der Stimme nach eine ältere Frau, sagt: »Ach du meine Güte, stimmt ja. Vielleicht ist er jetzt gerade hier und beobachtet sie!« Anscheinend sind diese Leute alle verrückt geworden. Sie benehmen sich unhöflich, aufdringlich und haben kein Problem damit, einem Mädchen Angst zu machen, das sie nicht mal kennen.

Ich ziehe Laurel weg. Sie entschuldigt sich tatsächlich noch. »Tut mir wirklich leid, ich muss jetzt los.«

Die Leute machen immer noch Fotos von ihr. Ich öffne die Autotür und schubse sie halb hinein. Die Fotos gibt's garantiert gleich auf Twitter und Instagram. Michel vergewissert sich, dass ich wirklich ohne ihn klarkomme, und verspricht, sich zu beeilen. Die Menschen stehen so dicht um das Auto herum, dass er ewig braucht, um nur auszuparken. Laurel hat irgendwas an sich, also ihre Geschichte zumindest, das aus normalen Menschen Idioten macht. Ich sollte ihnen das nicht vorwerfen, es ist ja nicht ihre Schuld.

Sobald er und Laurel weg sind, löst sich die Menge auf. Von mir will keiner Fotos machen. Ohne Laurel bin ich ein Niemand, und das bin ich auch ganz gern. Eine solariumgebräunte Frau Mitte 20 tritt an den Stand heran: Ob sie mich kurz etwas fragen könne?

»Ich rede eh nicht mit Ihnen über Laurel, also verpissen Sie sich gefälligst.«

Dumm nur, dass sie lediglich wissen wollte, ob ich ihr die Macarons mit Himbeerfüllung oder die mit dem Salzkaramell empfehlen würde. Ich entschuldige mich tausendmal und gebe ihr am Ende noch eine Tüte mit sechs Karamellmacarons gratis mit.

Maureen bringt mir eine Tasse Tee und bietet an, kurz ein Auge auf unseren Stand zu haben, falls ich mal ein paar Minuten für mich sein will. Sie ist wirklich ein lieber Mensch.

Ich setze mich auf die Stufen vor der Kirche und trinke meinen Tee, obwohl er noch viel zu heiß ist. Hoffentlich geht es Laurel gut. Viel auszumachen schien das Ganze ihr ja nicht, während mir immer noch das Herz bis zum Hals schlägt. Obwohl sie fast ihr ganzes Leben in einem Keller eingesperrt war, kann meine Schwester besser mit Menschen umgehen als ich. Irgendwie unfair.

Dad kocht vor Wut, als er von dem Vorfall erfährt. Laurel weint, weil sie denkt, sie hätte etwas falsch gemacht, und Dad muss ihr erklären, dass er auf die Leute wütend ist, nicht auf sie. Er bezeichnet sie als Parasiten. Laurel hat ein schlechtes Gewissen.

»Ist doch nicht deine Schuld!«, sagen Michel und ich gleichzeitig.

Laurel hat den Blick gesenkt. Ihre Haare verdecken ihr Gesicht. »Na ja, irgendwie aber schon, oder? Wenn es mich nicht geben würde, wäre das ja nicht passiert. Ich hätte … keine Ahnung. Ich hätte denen sagen sollen, sie sollen abhauen, statt noch mit ihnen Fotos zu machen.«

Ich knie mich vor sie hin und versuche, ihren Blick einzufangen. »Hey, hör mir mal zu. Du hast das genau richtig gemacht. Man *muss* nett zu denen sein. Ich seh sonst schon die Überschrift morgen in der Zeitung: *LAUREL LOGAN WAR GEMEIN ZU MEINER MUM!*« Ein Lächeln huscht über ihr Gesicht. »Aber weißt du, was richtig cool ist? *Ich* muss nicht nett sein. Ich kann denen ins Gesicht sagen, was ich will, weil über mich nie berichtet wird. Wenn so was also noch mal passiert, kümmer ich mich drum, okay?«

Laurel sieht hoch. »Ich hatte Angst … das waren auf einmal so viele Menschen.« Das überrascht mich jetzt. Sie schien super entspannt während des ganzen Trubels. Vielleicht versteckt Laurel ihre Gefühle besser, als ich dachte. Vielleicht lernt man so was einfach, wenn man 13 Jahre lang jeden Tag mit einem Psychopathen zu tun hat.

»Was bilden die sich bloß ein?«, schimpft Dad schon wieder los und regt sich darüber auf, dass niemand mehr die Privatsphäre anderer Leute respektiert. Michel schiebt ihn in die Küche und schlägt vor, Tee zu machen.

Ich setze mich neben Laurel. Sie bedankt sich. »Du musst mal aufhören, dich immer bei mir zu bedanken.«

»Wieso?« Sie sieht mich erschrocken an, als hätte sie sich gerade irgendeinen schlimmen Fauxpas geleistet.

Ich lächle sie beruhigend an. »Weil wir doch eine Familie sind. Wir sind eben füreinander da.«

»Klingt gut.« Sie beißt auf ihrer Lippe rum und streicht sich eine Haarsträhne hinters Ohr. Langsam lerne ich ihre Körpersprache zu deuten – leider zu langsam. Wenn sie auf ihrer Lippe kaut und sich die Haare hinters Ohr streicht, heißt das, dass sie unsicher ist. (Oder vielleicht auch nur, dass sie trockene Lippen hat und es sie nervt, wenn ihr die Haare ins Gesicht fallen?) Sie wirft einen Blick in Richtung Küche, ob Dad und Michel noch beschäftigt sind, und flüstert mir dann zu: »Tut mir leid, dass ich nicht für dich da war.« Mein Hals wird eng. »Eigentlich sollten große Schwestern für ihre kleinen da sein. Und ich war's nicht.«

»Aber jetzt bist du ja hier. Alles andere ist doch egal.« Das ist gelogen. Was davor war, ist überhaupt nicht egal. Aber wir können die Vergangenheit nun mal nicht ändern. Zu meiner eigenen Überraschung schwöre ich mir innerlich, ihr die beste Schwester zu sein, die man nur sein kann, und alles zu tun, um die verlorenen Jahre wiedergutzumachen. Das ist das mindeste, finde ich.

KAPITEL 17

Sich selbst etwas zu schwören ist eigentlich bescheuert. Ein Versprechen, das man nur im Kopf gegeben hat, muss man ja nicht halten. Aber trotzdem habe ich das Gefühl, mein Versprechen gegenüber Laurel halten zu müssen. Und deshalb sitze ich hier gerade auf einem viel zu hohen Sofa neben Mum und Dad in einem Fernsehstudio vor einem Haufen kichernder Mittfünfzigerinnen. Laurel hat einen eigenen Sessel direkt neben Cynthia Day. Das hier ist wirklich mein schlimmster Albtraum. Nur ist er leider wahr.

Dad hatte auch Magenschmerzen bei der Sache, obwohl er vor zwölf Jahren schon einmal mit Mum in der *Cynthia Day Show* war, um für Publicity im Fall Laurel zu sorgen. Das war etwa ein Jahr nach ihrem Verschwinden gewesen, und das öffentliche Interesse hatte langsam nachgelassen. Dem wollten meine Eltern natürlich entgegenwirken.

Und das hier tun wir auch für Laurel, das sage ich mir immer wieder. Bei jeder banalen, sinnlosen Frage von Cynthia, die nur darauf abzielt, uns zum Weinen zu bringen. Das ist nämlich ihre Spezialität: Leute zum Weinen bringen und dann zu zeigen, wie sehr sie mitfühlt, indem sie auch anfängt zu weinen. Aus irgendeinem Grund (und ohne dass ich etwas davon wusste, sonst hätte ich es auf jeden Fall verhindert) hat sich Laurel in den letzten vier Wochen jede einzelne Folge der *Cynthia Day Show* angesehen. Gleich nach ihrer Rückkehr hatte sich ein Produzent der Sendung bei uns gemeldet und um ein Interview mit Laurel gebeten. Mum lehnte dies ab, aber Laurel verfolgte die Sendung daraufhin. Als der Produzent sich dann einen Monat später noch einmal meldete und diesmal eine absurd hohe Summe dafür bot, dass die ganze Familie in der Sendung auftritt, wollte Laurel das unbedingt. Wir setzten uns zu viert zusammen und diskutierten Pros und Contras, aber das hätten wir uns auch sparen können, denn eigentlich ging es uns allen nur um Laurel. Sie erzählte uns mit leuchtenden Augen, wie gern sie mal ein echtes Fernsehstudio von innen sehen und Cynthia treffen würde (*Die ist sooo nett!*). Damit war die Entscheidung gefallen. Und das Geld ging direkt auf Laurels Konto.

Thomas war empört und konnte nicht nachvollziehen, wieso ich da mitmachte. Erst als ich ihn anfauchte, dass er mich endlich damit in Ruhe lassen sollte, er hätte ja schließlich keine Ahnung, was in mir vorging, ließ er das Thema fallen. Aber er sprach für den Rest des Tages fast kein Wort mehr mit mir. Martha war verständnisvoller, was mich sehr beruhigte, weil wir uns in letzter Zeit kaum noch sahen. Wir machten zwar in der Schule nach wie vor alles gemeinsam, aber nachmittags unternahm ich mittlerweile so viel mit Laurel, dass kaum noch Zeit für Martha blieb.

Es ist viel zu heiß, ich schwitze unter den Scheinwerfern. Den anderen macht die Hitze anscheinend nichts aus. Mum und Dad waren schon oft im Fernsehen, für sie ist das alles nichts Neues. Sie waren vorher nicht mal aufgeregt. Und Laurel freut sich einfach nur total, hier zu sein. Als wir vorhin ins Studio gekommen sind, hat sie uns ein Bild an der Wand gezeigt, das letzte Woche ein Kind hier in der Sendung gemalt hatte. Sie kannte die ganze Geschichte dazu. »Es war so toll! Das hättest du sehen müssen, Faith. Der Junge war noch ganz klein, fünf oder sechs vielleicht. Und er hat auf dem Boden gesessen und ein Porträt von Cynthia gezeichnet, während sie seine Eltern interviewt hat. Er hat nur ein paar Minuten dafür gebraucht, und Cynthia musste weinen, als sie es gesehen hat, und meinte, das hebt sie jetzt für immer auf, aber der kleine Junge meinte, sie soll's lieber verkaufen. O mein Gott, es war echt so witzig! Das ganze Publikum hat gelacht!«

Laurel bemerkte, dass ich nicht so enthusiastisch auf die Anekdote reagierte, wie sie gehofft hatte. Ich sagte ihr, ich sei nervös. Mum und Dad gegenüber hätte ich das nie zugegeben, aber bei Laurel macht es mir irgendwie nichts aus, Schwäche zuzugeben.

Sie legte mir den Arm um die Schultern und versicherte mir, dass es gar keinen Grund gäbe, nervös zu sein. »Cynthia ist total nett. Gestern war so eine Frau in der Sendung, die eine Spendenaktion ins Leben gerufen hat, und …« Ich hörte nicht mehr zu.

Die Dame, die für die Garderobe der Gäste zuständig war, schüttelte bei meinem Anblick missbilligend den Kopf. »Nein, nein, nein, das kann auf gar keinen Fall so bleiben.« Was Mum, Dad und Laurel trugen, war in Ordnung, nur meine Klamotten nicht. Ich hatte etwas Bequemes anziehen wollen und mich für einen meiner Lieblingspullover entschieden, einen schwarzen mit V-Ausschnitt. Ich weiß nicht, was an diesem Pullover auszusetzen war, aber die Dame meinte, damit würde ich mir vor der Kamera »keinen Gefallen tun«.

Ich wollte wissen, was das heißen sollte, aber sie ging nicht näher darauf ein. Deshalb trage ich nun ein oranges Oberteil mit lila Streifen an den Ärmeln. Laurel fand mich hübsch darin, also habe ich mich nicht gewehrt.

Eine halbe Stunde vor Sendungsbeginn kam Cynthia in die Garderobe. Das Erste, was mir an ihr auffiel, war der Geruch, der sofort den ganzen Raum beherrschte – das süßlichste Parfüm, das man sich vorstellen kann, ein ganz schwerer Blumenduft. Das Zweite war die Tatsache, dass ihre Haare der Erdanziehung zu trotzen schienen. In den 80ern wäre jedes Mädchen neidisch geworden.

»O mein Gott, sie ist es wirklich«, flüsterte Laurel, während Cynthia Mum und Dad begrüßte.

»Ist schon okay, denk immer daran, dass sie auch nur ein Mensch ist«, flüsterte ich zurück.

»Aber sie ist berühmt.«

»Du doch auch!«

Cynthia klatschte begeistert in die Hände. »Laurel! Ich freue mich so unglaublich, dass du unsere Sendung beehrst!« Sie küsste Laurel auf beide Wangen. »Und du musst Faith sein. Schön, dass du da bist!« Mich küsste sie nicht, aber ich war ganz froh darüber, denn so aus der Nähe hatte man wirklich Angst, an ihrem Parfüm zu ersticken. Cynthia setzte sich adrett mit einer Pobacke auf den Tisch und erklärte uns den Verlauf der Sendung. Sie betonte noch mal, es gäbe absolut keinen Grund zur Nervosität, die Fragen hätten wir sowieso schon tausendmal gehört und beantwortet. »Erzählen Sie uns einfach Ihre Geschichte, mehr will mein Publikum gar nicht.« Und dann war sie wieder verschwunden. Ihre Parfümwolke ließ sie leider da.

Das Publikum besteht fast ausschließlich aus Frauen. Sie beugen sich neugierig vor, wollen alle Laurel aus der Nähe sehen. Während sie spricht, nicken sie die ganze Zeit zustimmend und werfen sich untereinander traurig-mitfühlende Blicke zu. Laurel macht das perfekt. Sie nimmt sich Zeit für ihre Antworten, denkt in Ruhe über jede Frage von Cynthia nach. Zwischendurch sieht sie immer mal wieder fragend zu Mum, Dad und mir rüber, ob das alles so okay ist. Mum und Dad nicken ihr dann aufmunternd zu.

Auf dem großen Bildschirm hinter uns erscheint ein Video. »Wir hatten die Logans ja schon mal hier bei uns im Studio. Ich möchte euch kurz in Erinnerung rufen, was diese Familie durchgemacht hat. Vor zwölf Jahren saßen Olivia und John auf genau diesem Sofa … Also na ja, nicht *genau* diesem Sofa, das hier ist nämlich nagelneu. Und ich hab's selbst ausgesucht! Gefällt's euch?« Das Publikum lobt klatschend Cynthias Möbelgeschmack. »Hm, wo war ich denn jetzt?« Das ist einer von ihren Tricks, ab und zu tut sie so, als wäre sie ein bisschen durcheinander, ein Mensch so wie du und ich.

In dem Video sitzen Mum und Dad auf einem Sofa, das

dem hier sehr ähnlich ist, Cynthias Einrichtungsgeschmack hat sich also im Laufe eines Jahrzehnts nicht grundlegend geändert. Ich kenne das Interview schon von YouTube, habe es aber nur einmal gesehen, weil es nicht sehr interessant ist. Meine Eltern sehen traurig und erschöpft aus. Es hatte seit einem Jahr keine neuen Entwicklungen mehr im Fall gegeben. Mum sagte, sie könne nicht in Worte fassen, wie es ihr ginge, und Cynthia nickte, obwohl ihr anzusehen war, dass sie sich sehr gewünscht hätte, dass Mum es wenigstens versucht.

Am Ende sprach sie direkt in die Kamera. »Laurel, falls du das hier siehst: Deine Eltern haben dich sehr lieb.« Die Vorstellung, Laurel könnte zusehen, war natürlich bescheuert.

Jetzt ist der Bildschirm wieder schwarz. Cynthia schweigt und gibt dem Publikum einen Moment, um meine Eltern in Gedanken mit den Menschen zu vergleichen, die sie im Video gesehen haben. Sie macht einen Witz darüber, wie dick sie selbst früher war, und alle lachen. Es stimmt. Sie war fast doppelt so dick wie heute. Ihre Frisur hat sich jedoch kein bisschen verändert.

»Und, Laurel, wie fühlt es sich an, wieder bei deiner Familie zu sein?«

Laurel strahlt. »Wie ein Wunder.«

Das gefällt dem Publikum. Alle klatschen und jubeln. Ein Happy End mag doch jeder. Cynthia wartet lächelnd darauf, dass Laurel weiterspricht.

Laurel holt tief Luft und sieht zu uns. »Ich hab oft davon geträumt, meine Familie wiederzusehen. Diese Träume waren immer so echt. Und dann bin ich doch wieder in der Dunkelheit aufgewacht, in diesem Keller, und war verzweifelt. Am Anfang hatte ich diese Träume ständig, aber im Laufe der Jahre sind sie seltener geworden. Irgendwann ... irgendwann hab ich gar nicht mehr geträumt.« Sie senkt den Kopf. Im Studio herrscht absolute Stille. Bis jemand niest und damit den Moment versaut. Laurel sieht hoch. »Meine Familie endlich wiederzusehen, nach so langer Zeit, das ist noch besser als in den Träumen. Dass sie mich nicht vergessen haben, dass sie nie die Hoffnung aufgegeben haben, das ist ...« Sie zuckt mit den Schultern und macht eine hilflose Geste. »Na ja, eben wie ein Wunder! Tut mir leid, ich weiß, ich wiederhole mich. Ich kann das nicht so gut ausdrücken.« Kann sein, dass sie rot wird, aber unter dem vielen Make-up ist das nicht zu erkennen.

Cynthia legt ihr die Hand aufs Knie. Sie trägt dunkelroten Nagellack und an jedem Finger mindestens einen Ring. Am Ringfinger trägt sie einen mit riesigem Diamant. (Sie hat sich gerade mit einem Mann verlobt, der halb so alt ist wie sie. Das wird dann ihre dritte Ehe.) »Im Gegenteil, du machst das sehr gut.«

Laurel lächelt. »Danke. Ich bin ein Riesenfan von Ihrer Sendung, ich schaue sie jeden Tag. Manchmal sogar zweimal!«

Ein entzücktes »Oooch!« geht durchs Publikum, als wären alle Anwesenden darauf programmiert, im richtigen Moment genau dieselbe Reaktion zu zeigen.

»Freut mich zu hören.« Cynthias Hand liegt immer noch auf Laurels Knie. »Und ich bin ein Riesenfan von dir!« Sie lacht und sieht sich zum Publikum um, das diesen Spruch natürlich total toll findet.

Cynthia stellt noch ein paar Fragen und wechselt dabei gekonnt zwischen lockeren und ernsten Themen hin und her. Auf eine Frage nach Laurels Kleidung (*Du hast so ein hübsches Oberteil an. Macht bestimmt Spaß, shoppen zu gehen und endlich die Sachen zu machen, die Mädchen in deinem Alter normalerweise tun, hm?*) folgt eine nach ihrem Entführer (*Wenn du ihm jetzt irgendetwas sagen könntest, egal was, was wäre das?*).

Ich merke, wie Mum bei dieser Frage angespannt wird. Die Polizei fände das bestimmt auch nicht so gut. Was, wenn er sich von Laurels Antwort provoziert fühlt? Was, wenn er sie noch mal entführt? Allein diese Vorstellung bereitet mir Albträume. Und schlimme Träume hab ich eh schon. Ich habe niemandem davon erzählt. Im Traum sind Laurel und ich im Garten in der Stanley Street, aber diesmal sind wir erwachsen. Wir sitzen auf einer gepunkteten Picknickdecke und essen Baguettes. Ein Mann öffnet das Gartentor. Es quietscht. Dann steht er vor uns und streckt Laurel die Hand hin. Sie sieht zu ihm hoch. Sie hat keine Angst. Ich sehe auch zu ihm hoch. Sein Gesicht ist verschwommen. Laurel steht auf, nimmt seine Hand und geht mit ihm. Das Gartentor quietscht wieder. Ich fange an zu weinen, weiß aber gar nicht genau, warum. Meistens wache ich genau dann auf, wenn mir klar wird, was gerade passiert ist, wenn der Horror der Situation vollständig über mir hereinbricht.

Laurels Antwort auf Cynthias dämliche Frage nach

Smith ist gar nicht so schlecht. »Ich habe ihm nichts zu sagen.« Ihr Gesicht ist ausdruckslos, ihre Stimme klingt vollkommen neutral.

Cynthia nickt, als wäre das genau die Antwort, die sie erwartet hatte. »Kann ich mir gut vorstellen.« Es wird still im Studio. Cynthia versucht, gleichzeitig voller Mitgefühl für Laurel und voller Ekel für den Entführer auszusehen. »Das kann ich mir wirklich sehr gut vorstellen.« Sie dreht sich zur Kamera um. »Zeit für eine kleine Pause. Aber gleich geht's weiter mit Olivia und John, die uns von den Qualen der letzten Jahre erzählen werden, und natürlich auch mit Faith, die endlich ihre große Schwester wieder hat. Bleiben Sie dran!«

KAPITEL 18

Cynthia meint, wir würden uns super machen. »Läuft doch phantastisch!« Ihr Mikro ist anscheinend abgeschaltet, denn sie rülpst kurz. Natürlich kein richtig lauter Rülpser, sie macht das ein bisschen mehr ladylike und entschuldigt sich auch gleich lächelnd. Sie beugt sich verschwörerisch zu uns hinüber. »Von Blumenkohl muss ich aufstoßen, aber trotzdem ess ich ihn immer wieder!«

Darüber lache ich mich fast schlapp. Offensichtlich sorgt der Aufenthalt in einem Fernsehstudio bei mir dafür, dass ich plötzlich den Humor eines achtjährigen Jungen habe. Cynthia sieht mich missbilligend an. Als ob *ich* hier die Seltsame von uns beiden wäre!

Dad fragt, ob alles in Ordnung ist, und ich sage ja. Natürlich ist nicht alles in Ordnung mit mir. Ich bin unglaublich nervös. Cynthia wird mir gleich Fragen stellen, und ich muss darauf sinnvolle Wörter sagen, vielleicht sogar ganze Sätze. Ich muss die ganze Zeit an Martha denken, wie sie zu Hause sitzt und mir dabei zusieht, wie ich mich hier blamiere. Und an Thomas, der *nicht* zusieht. Ich kann nicht fassen, dass er das gesagt hat. Einerseits bin ich erleichtert, dass er nicht mitkriegt, wie ich in diesem hässlichen Oberteil grinsend bei der *Cynthia Day Show* mitspiele. Aber andererseits verletzt es mich auch ein wenig.

Er *sollte* es sehen wollen. Es passiert schließlich nicht jeden Tag, dass seine Freundin einen Auftritt in der drittgrößten Talkshow des Landes hat. Er hätte sagen sollen, dass er es sich unbedingt ansehen will, und ich hätte es ihm dann verbieten müssen. So hätte das laufen sollen.

Ob Penny jetzt zusieht? Wir haben in der letzten Familiensitzung darüber gesprochen. Sie hat Laurel ewig erzählen lassen, wie toll sie diese Sendung findet, dabei hätten wir eigentlich über viel wichtigere Dinge reden müssen. Penny hat zwar nicht direkt gesagt, dass sie den Auftritt für keine gute Idee hält, aber ich wette, sie ist dagegen. Leider ist sie immer so damit beschäftigt, zuzuhören und zu nicken und Mitgefühl zu verbreiten, dass sie nie kundtut, was sie wirklich denkt.

Ein Mädchen in Schwarz huscht auf die Bühne. Ein Make-up-Ninja. Sie pudert mir schnell das Gesicht nach und rennt dann gerade noch rechtzeitig von der Bühne, während die Sekunden bis zum Ende der Werbepause runtergezählt werden. Die anderen müssen ihr Gesicht nicht nachgepudert bekommen, es schwitzt nämlich keiner so wie ich.

Als Erstes spricht Cynthia mit Mum und Dad. Sie redet mit ihnen, als wären sie noch zusammen, und tut so, als wäre Dad nie ausgezogen. Kein Wort über Michel und auch keins zu Dads »Lebensweise«, wie es manche Zeitungen nach wie vor nennen. Sie fragt, wie es ist, Laurel wiederzuhaben, und Mum und Dad sagen, es sei wundervoll. Dann weint Mum, und Dad reicht ihr ein Taschentuch.

Auf dem Bildschirm hinter Cynthia erscheint das letzte

digital gealterte Foto von Laurel, das zeigen sollte, wie sie mit 15 aussehen könnte. Die Leute im Publikum sehen zu dem Bild hoch, dann zu Laurel, dann wieder hoch zu dem Bild. Ich natürlich auch. Der Unterschied ist gar nicht so groß, um ehrlich zu sein. Nur hat das Mädchen auf dem Foto irgendwie ein nichtssagendes, durchschnittliches Gesicht. Eins, das man gleich wieder vergisst. Laurels Gesicht vergisst man nicht. Sie hat so etwas an sich, dass man nicht wieder wegsehen will. Ich glaube, es sind ihre Augen. Aber natürlich ist das computergenerierte Foto auch in Schwarzweiß, während sie hier in Farbe und vor allem in 3D neben mir sitzt.

Cynthia meint, das Foto würde Laurel aber trotzdem nicht gerecht und fragt dann Dad, was er bei dem Gedanken empfindet, dass die Polizei Laurel so lange nicht finden konnte und auch ihren Entführer bis heute nicht dingfest gemacht hat – trotz »Hunderter Hinweise aus der Bevölkerung«.

Dad gibt sich Mühe, diplomatisch zu antworten. »Olivia und ich sind sehr dankbar für die harte Arbeit, die die Polizei geleistet hat und immer noch jeden Tag leistet.«

Cynthia versucht, irgendwas aus ihm herauszukitzeln, ihm Worte in den Mund zu legen (»inkompetent«), aber er lässt sich nicht aufs Glatteis führen, er ist mittlerweile Profi.

Schließlich wendet sie sich mir zu. Hoffentlich übergebe ich mich nicht gleich hier vor allen Leuten. Aber wenn, sollte ich dann einfach vor mich auf den Boden kotzen oder lieber hinter das Sofa? Und gibt es dann eine spontane Werbepause? Ich bin so abgelenkt durch diese Überlegung, dass ich nur noch das Ende von Cynthias Frage mitbekomme: »… ist wirklich *so* ein passender Name. Das war es genau, was uns allen Kraft gegeben hat – *Faith.*«

Ich verdrehe nicht die Augen, obwohl ich es wirklich sehr, sehr gern tun würde. Sie ist nicht die Erste, die in diesem Zusammenhang meinen Namen kommentiert. Die Leute finden das immer so poetisch. Ich find's bescheuert.

»Wie war das denn nun alles für dich, Faith? Erzähl mal.«

Alle starren mich an. Ich wünschte, sie würden wieder Laurel anstarren. »Gut … es war gut so weit.« O mein Gott. Etwas Dümmeres hätte ich jetzt wirklich nicht sagen können.

Cynthia lacht, aber nicht gehässig. Sie wendet sich an das Publikum. »Das fasst es doch perfekt zusammen! Ich habe auch eine große Schwester, hallo Diane, falls du gerade zusiehst! Und ich weiß ganz genau, ich würde nicht ohne sie auskommen. Also Faith, wie fühlt sich das an, die große Schwester nach so langer Zeit wiederzuhaben?«

Ich sehe zu Laurel. Sie sitzt völlig entspannt in ihrem Sessel. Sie zwinkert mir zu, was niemand außer mir sieht, weil sie ihr Gesicht von den Kameras abwendet. Da geht es mir schon viel besser. Dieses Zwinkern soll heißen: »Das ist alles völliger Schwachsinn hier, aber mach einfach mit, wir haben's ja bald hinter uns.« Ich entspanne mich augenblicklich.

»Es ist das Beste, was mir je passiert ist!« Während Cynthia zustimmend nickt, das Publikum wieder im Chor

»Oooch!« macht und mir Dad das Bein tätschelt, nehme ich diese Aussage innerlich mal genauer unter die Lupe. Ich betrachte sie aus allen Winkeln und komme zu dem Schluss, dass es die Wahrheit ist. Dass Laurel wieder da ist, ist tatsächlich das Beste, was mir je passiert ist. Seltsam, dass mich diese Tatsache so überrascht.

Laurel grinst mir zu, ich grinse zurück. Cynthia fragt, wie es denn war, eine Kindheit zu verbringen, die von diesem »schrecklichen Verbrechen überschattet« war. Das müsse doch sehr schwer für mich gewesen sein. Noch vor ein paar Monaten wäre ich dankbar für die Gelegenheit gewesen, mal zur Abwechslung über *meine* Sicht der Dinge zu sprechen, heute zucke ich nur mit den Schultern. »Es war jedenfalls nichts im Vergleich zu dem, was meine Schwester durchmachen musste. Mum und Dad haben, so gut es ging, alles von mir ferngehalten, um mir eine schöne Kindheit zu ermöglichen.«

Darauf springt Cynthia an. »Und hattest du denn eine schöne Kindheit?«

Ich sehe kurz zu Mum und Dad. »Ja, die hatte ich.«

Einen Moment überlege ich, wie es wäre, wenn Mum mich jetzt als Lügnerin bezeichnen würde. Das würde das Interview auf jeden Fall interessanter gestalten. Aber ich höre sie nur schluchzen. Sie weint schon wieder.

Diese Gelegenheit kann Cynthia natürlich nicht ungenutzt verstreichen lassen. »Ist alles in Ordnung, Olivia? Erzähl uns doch ruhig, was gerade in dir vorgeht.«

Mum atmet tief ein und aus, versucht, sich wieder unter Kontrolle zu bekommen. »Es bedeutet mir einfach sehr viel, das von ihr zu hören. Wir haben uns solche Mühe gegeben, damit Faith eine normale Kindheit hat, aber es war nicht einfach. Und manchmal habe ich das Gefühl, dass wir dabei versagt haben.«

Ich greife an Dad vorbei nach ihrer Hand. »Das habt ihr nicht.« Plötzlich stehen Mum und ich da und umarmen uns, und es ist wirklich ein seltsames Gefühl, seine Mutter vor einem Studiopublikum und einer Million Zuschauern zu umarmen. Aber noch seltsamer ist es, dass es mir gar nicht peinlich ist.

Cynthia tut so, als würde sie sich eine Träne wegwischen. Jetzt ist sie voll in ihrem Element. Sie stellt uns noch ein paar Fragen, und wenn man sich darauf konzentriert und nicht über das ganze Drumherum nachdenkt, ist es eigentlich gar nicht so schlimm. Am Ende macht es mir fast Spaß. Fühlt sich irgendwie gut an, wenn jemand nach der eigenen Meinung und den eigenen Gefühlen fragt. Gibt einem das Gefühl, man wäre nicht komplett unwichtig.

Cynthia wendet sich an Laurel. »Und wie ist das so für dich, deine kleine Schwester neu kennenzulernen? Ist sie anders, als du sie in Erinnerung hattest?«

Laurel überlegt kurz. Das hätte ich wohl auch machen sollen, erst mal nachdenken, bevor ich antworte, anstatt das Erstbeste auszusprechen, das mir durch den Kopf ging.

»Einerseits ist Faith genau so, wie ich sie mir vorgestellt habe. Ich habe nachts oft wach gelegen und darüber nachgedacht, wie sie wohl aussieht, was sie so macht. Das wurde zwar immer schwerer im Laufe der Jahre, aber sie war immer hier oben drin.« Laurel zeigt auf ihren Kopf.

»Ich hab sie nie losgelassen.« Es folgt eine perfekt geplante Pause. Cynthia nickt zustimmend. »Aber andererseits ist Faith auch ganz anders, als ich sie mir vorgestellt habe. Ich hätte nie zu hoffen gewagt, dass ich so eine fürsorgliche und liebevolle Schwester bekomme, die sich so um mich kümmert, obwohl sie mich ja gar nicht mehr wirklich kennt. So jemanden zur Schwester zu haben, ist einfach unglaublich.« Das Publikum klatscht und jubelt. »Und ich lerne so viel von ihr, es fühlt sich fast an, als wäre sie die große und ich die kleine Schwester!« Laurel blickt mir tief in die Augen. »So eine tolle Schwester kann man nur jedem wünschen.«

KAPITEL 19

Meine Englischlehrerin Mrs Truss bittet mich, nach der Stunde noch kurz dazubleiben. Sie will bestimmt mit mir über den Essay von letzter Woche sprechen, mit dem ich mir kaum Mühe gegeben habe, weil ich lieber Laurel beibringen wollte, wie man Spaghetti Carbonara macht. Stattdessen fragt sie mich jedoch, wie Cynthia Day denn hinter den Kulissen so ist. Sie könne sich nämlich gut in sie hineinfühlen, weil sie selbst auch zum dritten Mal verheiratet ist – und aller guten Dinge seien ja bekanntlich drei.

In der Mittagspause stöbert mich Laney Finch auf. Die findet mich echt überall. Sie erzählt mir, wie hübsch meine Schwester ist (*echt jetzt, voll hübsch!*) und wie mutig ihr Auftritt in der *Cynthia Day Show* war. »Wenn ich so was durchgemacht hätte, würde ich mich für immer verstecken, glaub ich.«

Ich nicke nur, anstatt ihr zu sagen, wie unhöflich das gerade ist.

Laney schiebt hinterher: »Du warst aber auch gut. War schön, dich so glücklich zu sehen. Und dein Oberteil war cool, wo hast du das denn her?«

Martha war nicht ganz so begeistert. Sie rief mich auf dem Rückweg vom Fernsehstudio an. »Haben die dir eine neue Persönlichkeit eingepflanzt oder was? Oder warst du auf Drogen, ist das etwa Cynthias Geheimnis?« Martha nahm mein Schweigen als Erlaubnis, sich noch ein bisschen mehr über mich lustig zu machen. »Und wo hast du denn bloß dieses Oberteil her? Mein Gott, meine Augen tun immer noch weh davon.«

Ich musste lachen. Nach diesem verrückten Tag fühlte sich dieses Gespräch erfrischend normal an.

Mum und Dad fanden, es sei gut gelaufen. »Besser, als ich erwartet hab«, hatte Dad schon in dem Moment gesagt, als ihm das Mikro abgenommen wurde. Laurel hingegen schwieg. Mum und Dad schien es gar nicht aufzufallen, aber ich stieß sie an. »Alles okay?« Laurel nickte und flüsterte zurück, sie sei nur müde. Den Rest der Fahrt sah sie schweigend aus dem Fenster.

Unterwegs bestellten wir etwas beim Thailänder zum Abendbrot, das wir in einer halben Stunde abholen wollten. Laurel blieb still, aber ich machte mir erst einmal keine Sorgen um sie, zumindest keine ernsthaften. Einen Tag wie heute musste man ja auch erst mal verdauen, die viele Aufmerksamkeit, die verrückten Frauen im Publikum mit den tränennassen Augen und zerknitterten Taschentüchern.

Zu Hause ging ich gleich in mein Zimmer und rief Michel an. Es war doch bestimmt schlimm für ihn gewesen, meinem Vater bei einem Fernsehauftritt zusehen zu müssen, in dem er so tat, als gäbe es Michel gar nicht. Er klang erschöpft. Dann fallen ihm auch manchmal englische Wörter nicht ein, was sonst nie passiert, und das nervt ihn. Er ist sehr stolz auf sein perfektes Englisch.

Ich fragte ihn, wie er den Auftritt fand. Er hatte sich den Nachmittag freigenommen, um ihn sehen zu können, dann hatte es jedoch einen Notfall in der Praxis gegeben, ein Rhodesian Ridgeback hatte einen Schuh gefressen (einen braunen Herrenhalbschuh aus Leder, um genau zu sein), und man hatte Michel für die Operation in die Praxis gebeten. Daher hatte er die Show verpasst. Ich war froh, aber er meinte, er wäre trotzdem stolz auf mich.

»Wieso denn?«

»Weil du in dieser schrecklichen Sendung aufgetreten bist. Das hättest du ja nicht machen müssen.« Da irrte er sich aber gewaltig, Mum hätte mir sicher einen Riesenvorwurf gemacht.

Wir unterhielten uns ein bisschen über den Rhodesian Ridgeback (dem es besser ging und der auch wieder ganz gesund würde) und über eine Kochsendung, die wir beide mögen (der es nach ein paar Änderungen im Format leider nicht ganz so gutging). Es war schön, mal über etwas zu reden, das nichts mit Laurel zu tun hatte. Ich hörte, wie Michel Dad begrüßte, der gerade nach Hause gekommen war, aber er bestand darauf, noch eine Weile mit mir zu schwatzen, bis ich wirklich nichts mehr zu erzählen hatte. Am Ende riet ich ihm noch davon ab, sich die *Cynthia Day Show* online anzusehen. Hoffentlich würde er seine Neugier beherrschen können.

Ich bin nicht so diszipliniert. Ein paar Tage später sehe ich mir die Folge selbst noch einmal an. Seltsam, wie anders das jetzt alles aussieht. Erstens ist es irgendwie wie mit einem Weichzeichner gefilmt. Bestimmt besteht Cynthia darauf, damit man ihre Falten nicht so sieht. Außerdem tut es fast körperlich weh, mich da zu sehen. Wie peinlich! Und noch schlimmer ist es, mich zu hören. Ich erkenne das Mädchen im orangefarbenen Oberteil, das da viel zu aufrecht sitzt, fast nicht. Wenigstens sieht man mir dank des Make-up-Ninjas nicht an, dass ich total schwitze. Laurel kommt sehr gut rüber, obwohl sie öfter in die Kamera sieht als zu Cynthia. Es wirkt an manchen Stellen, als würde sie direkt mit den Zuschauern sprechen. Ich kann mir gut vorstellen, wie die Menschen im ganzen Land mit Tee und Keksen vor dem Fernseher saßen und meiner Schwester zugesehen haben. Kein Wunder, dass alle das Gefühl haben, sie würden sie kennen.

Seitdem Laurel wieder zu Hause ist, kommen ständig E-Mails, Karten und Geschenke für sie an. Mum hat schon vor Jahren dafür ein Postfach eingerichtet, deshalb landen die meisten Sachen zum Glück dort. Aber immer mal wieder findet doch jemand unsere Privatadresse heraus. Was aber auch nicht sehr schwer ist, unser Haus war schließlich schon tausendmal im Fernsehen. Google Streetview ist der beste Freund des Stalkers. Obwohl das natürlich keine Stalker sind – auch wenn sie manchmal so rüberkommen. Laurel hat insgesamt schon sieben Heiratsanträge erhalten. Wie krank ist das denn? Ein Mädchen heiraten zu wollen, das man überhaupt nicht persönlich kennt? Drei der Typen haben Fotos mitgeschickt. Einer davon war komplett nackt.

Mum erzählt Laurel nichts von diesen Verrückten. Sie geht die Post immer erst mal durch, bevor sie sie weitergibt. Viele Leute schicken nach wie vor Teddys, sie haben anscheinend vergessen, dass Laurel jetzt erwachsen ist. Jetzt hat Barnaby viele neue Freunde. In vielen Briefen steht außerdem der Satz: »Ich habe das Gefühl, dich schon lange zu kennen.« Mir würde im Traum nicht einfallen, jemandem völlig Fremden so etwas zu schreiben. Laurel findet das nicht so seltsam wie ich. Sie meint, es wäre doch nett, dass ihr die Leute schreiben. Mum sagt, wer so einen Brief schreibt, hat meist einen Grund – irgendeine Tragödie, irgendwas Schlimmes, was im Leben dieser Leute passiert ist, und dann projizieren sie eben ihre Gefühle auf Laurel. Ich bin nicht ganz überzeugt.

Auf manche Briefe hat Laurel mit einem kurzen Dankeschön geantwortet. Mum hat ihr ein Paket mit 100 Dankeskarten gekauft, und 30 hat sie davon schon verschickt. Dabei ging selbstverständlich viel Zeit drauf, deshalb habe ich ihr gestern Abend geholfen, am Laptop einen allgemeinen Dankesbrief zu verfassen, den sie dann abwandeln kann und nur noch unterschreiben muss.

Zuerst war sie nicht begeistert. »Aber die Leute finden doch eine handgeschriebene Karte bestimmt besser, oder? Ist irgendwie persönlicher.«

Nachdem ich ihr vorgerechnet habe, wie viele Karten sie noch schreiben müsste, und ihr erklärt habe, dass sie den vorformulierten Text auch in eine E-Mail kopieren kann, war sie dann doch überzeugt. Wir haben ihr jetzt zwei E-Mail-Konten eingerichtet, eins für Fanpost, die immer noch jeden Tag ankommt, und ein privates. Mum leitet ihr nur die Nachrichten weiter, die nicht verrückt, beleidigend, verstörend oder pervers sind. Hoffentlich wird das bald weniger. Aber das Interesse wird schon nachlassen, das tut es früher oder später immer.

Es macht mir Spaß, Laurel bei alltäglichen Sachen zu helfen. Es tut gut, sich nützlich zu fühlen. Laurel *braucht* mich. Mich hat noch niemand gebraucht. Thomas sagt nie, dass er mich braucht. Er sagt nie, dass er ohne mich nicht leben könnte, dass er sterben würde, wenn ich ihn verlasse, eben diese wahnsinnig romantischen und gleichzeitig völlig verrückten Sachen, die Menschen einander angeblich sagen, wenn sie verliebt sind. Aber na ja, ich sage das ja auch nie zu ihm.

Laurel weiß nichts mit ihrem privaten E-Mail-Konto anzufangen. Sie hat niemanden, dem sie schreiben könnte.

»Das kommt schon noch«, habe ich ihr gesagt, und sie hat gelächelt, aber es war klar, dass sie mir nicht glaubt.

Gestern Abend war ich gerade beim Zähneputzen, als ich plötzlich gemerkt habe, dass sie im Türrahmen stand und mich beobachtete. »Wie findet man Freunde?«

Ich spuckte den Zahnpastaschaum aus und sah zu, wie er langsam im Abfluss verschwand. »Wie meinst du das?«

Sie trug ihren Schlafanzug – ein altes T-Shirt von mir, das ihr gefiel, und eine rotkarierte Schlafanzughose. Sie hatte sich abgeschminkt und die Haare zu einem unordentlichen Pferdeschwanz zusammengebunden. Ohne Make-up sieht sie hübscher aus, finde ich. Vor allem jetzt, da ihre Gesichtsfarbe schon viel gesünder ist. Am Anfang war sie so bleich. Im Sommer wird sie bestimmt schnell braun. Während sie so dastand, zupfte sie die Handtücher auf dem

Handtuchhalter ordentlich zurecht. Mum macht das auch immer. Der Apfel fällt eben nicht weit vom Stamm.

»Ich meine, wie freundet man sich mit jemandem an? Wo findet man denn überhaupt Leute, mit denen man sich anfreunden kann?«

Ich wusch mir das Gesicht, um ein bisschen Zeit zu gewinnen. Laurel stellt mir viele Fragen, und ich habe bis jetzt nur einmal die Geduld verloren, als ich gerade aufs Klo musste und sie unbedingt etwas über das Internet und Suchmaschinen erklärt haben wollte. Da habe ich etwas genervt reagiert. Nicht wirklich schlimm, ich habe sie nur gefragt, ob sie nicht vielleicht mal für eine Minute mit der Fragerei aufhören könnte. Sie machte einen Schritt zurück und stieß dabei gegen das Treppengeländer. Ich habe mich sofort entschuldigt, aber als ich vom Klo kam, war sie weg.

Ich fand sie hinter ihrer Zimmertür auf dem Fußboden. Ich entschuldigte mich noch einmal, aber von ihr kam keine Reaktion. Erst als ich meinte, dass Thomas wahrscheinlich der bessere Ansprechpartner wäre, was Computer und das Internet angeht, hat sie wieder mit mir geredet. Thomas war ein richtiger Computernerd, bevor er zu der Überzeugung kam, dass Poesie und Philosophie cooler wären. (Und wenn es schon nicht cooler war, dann ließen sich Mädchen damit zumindest besser beeindrucken – nicht, dass er jemals zugeben würde, dass diese Überlegung bei seiner Entscheidung eine Rolle gespielt hat.) Laurel bat mich, ihn zu fragen, ob er ihr helfen würde. Dann entschuldigte sie sich dafür, dass sie mir ständig mit irgendwelchen Fragen in den Ohren lag. Da habe ich mich natürlich sehr schlecht gefühlt und mich wieder bei *ihr* entschuldigt, sie hat sich noch einmal bei *mir* entschuldigt, und da mussten wir beide lachen und haben uns darauf geeinigt, dass wir uns genug entschuldigt hatten. Seitdem versuche ich immer, ihr in Ruhe zu antworten, egal, ob ich aufs Klo muss oder nicht.

Tja, wie findet man Freunde? Ich war selbst nie wirklich gut darin. Als ich klein war, habe ich nicht darüber nachgedacht, dass sich die meisten Kinder nur wegen Laurel mit mir unterhalten. Bis ich acht oder neun war, hatte ich eine Menge Freunde. Danach wurde es anders. Die Mädchen haben angefangen, hinter meinem Rücken miteinander zu flüstern, und die Jungs haben mich geärgert. Ein paar Mädchen aus meiner Klasse hatten sich ein Spiel ausgedacht. Es hieß »Schattenmann«. Eine von ihnen war Laurel, die unschuldig im Garten spielt (ein kleiner Grasflecken auf dem Schulhof, an dem die Aufsichtslehrer nie vorbeikamen). Eine andere war der Schattenmann, der versuchen musste, an den restlichen Mädchen (den Polizisten) vorbeizukommen.

Einmal haben sie mich gefragt, ob ich mitspielen will. Ich rannte weg.

Martha war meine erste echte Freundin. Sie hat sich nicht für Laurel interessiert, was mir gereicht hat, um sie zu mögen. Gemeinsam haben wir viel gelacht. Bis ich Martha kennenlernte, war mir nicht klar, wie wichtig es ist zu lachen. Bis dahin war meine Kindheit nicht gerade fröhlich gewesen.

Laurel wartete immer noch auf meine Antwort.

»Normalerweise findet man Freunde in der Schule. In der Regel ist es jemand, der die gleichen Sachen mag wie man selbst, mit dem man reden kann.« Laurel war nur ein Jahr zur Schule gegangen, bevor sie entführt wurde. »Ich weiß nicht ... vielleicht trifft man sich mit Leuten, die die gleichen Hobbys haben. Oder man lernt Leute im Internet kennen. An meiner Schule ist ein Mädchen, das hat ihre beste Freundin und ihren Freund in einem Onlineforum über ihre gemeinsame Lieblingsband kennengelernt.« Natürlich musste ich Laurel erst mal erklären, was ein Internetforum ist.

Ich erzählte ihr nicht, dass es eine Menge Foren über sie selbst gab. Früher ging es darin immer um die Entführung und die Aufklärung des Verbrechens, »das die Nation in Atem hält«. Mittlerweile haben die sich in verschiedene Richtungen entwickelt. Neulich bin ich auf eins gestoßen, in dem es um Laurels Klamotten geht. Da werden Fotos gepostet, und dann kommentieren die Mitglieder den Stil der »süßen Laurel Logan«. Früher hat es mich noch überrascht, dass Leute nichts Besseres mit ihrer Zeit anzufangen wissen, heute nicht mehr.

»Ich hätte gern Freunde«. Es klang nicht selbstmitleidig, Laurel sagte das eher so, wie ich gesagt hätte, dass ich gern ein Stück Kuchen zum Kaffee hätte.

»Aber du hast doch Freunde. Du hast mich.«

Sie schüttelte den Kopf. »Das ist nicht dasselbe.«

»Du hast Thomas und Martha.«

»Das sind *deine* Freunde.«

»Nein, das sind jetzt *unsere* Freunde.«

Laurel war sich da nicht so sicher, sie hatte Sorge, ob die sie denn wirklich mochten. Ich versicherte ihr, dass sie das taten und dass sie auch bestimmt bald viele eigene Freunde haben würde. So etwas dauert nur ein bisschen. Und sie sollte nicht jedem sofort vertrauen, weil manche bestimmt nur mit ihr befreundet sein wollten, weil sie Laurel war, »das Mädchen, das zurückgekehrt ist«.

Es wird vermutlich noch eine Weile dauern, bevor Laurel solche Leute von denen unterscheiden kann, die ein echtes Interesse an ihr als Mensch haben, aber ich bin ja auch noch da. Ich passe mit auf. Ich lass nicht zu, dass irgendwer sie ausnutzt.

KAPITEL 20

Thomas und Laurel sitzen am Küchentisch. Ihre Schultern berühren sich fast. Er tippt auf meinem Laptop herum und erklärt ihr gerade irgendetwas unglaublich Langweiliges über das Internet. Laurel hängt an seinen Lippen, nickt die ganze Zeit und stellt immer neue Fragen. Thomas ist total in seinem Element. Jungs lieben es einfach, sich mit irgendetwas auszukennen.

Ich habe den beiden Tee gemacht und einen Teller Kekse hingestellt (Schokoladen-Hobnobs). Das war vor zwei Stunden. Seitdem habe ich fast die komplette Sonntagszeitung durchgelesen, zwei Kapitel in meinem neuen Stephen-King-Buch geschafft und auf meinem Handy einen Artikel über Laurel überflogen. Darin ging's um ihren »Auftritt« in der *Cynthia Day Show.* Ich finde es nicht in Ordnung, dass die Journalistin das als »Auftritt« bezeichnet, so was wie »Besuch« wäre doch sicher angebrachter.

Die ganze Zeit bin ich irgendwie rastlos. Es ist so ungewohnt, nicht bei Dad und Michel zu sein. Die beiden verbringen ein langes Wochenende in Frankreich. Erst ein paar Tage in Paris, und dann besuchen sie noch meine Oma in Nizza. So ein bisschen Abstand von allem tut ihnen bestimmt gut. Hoffentlich kümmert sich Dad ab jetzt wieder mehr um Michel. In letzter Zeit scheint er nur noch bei uns zu sein. Und wenn ich frage, wo Michel eigentlich ist, sagt er, er wäre arbeiten oder bei Freunden. Dad meint, Michel ginge es super. Und Michel behauptet auch, dass das so wäre. Er sagt, er versteht das schon, dass Dad so viel Zeit wie möglich mit Laurel verbringen will. Trotzdem habe ich ein ungutes Gefühl.

Martha schreibt mir eine SMS, ob wir uns in der Stadt treffen wollen. Erst will ich absagen, aber dann entscheide ich mich um und verabrede mich mit ihr in einer halben Stunde im Café Nero.

Thomas sieht panisch aus, als ich ihm und Laurel Bescheid sage. »Aber ... aber ... ich dachte, wir ...« Er kann den Satz schlecht beenden – ich hatte angedeutet, dass wir noch ein bisschen »Zeit für uns« haben könnten, nachdem er Laurel mit dem Computerzeug geholfen hat.

Wir haben noch nicht wieder Sex gehabt, seitdem Laurel in der Stanley Street gefunden wurde. Wir hatten nicht mal mehr ein Date seitdem. Er ist sehr geduldig mit mir, er versteht, dass Laurel mir gerade wichtiger ist. Aber mir ist auch bewusst, dass seine Geduld nicht unendlich sein wird. Irgendwann brauchen wir auch mal wieder Zeit für uns. Und das möglichst bald. Auf jeden Fall vor seinem Geburtstag. Ich will mir gerade meine Jacke überziehen, da fällt mir ein, dass Laurel vielleicht nicht mit Thomas allein gelassen werden möchte. Sie hat ihn erst ein paarmal gesehen, er ist immer noch mehr oder weniger ein Fremder für sie. Ich könnte mir in den Hintern treten dafür, dass ich daran überhaupt nicht gedacht habe. »Laurel? Kannst du mal kurz kommen?«

Sie steckt den Kopf aus der Wohnzimmertür.

»Ist das okay für dich?«, flüstere ich. »Ich kann auch bleiben, wenn dir das lieber ist. Ich muss nicht gehen. Ich hab nicht richtig darüber nachgedacht.«

Sie sieht mich einen Moment verwirrt an, dann versteht sie. »Nein, geh ruhig. Ist in Ordnung, wirklich. Mach dir keine Sorgen.« Ich sehe sie prüfend an. »Du musst nicht die ganze Zeit auf mich aufpassen!« Sie lächelt.

»Ich weiß. Ich dachte nur … du warst bis jetzt noch nie allein mit einem …«

»Hör auf!« Ihre Stimme klingt hart, aber sie lenkt sofort wieder ein. »Ich hab doch gesagt, dass das okay ist.« Sie sieht kurz zum Wohnzimmer und dann wieder zu mir. »Ich mag ihn. Ich vertraue ihm«, flüstert sie.

»Wieso?«

Sie lächelt mich an, als wäre das eine dumme Frage. »Machst du doch auch.«

****

Ich habe Laurel gebeten, mich anzurufen, wenn ich nach Hause kommen soll. Sie hat nur die Augen verdreht und »Ja, Mum!« gesagt. Dann hat sie mich umarmt und mir viel Spaß mit Martha gewünscht.

Leider klappt es mit dem Spaßhaben so gar nicht. Es geht schon damit los, dass Martha von der Kellnerin gefragt wird, ob sie ihr ein Autogramm von mir besorgen kann, weil sie mich angeblich aus der *Cynthia Day Show* wiedererkannt hat.

»Schwachsinn! Du verarschst mich doch.« Ich sehe unauffällig zu der Kellnerin hinüber, die gerade Muffins auf einem Regal anordnet.

»Jetzt starr da nicht so hin, sonst weiß sie doch, dass wir über sie reden!«

So ein Quatsch! Die Kellnerin sieht nicht zu uns her, kein einziges Mal. »Ich hab dir das echt kurz geglaubt, Martha. Gut gemacht!«

»Ich hab mir das nicht ausgedacht! Sie hat mich gefragt, ob ich Laurel schon kennengelernt habe. Ich hab darauf erwidert, sie soll sich nicht in fremde Angelegenheiten einmischen, aber natürlich erst, nachdem sie den Kaffee fertig gemacht hatte – ich will ja keine Spucke in meinem Latte. Find dich einfach damit ab: Du bist jetzt berühmt.« Sie nippt an ihrem Kaffee und gibt sich keine große Mühe, ihr hämisches Grinsen zu unterdrücken.

Normalerweise macht es mir nichts aus, wenn mich Martha so aufzieht, aber heute bin ich einfach nicht in der Stimmung dafür.

Danach wird es aber auch nicht besser, als ich ihr erzähle, dass Thomas und Laurel allein bei uns zu Hause sind. Martha sagt nichts, sieht mich nur überrascht an und zieht vielsagend eine Augenbraue hoch.

»Was denn?«

Martha bricht ein Stück von ihrem Blaubeermuffin ab, steckt es sich in den Mund und gestikuliert, dass sie gerade nicht antworten kann. Ich warte ungeduldig, bis sie aufgekaut hat, und frage noch mal.

»Nichts!« Sie sieht mich unschuldig an.

Ich warte.

»Es ist nichts, wirklich. Ich hab nur gerade gedacht, wenn ich einen Freund hätte ... und eine Schwester, die aussieht wie Laurel, dann ... na ja, dann würde ich wahrscheinlich nicht ...« Martha hatte noch nie einen Freund.

»Dann würdest du wahrscheinlich was nicht?«

Sie zuckt mit den Schultern und trinkt einen Schluck Kaffee. Ich glaube, sie merkt gar nicht, wie sehr sie mich gerade in den Wahnsinn treibt. »Ich würde die beiden wahrscheinlich nicht miteinander allein lassen.«

Ich wusste genau, was sie sagen wollte, aber das macht es jetzt nicht leichter. Es geht mir weniger um die Aussage an sich, als vielmehr darum, dass ich mir das von Martha anhören muss. So einen Quatsch würde ich von Laney Finch erwarten, aber nicht von ihr. »Wie bitte?!«

»Du hast doch gefragt! Ich bin nur ehrlich.« Sie sieht mich an, als wäre ich diejenige, die anscheinend nicht ganz richtig im Kopf ist. Dann rudert sie plötzlich zurück. »Okay, das war dumm von mir, sorry. Ich hab nicht drüber nachgedacht. Natürlich ist es in Ordnung.«

»Sag mal, spinnst du? Als ob Thomas über meine Schwester herfallen würde, nach allem, was sie durchgemacht hat! Also echt mal, Martha.« Zu spät fällt mir auf, dass ich gerade ziemlich laut geworden bin. Die Leute um uns herum starren uns an, die Kellnerin ebenfalls.

Martha sieht mich erschrocken an. »Das meinte ich damit gar nicht! Lass uns einfach über was anderes reden, okay? Das ist doch albern.«

»Du hast damit angefangen.«

Darauf würde sie normalerweise irgendwas Sarkastisches erwidern, dass ich wie eine Fünfjährige argumentiere oder so, aber heute entschuldigt sie sich nur. Ich nehme ihre Entschuldigung an und wir wechseln das Thema.

Seltsamerweise fällt mir absolut nichts ein. Ich bin immer noch böse wegen dem, was sie gesagt hat. Der Gedanke, dass irgendetwas zwischen Thomas und Laurel laufen könnte, ist so absurd, dass ich ihn einfach mit einem Lachen abtun müsste. Aber irgendwie hat er sich wie ein Splitter unter meiner Haut festgesetzt. Ich sehe Martha an, die wiederum mich erwartungsvoll ansieht. Worüber reden wir denn sonst immer so? Mir fällt gerade überhaupt nichts ein. Ich weiß gar nicht mehr, wie man ein Gespräch führt, in dem es nicht um Laurel geht.

»Ähm, wie läuft's denn bei deiner Mutter auf der Arbeit?«

Marthas Miene zeigt deutlich, dass das genau das falsche Thema war. Sie stellt ihren Kaffeebecher ab. »Sie wurde letzten Monat entlassen.«

»Letzten Monat schon? Wieso hast du mir denn nichts davon erzählt?«

»Keine Ahnung. Ich hab's ja versucht, aber du warst so mit Laurel und allem anderen beschäftigt. Ich hab dir erzählt, dass sie einen Termin beim Chef hatte, erinnerst du dich?«

»Nein, hast du nicht erzählt.« Oder doch? Vielleicht schon. An dem Tag, bevor Laurel nach Hause kam. Die SMS.

»Du hattest in letzter Zeit viel um die Ohren, das versteh ich. Ich mach dir da keinen Vorwurf.«

»Tut mir leid.« Eine Entschuldigung ist bestimmt die beste Art, die Situation wieder ein bisschen zu entspannen.

Martha trinkt den letzten Schluck. »Ist schon okay. Dafür war Thomas für mich da.«

Man sagt ja immer, Wut wäre heiß, aber mir fließt plötzlich Eiswasser durch die Adern. So kalt, dass es weh tut. »Du hast mit Thomas darüber geredet?« Ich bekomme die Worte kaum heraus.

Martha zuckt mit den Schultern, als wollte sie mich absichtlich noch mehr in den Wahnsinn treiben. »Ja, klar. Mit irgendwem musste ich doch reden.«

»Und dieser Jemand musste ausgerechnet mein Freund sein?«

Sie zuckt wieder mit den Schultern und starrt die Wand an, als hätte sie plötzlich ihr Interesse für die langweiligen Kunstdrucke entdeckt.

Ich nehme meine Tasche und stehe auf. »Ich muss los.«

Martha sieht mich an, und ich rechne kurz mit einer Entschuldigung, aber stattdessen fragt sie nur: »Seit wann stört es dich denn, wenn ich mit Thomas rede? Wieso bist du auf einmal so komisch?«

Ich würde ihr am liebsten sagen, dass sie mich mal kann. Dass sie keine Ahnung hat, was ich in letzter Zeit durchgemacht habe. Und dass es mir nicht egal ist, was bei ihr los ist, und auch nicht, dass ihre Mum entlassen wurde. Ich sehe böse auf sie herunter. Ihre Haare sind zerzaust. Wenn sie sich ab und zu mal kämmen würde, hätte sie vielleicht einen eigenen Freund und müsste sich nicht meinen ausleihen.

Doch ich sage nur: »Wir sehen uns in der Schule.«

»Okay.« Sie tut so, als würde sie etwas auf ihrem Handy nachsehen.

Ich verlasse das Café so würdevoll, wie ich nur kann. Zum Glück haben wir uns nicht angeschrien. Es gab kein Fluchen und keine Tränen, wir wurden ja nicht mal wirklich ausfallend. Aber es war trotzdem der erste Streit, den Martha und ich je hatten. Wieso musste das gerade jetzt passieren, wo es mit Laurel so gut läuft?

KAPITEL 21

Es macht mich nicht eifersüchtig, dass Martha mit Thomas geredet hat. Wirklich nicht. Ich habe mich immer gefreut, dass die beiden so gut miteinander klarkommen. Aber dass sie sich ihm in emotionalen Sachen anvertraut hat, macht mir zu schaffen. So soll das nicht sein. Die beiden können gern über Bücher, Filme und die Schule reden, aber nicht über Sorgen, die wirklich tief gehen.

Schnell wird mir klar, dass ich eher Schuldgefühle habe. Seitdem Laurel wieder da ist, verbringe ich kaum noch Zeit mit Martha. Ich habe völlig aus den Augen verloren, dass das Leben der anderen weitergegangen ist, dass sich nicht die ganze Welt nur um Laurel und mich dreht. Ich hätte mich wirklich mal nach Marthas Mum erkundigen können. Und sie hätte nicht diesen Quatsch über Thomas und Laurel sagen sollen, auch wenn ich einfach »Schwamm drüber« denken sollte. So ist das doch bei besten Freundinnen, oder? Man verzeiht sich gegenseitig, wenn man mal einen Fehler macht. Das habe ich anscheinend vergessen.

Mir kommt ein unangenehmer Gedanke. Das Gespräch mit Martha hat sich so falsch angefühlt. Als hätten wir verlernt, Freundinnen zu sein. Zumindest, als hätte ich verlernt, ihre beste Freundin zu sein. Mit Thomas geht es mir ähnlich: Als hätte ich verlernt, seine Freundin zu sein.

Ich bin im Moment nur noch Schwester. Ich schreibe Martha im Bus eine SMS: *Tut mir leid, dass ich grad so eine schlechte Freundin bin. Lass uns nicht mehr streiten, das können wir echt nicht gut.*

Sie schreibt mir nicht gleich zurück, und ich kann verstehen, dass sie mich erst mal eine Weile schmoren lässt. Würde ich bestimmt auch machen. Erst als ich aussteige, kommt endlich die Antwort: *Mir tut's auch leid. Ich hätte dir von Mum erzählen sollen. Sind wir immer noch BFFs?*

Da muss ich grinsen. Martha würde eigentlich nie »BFF« sagen. *Jep, sind immer noch BFFs.*

Sie muss natürlich das letzte Wort haben: *Yaaay!!!*

Das »yaaay« ist auch sarkastisch gemeint, aber sie freut sich, das weiß ich.

Die Übertragungswagen sind schon vor Wochen abgezogen. Die Geschichte ist zu Ende erzählt – alles hübsch ordentlich verschnürt und mit einer Schleife verziert. Aber natürlich werden sie sofort wieder auftauchen, sobald irgendetwas passiert. Auf jeden Fall, wenn die Polizei dieses Monster schnappt. Die finden den ganz bestimmt, er kann sich ja nicht ewig verstecken.

Aber jetzt freuen sich die Nachbarn erst mal, dass sie ihre Parkplätze wieder nutzen können. Ich bin auch froh, dass ich das Haus verlassen kann, ohne darüber nachdenken zu müssen, ob meine Haare gut aussehen oder ich dasselbe Oberteil anhabe wie gestern.

Aus dem Wohnzimmer kommt Lachen. Ich erwarte, dass die beiden immer noch am Tisch sitzen, aber stattdessen haben sie es sich auf dem Sofa gemütlich gemacht. Der Laptop und der Tee stehen noch da, die Kekse wurden nicht angerührt. Auf dem Wohnzimmertisch stehen vier Flaschen Bier, daneben liegt eine Tüte Chips. Im Fernsehen läuft ein Film. Er kommt mir irgendwie bekannt vor, und als dann einer der Schauspieler Französisch spricht, fällt mir auch ein, woher. Es ist *Drei Farben: Rot* – Thomas' Lieblingsfilm. Ich stehe ein paar Sekunden in der Tür, bevor Thomas mich bemerkt.

»Hi! Du bist aber früh zurück.« Er setzt sich ruckartig auf, als hätte ich ihn ermahnt, gefälligst gerade zu sitzen, dabei habe ich kein Wort gesagt.

Laurel klopft auf das Sofa zwischen sich und Thomas und sagt, ich soll mich doch setzen. Sie fragt, ob es schön war mit Martha, ob ich auch ein Bier möchte, ob ich den Film kenne. Thomas hat also anscheinend vergessen, ihr mitzuteilen, dass wir diesen Film bei unserem ersten Date gesehen haben.

»Ich brauch erst mal einen Tee. Will noch jemand was?«

Laurel nimmt einen großen Schluck aus ihrer Bierflasche. »Ich hab noch, danke.«

Thomas schüttelt den Kopf. Er beobachtet mich, versucht herauszufinden, was in mir vorgeht. Ich drehe mich einfach um und gehe in die Küche. Er folgt mir und schließt die Küchentür hinter sich. Ich schalte den Wasserkocher an.

»Hey.« Thomas lehnt sich gegen die Arbeitsplatte.

»Hey.«

»Alles in Ordnung?«

»Was soll denn nicht in Ordnung sein?« Ich nehme meine Tasse vom Regal über dem Wasserkocher und hole mir einen Teebeutel aus dem Porzellankrug, auf dem KAFFEE steht. Den, auf dem TEE stand, habe ich vor Jahren mal kaputtgemacht, er ist in tausend Scherben zersprungen.

Thomas zuckt nur mit den Schultern, und ich merke, wie ich mich verspanne. Wenn heute noch einer mir gegenüber mit den Schultern zuckt, raste ich aus. »Keine Ahnung, du wirkst nur irgendwie genervt.«

»Bin ich nicht.«

»Dann ist ja gut.« Thomas hat diesen Dann-eben-nicht-Tonfall. »Wie geht's denn Martha?«

Ich hole die Milch aus dem Kühlschrank. Sie ist fast alle. Wir haben eigentlich immer eine ganze Menge im Haus, aber Mum hat sich noch nicht daran gewöhnt, dass wir jetzt mit einer Person mehr im Haushalt einen größeren Milchverbrauch haben. Ich gieße mir den winzigen Rest ein. Reicht kaum für eine vernünftige Tasse Tee.

»Ich hab dich was gefragt, Faith.« Thomas hasst es, wenn man ihn ignoriert. Er hält alles, was er sagt, für unglaublich wichtig, und hätte am liebsten, dass man ihm immer mit interessiert geneigtem Kopf und ernsthafter Miene lauscht.

»Ich würd dich auch gern was fragen. Wieso hast du mir nicht erzählt, dass Marthas Mum entlassen wurde?«

Damit hat er nicht gerechnet. »Versteh ich jetzt nicht.«

»Ist doch wohl nicht schwer zu verstehen.« Ich hole einen Teelöffel aus der Schublade, den, der nicht zu den anderen passt. Damit habe ich früher immer mein Frühstücksei gegessen, weil er mir so leidtat. Ich dachte immer, dass er doch bestimmt einsam sein müsste, weil er der Einzige war, der nicht zu den anderen passte. »Martha hat dir das mit ihrer Mum erzählt. Und du hast nichts gesagt. Ich würde einfach gern wissen, wieso nicht.«

»Keine Ahnung. Ich dachte, du weißt das schon.«

»Ich wusste es aber nicht.«

Das Wasser hat gekocht. Ich gieße es zu schnell in die Tasse, und es spritzt etwas daneben. Thomas wischt es mit einem Küchenhandtuch weg. Ich tunke den Teebeutel ins Wasser und drücke ihn gegen den Tassenrand, bis der Tee einen fast perfekten Farbton angenommen hat. Ganz perfekt bekomme ich es unter diesen Umständen nicht hin. Irgendwann ist der Tee fertig, und ich habe nichts mehr, mit dem ich mich beschäftigen könnte.

»Was ist denn eigentlich los?« Thomas klingt sanft. »Bist du böse, weil Laurel und ich uns *Rot* ansehen?«

Das macht mich tatsächlich böse, ja. Der Film war immer unser Ding, Thomas' und meins. Wir haben ihn schon mindestens achtmal zusammen gesehen. »Nein, das stört mich nicht. Aber du solltest sie kein Bier trinken lassen.«

Thomas kommt einen Schritt näher und legt mir die Hand in den Nacken. Seine Finger streicheln mich auf diese phantastische Art, die nur er draufhat. Ich hatte schon fast vergessen, wie sich das anfühlt, wenn er mich so streichelt.

»Sie ist neunzehn. Ich glaube, das vergisst du manchmal. Außerdem war es ihre Idee.«

Ich mache einen Schritt zurück, entziehe mich. »Hast du ihr denn wenigstens den ganzen Computerkram gezeigt, den sie wissen wollte?«

Thomas nickt. »Ja, und sie versteht das alles echt schnell. Naturtalent.« Er sieht kurz zur Tür. »Krieg ich einen Kuss?«

Ich will ihn nicht küssen. Ich will mit meinem Tee allein sein, meine Ruhe haben, keinen Menschen mehr sehen vor morgen früh. »Na gut.«

Er lächelt und sieht sehr erleichtert aus. Wenn ich ihn küsse, muss ja alles in Ordnung sein. Er beugt sich ein Stück vor. Ich rieche Chips. Während wir uns küssen, zähle ich langsam bis zehn. Ich will nicht, dass er meine Gereiztheit weiter kommentiert.

Wir sehen den Film gemeinsam zu Ende. Laurel besteht darauf, dass ich zwischen ihr und Thomas sitze. Sie will noch ein Bier, aber ich sage, vielleicht lieber nicht.

Das Sofa fühlt sich zu klein an.

KAPITEL 22

Am nächsten Tag in der Schule ist alles wieder in Ordnung. Wahrscheinlich bin ich gestern einfach mit dem falschen Fuß aufgestanden. Martha, Thomas und ich sitzen in der Mittagspause zusammen, und Thomas hält uns einen Vortrag über eine peruanische Dichterin, die gerade gestorben ist. Manchmal habe ich das Gefühl, er sucht mit Absicht im Internet nach den unbekanntesten Leuten, um dadurch belesen zu wirken, aber diesmal hat Martha auch schon von ihr gehört. Ich nicke freundlich und bin einfach nur froh, dass niemand anspricht, wie seltsam es gestern war.

Ich werde allerdings das Gefühl nicht los, dass die beiden gestern Abend noch miteinander telefoniert und sich abgesprochen haben. Aber falls das so war, kann ich es auch nicht ändern. Außerdem sollte ich froh sein, dass sich mein Freund und meine beste Freundin so gut verstehen. Bin ich ja auch.

Überhaupt, jetzt, wo Laurel sich etwas eingewöhnt hat, kann endlich wieder alles wie vorher werden. Darauf arbeiten wir ja hin. Auf Normalität. Und langsam aber sicher nähern wir uns dem auch an. Neulich waren Laurel und ich verschiedener Meinung, was wir im Fernsehen sehen wollten. Es war keine große Sache, am Ende habe ich einfach nachgegeben, aber mir fiel auf, dass Mum uns die ganze Zeit beobachtete. Sie sah nicht genervt aus, stattdessen hat sie gelächelt.

»Was gibt's denn da zu grinsen?«, fuhr ich sie an.

Da hat sie nur noch mehr gelächelt. »Nichts.«

»Sag schon!«, forderte Laurel.

Wir starrten unsere Mutter an, bis sie endlich aufgab. »Es macht mich irgendwie froh, wie ihr euch beide anzickt. Das erinnert mich so an Tante Eleanor und mich, als wir in eurem Alter waren.«

»Und?«, fragte ich.

Das Lächeln verschwand von ihrem Gesicht. »Na ja, ich habe nicht gedacht, dass ich das ... also, ich ... es ist einfach schön, meine beiden Mädchen als Schwestern zu sehen. Das hab ich mir so gewünscht.«

Sie brach in Tränen aus, sagte aber sofort, wir sollten uns keine Sorgen machen, es wären Freudentränen. Laurel und ich sahen einander an und mussten lächeln. Dann schalteten wir den Fernseher aus. Ich rutschte auf dem Sofa zu Mum rüber und umarmte sie. Laurel umarmte sie von der anderen Seite. Und so blieben wir lange sitzen. Das Sofa hatte wieder die richtige Größe.

Als ich aus der Schule nach Hause komme, merke ich sofort, dass irgendetwas nicht stimmt. Mum, Dad und Laurel sitzen am Esstisch. Dad sollte eigentlich später kommen. Mum hat ihn und Michel zum Abendbrot eingeladen (weil ich sie so lange damit genervt habe, bis sie zugestimmt hat). Meiner Meinung nach wäre das dann unser erstes *echtes* Familienessen.

Ich suche ihre Gesichter nach Hinweisen ab. Mum und Laurel sehen ganz normal aus, nur Dad wirkt unglücklich. Ich werfe meine Tasche aufs Sofa und setze mich mit an den Tisch. Ich frage in die Runde, was los ist. Plötzlich habe ich einen Flashback zu damals, als mir Mum und Dad eröffnet haben, dass sie sich trennen. Wir haben am selben Esstisch gesessen, der damals in einem anderen Haus stand, und sie haben in so einem sanften, einfühlsamen Ton mit mir gesprochen. (*Wir haben uns immer noch sehr lieb. Und dich haben wir auch noch genauso lieb wie immer. Du musst dir wirklich überhaupt keine Sorgen machen.*)

Mum sagt, es wäre nichts Schlimmes. Dad wirkt, als würde er das anders sehen. Laurel zwinkert mir zu, was mich mehr beruhigt als Mums Worte. Jetzt muss nur noch jemand mit der Sprache rausrücken. Mum sieht Dad an, aber der schüttelt den Kopf und hebt abwehrend die Hände. »Ich will damit nichts zu tun haben.«

Mum verzieht unzufrieden den Mund. »Laurel und ich hatten heute Morgen einen Termin.« Davon höre ich zum ersten Mal. »Mit einem Verlag. Die wollen uns ein Angebot machen.«

»Was denn für ein Angebot?«, frage ich, obwohl es natürlich nur eine Möglichkeit gibt.

»Sie soll ein Buch schreiben. Gegen ein *sehr* großzügiges Honorar.«

»Du sollst ein Buch schreiben?«, frage ich Laurel.

Sie will gerade antworten, aber Mum kommt ihr zuvor. »*Wir* sollen ein Buch schreiben.« Sie nimmt meine Hand. »Die ganze Familie gemeinsam.«

»Komische Idee.«

»Die Dame vom Verlag meinte, das wird das erste Buch dieser Art. Und es wird wohl ›wegweisend‹.«

Mir fällt auf, dass Mum »wird« sagt, nicht »würde«, als wäre das Ganze schon beschlossene Sache. Dem Gesichtsausdruck von Dad nach zu urteilen, ist ihm das auch aufgefallen.

»Natürlich würde sich der überwiegende Teil mit Laurel beschäftigen, aber sie wollen die ganze Geschichte, also es geht auch darum, wie das alles für *uns* gewesen ist. Sie haben schon die perfekte Ghostwriterin und würden das Buch gern noch vor Weihnachten rausbringen.«

»Wer verschenkt denn zu Weihnachten ein Buch über uns, also über diese schlimme Geschichte? Ist nicht böse gemeint, Laurel.«

Laurel sitzt nur stumm da.

»Hab ich auch gesagt!«, triumphiert Dad.

Mum verdreht die Augen. »Ihr beiden seid einfach viel zu zynisch. Das ist doch wohl das perfekte Buch zu Weihnachten, es ist eine Geschichte über die Hoffnung.«

»Das ist auf jeden Fall eine Entscheidung, bei der die ganze Familie zustimmen muss«, sagt Dad. »Ich habe ja schon deutlich gemacht, was ich davon halte. Ich glaube auch, die Öffentlichkeit hat jetzt mal genug von uns.« Er sieht Laurel an, deren Gesicht seltsamerweise völlig ausdruckslos ist. »Aber ich füge mich letztendlich deiner Entscheidung, Laurel.« Er sieht zwischen uns beiden hin und her. Typisch Dad, da hat er wieder einen Ausweg gefunden, um sich nicht festlegen zu müssen.

»Und, was meinst du, Faith?« Mum sieht mich hoffnungsvoll an, obwohl sie doch eigentlich genau wissen muss (oder etwa nicht?), was ich sagen werde.

»Ich halte das für eine ganz schlechte Idee.« Ich kann Dads Gedanken fast hören. *Hab ich dir doch gesagt, sie sieht das bestimmt genauso.*

Mum wirft einen unauffälligen Blick auf Laurel und wendet sich dann wieder mir zu. »Aber wieso denn? Meinst du nicht, es wäre gut, dass wir endlich unsere Seite der Geschichte erzählen können? Wie alles wirklich war?«

»Das machst du doch schon seit Jahren.«

Das klang gemeiner, als ich wollte. Ich versuche es anders. »Ich sehe einfach keinen Sinn darin, immer wieder darüber zu reden. Es ist doch jetzt vorbei.«

Stille am Tisch.

Ich starre die leere Tasse an, die vor Laurel steht. Es ist die mit *meinem* Namen drauf. Die mag sie irgendwie lieber als die Tasse, die ich ihr gekauft habe.

»Da hat Faith recht«, sagt Dad.

»Ich weiß, dass sie recht hat«, faucht Mum zurück. »Danke schön, dass du mir wieder mal erklärst, was ich selbst weiß.«

Dad hebt die Hände, als würde er mit einer Waffe bedroht. »Hey! Kein Grund, gleich so böse zu werden.«

Mum seufzt und rutscht auf ihrem Stuhl in sich zusammen. »Wir müssen auch an Laurels Zukunft denken. Die bieten uns so viel Geld. Damit hätte sie für den Rest ihres Lebens ausgesorgt!«

Wieso reden die, als wäre Laurel nicht mit am Tisch?

Aber irgendwie ist es tatsächlich, als wäre sie gar nicht da. Von ihr kommt keinerlei Reaktion. Es scheint ihr nichts auszumachen, dass sich Mum und Dad streiten, was wahrscheinlich heißt, dass sie sich schon gestritten haben, bevor ich zu Hause war.

»Und du würdest natürlich auch was von dem Geld bekommen, Faith …«

Daran hatte ich noch gar nicht gedacht. Ich war einfach davon ausgegangen, dass Laurel das ganze Geld bekommt. Wie viel das wohl ist? Egal. Kein Geld der Welt wäre diesen Eingriff in meine Privatsphäre wert. Ich stehe auf. Mum sagt, ich soll mich hinsetzen.

Ich bleibe stehen. »Ich will einfach nur ein normales Leben, wo nicht alle Menschen jede Kleinigkeit über uns wissen. Ihr drei könnt mit eurem Leben machen, was ihr wollt, aber ich will damit nichts zu tun haben.« Ich nehme meine Tasche vom Sofa und gehe aus dem Zimmer.

Mum und Dad rufen mir hinterher, aber ich gehe einfach weiter. Ich knalle meine Zimmertür hinter mir zu und lasse mich aufs Bett fallen. Wird das immer so bleiben? Wieso lassen uns die Leute nicht endlich in Ruhe? Alle wollen was vom Kuchen abhaben, und Mum hat anscheinend nicht das geringste Problem damit, jedem ein Stück abzuschneiden und auch noch mit einer hübschen Verzierung auf dem Teller zu überreichen.

Ich warte darauf, dass jemand an meine Tür klopft. Dad vielleicht, der mir sagt, dass er stolz auf mich ist, weil ich diesen Quatsch nicht mitmache. Oder Mum, die sich entschuldigt und sagt, dass sie erkannt hat, dass es eine absolut schreckliche Idee wäre. Oder Laurel. Keine Ahnung, was sie sagen würde. Aber es kommt niemand. Nach einer Weile fange ich an, ein Buch zu lesen.

Langsam vergeht die Zeit.

KAPITEL 23

Ich räuspere mich. »Kann ich bitte mal das Salz haben?«

Mum macht keine Anstalten, obwohl der Salzstreuer direkt neben ihrem Teller steht. Michel greift quer über den Tisch, sein Ärmel berührt fast die Kerzenflamme, und gibt ihn mir.

»Merci«, murmele ich.

Der arme Michel. Er hat ja keine Ahnung, was hier vorhin los war. Seitdem ich die Unterhaltung vorhin abgebrochen habe, indem ich aus dem Zimmer gestürmt bin, wurde die Sache mit dem Buch noch nicht wieder erwähnt. Aber das Thema ist noch nicht vom Tisch, das steht uns allen auf die Stirn geschrieben.

Es herrscht Stille. Michel gibt sich große Mühe, das betretene Schweigen aufzulockern, aber er hat kaum eine Chance. Er hat Mum gerade das fünfte Mal gesagt, wie phantastisch ihr die Lammschulter mit der Niedriggarmethode gelungen ist. Dad trinkt bereits sein drittes Glas Wein. Mum sagt, er möge doch bitte den anderen auch noch etwas übrig lassen. Er ignoriert diesen Kommentar und schenkt sich ein weiteres Glas ein. Dabei wird das Glas so voll, dass er es sehr langsam und vorsichtig an den Mund führen muss, um nichts auf das makellos weiße Tischtuch zu verschütten. Laurel hat ihr Essen kaum angerührt, schiebt es nur mit Messer und Gabel auf ihrem Teller herum.

Mum hat das natürlich bemerkt. »Alles in Ordnung, Schatz? Hast du keinen Hunger? Soll ich dir vielleicht was anderes machen?« Sie macht ständig so einen Aufstand bei Laurel. Sie sollte sie einfach mal in Ruhe lassen.

»Nein, schmeckt wirklich lecker, danke.« Laurel isst einen winzigen Happen, womit sich Mum zufriedengibt.

Michel erzählt eine Geschichte von einem Mann, der heute in die Tierarztpraxis kam und die Taschen voller Babyschildkröten hatte. Laurel lächelt höflich, mir gelingt sogar ein Lachen. Dad trinkt mehr Wein.

Beim Nachtisch – es gibt Mousse au Chocolat aus kleinen Espressotassen – hält Mum es schließlich nicht mehr aus. »Wir müssen da jetzt eine Entscheidung treffen. Zara, die Lektorin vom Verlag, die übrigens richtig sympathisch ist, braucht morgen eine Antwort von uns.«

Michel fragt nicht nach, wovon Mum redet, also muss Dad ihm doch schon erzählt haben, was los ist. Alle sehen mich an.

»Was guckt ihr denn so? Ich hab doch schon gesagt, was ich davon halte. Ihr könnt das Buch gern ohne mich schreiben, interessiert doch eh kein Schwein, was ich zu sagen habe.«

Mum tupft sich mit einer Serviette den Mund ab. »Ich finde das unglaublich egoistisch von dir.«

Dad kommt mir zur Hilfe. »Jetzt mach mal langsam, Olivia, das ist nicht fair. Wir müssen Faith schon ihre eigene Meinung zugestehen. Manchen ist ihre Privatsphäre eben wichtiger als anderen.«

»Manche haben auch mehr Grund als andere, Angst um ihre Privatsphäre zu haben«, faucht Mum und wirft ihre Serviette auf den Tisch.

»Was soll denn das jetzt heißen?« Dad ist ganz rot im Gesicht, und ich weiß nicht, ob aus Ärger oder weil er betrunken ist oder vielleicht wegen beidem.

»Du weiß genau, was ich meine.«

»Ich fasse es nicht. Nach allem, was ich wegen der Presse ausgestanden habe …« Er schüttelt voller Verachtung den Kopf.

Hier fliegen gleich die Fetzen. Irgendwer muss etwas tun, etwas sagen. Ich hatte auf Michel gehofft, aber der ist immer so vorsichtig, wenn es um Mum geht. Ich überlege, was ich denn nur sagen könnte, um die Situation wieder ein wenig zu entschärfen.

»Habt ihr überhaupt schon Laurel gefragt, was sie davon hält?«

Um Mums Lippen spielt ein kleines Lächeln, und mir wird klar: Das war ein Fehler. Laurel will das. Sie will wirklich, dass wir dieses bescheuerte Buch schreiben. »Erzähl doch Faith mal, was du mir vorhin dazu gesagt hast.«

Laurel trinkt einen Schluck Wasser. Ihren Wein hat sie nicht angerührt. Dad würde den bestimmt am liebsten in sein (schon wieder leeres) Glas umkippen. Laurel legt die Hände in den Schoß. Es wirkt fast, als würde sie beten, aber sie hat die Augen offen. Sie hat nur einen ganz kleinen

Löffel von ihrer Mousse au Chocolat gegessen. Ihre Lippen sind aufeinandergepresst, als hätte sie Angst, jemand könnte sie zwingen, mehr davon zu essen.

»Was ist denn nun?«

»Jetzt lass das Mädchen doch mal in Ruhe, Olivia.«

»Könnt ihr bitte aufhören, euch zu streiten?« Laurel flüstert fast, aber wir haben sie alle gehört.

Mum und Dad entschuldigen sich sofort bei ihr. Michel wirft mir einen Blick zu, den ich nicht zu deuten weiß. Laurel sieht mich ebenfalls an.

»Ist schon okay«, sage ich. »Du kannst mir ruhig die Wahrheit sagen.«

»Ich will das Buch schreiben. Ich will, dass wir das Buch alle zusammen schreiben.« Ich rechne fast damit, dass Mum mit ihr einschlägt und eine Triumphrunde um den Esstisch rennt. Aber ich glaube, sie hat noch nie in ihrem Leben mit jemandem eingeschlagen, und rennen tut sie auch nie.

»Warum eigentlich?« Das ist eine einfache Frage, aber ich kann mir nicht vorstellen, dass Mum ihr die je gestellt hat.

Laurel sieht zu der Lampe hoch, die Mum schon seit Jahren wegwerfen will. Als ich sie mal darauf angesprochen habe, meinte sie aber, dass sie ihr mittlerweile irgendwie ans Herz gewachsen ist. Toll, tut das ein Tumor nicht auch?

Die Stille zieht sich in die Länge. Laurel starrt weiter die hässliche Lampe an. Sie wirkt, als wäre sie in Trance.

»Laurel?« Ich greife nach ihrer Hand.

Etwas huscht über ihr Gesicht. Es war so schnell weg, wenn ich kurz geblinzelt hätte, wäre es mir entgangen. Mum, Dad und Michel haben nichts bemerkt, sonst hätte bestimmt jemand etwas gesagt. Ich ziehe die Hand wieder weg. Ich habe sie doch nur kurz berührt, das ist doch kein Grund, so absolut angeekelt auszusehen, oder?

Ein Flashback. Das muss es gewesen sein. Laurels Therapeutin hat uns vorgewarnt. Das kann jederzeit passieren. Es gäbe unter Umständen Dinge, die Laurel aus Selbstschutz ganz tief unten in sich vergraben hat. Die können dann für immer dort unten bleiben, manchmal kommen sie aber auch einfach so an die Oberfläche, wenn Laurel es am wenigsten erwartet.

Ich sehe sie an und warte. Jetzt ist nicht mehr das kleinste Anzeichen von Ekel auf ihrem Gesicht. Schwer vorstellbar, dass es eben noch so deutlich war oder dass ich es zumindest gesehen zu haben glaube. Jetzt sieht sie wieder lieb und freundlich und offen aus.

»Ich glaube, es würde uns als Familie guttun.«

Ich sage darauf nichts.

Laurel greift nach meiner Hand. »Ich glaube, dann könnten wir endlich unseren Frieden mit dieser Sache machen.« *Unseren Frieden damit machen.* So redet man leider, wenn man zu oft die *Cynthia Day Show* sieht. Cynthia gibt ständig solchen Mist von sich, alles Küchenpsychologiesprüche. Und ihr Publikum geht voll darauf ab.

Laurel drückt meine Hand. »Das wäre ein Projekt, an dem wir alle gemeinsam beteiligt sind, als Familie.« Sie sieht zu Mum rüber, und die beiden lächeln sich traurig an, als würden sie an die vielen Sachen denken, die wir nicht *als Familie* machen konnten.

Aber wieso muss es denn ein Buch sein? Wieso können wir nicht wie jede andere Familie in einen Vergnügungspark oder zu IKEA fahren? Martha wäre fassungslos, wenn ich dabei mitmache. Thomas genauso. Laney Finch hingegen wäre, milde ausgedrückt, begeistert. Wie Michel die Sache findet, weiß ich ganz genau, da muss ich ihn nicht mal ansehen. Aber er wird nichts sagen, weil Dad gerade in einer totalen Zwickmühle ist. Er würde alles für Laurel tun, wirklich alles. Weil er so viele Jahre lang nichts für sie tun konnte.

Laurel lässt meine Hand los. »Ich kann verstehen, wenn du das nicht willst. Wir würden das alle verstehen.« Mum nickt zustimmend, weil sie weiß, dass Laurel das gern sieht. »Es ist wirklich deine Entscheidung.«

Ich versuche es ein letztes Mal. »Könnt ihr das nicht einfach ohne mich machen?«

Laurel schüttelt den Kopf. »Das würde ich nicht wollen. Sag ruhig nein, Faith. Wir müssen das nicht machen. Wir können die Sache auch einfach vergessen.« Ich glaube ihr das sogar. Mum allerdings würde mir das für den Rest meines Lebens vorwerfen.

Am Ende geht es doch nur um eins: um meine Schwester. Laurel, die eine Zukunft mit Tausenden Pfund auf dem Konto hat, oder Laurel mit einer Zukunft ohne dieses Geld. Dieser Gedanke klingt banal, und vielleicht irre ich mich auch. Vielleicht findet sie doch eine normale Arbeit. Vielleicht studiert sie Jura und wird eine ganz tolle Anwältin mit einer Praxis in London. Vielleicht wird sie ein ganz normales Leben führen und die Erinnerungen hinter sich lassen. Aber vielleicht kann sie das auch nicht. Und wenn sie kein normales Leben führen kann, braucht sie Geld. Eine ganze Menge sogar.

Mum ist die Einzige, die tatsächlich überrascht ist, als ich sage: »Na, dann machen wir's eben. Wir schreiben das Buch.«

Laurel steht auf und umarmt mich. »Danke schön«, flüstert sie.

Dad ist kein bisschen überrascht. Er weiß, dass es mir genauso geht wie ihm: Laurel hat oberste Priorität für uns.

KAPITEL 24

Michel meldet sich freiwillig für den Abwasch und bittet mich, ihm beim Abtrocknen zu helfen. Mum, Dad und Laurel bleiben im Wohnzimmer sitzen.

»Das hättest du nicht machen müssen«, sagt er leise zu mir und reicht mir ein Weinglas.

»Doch.« Ich trockne das Glas sorgfältig ab und stelle es auf die Arbeitsplatte.

»Nein, hättest du nicht. Es geht doch auch um *dein* Leben.«

Ich wünschte, er wäre still. »Mich hat keiner gezwungen. Ich hatte eh vor, ja zu sagen.« Ich weiß nicht, wieso ich ihn anlüge. Vor allem, weil er genau weiß, dass ich ihn anlüge. Ich trockne weiter Geschirr ab, damit ich ihn nicht ansehen muss.

»Ich mach mir Sorgen um dich, Faith.«

»Wieso das denn?«

Michel schweigt. Entweder feilt er im Kopf an der Formulierung oder ihm fällt gerade nicht das richtige Wort auf Englisch ein. »Du wirkst irgendwie nicht wie du selbst.«

Ich greife das Weinglas fester. Ob das Glas kaputtgehen würde, wenn ich stark genug zudrücke? »Ich hab keine Ahnung, wovon du redest.«

»Ich weiß.« Michel klingt müde.

In diesem Moment kommt Mum rein und fängt an, nach den teuren Keksen zu suchen, die sie letzte Woche bei Waitrose gekauft hat. »Keine Ahnung, wo die sind.«

Ich fühle mich plötzlich völlig kaputt. »Du, Mum, ich hab Kopfschmerzen, ich würde gern ins Bett gehen. Ich kümmer mich morgen um das restliche Geschirr, ja?«

Mum tritt an mich heran und legt mir die Hand auf die Stirn. Ich habe nichts von Fieber gesagt und weiß nicht genau, was das jetzt soll. Sie verschreibt mir ein großes Glas Wasser und zwei Ibuprofen. Michel wünscht mir gute Besserung. Ich bedanke mich, drücke ihn aber nicht zum Abschied wie sonst immer.

Dad und Laurel sitzen auf der Couch und unterhalten sich leise. Ich teile auch ihnen kurz mit, dass ich mich ein wenig krank fühle. Laurel fragt gleich ganz besorgt, ob sie irgendetwas für mich tun kann, ob wir nicht mit mir zum Arzt fahren sollten. Dad meint lachend, sie solle nicht so übertreiben. Ich sehe ihr an, dass ihr seine Wortwahl nicht gefällt, aber sie sagt nichts dazu.

Ich beruhige sie damit, dass es mir morgen bestimmt schon wieder bessergeht und ich nur müde bin. Sie glaubt mir offensichtlich nicht, wünscht mir aber gute Nacht, und sagt, dass sie gleich noch mal nach mir sehen wird.

Sie kommt jedoch nicht. Ich liege im Bett und lausche. Nach etwa einer halben Stunde gehen Dad und Michel. Man hört ihre Schritte draußen auf dem Kies. Michel fährt, wie immer. Angeblich macht es ihm nichts aus, dass er jedes Mal derjenige ist, der nichts trinken darf. Ich nehme mir vor, mich morgen bei Michel zu entschuldigen, auch wenn ich ehrlich gesagt finde, *ich* habe nichts falsch gemacht. Im Gegenteil. Vermutlich hat er es nur gut gemeint, als er sagte, ich müsste bei dieser verrückten Buchsache nicht mitmachen. Aber was sollte der Quatsch von wegen ich wäre nicht ich selbst? Was wollte er denn damit bitte schön sagen?

Und es stimmt auch nicht. Ich *bin* ich selbst. Ich bin immer ich selbst, jemand anderes kann ich ja gar nicht sein. Das Seltsame ist sogar, dass ich mich in den letzten Wochen mehr wie ich selbst gefühlt habe als jemals zuvor. Nicht, dass ich die ganze Zeit darüber nachdenken würde, aber seitdem Laurel wieder da ist, fühle ich mich irgendwie angekommen, trotz des ganzen Durcheinanders. Als ob ich endlich wieder richtig atmen kann, wirklich tiefe, befreiende Atemzüge, nachdem ich ein Leben lang ständig das Gefühl hatte, nicht genug Luft zu kriegen.

Etwa eine Stunde, nachdem Dad und Michel gegangen sind, höre ich Schritte auf der Treppe. Es ist Mum, das erkenne ich, weil sie immer einen großen Schritt über die dritte Stufe von oben macht, wenn sie denkt, dass ich schlafe. Das ist nämlich die knarzende Stufe. Die Schritte kommen näher und halten vor meiner Zimmertür.

Ich umklammere die Zipfel meiner Bettdecke, mein ganzer Körper wird stocksteif. Irgendwie ist es gruselig, wenn jemand hinter der Tür steht und lauscht, selbst wenn es die eigene Mutter ist. Vielleicht möchte sie sich entschuldigen. Ich fände es schön, wenn es ihr leidtun würde, dass sie solchen Druck wegen des Buchs auf mich ausgeübt haben.

Vermutlich stellt sie nicht mal bewusst Laurels Bedürfnisse über meine. Eher, dass sie ihre eigenen Bedürfnisse über meine und die von Dad stellt. Sie hatte schon immer das geringere Problem damit als wir, so in der Öffentlichkeit zu stehen. Damals argumentierte sie immer mit der Rettung meiner Schwester. Und da sie ja schlecht durch das Land ziehen und an jede einzelne Haustür klopfen und jedes leerstehende Fabrikgebäude eigenhändig durchsuchen konnte, war das eben ihre einzige Möglichkeit – sie hat dafür gesorgt, dass so viele Menschen wie nur möglich von Laurel Logan erfuhren und dass sie sie nicht wieder vergaßen. Das wurde zu ihrer Mission, darauf fixierte sie sich voll und ganz.

An den Tagen, an denen ich nicht ganz so verständnisvoll ihr gegenüber war, und davon gab es eine ganze Menge, habe ich mich manchmal gefragt, ob ihr die viele Aufmerksamkeit nicht heimlich auch ganz gut gefiel. Sie schien sich im Mittelpunkt der Berichterstattung immer so wohl zu fühlen, trat in Talkshows auf, sprach vor Menschenmengen – da war es schwer, nicht ab und zu diesen Eindruck zu gewinnen. Dad trat auch in den Talkshows auf und verlas offizielle Statements unserer Familie, aber er schien nie glücklich damit. Er biss die Zähne zusammen und tat eben, was getan werden musste. Für Laurel. Aber er hasste diesen ganzen Quatsch und war wahrscheinlich genau wie ich davon ausgegangen, dass wir das nun hinter uns hatten. Er hatte bestimmt gedacht, wir könnten jetzt wieder eine ganz normale Familie sein. Vielleicht nicht genau dieselbe normale Familie, die wir vor 13 Jahren gewesen waren, aber eine, die dieser ähnlich war und in der es Platz für Michel gab.

Die *Cynthia Day Show* war eine Sache, aber dieses Buch ist ein ganz anderes Kaliber. Meine Familie wird dadurch noch monatelang im Scheinwerferlicht stehen, vielleicht sogar jahrelang. Worauf habe ich mich denn da bloß eingelassen? Einige Zeitungen werden sehr wahrscheinlich über uns herziehen. Es wäre nicht das erste Mal, dass uns vorgeworfen wird, mediengeil zu sein. Früher hatten wir jedoch einen echten Grund für den Medienrummel, und den konnte uns niemand ernsthaft absprechen, ohne selbst sofort angefeindet zu werden – siehe Jeanette Hayes. Meine Eltern waren verzweifelt und wollten unbedingt ihre Tochter zurück. Da konnte sich jeder hineinversetzen. Aber jetzt ist die kleine Laurel Logan ja wieder zu Hause. Noch interessieren sich die Menschen zwar für sie, wollen wissen, wie es ihr geht. Sie wollen, dass die Geschichte mit einem »und sie lebte glücklich und zufrieden bis an ihr Lebensende« ausgeht. Aber bald werden sie auch wieder das Interesse verlieren und werfen uns dann bestimmt vor, wir würden die Situation bloß ausnutzen. Und ehe wir uns versehen, kramen die Journalisten irgendwelche alten Geschichten über Mum und Dad raus … oder über mich.

Das Buch würde sich garantiert gut verkaufen. Aber das ist doch kein Argument. Wir sind es niemandem schuldig, seine Neugier zu befriedigen, in diesem Fall ja auch noch eine absolut morbide Neugier. Jetzt habe ich leider schon zugestimmt, und es gibt kein Zurück. Ich muss mir einfach klarmachen, dass Laurel damit für den Rest ihres Lebens ausgesorgt hat, oder zumindest für die nächsten Jahre. Und dass sie ihre Geschichte endlich selbst erzählen kann, mit ihren eigenen Worten. (Na gut, mit den Worten einer Ghostwriterin.) Wenn sie darüber reden möchte, wenn sie will, dass alle wissen, was dieses Monster ihr angetan hat, dann hat sie ein Recht darauf, gehört zu werden. Ich würde an ihrer Stelle anders handeln. Aber sowohl Maggie als auch Penny meinten, es wäre gut für Laurel, über ihre Erinnerungen zu reden. Es sei gefährlich, immer alles für sich zu behalten.

Ich liege im Bett und warte darauf, dass Laurel kommt und nach mir sieht, wie sie es versprochen hat. Ich starre die roten Leuchtziffern meines Weckers an und zähle die Sekunden der einzelnen Minuten, versuche, exakt den Moment abzupassen, in dem die nächste Zahl erscheint. Es klappt jedoch nie. Die 60 Sekunden, die ich im Kopf zähle, sind immer schneller vorbei als die echten 60 Sekunden.

Wahrscheinlich sieht Laurel noch ein bisschen fern. Ich nehme es ihr nicht übel, dass sie mich vergessen hat. Ich brauche sie ja nun nicht zum Einschlafen. Oder doch? Der Schlaf will einfach nicht kommen. Mein Gehirn ist viel zu beschäftigt, hüpft von einem Thema zum nächsten und wieder zurück wie eine nervöse Hummel. Ich habe Angst davor, Martha und Thomas von dem Buch zu erzählen. Martha wird sich gnadenlos über mich lustig machen, aber damit kann ich umgehen. Mehr Sorgen mache ich mir ehrlich gesagt bei Thomas. Seine Lieblingsbeleidigung ist »kommerziell«. Sobald seine Lieblingsband bekannter wurde, mochte er sie von einem Tag auf den anderen nicht mehr. (*Die neuen Songs sind einfach viel zu kommerziell.*) Manchmal streiten wir uns darüber, also wir ziehen uns gegenseitig mit dem Thema auf, es ist kein echtes Streiten. Meiner Meinung nach mag er diese ganzen unbekannten Bands nur, weil er sich gern einbildet, er hätte sie »entdeckt«. Das ist aber totaler Blödsinn. Er freut sich, wenn er erzählen kann, dass er sie in irgendeinem winzigen, stickigen Club gehört hat – lange, bevor sie berühmt wurden und angefangen haben, in riesigen Konzerthallen zu spielen. Das Problem dabei ist nur, dass irgendwie alle diese Bands am Ende immer berühmt werden, was im Umkehrschluss wohl bedeutet, dass sein Musikgeschmack dem Massenmusikgeschmack ziemlich ähnelt.

Thomas wird enttäuscht von mir sein. Selbst wenn er es nicht sagt – ich weiß einfach, dass es so ist. Ich kann ihm auch nicht wirklich einen Vorwurf daraus machen, ich bin ja auch ein bisschen unzufrieden mit mir selbst. Aber damit muss ich wohl klarkommen, denn ich will lieber Thomas und auch mich selbst enttäuschen, als Laurel im Stich lassen. Wenn Thomas das nicht nachvollziehen kann, ist er vielleicht nicht der Richtige für mich. Sobald ich diesen Gedanken habe, fühle ich eine scharfkantige Panik in der Brust. Das ist nichts Neues, diese Panik erscheint in letzter Zeit häufig, sobald ich ernsthaft über Thomas und mich nachdenke. Wenn ich ganz tief in mich reinhorche, hatte ich schon Zweifel an unserer Beziehung, bevor Laurel wieder da war.

Die Wahrheit ist, dass ich nur mit Thomas Sex hatte, weil ich wollte, dass wir zusammenbleiben. Das ist natürlich mehr als unlogisch, aber in dem Moment hat es absolut Sinn für mich ergeben. Das habe ich nicht einmal Martha erzählt. Ich weiß nicht, ob es normal ist, einen Tag zu denken, dass man jemanden liebt, und ihn am nächsten Tag zu hassen. Doch bei mir wechselt es eher von Minute zu Minute. Thomas kann wirklich sehr lieb sein. Am schönsten finde ich immer, wenn wir gemeinsam über irgendetwas lachen, nicht über *jemanden.* Aber dann sagt er manchmal auch wieder so unglaublich eingebildete Dinge, dass ich ihn schütteln möchte.

Ist es normal, solche wechselnden Gefühle für den Menschen zu haben, von dem man glaubt, dass man in ihn verliebt ist? Oder ist es vielleicht nicht normal, und diese ganze Verliebtheitssache ist eine weltweite Verschwörung? Ist es besser, einen Freund zu haben, bei dem man sich nicht ganz sicher ist, was man für ihn empfindet, als keinen Freund zu haben?

KAPITEL 25

Um ein Uhr 32 sehe ich ein, dass ich wohl nicht mehr schlafen werde. Vielleicht hilft ja ein warmer Kakao. Falls Laurel nicht schon auf dem Sofa eingeschlafen ist, werde ich ihr auch einen machen. Ich ziehe mir meinen Bademantel über und schleiche die Treppe hinunter, wobei ich aufpasse, nicht auf die knarzende Stufe zu treten.

Im Wohnzimmer ist es dunkel. Der Fernseher ist aus. Laurel liegt nicht auf dem Sofa. Unter der Küchentür scheint ein Lichtstrahl hervor und bestätigt meinen Verdacht über ihren Aufenthaltsort. Vielleicht hatten wir denselben Gedanken, und sie wärmt gerade Milch auf. Mir gefällt die Vorstellung, dass wir ein bisschen telepathisch miteinander verbunden sind.

Ich öffne die Küchentür. Laurel zuckt zusammen und wirft das Glas Wasser um, das vor ihr auf dem Tisch stand. »Scheiße!«

Ich schnappe mir die Küchenrolle und laufe zum Tisch. Da sehe ich, was auf dem Tisch liegt: ein Fotoalbum. Zum Glück sind die Fotos alle unter Plastik, so dass ihnen nichts passiert ist.

»Wieso schleichst du dich denn so an?« Laurel reißt ein paar Blätter Küchenpapier ab und tupft auf dem Fotoalbum herum, während ich das Wasser vom Tisch wische.

»Ich wollte mich doch gar nicht anschleichen! Ich wollte mir nur einen Kakao machen.« Laurel atmet heftig und ist noch blasser als sonst. Irgendetwas stimmt nicht. »Hey, alles in Ordnung?«

Sie schüttelt den Kopf und schließt für einen Moment die Augen, versucht, wieder ruhiger zu werden. »Tut mir leid. Ich wollte dich nicht so anfahren. Es war nur … das hat mich eben an *ihn* erinnert. Bei ihm wusste ich auch nie, wann er kam.«

»Ach Laurel, das tut mir so leid.« Ich finde es immer ganz schlimm, wenn sie ihn erwähnt. Die meiste Zeit versuche ich zu verdrängen, dass er noch irgendwo da draußen herumläuft, weil mir der Gedanke unglaublich Angst macht. Er könnte überall sein.

Die Polizei meinte, er würde sich ganz bestimmt mindestens 100 Meilen entfernt aufhalten und sich verstecken, er ist ja schließlich der meistgesuchte Mann im Land. Mum, Dad und Laurel scheint das irgendwie zu beruhigen, aber mir hilft das überhaupt nicht. Die zwei Zivilpolizisten, die in unserer Straße parken, könnten ihn doch gar nicht aufhalten, wenn er Laurel wirklich zurückholen wollte. Ich habe Albträume davon, wie er sich ins Haus schleicht und sie mitnimmt.

Laurel steht vor dem Küchenfenster. Ihre Schultern beben. Mum hat die Jalousien nicht heruntergelassen, deshalb kann ich Laurels Spiegelbild in der Scheibe sehen. Sie hält sich die Hände vors Gesicht, als ob wir Verstecken spielen würden. Ich hasse es, wenn es dunkel ist und man in einem hellen Zimmer steht. Jeder kann hereinsehen, aber man selbst nicht hinaus. Man weiß dann nie, ob da draußen nicht vielleicht jemand herumstreunt. Wir haben zwar einen Bewegungsmelder über der Hintertür, aber die Lampe ist schon seit fast einem Jahr kaputt.

Ich lege Laurel die Hand auf die Schulter. Sie zuckt zusammen. Das bricht mir fast das Herz. Ich streichele ihr den Rücken und rede beruhigend auf sie ein. Sie entschuldigt sich unter Schluchzen für ihre Überreaktion. Ich versichere ihr, dass es nach allem, was sie erlebt hat, keine Überreaktionen gibt. Sie dreht sich zu mir um. Ich will ihr die Tränen abwischen, aber ihre Augen sind trocken. Sie schnieft, wischt sich die Nase am Ärmel ab und holt tief Luft.

»Willst du auch einen Kakao? Mir hilft das immer.« Ich habe schon als kleines Kind immer Kakao getrunken, wenn ich Trost brauchte. Irgendwann war ich bei drei Tassen pro Tag. Leider hatte Mum irgendwann Angst, ich könnte zu dick werden. Sie hat es zwar nicht so deutlich gesagt, aber ich weiß, dass sie es dachte. Chips und Cola wurden nicht mehr gekauft und ich gefragt, ob ich mir nicht ein neues Hobby zulegen möchte, irgendetwas Sportliches vielleicht? Ich war damals zehn. Meine Mutter ist bestimmt froh, dass sie jetzt endlich ihre dünne Tochter wieder hat, auch wenn die nur deshalb so dünn ist, weil sie die letzten 13 Jahre kaum was zu essen hatte.

»Nein, danke. Ich will einfach ins Bett. Könntest du vielleicht … O Mann, das klingt total blöd.« Laurel schüttelt den Kopf. »Vergiss es. Ist nicht so wichtig.«

»Was denn?«, frage ich sanft.

Sie weicht meinem Blick aus und starrt einen Punkt an der Wand an. »Könntest du neben mir sitzen, bis ich eingeschlafen bin?« Ihre Worte überschlagen sich fast, so schnell rattert sie sie herunter.

»Na klar.«

Im Hinausgehen werfe ich einen Blick auf die Fotos. Auf jeder Seite des Albums sind zwei. Vier Weihnachtsfotos. Ich mit acht Jahren, wie ich noch ganz müde im Schlafanzug neben dem Weihnachtsbaum stehe. Ich, wie ich im Schneidersitz in einem Meer aus buntem Papier sitze und meine Geschenke auspacke. Dad, der mit stolzer Miene den Braten tranchiert, obwohl Mum diejenige war, die den ganzen Tag dafür in der Küche gestanden hatte. Ein etwas verkrampftes Familienfoto: Mum, Dad, ich (mit einem orangefarbenen Papierhut auf dem Kopf), Gran und Gramps, Tante Eleanor.

»Wieso hast du dir die denn angeschaut? Brauchst du Inspiration für die hässlichste Frisur der Welt?«

Laurel lacht nicht. »Ich finde, du siehst auf den Bildern süß aus.«

»Aber wieso diese?« Der Gedanke, dass sie hier ganz allein sitzt und sich Fotos von den vielen Gelegenheiten ansieht, die sie verpasst hat, macht mich traurig. Außerdem bekommt man von den Bildern einen falschen Eindruck. Alle sehen darauf fröhlich aus (sogar ich, trotz der schlimmen Frisur), aber das liegt nur daran, dass niemand fotografiert hat, wenn Mum weinend in der Küche stand und Dad vor sich hinstarrte, anstatt auf den Weihnachtsfilm zu achten. Wenn man nur die Bilder sieht, würde man das alles nie vermuten. Auf den Fotos wirkt es, als hätten wir sie kein bisschen vermisst, als hätten wir einfach unser Leben weitergelebt und nie wieder an sie gedacht.

»Mum wollte mir die vorhin zeigen.«

Ich nicke und klappe das Album zu. Nachdem ich das Licht ausgeknipst habe, gehen wir nach oben. Ich warte in Laurels Zimmer, während sie sich im Bad umzieht. Das Wasser rauscht, sie putzt sich die Zähne. Sie hat sich noch nie vor mir umgezogen. Mum ist die Einzige, die die Spuren gesehen hat, die dieses Monster auf dem Körper meiner Schwester hinterlassen hat.

Laurel legt sich ins Bett. Ich setze mich auf einen Stuhl. Wir unterhalten uns noch ein wenig, dann mache ich das Licht aus und warte darauf, dass sie einschläft. Es dauert mindestens eine Viertelstunde, bis ihr Atem tiefer und gleichmäßiger wird und ich mich aus dem Zimmer schleichen kann.

Leider brauche auch ich lange, um einzuschlafen. Ich denke immer wieder über die Szene in der Küche nach. Laurel hat mich angelogen. Sie hat mir einfach so ins Gesicht gelogen. Mum hat ihr das Fotoalbum nicht gezeigt, das weiß ich sicher. Weil Mum nämlich gar nicht wusste, wo es war.

Zwei Tage, bevor Laurel nach Hause gekommen ist, habe ich das Album aus dem Regal neben dem Kamin genommen. Ich habe mich damit aufs Bett gesetzt und versucht, mit Hilfe der Fotos ein wenig Ordnung in meine Gedanken und Gefühle zu bringen. Ich habe über die Vergangenheit nachgedacht und darüber, was die Zukunft wohl bringen würde. Am nächsten Morgen konnte ich das Album nicht wieder zurücklegen. Ich wollte es in meiner Nähe haben, deshalb habe ich es in meinen Nachttisch getan, in die unterste Schublade.

Mum geht schon seit Jahren nicht mehr ungefragt in mein Zimmer, und sie würde nie meine Sachen durchkramen. Es gibt also nur eine Erklärung: Laurel muss hier herumgeschnüffelt haben. Ich weiß das jetzt. Und sie muss doch auch wissen, dass ich es weiß. Wieso hat sie dann nicht gesagt, dass sie das Fotoalbum gefunden hat, als sie in meinem Zimmer nach irgendetwas gesucht hat? Ich hätte ihr das wahrscheinlich sogar geglaubt. Selbst wenn ich ihr nicht geglaubt hätte, böse wäre ich auch nicht gewesen. Es gibt ein paar Sachen, von denen ich nicht unbedingt möchte, dass Mum sie findet, aber vor Laurel habe ich keine Geheimnisse.

Unter Schwestern sollte es keine Geheimnisse geben.

KAPITEL 26

Ich rechne damit, dass Mum sich erst mal gegen Laurels Vorschlag wehrt, aber die zuckt nicht mal mit der Wimper. Bestimmt hat Penny vorher mit ihr gesprochen und schon mal den Weg geebnet.

»Das ist doch eine tolle Idee. Faith und ich kommen später nach, dann essen wir zusammen Mittag und danach gehen wir shoppen. Nur wir Mädels!« Seitdem wir den Buchvertrag unterschrieben haben, ist Mum gutgelaunt. Der Verlag hat uns vor ein paar Tagen einen Vorschuss überwiesen, wir schwimmen jetzt offiziell im Geld.

Laurel geht heute zum ersten Mal allein in die Stadt. Als ich runterkomme, ist sie schon fertig angezogen. Es ist der erste schulfreie Montag. Normalerweise schlafe ich in den Ferien immer richtig lange, aber heute bin ich Punkt 7.30 Uhr aufgewacht. Laurel macht Tee, und wir setzen uns zusammen an den Küchentisch.

»Falsche Tasse.« Ich unterdrücke ein Gähnen.

»Was?« Laurel wirkt gereizt und abgelenkt.

Ich halte ihr die Tasse hin, damit sie den Namen darauf sieht.

»Ach so. Willst du tauschen?«

»Nee, schon gut. Alles klar?«

»Ja, alles super.« Sie trommelt nervös mit den Fingern auf dem Tisch.

»Du musst das nicht machen, wenn du dich noch nicht bereit dazu fühlst. Und ich komm auch gern mit!« Ich trinke einen Schluck. Laurel macht den Tee wirklich gut.

Sie sieht mich erschrocken an. »Nein!« Das klang ja geradezu panisch, dabei wollte ich nur nett sein. »Nein«, sagt sie noch einmal, leiser diesmal. »Danke, aber ich fühle mich bereit dafür. Ich hätte das schon vor Wochen mal machen sollen. Du und Mum könnt mich doch bestimmt kaum noch ertragen.«

»Das stimmt nicht.«

Laurel zuckt nur mit den Schultern. »Ich muss auf jeden Fall selbständiger werden.«

Da hat sie wahrscheinlich recht. Und vielleicht fällt ihr hier zu Hause auch die Decke auf den Kopf. Der Gedanke ist mir bis jetzt noch gar nicht gekommen, dass es möglicherweise anstrengend für sie ist, die ganze Zeit Menschen um sich zu haben. Bei Smith war sie oft stundenlang allein, manchmal tagelang. Sie ist es gewöhnt, für sich zu sein. Vielleicht ist ihr das sogar lieber.

»Denk an dein Handy.« Schrecklich, ich klinge ja schon wie Mum! »Schreib mir, wenn du was brauchst oder wenn ich dir Gesellschaft leisten soll.«

Laurel nimmt zwei große Schlucke und verzieht das Gesicht, weil der Tee noch viel zu heiß ist. »Danke. Aber ich komm schon klar. Ehrlich.«

»Und du findest auch ganz bestimmt zu dem Sushi-Restaurant?«

Sie holt wortlos die Karte aus der Hosentasche, die ich ihr gestern Abend gezeichnet habe, und wedelt damit.

»Sorry. Ich weiß ja, dass du dich zurechtfindest.«

»Ja, klar, deshalb hast du auch extra markiert, auf welcher Straßenseite ich gehen soll, hm?« Sie lacht.

»Das ist ja bloß, weil da gerade eine Baustelle ist und man den Gehweg nicht benutzen kann. Ich will halt nicht, dass du überfahren wirst.« Das klingt total albern. Es *ist* auch total albern. Laurel ist schließlich 19. »Tut mir leid.«

»Ist doch okay. Du musst dich nicht immer entschuldigen. Ich finde es ja lieb, dass du dir solche Gedanken machst.«

»Was hast du denn überhaupt vor in der Stadt?«

Statt zu antworten, tritt Laurel an die Spüle und fängt an, ihre Tasse abzuwaschen. Sie dreht den Hahn aber zu weit auf, und das Wasser spritzt überall ein. Sie ist völlig durchnässt. »Scheiße! Scheißescheißescheiße!« Sie knallt die Tasse so hart auf die Arbeitsplatte, dass ich Angst habe, sie könnte einen Sprung bekommen.

Ich stehe auf und tupfe mit einem Geschirrtuch an ihrem T-Shirt herum. »Ist doch nicht so schlimm, das ist bestimmt gleich wieder trocken.«

»Meinst du? Vielleicht sollte ich mir lieber was anderes anziehen.« Sie sieht auf die Uhr. Mum hat ihr die gleiche gekauft wie mir. Manchmal scheint sie zu vergessen, dass wir keine Zwillinge sind.

Ich sage ihr, dass das nicht nötig ist, dass sie einfach ihre Jacke zulassen kann, bis das T-Shirt darunter getrocknet ist. Laurel wirkt nicht überzeugt, lässt sich aber überreden.

Ich frage sie noch, ob sie Kleingeld für den Bus hat, dann ist sie weg.

Ein paar Minuten später kommt Mum in die Küche und fragt nach Laurel. »Aber um die Uhrzeit haben doch noch gar keine Geschäfte auf! Wieso hast du ihr das denn nicht gesagt?«

Ich sage Mum, dass Laurel eine erwachsene Frau ist. Sie entschuldigt sich prompt. Die Entschuldigung verwirrt mich, normalerweise wären wir jetzt schon im schönsten Streit.

»Hast recht, sie wird schon klarkommen«, lenkt Mum ein und wirft einen Blick in den Kühlschrank.

»Auf jeden Fall.«

»Na dann. Frühstück! Och nee, hast du etwa schon wieder die Milch leer getrunken?«

Da hätten wir dann doch noch unseren Streit. *Du bist so egoistisch, du denkst nie an andere. Wieso kannst du nicht ab und zu mal mitdenken.* Ich gebe mir nicht mal Mühe, mein Lächeln zu verstecken. Diese immer gleichen Vorwürfe zu hören hat etwas sehr Beruhigendes. Es hätte keinen Sinn, ihr zu verklickern, dass Laurel die letzte Milch für ihre Cornflakes genommen hat. Ich nehme die Schuld gern auf mich, und so kommt es doch nicht zu einer richtigen Auseinandersetzung.

Mum steckt zwei Scheiben Brot in den Toaster und erzählt, sie hätte eine Überraschung für mich und Laurel. Ich frage, was es denn ist, woraufhin sie sagt, es sei ja eine Überraschung. Daraufhin frage ich, wieso sie mir dann überhaupt davon erzählt hat. Da gibt sie nach: Heute

Nachmittag machen wir eine richtige Shoppingtour. Wir dürfen beide jeweils tausend Pfund von der Vorschusssumme ausgeben, die wir vom Verlag bekommen haben. Mum sieht so glücklich dabei aus, obwohl es meiner Meinung nach verrückt ist, so eine Summe einfach an einem Nachmittag zu verprassen. Sie hat für uns einen Termin bei einer persönlichen Einkaufsberaterin gemacht, und zwar im schicksten Einkaufszentrum der Stadt, wo man ständig von einer Horde gruseliger Frauen belagert wird, die einen schminken wollen oder Parfümproben anbieten, die schlimmer riechen als das von Cynthia Day. Sie fragt, ob sich Laurel darüber wohl freuen wird, und ich sage, ganz bestimmt.

»Davon träumt doch jedes Mädchen, oder?« Sie klingt absolut hoffnungsvoll.

Dad gegenüber hat sie das bestimmt verschwiegen, der würde das nämlich gar nicht gutheißen, wenn die Presse mitbekommt, wie wir Laurels Geschichte zu Geld machen. Ein Foto von ihr, wie sie mit Designertüten beladen aus einem Geschäft kommt – Jeanette Hayes würde sich gar nicht mehr einkriegen vor Freude.

Wir müssen wohl einfach hoffen, dass uns keine Fotografen erwischen, die Verkäuferinnen die Info von Laurels angekündigtem Besuch für sich behalten und kein Kunde mit dem Handy Fotos von ihr macht. Vielleicht haben wir ja Glück.

Mum scheint keine Bedenken zu haben. Sie ist restlos happy. Ihre körperlichen Veränderungen sind fast genauso sichtbar wie die von Laurel. Bevor Laurel wieder zu Hause war, wirkte Mums Gesicht immer so eckig und irgendwie verkniffen. Ihre Augen hatten einen gehetzten Ausdruck, manchmal sahen sie auch ganz leer aus. Ihr Gesicht ist immer noch etwas eckig, aber es wirkt trotzdem schon sanfter, als hätte jemand die Kanten ein wenig abgerundet, weicher gemacht. Ihre Augen wirken langsam auch wieder wie die von einer ganz normalen Frau mit einem ganz normalen Leben. Und das fällt nicht nur mir auf. Die *Daily Mail* hat letzte Woche zwei Fotos von ihr zum Vergleich nebeneinandergestellt. Vorher und nachher. Dazu auch gleich noch Stellungnahmen von drei verschiedenen Schönheitsexperten. Einer davon war sich hundertprozentig sicher, dass Mum »was hat machen lassen«, und meinte, eine andere Rougefarbe würde ihr besser stehen.

Den Rest des Vormittags bleibe ich in meinem Zimmer. Ich scrolle mich durch die üblichen Verdächtigen, die Websites, die am häufigsten über Laurel berichten. Ich bin mittlerweile Expertin darin, ich brauche nicht mehr als 20 Minuten, um mir einen Überblick zu verschaffen. Nichts Interessantes heute, eigentlich schon seit Wochen nicht mehr. Ich weiß, ich sollte nicht immer wieder nachschauen, aber ich kann einfach nicht anders. Und es muss ja auch niemand erfahren. Ich lösche hinterher immer sorgfältig meinen Browserverlauf, damit Laurel nicht mitbekommt, was ich mir angesehen habe. Das fühlt sich irgendwie wie Verrat an – zu lesen, was andere über sie schreiben, ihr dann aber nichts davon zu sagen. Dieses schlechte Gefühl hält mich jedoch trotzdem nicht davon ab.

Warum ich den Browserverlauf lösche? Ich habe das Gefühl, Laurel ist eh schon ununterbrochen an meinem Laptop, seitdem ihr Thomas erklärt hat, wie alles funktioniert. Eigentlich habe ich nichts dagegen, aber ihr scheint nicht bewusst zu sein, dass ich den auch für meine Hausaufgaben brauche. Mums Computer benutzt sie nie, obwohl der ständig frei wäre. Ich habe einen Geistesblitz und schaue nach, ob das Einkaufszentrum auch ein Elektronikgeschäft hat. Mit tausend Pfund zur freien Verfügung könnte sich Laurel einen viel besseren Laptop kaufen als den, den ich jetzt habe. Oder vielleicht kaufe ich mir einen und schenke ihr meinen alten. Ich meine, ich werde da eh nichts zum Anziehen finden. Ich muss nur Mum dazu bringen, dass sie ja sagt, denn ein Laptopkauf ist höchstwahrscheinlich nicht das, was sie sich unter dem Einkaufstrip für heute vorgestellt hat.

Als sie mich von unten ruft, merke ich, dass ich völlig die Zeit vergessen habe.

»Wir müssen los!«

»Ich komme ja schon!«

»Nachher ist Laurel noch vor uns am Restaurant. Ich hab dir doch gesagt, du sollst um halb eins fertig sein!«

Ich stecke schnell mein Handy in den Rucksack. Nach einem Blick aus dem Fenster nehme ich auch noch einen Regenschirm mit. Ich will gerade aus der Tür, da fällt mir ein, dass ich vergessen habe, den Browserverlauf zu löschen. Das mache ich lieber schnell noch, ehe ich nachher nicht mehr dran denke.

Mein Blick fällt auf einen Link, von dem ich weiß, dass

ich ihn nicht aufgerufen habe. Ohne drüber nachzudenken, klicke ich darauf, was vor allem angesichts der Tatsache, dass Mum klingt, als würde sie gleich ausrasten, nicht sehr clever ist. Aber ich mache es trotzdem.

Er führt zu einem Stadtplan von Blaxford. Das ist etwa eine Stunde entfernt. Ich war noch nie da, kenne nur den Namen, weil einer von Tante Eleanors Exfreunden da wohnt. Sie hat die Stadt damals als perfekte Kulisse für ein Sozialdrama von Ken Loach bezeichnet. Ich hatte keine Ahnung, was sie meinte.

Die Seite muss Laurel aufgerufen haben, Mum geht nie an meinen Laptop. Aber wieso sieht sich Laurel ausgerechnet einen Stadtplan von Blaxford an? Der nächste Link ist auch eine Karte, diesmal vom hiesigen Stadtzentrum. Das ist schon verständlicher. Komisch nur, dass sie mich eine Karte hat zeichnen lassen, wenn sie sich doch online schon selbst informiert hatte.

Ich lösche den Suchverlauf, klappe den Laptop zu und schiebe ihn unter mein Kissen. Ab jetzt möchte ich, dass Laurel mich fragt, wenn sie ihn benutzt. Ich habe nichts dagegen, meine Sachen mit ihr zu teilen, aber angelogen werden will ich nicht. Sie muss lernen, dass sich nicht immer alle nach ihr richten können, dass nicht immer alles nach ihrem Willen geht. Je schneller sie das begreift, desto besser.

KAPITEL 27

Laurel steht vor dem Spiegel und betrachtet sich von allen Seiten. Mum hat Tränen in den Augen, die Einkaufsberaterin Pfundzeichen. So viel Gewese, wie hier alle machen –, man könnte fast meinen, es geht um Laurels Hochzeitskleid. Das Kleid, das sie anhat, ist ja hübsch, keine Frage. Es ist rot, kurz, aber nicht zu kurz, das Material liegt genau an den richtigen Stellen eng an und wirkt insgesamt klassisch-elegant. Trotzdem – das ist keine 500 Pfund wert. Kein Kleid der Welt ist 500 Pfund wert!

»Sieht umwerfend aus, findest du nicht, Faith?«

Ich nicke lächelnd. Sie sieht wirklich phantastisch darin aus. Mum bittet sie, ihre Haare zu lösen, und Laurel zieht den Haargummi aus ihrem Pferdeschwanz. Es sieht fast aus wie so ein Slow-Motion-Shot in einem Werbespot.

»Unglaublich!«, ruft die Beraterin.

Meine Schwester dreht kichernd eine kleine Pirouette. Die Laurel im Spiegel dreht sich ebenfalls kichernd.

»Aber das kostet zu viel«, sagt sie schließlich. »Das kann ich doch nicht …«

»Doch, kannst du, und ich bestehe darauf!«, fällt ihr Mum mit einer Leidenschaft ins Wort, als würde es um etwas wirklich Wichtiges gehen. Mein Vorschlag, dass sich Laurel von dem Geld auch einen Laptop kaufen könnte, kam erwartungsgemäß nicht allzu gut an. Das hätte ich mir natürlich denken können. Laut Mum geht es heute nicht darum, sich Sachen zu kaufen, die man *braucht*, sondern Spaß zu haben. Für so etwas Langweiliges wie einen Laptop wäre ein anderes Mal immer noch genug Zeit.

Die Einkaufsberaterin (die findet, dass Laurel in jedem einzelnen Teil umwerfend aussieht, selbst in den Sachen, die ihr wirklich nicht stehen) erzählt, dass sie genau dieses Kleid – in derselben Größe! – am Wochenende auch der Freundin eines bekannten Fußballspielers verkauft hat. Mum fragt nach dem Spieler, die Beraterin nennt einen Namen, und Mum tut so, als würde ihr das etwas sagen. Natürlich wird es gekauft.

Das Kleid wird in Seidenpapier eingeschlagen und vorsichtig in eine glänzende schwarze Tüte gelegt, deren Henkel Schleifen sind. Laurel umarmt Mum und bedankt sich bei mir.

»Jetzt du, Faith!«

Die Einkaufsberaterin macht bei der Aussicht ein ebenso unglückliches Gesicht wie ich. Jemanden wie Laurel einzukleiden macht natürlich viel mehr Spaß als mich.

Im Sushi-Restaurant geben wir eine Unmenge Geld aus, lassen einen Teller nach dem anderen kommen. Erst war Laurel ein bisschen skeptisch gegenüber rohem Fisch, aber das hat sie schnell überwunden. Das Fließband mit den Tellern darauf macht ihr natürlich Spaß, genau wie erwartet. Das war auch der Hauptgrund dafür gewesen, dass ich dieses Restaurant vorgeschlagen hatte.

»Und wir können uns einfach runternehmen, was wir wollen?« Sie konnte es gar nicht richtig glauben.

Während des Essens wartete ich die ganze Zeit darauf, dass Mum Laurel ein bisschen ausfragte. Sie tat es einfach nicht, also musste ich wohl ran. »Und, was hast du heute Vormittag so gemacht?«

»Ach, nichts Besonderes. Ich bin ein bisschen rumspaziert.« Sie nahm sich das letzte Stück Aubergine in Misosoße, das ich eigentlich hatte essen wollen.

»Vier Stunden lang?«

Sie zuckte mit den Schultern. »Ich war auch in einem Café.«

»Wo denn?«

Mum sah mich streng an, aber ich tat so, als hätte ich ihren Blick nicht bemerkt.

»Weiß ich nicht mehr. Starbucks, glaub ich. Aber vielleicht war es auch Costa.«

»Diese Ketten sind sich alle so was von ähnlich!«, kam ihr Mum zu Hilfe.

»Du warst also nicht in Blaxford?«

»Was soll Laurel denn in Blaxford?« Mum lachte, als hätte sie noch nie etwas so Absurdes gehört.

Laurel sah mich verwirrt an. »Wo?«

Mum erzählte ihr von Eleanors Exfreund (ein unglaublich gutaussehender Mann!), der versucht hatte, Eleanor dazu zu überreden, zu ihm und seinen drei Kindern in eine winzige Wohnung in Blaxford zu ziehen. Sie hatte natürlich nein gesagt und sich stattdessen von ihm getrennt. »Sie kann sich einfach nicht vorstellen, in so einer Stadt zu wohnen. Hinzu kommen die Kinder. Drei Kinder unter zehn? Das waren für sie nicht unbedingt rosige Aussichten, mal ganz vorsichtig ausgedrückt. Ich meine, sie mag Kinder, wirklich. Aber sie wollte nie eigene.« Mum seufzt und wirft einen langen, wehmütigen Blick auf Laurel und einen ganz kurzen auf mich. »Was mit dir passiert ist, hat sie damals aber sehr mitgenommen.« Sie nimmt Laurels Hand. »Sie hat ja gesehen, wie ich darunter gelitten habe, dich zu verlieren.«

Laurel legte Mum den Arm um die Schultern. Als ich die beiden so sehe, wünsche ich mir, ich würde neben Mum sitzen.

Laurel war genau im selben Moment am Restaurant angekommen wie wir. Es gab noch genau einen freien Tisch neben dem Fließband. Ich setzte mich auf die eine Seite, mit dem Rücken zur Tür (weil ich ja weiß, dass Laurel die Tür gern im Blick hat), Laurel auf die andere. Damit war es Mums Entscheidung, neben welcher Tochter sie sitzen wollte. Logischerweise hatte ich überhaupt keine Chance.

In der Bekleidungsboutique hatte Laurel darauf bestanden, dass ich mir wenigstens irgendetwas kaufte. Ich war einverstanden, verlangte aber im Gegenzug, dass wir dafür in einen anderen Laden gingen.

Die Einkaufsberaterin versuchte (sehr) halbherzig, uns zum Bleiben zu überreden: »Wir finden bestimmt was, das dir gefällt!«

Mum bedankte sich und flüsterte ihr hörbar zu: »Ach, Sie wissen doch, wie Mädchen in dem Alter manchmal sind – keinerlei Wertschätzung für schöne Dinge.« Mir machte das nicht mal was aus, ich war nur froh, dass wir endlich aus diesem schrecklichen Laden mit den schrecklichen Leuten rauskonnten, die sich schreckliche Sachen kaufen.

Wir gingen zu Gap, und ja, das ist langweiliger, aber wenigstens gibt es da normale Klamotten. Ich kaufte mir die gleiche graue Jeans, die ich schon hatte, noch einmal, obwohl Mum mich zu einer anderen Farbe überreden wollte. Daraufhin wollte Laurel sie auch, und plötzlich meinte Mum, grau wäre so eine schöne klassische Farbe, damit könnte man eigentlich nie falschliegen. Die Verkäuferin erkannte Laurel offensichtlich, gab sich aber große Mühe, sich das nicht anmerken zu lassen. Sie wirkte genau so wie Martha und ich, als wir letzten Sommer beim Pizzaessen jemanden von *X-Factor* gesehen haben.

Jetzt wollen wir noch einen Kaffee trinken. Mum besteht darauf, nicht zu einer Kette zu gehen. Wir suchen uns einen Tisch, und Mum setzt sich wieder neben Laurel. Die beiden unterhalten sich über Mode, und ich langweile mich zu Tode. Laurel versucht, Mum dazu zu überreden, sich auch etwas Neues zu kaufen, einen Mantel oder eine Handtasche.

»Ach nein, ich brauche doch nichts.«

Laurel stößt sie sanft an. »Du kannst dir ruhig auch mal was gönnen! Du kümmerst dich immer so um uns und denkst nie an dich. Stimmt's, Faith?« Sie wirft mir diesen vertraulichen, fast verschwörerischen Blick zu, der mich sonst immer so froh macht.

»Ja, klar.« Ich habe nicht die Energie, wirklich begeistert zu tun. Ich habe wahnsinnige Kopfschmerzen, mir tun die Füße weh, und ich fühle mich langsam wie ein Fremdkörper in meiner eigenen Familie.

Mum sagt: »Da ist wohl heute Morgen jemand mit dem falschen Fuß aufgestanden.«

»Wie kommst du denn darauf?«

»War doch nicht böse gemeint! Jetzt sei doch nicht gleich beleidigt.« Mum lacht und trinkt einen Schluck Kaffee. »Und, wo wollen wir als Nächstes hin? Ich würde ja gern noch zur Drogerie, meine Lieblingspflegespülung ist fast alle. Und bei der Gelegenheit könnten wir dir auch gleich einen Nagellack kaufen, der zu deinem neuen Kleid passt, Laurel!«

»Gerne!« Laurel sagt immer genau das Richtige. Sie ist nie müde oder schlechtgelaunt.

****

Mum findet den Conditioner nicht und bittet mich, eine Verkäuferin danach zu fragen. Keine Ahnung, wieso sie nicht einfach selbst fragt. Vielleicht ist das so eine Art Test, wie weit sie gehen kann, bevor ich ausraste. Ich unterbreche zwei Verkäuferinnen, die sich miteinander unterhalten. Sie sind beide kaum älter als ich. Die eine wirft mir einen hasserfüllten Blick zu, dreht sich dann um und räumt weiter ein Regal ein. Die andere ist freundlich und hilft mir, aber dabei hält sie einen Vortrag über Limited Editions und Arganöl. Während sie auf mich einredet, fällt mein Blick auf Laurel, die vor einer der Kosmetiktheken steht.

Die orangegesichtige Frau dahinter schminkt gerade eine ältere Dame. Laurel beobachtet die beiden. Plötzlich schiebt sich ihre Hand unauffällig über die Theke, greift nach etwas – ich glaube Mascara oder Eyeliner – und lässt es in die Tüte aus dem Klamottenladen von eben fallen. Laurel lässt die beiden Frauen die ganze Zeit nicht aus den Augen. Dann greift sie noch einmal nach etwas und lässt es wieder in ihre Tüte fallen.

Die Verkäuferin erklärt, dass Mums Lieblingsconditioner nicht mehr hergestellt wird, und empfiehlt mir eine andere Marke. Ich bedanke mich und beobachte weiter, was Laurel tut. Sie nimmt sich einen Lippenstift, aber diesmal steckt sie ihn nicht in die Tüte. Sie öffnet ihn und malt damit einen Strich auf ihren Handrücken, betrachtet prüfend die Farbe. Sie legt ihn zurück und dreht sich um. Als sie mich sieht, winkt sie mir lächelnd zu.

Ich gehe Mum suchen und überbringe ihr die schlechte Nachricht. Sie seufzt, weil sie jetzt mit der Suche nach der perfekten Haarpflege wieder von vorn anfangen muss. Ich überlege kurz, ihr zu erzählen, was ich gesehen habe. Was würde sie wohl dazu sagen, dass ihre wundervolle Tochter klaut? Wahrscheinlich würde sie mir eh nicht glauben, aber der Beweis liegt ja in Laurels Tüte.

Ich werde es ihr sagen. »Mum?«

»Ja, Schatz?« Sie ist nicht bei der Sache.

In welchem Tonfall sage ich das jetzt am besten? Schockiert? Mitfühlend? Schockiert und dennoch mitfühlend?

Plötzlich spüre ich ganz genau, dass jemand hinter mir steht. Ich habe zu lange überlegt.

»Mum, kannst du mir helfen, den richtigen Nagellack auszusuchen? Ich muss mich zwischen zwei entscheiden, der eine passt von der Farbe her besser, aber der andere soll bis zu sieben Tage halten.« Laurel klingt völlig entspannt.

Mum sieht hoch. »Ach, das ist leider alles Quatsch! Keine Ahnung, ob wirklich irgendwann mal ein Nagellack erfunden wird, der nicht beim bloßen Angucken absplittert.«

Laurel und Mum gehen Arm in Arm davon, und ich trotte hinterher. Sie debattieren mindestens zehn Minuten lang, welchen Farbton sie denn nun nehmen sollen. Für mich sehen die alle gleich aus. Ab und zu fragen sie mich nach meiner Meinung, und ich sage dann das, was sie hören wollen. Schließlich entscheidet sich Laurel doch noch, sie gehen zur Kasse und stellen sich an. Sie holt eine 20-Pfund-Note aus der Tasche und reicht sie dem Kassierer.

Ich verlasse den Laden mit angehaltenem Atem, rechne damit, dass jeden Moment der Alarm losgeht. Aber nichts passiert.

KAPITEL 28

Zum Abendbrot macht uns Laurel gegrillte Käse-Sandwiches, die Mum natürlich absolut gelungen findet. Nach dem Essen geht Mum nach oben und telefoniert mit Eleanor. Laurel und ich setzen uns vor den Fernseher. Laurel hat die *Cynthia Day Show* aufgenommen. Diesmal geht es um eine Frau, die bei einem Hausbrand schwerste Verbrennungen erlitten hat. Ihr Mann hatte das Feuer absichtlich gelegt. Cynthia hat gerade verkündet, dass sie der Frau und ihren Kindern eine Reise nach Disneyland spendiert, und das gesamte Publikum weint. Laurel weint nicht.

»Ich hab dich heute gesehen.«

»Hm?« Sie sieht mich nicht mal an.

»Beim Klauen.«

Jetzt sieht sie mich an. »Keine Ahnung, was du meinst.« Sie sieht ehrlich verwirrt aus.

»Ich hab heute gesehen, wie du das Make-up geklaut hast.«

Sie lacht. Ich würde sie am liebsten ohrfeigen. Wie kommt sie dazu, mich auszulachen?

»Warum sollte ich denn so was machen?«

»Würde mich auch interessieren. Du hättest dir das Zeug doch einfach kaufen können.«

»Ich hab nichts geklaut.« Laurel verschränkt die Arme vor der Brust und starrt geradeaus auf den Fernseher.

Mum kommt zurück ins Zimmer. Den Rest des Abends schauen wir irgendwelchen Quatsch im Fernsehen, natürlich alles auf Laurels Wunsch hin.

Ich mache mich bettfertig und denke dabei noch einmal über meine Unterhaltung mit Laurel nach. Sie wirkte so überzeugend, da war nicht die Spur von einem schlechten Gewissen. Habe ich mich geirrt? Vielleicht hat Laurel ja das Make-up wieder zurückgelegt? War ich eventuell verzweifelt auf der Suche nach irgendetwas Negativem an diesem perfekten Mädchen, dass ich mir eingebildet habe, ich hätte sie die Sachen mitnehmen gesehen? Allerdings spricht ja schon die Tatsache für sich, dass ich mir jetzt einzureden versuche, *ich* hätte mich geirrt. Ich habe mir das nämlich nicht eingebildet. Ich weiß, was ich gesehen habe. Ich kann mir nur keinen Reim darauf machen.

Mein Handy summt. Bestimmt eine SMS von Martha. Ich hatte versprochen, ihr nach dem Einkaufen heute Bericht zu erstatten. Sie fand es genauso bescheuert wie ich, so viel Geld aus dem Fenster zu werfen. Und sie hatte überraschend viel Verständnis für die Sache mit dem Buch, nachdem ich ihr alles erklärt hatte. Thomas hingegen hat mich ganz schön fertiggemacht, aber das war ja zu erwarten gewesen.

Die SMS ist weder von Martha noch von Thomas.

Kannst du kurz kommen?

Komisch. Wieso hat Laurel nicht einfach an die Wand geklopft wie sonst? Ich lasse mir Zeit, ziehe meinen Schlafanzug an und bürste mir noch die Haare, bevor ich zu ihr gehe.

In Laurels Zimmer ist es dunkel, nur Flocke, der Pinguin, verbreitet einen schwachen Lichtschein. Ich knipse das Licht an. Erst denke ich, dass sie im Bad sein muss, weil ich sie nicht sehe, aber dann entdecke ich ihren Kopf. Sie sitzt auf dem Boden in der schmalen Lücke zwischen Bett und Wand. Ich dachte, das macht sie nicht mehr.

»Laurel? Alles in Ordnung?«

»Auf dem Bett.« Sie klingt niedergeschlagen.

Dort liegen ein Eyeliner und ein Lippenstift. Ich setze mich auf das Bett und sehe mir die Sachen an. Der Eyeliner ist metallic-blau und der Lippenstift ist scheußlich lila.

»Es tut mir leid.«

»Wieso hast du das denn überhaupt gemacht?«

Schweigen.

Ich knie mich vor sie hin. Sie hält den Kopf gesenkt, und die Haare hängen ihr in die Stirn, so dass ich ihr Gesicht nicht sehen kann. »Laurel? Red doch mit mir. Ich verrat's auch keinem.« Jetzt, wo sie es zugegeben hat, bin ich schon milder gestimmt.

»Keine Ahnung, wieso.«

Also ein bisschen mehr Mühe muss sie sich schon geben. Ich sehe sie abwartend an.

Sie streicht sich die Haare aus dem Gesicht und schaut hoch. »Wirklich nicht!«

Das ergibt doch keinen Sinn. Keiner klaut etwas ohne Grund. Man macht das, weil man kein Geld hat. »Ich glaub, die Farbe passt nicht mal zu deinem Kleid.« Ein blöder Witz, ja, aber die Stimmung ein bisschen aufzulockern hat noch keinem geschadet.

Ein Lächeln huscht über ihr Gesicht. »Ich kann das echt nicht erklären … ich wollte … keine Ahnung. Ich wollte rausfinden, ob ich das machen kann. Ich dachte, ich werd bestimmt erwischt, und ich wollte wissen, was dann passiert. Verstehst du?«

Ehrlich gesagt nicht. »Aber wenn die dich erwischt hätten, wüsste das morgen jeder, das hätte in allen Zeitungen gestanden. Ist dir das nicht klar?«

»Vielleicht hab ich's genau deshalb gemacht.«

»Aber wieso denn bloß?« Mir wird klar, dass meine Schwester keinesfalls so harmlos ist, wie es bis jetzt den Anschein hatte.

Laurel starrt die Wand an. »Vielleicht, damit die Leute sehen, dass ich ein normaler Mensch bin und auch Fehler mache. Dass ich kein Vorbild bin. Kleine Kinder fragen mich nach einem Autogramm oder wollen ein Foto mit mir – das ist doch nicht richtig.«

Ich dachte, das macht ihr alles total Spaß. Sie spielt zumindest sehr überzeugend, dass sie den Trubel toll findet. »Du musst das nicht machen. Es zwingt dich doch keiner dazu.«

»Ich bring das Make-up zurück. Gleich morgen.«

»Das geht aber nicht! Die erwischen dich doch garantiert dabei und denken, du wolltest es gerade klauen!«

»Ich erklär denen einfach, was ich gemacht habe. Ich red mit einer Verkäuferin.« Sie sieht aus wie ein kleines Mädchen, das auf jeden Fall seinen Willen durchsetzen will, die Lippen aufeinandergepresst, trotziger Blick.

»Nein, wirst du nicht. Pass auf, wir vergessen das Ganze einfach. Wir tun so, als wär das nie passiert. Ich verstehe, warum du das gemacht hast, und außer uns beiden muss das niemand erfahren.« Die Lüge kommt mir leicht über die Lippen. Ehrlich gesagt verstehe ich ihre Motivation immer noch nicht. »Mum wäre auch traurig.« Das ist die Wahrheit.

»Ich kann ihr das doch erklären.«

»Nein, das würde sie nie verstehen, glaub mir.«

Laurel fragt, ob sie irgendetwas tun kann, um es wiedergutzumachen. Es gibt's nichts wiedergutzumachen, versichere ich ihr. Der Laden wird wegen dem bisschen Make-up schon nicht pleitegehen. Mit dieser seltsamen Kleinmädchenstimme, mit der sie manchmal spricht, fragt sie mich, ob ich böse auf sie bin.

»Natürlich nicht.«

»Wirklich nicht? In den letzten Tagen hatte ich ab und zu das Gefühl, dass du …« Sie verstummt, und ich möchte nicht, dass sie den Satz zu Ende bringt. »… dass du irgendwie ein Problem mit mir hast.«

Erst will ich ihr gleich widersprechen, aber dann entscheide ich mich doch für die Wahrheit. »Stimmt.« Laurels Blick bricht mir fast das Herz, und ich versuche, meine Aussage schnell wieder zu relativieren. »Es hat nichts mit dir zu tun! Ganz ehrlich. Wahrscheinlich habe ich mich ein bisschen zu sehr an meinen Einzelkindstatus gewöhnt, während du weg warst. Und jetzt bist du plötzlich wieder da, und ich brauche für die Umstellung einfach ein bisschen länger, als ich dachte.«

Sie nickt. »Das muss schwer für dich sein.«

Sie sagt das so mitfühlend, dass ich mich schäme. Es muss schwer für mich sein? Und was ist mit ihr? Sie hat doch viel mehr durchgemacht! Bei dem Gedanken daran kommen mir die Tränen. Laurel tröstet mich, und ich schäme mich noch mehr. Ich bin wirklich der schlechteste Mensch auf der ganzen Welt.

KAPITEL 29

Das Frühstück für Mum war Laurels Idee. Sie wollte wissen, was Mum gern isst. Ich meinte, Speck, Spiegelei und dazu in Dreiecke geschnittene Toastscheiben. Um ehrlich zu sein, Mum würde bestimmt lieber etwas Gesünderes essen, aber das einzige Obst im Haus sind drei Äpfel, die nach absolut nichts schmecken, und eine braune Banane.

Ich zeige Laurel, wie man Spiegelei macht und wie man den Speck schön knusprig kriegt. Sie stellt alles auf ein Tablett und legt eine von den schicken Servietten dazu, die wir nur zu Weihnachten benutzen. Wir brühen Tee auf und schenken ein Glas Orangensaft ein, und Laurel trägt das Ganze nach oben. Ich klopfe an die Schlafzimmertür. Mum liegt wie immer ausgestreckt wie ein Seestern auf dem Bett. Jedes Mal, wenn ich sie so sehe, frage ich mich, wie meine Eltern sich jemals ein Bett teilen konnten. Sie braucht einen Moment zum Wachwerden. Dann setzt sie sich auf und stopft sich ein Kissen in den Rücken. Laurel stellt ihr das Tablett auf den Schoß. Beim Anblick ihres verschlafenen Lächelns wird mir innerlich ganz warm.

»Was ist denn hier los?«

»Wir haben dir Frühstück gemacht!«, verkündet Laurel stolz.

»Das seh ich, aber womit hab ich das denn verdient?«

Laurel sieht mich hilfesuchend an, aber ich habe darauf auch keine Antwort. »Wir wollten dir einfach eine Freude machen.«

Mum beißt eine Toastecke ab. »Daran könnte ich mich gewöhnen.«

Laurel und ich setzen uns rechts und links von ihr auf das Bett und schwatzen mit ihr, während sie frühstückt.

Mum meint, das wäre das beste Frühstück, das sie jemals hatte, und dabei sei das am Morgen nach ihrer Hochzeit in einem schicken Hotel mit eingerechnet. »Meine zwei Mädchen«, sagt sie.

In ihrem Blick liegt so viel Liebe, dass es mir fast weh tut. Mein schlechtes Gewissen von gestern Abend kommt wieder aus seinem Versteck, kriecht mir im Hals hoch und macht Anstalten, mir aus dem Mund und auf die Bettdecke zu blubbern.

Laurel fragt Mum über die Hochzeit aus, und ich erfahre Dinge, von denen ich bis jetzt nichts wusste. Dad war so aufgeregt, dass er sich neben der Kirche in die Büsche übergeben hat. Hinterher hat er dann panisch nach Kaugummi herumgefragt, um keinen schlechten Atem zu haben, wenn es hieß: »Sie dürfen die Braut jetzt küssen.«

Mum hatte am Abend davor einen furchtbaren Streit mit Gran, aber sie weiß nicht mehr, worum es ging. Ihren ersten Tanz hatten sie zu einem grässlichen 80er-Jahre-Song, den Mum sich gewünscht hatte, obwohl Dad ihn nicht ausstehen konnte.

Es scheint ihr überhaupt nichts auszumachen, davon zu

erzählen. Das überrascht mich. Ich dachte immer, sie würde den Tag am liebsten vergessen. Das sage ich ihr auch, aber sie schüttelt den Kopf. »Ich werde nie bereuen, dass ich euren Vater geheiratet habe.«

»Wieso nicht?«, fragt Laurel. Mittlerweile liegt sie neben Mum auf dem Bett.

»Das ist doch wohl klar, oder?«

Für Laurel und mich ist es das nicht.

»Wegen euch beiden natürlich!«

Wir lächeln einander an. Bin ich eigentlich die Einzige, die dabei denkt, dass ihr ohne die Ehe mit Dad auch 13 Jahre voller Verzweiflung und Unglück erspart geblieben wären? Ein so furchtbares Unglück, wie es nur wenige Menschen im Leben ertragen müssen? Wenn ich mir Mum und Laurel so ansehe, wird deutlich: Ja, ich bin tatsächlich die Einzige, die das denkt.

Thomas verliert langsam die Geduld. Das überrascht mich nicht. Er hat noch nicht direkt gesagt, dass wir langsam mal wieder Sex haben müssen, aber ich wette, das denkt er. Er ist nicht wie die anderen Jungs in unserem Alter. Oder besser gesagt: Er ist genau wie die anderen Jungs in unserem Alter, würde das aber nie im Leben zugeben.

Ich würde es ja auch wieder tun. Nur, um zu sehen, wie es dann ist. Aber wenn ich ehrlich bin, habe ich ihn nicht sonderlich vermisst. Ihn in der Schule zu sehen hat mir eigentlich gereicht. Und das kann doch nicht richtig sein. Ich müsste doch die ganze Zeit Sehnsucht nach ihm haben, mich nach seiner Berührung verzehren. Also werde ich ein

Experiment durchführen, um ein für alle Mal herauszufinden, was er mir noch bedeutet.

Als Mum ankündigt, dass sie sich zusammen mit Tante Eleanor einen Spa-Tag (und eine dazugehörige Nacht) gönnen wird, schießt mir sofort eine Idee durch den Kopf. Laurel und ich werden eine neue Serie schauen, von der uns Martha erzählt hat. Irgendwann sage ich, dass ich müde bin und ins Bett will. Ich sorge dafür, dass Laurel auch schlafen geht, was nicht allzu schwer sein sollte. In den letzten Tagen kommen wir wirklich gut miteinander aus. Sobald ich in meinem Zimmer bin, werde ich Thomas eine SMS schreiben, dass die Luft rein ist. Oder vielleicht lasse ich ihn auch lieber erst einmal eine halbe oder eine ganze Stunde warten, um sicherzugehen, dass Laurel auch wirklich eingeschlafen ist. Er schreibt mir dann eine SMS, wenn er vor dem Haus ist, ich schleiche mich runter und mache ihm die Tür auf. Dann schleichen wir gemeinsam wieder hoch in mein Zimmer, und dann geht's rund. Wir werden ganz leise sein müssen, also kein Kichern diesmal. Sobald der Sex vorbei ist, muss er wieder abhauen. Ich kann nicht riskieren, dass wir einschlafen und er noch da ist, wenn Laurel morgen früh aufwacht. Ich könnte ihr natürlich auch einfach von der ganzen Sache erzählen, es würde uns vielleicht sogar noch ein bisschen näher zusammenbringen, aber irgendwie fühlt sich die Vorstellung nicht gut an, dass sie weiß, was Thomas und ich gerade nebenan tun. Selbst wenn sie bei Mum im Bett schlafen würde, so dass sie nichts hören kann, es wäre immer noch seltsam.

Martha habe ich auch nichts davon gesagt. Sie verbringt

gerade mit ihrer Familie ein paar Tage in London. Das ist aber nicht der wahre Grund, weshalb ich nicht mit ihr geredet habe. Sie würde zu viele Fragen stellen und dann würde ich ihr am Ende bestimmt noch erzählen, wie unsicher ich eigentlich in Bezug auf Thomas bin. Vor ein paar Monaten wäre das noch in Ordnung gewesen, wir hätten darüber geredet, und sie hätte mich bestimmt verstanden. Aber sie mag ihn mittlerweile richtig und hält ihn nicht mehr für einen Angeber. Sie würde bestimmt mit ihm befreundet bleiben wollen, wenn ich mich von ihm trenne, und das wäre sehr viel schwieriger für mich, als ich zugeben möchte.

KAPITEL 30

Am Ende wende ich einen Trick an, damit Laurel auch ja nicht lange aufbleiben will: Ich mache uns eine Flasche Wein auf und sorge dafür, dass sie das meiste davon trinkt. Sie verträgt immer noch nicht viel, nach der Hälfte der dritten Serienfolge ist sie schon eingeschlafen. Der Plan geht also perfekt auf. Kurz nach elf schicke ich Thomas eine SMS. Er antwortet innerhalb von Sekunden; er kann es offensichtlich kaum erwarten.

Eigentlich wollte ich mir meinen Schlafanzug anziehen, aber der würde garantiert die Stimmung versauen, und ich habe leider auch keine sexy Unterwäsche. Also behalte ich einfach meine Sachen an – vorerst. Sobald ich die Tür aufmache, küsst mich Thomas. Er schmeckt irgendwie herzhaft, zwar nicht unangenehm, aber ich finde, er hätte sich trotzdem mal die Zähne putzen können.

Er grinst mich an. »Schläft sie?«

Ich nicke. Ich habe an Laurels Zimmertür gelauscht, bis ihre typischen Atemgeräusche zu hören waren. Wir schleichen uns nach oben. Thomas murmelt, dass es in seinem Van viel unkomplizierter gewesen wäre. Ich sage, er soll gefälligst leise sein, und schließe die Zimmertür hinter uns.

Das Licht ist gedämpft, da ich meine Nachttischlampe auf den Boden gestellt habe. Thomas ist erst zum dritten

Mal in meinem Zimmer. Mum möchte, dass wir beide unten im Wohnzimmer bleiben, wenn sie zu Hause ist, und bis vor kurzem war sie ja eigentlich ständig zu Hause. Thomas verschwendet keine Zeit, stürzt sich sofort auf mich und küsst mich leidenschaftlich. Etwas zu leidenschaftlich, denn unsere Zähne knallen gegeneinander. Ich sage ihm, er soll ein bisschen langsamer loslegen, uns würde doch nichts drängen.

»Dich vielleicht nicht«, flüstert er und küsst meinen Hals.

Ich entziehe mich ihm. »Was soll das denn jetzt heißen?«, frage ich im Flüsterton.

»Nichts«, flüstert er zurück und zieht mich wieder an sich heran. »Ich hab mich nur total auf heute Abend gefreut.«

Das klingt so unschuldig, dass ich lächeln muss. Thomas sagt nicht immer sofort das Richtige, aber früher oder später eben schon. Damit schafft er es immer, dass ich ihm nicht mehr böse sein kann.

Einen Moment findet Thomas die Kondome nicht, und ich überlege schon, ob Gott (nicht, dass ich an ihn glauben würde) vielleicht etwas dagegen hat, dass wir Sex haben. Aber dann fällt Thomas wieder ein, dass er sie in seine Jacke gesteckt hat. Er zieht sich das T-Shirt über den Kopf und steht nun mit nacktem Oberkörper vor mir. Im Gegensatz zu mir hat er überhaupt kein Problem mit seinem Körper. Er zieht sich auch die Jeans aus und steht abwartend vor mir. »Willst du nicht auch mal …?« Er zeigt auf meine Klamotten.

Ich ziehe mir widerstrebend mein Oberteil aus. Plötzlich bin ich nicht mehr so ganz überzeugt davon, dass das hier wirklich eine gute Idee ist. Aber dann tritt er einen Schritt an mich heran und sagt mir, wie hübsch ich bin. Und ich sehe ihm in die Augen und glaube ihm. Reicht das nicht? Ich lehne mich bei ihm an und vergrabe mein Gesicht zwischen seinem Hals und seiner Schulter. Diese Stelle fühlt sich wie für mich gemacht an.

Er umarmt mich. »Wir müssen nichts machen, was du nicht wirklich möchtest. Wir können auch einfach nur kuscheln.« Ich sehe sein Gesicht nicht, aber es klingt, als würde er es ernst meinen. Ein Glücksgefühl durchströmt mich. Thomas ist toll, und ich *will* das hier. Ich küsse ihn heftig, um ihm das klarzumachen, und schiebe ihn zum Bett hinüber.

Diesmal tut es leider mehr weh als beim ersten Mal, das finde ich gemein. Ich schließe die Augen und atme tief durch. Es ist bestimmt gleich vorbei. Ich denke an Mum und Eleanor. Ob die wohl gerade Spaß haben? Wie ich Eleanor kenne, wird es wohl mehr Champagner und Massagen als Gurkenwasser und Bikram-Yoga geben. Ist es eigentlich normal, an seine Mutter zu denken, während man mit seinem Freund schläft? Neben meinem linken Ohr atmet Thomas mittlerweile heftiger. Hoffentlich dauert es jetzt nicht mehr lange. Anders als beim letzten Mal bin ich diesmal völlig still. Ich streichele Thomas' Rücken und fühle seine Wirbelsäule unter meinen Fingern. Das Gefühl erinnert mich an den höckerigen Dinosaurierrücken, den ich mal bei einem Klassenausflug zum Naturkundemuseum gesehen habe, als ich elf war. Oder war ich zwölf? Nein, ganz bestimmt elf.

Ich weiß nicht, wieso ich plötzlich die Augen aufreiße. Ein Lufthauch? Thomas ist zu kurz vorm Kommen, er bemerkt nichts. Meine Zimmertür steht mit einem Male offen. Nur ein paar Zentimeter, aber ich bin sicher, dass ich sie hinter uns geschlossen hatte. Dahinter steht Laurel und beobachtet uns. Ich zucke zusammen, und ein Schrei steigt in mir auf, bleibt mir jedoch im Hals stecken.

Unsere Blicke treffen sich. Sie verzieht keine Miene. Ich erwarte, dass sie die Tür zuknallt und wegläuft, aber sie bleibt einfach stehen. Ich weiß nicht, was ich machen soll. Ich will wegsehen, aber ich kann nicht. Jeden Moment ist es so weit. Thomas' Orgasmus kommt mir ewig vor. Danach liegt er einen Moment ganz still auf mir. Ich habe das Gefühl, von ihm erdrückt zu werden, obwohl er sehr schlank ist. Ein leichter Schweißfilm überzieht sein Gesicht, auf seiner Wange leuchten rote Flecken. Ich sehe wieder zu Tür. Jetzt ist sie zu. Laurel ist weg. Ich lasse Thomas ein paar Minuten neben mir liegen. Er fragt mich, was ich denke. Ich sage, nichts. Er fragt mich, ob es mir gutgeht. Ich sage ja. Er zieht sich an und sagt, dass er mich liebt. Dann geht er.

Ich liege nackt im Bett und ziehe die Decke hoch bis ans Kinn. Mir ist sehr bewusst, dass Laurel jetzt im Nebenzimmer liegt und auch gerade darüber nachdenkt. Mir ist vor Scham ganz heiß und vor Verwirrung ganz kalt. Wieso habe ich Thomas nicht sofort von mir runtergeschubst, als ich sie da stehen gesehen habe? Und wieso habe ich ihm hinterher nichts davon gesagt? Und was hat sie sich verdammt nochmal dabei gedacht, uns zu beobachten? Sollte ich gleich zu ihr gehen und mit ihr reden?

Ich bewege mich keinen Zentimeter. Ich starre nur auf die Tür und hoffe, dass sie zubleibt.

KAPITEL 31

Ich wache früh auf. Es war eine unruhige Nacht. Ich bin nicht sicher, ob ich überhaupt geschlafen habe. Ich ziehe mich möglichst lautlos an, öffne meine Zimmertür und lausche hinaus. Draußen fahren Autos vorbei, die Heizung im Flur knackt, ein Hund bellt. In Laurels Zimmer ist es still. Ich traue mich nicht, mir die Zähne zu putzen, weil das Geräusch des Wasserhahns sie garantiert wecken würde.

Ich schleiche mich aus dem Haus und lande in einem Café, wo ich erst mal auf die Toilette renne, bevor ich mich in der Schlange anstellen kann. Mit meinem Getränk setze ich mich in eine Ecke, von wo aus ich die Tür im Blick habe. Ich trinke zwei Tassen scheußlichen Tee, der die Farbe von Spülwasser hat, und sehe alle paar Minuten auf mein Handy. Ich kann nicht ewig hierbleiben, gegen Mittag kommt Mum nach Hause.

Kurz vor neun schreibt mir Martha eine SMS und fragt, ob ich Lust habe, mich heute Nachmittag mit ihr zu treffen. Sie schreibt nicht dazu, ob sie etwas Bestimmtes machen will, aber wenigstens würde ich Zeit mit ihr verbringen. Ich antworte, dass ich um drei zu ihr komme. Hauptsache, weg von zu Hause.

Dann schreibt mir Laurel. Sie will wissen, wo ich stecke,

sie hätte doch Frühstück für uns gemacht. Ich schreibe zurück, dass ich bald komme, ich würde nur kurz Milch kaufen. Sie antwortet: *Alles klar, ich mach schon mal Tee! :-**

Ich vergesse, unterwegs Milch zu kaufen, aber Laurel sagt nichts dazu. Wir haben sowieso genug im Kühlschrank. Mum hat uns so viele Lebensmittel dagelassen, als hätten wir eine dreimonatige Belagerung vor uns anstatt eines einzelnen Tags ohne unsere Mutter. Laurel versucht sich heute an Rührei.

»Ich dachte, das schaff ich auf jeden Fall allein.« Sie lächelt mich freundlich an. Sie hat sich die Haare zu einem Pferdeschwanz gebunden, war aber noch nicht unter der Dusche.

Ich werfe einen Blick in die Pfanne, in der sie herumrührt. Die Brotscheiben hüpfen aus dem Toaster. Laurel bittet mich, schon mal Butter draufzutun. Sie hat unsere Teetassen auf der Arbeitsplatte bereitgestellt. Das Wasser hat gerade gekocht. Ich konzentriere mich auf meine Aufgabe. Das Kratzen des Messers auf dem Toast ist fast zu viel für meine Nerven. Wer wird zuerst einknicken? Eine von uns beiden muss ja ansprechen, was passiert ist. Laurel gießt den Tee auf.

Wir setzen uns an den Tisch. Laurel hat schon Besteck und ein paar Blätter Küchenpapier als Servietten rausgelegt. Die Eier sind an manchen Stellen labberig, an anderen seltsam verbrannt. Ich will das nicht essen, aber ich will Laurels Gefühle auch nicht verletzen. Michel sagt ihr ständig, sie wäre ein Naturtalent und sollte sich doch mal nach einem Beruf umsehen, der mit Essen zu tun hat. Dad blockt so was immer sofort ab, weil er meint, dass sie sowieso keine normale Arbeit finden wird.

Ich beiße von meiner Toastscheibe ab und esse ein winziges bisschen Rührei dazu. Laurel sieht mich erwartungsvoll an. »Lecker«, sage ich mit vollem Mund, weil Mum nicht da ist, um mich zu ermahnen.

»Lügnerin. Aber ist okay, beim nächsten Mal wird's besser.«

Wir essen schweigend weiter.

»Und, gut geschlafen?«, fragt Laurel.

Endlich geht mir auf, wie das hier anscheinend laufen wird. Wir werden nicht darüber reden, was vorgefallen ist. Wir werden es begraben und hoffen, dass zufällig ein Zementmischer vorbeikommt und Beton drüberkippt, damit das Problem nie wieder das Tageslicht sieht.

»Ja, super.« Ich lächle sie an. »Und du?«

»Wie ein Baby. Ist eigentlich ein komischer Spruch, oder? ›Ich hab geschlafen wie ein Baby.‹ Babys weinen doch immer.«

Ich lächle wieder und stimme ihr zu, dass es ein seltsamer Spruch ist. Dann frage ich sie nach ihren Plänen für heute. Während wir uns unterhalten, überlege ich, was sie wohl gerade denkt. Sie weiß, dass ich sie gesehen habe. Sie und ich hatten Blickkontakt. *Sehr langen* Blickkontakt. Also hat sie bestimmt Angst, ich könnte es ansprechen, ihr vorwerfen, dass sie Thomas und mich beobachtet hat. Aber plötzlich fällt mir etwas ein, das mir Martha mal über ihre Mum erzählt hat. Die ist nämlich so kurzsichtig, dass sie ohne Brille nur wenige Zentimeter sehen kann. Ich versuche, mich zu erinnern, ob Laurel bei einem Sehtest war, seitdem sie wieder hier ist. Ich glaube nicht. Und wenn man jahrelang in einem Keller wohnt, bekommt man doch bestimmt schlechte Augen, oder? Vielleicht ist sie ja total kurzsichtig, und wir wissen es bloß nicht? Vielleicht sieht sie sogar so schlecht, dass sie gar nicht mitbekommen hat, dass Thomas und ich gerade Sex hatten? (Netter Versuch, *natürlich* wusste sie, was wir da machen.)

Es ist irgendwie erleichternd, nicht darüber reden zu müssen. Ich müsste sie sonst anbetteln, Mum nichts zu erzählen. Mum wäre nämlich überhaupt nicht begeistert, wenn sie wüsste, dass Thomas und ich Sex haben. Ich bin zwar ziemlich sicher, dass Laurel mich nicht verraten würde, aber direkt fragen kann ich sie leider nicht. Andererseits würde sie wahrscheinlich eh nichts sagen, denn dann müsste sie ja zugeben, dass sie uns dabei beobachtet hat. Das wäre ihr bestimmt viel zu peinlich. Am besten kehren wir also alles unter den Teppich und tun so, als wäre nichts Besonderes passiert. Jetzt muss ich nur noch dieses Bild im Kopf loswerden. Wenn das mal so einfach wäre. Ich habe das ungute Gefühl, ich werde diesen Schreck nie vergessen – wie sie dastand und mich angesehen hat, den Blick voller Ablehnung.

Mum kommt nach Hause. Sie trägt eine Sonnenbrille und hat eine leichte Fahne. »Nie wieder«, seufzt sie. »Diese Frau hat wirklich einen schlechten Einfluss auf mich!« Laurel bietet an, ihr ein Sandwich zu machen, aber Mum zuckt bei der Erwähnung von Essen zusammen. »Danke, mein Schatz, aber erst mal nicht. Ich glaub, ich leg mich lieber ein bisschen hin. Hattet ihr zwei gestern Abend Spaß?«

»Ja, war schön, ein richtiger Mädelsabend«, sagt Laurel. Das Wort »Mädels« betont sie dabei extra. Spielt sie etwa mit mir? Vielleicht macht es ihr Spaß, mir Angst zu machen.

Mum tappt auf die Treppe zu und geht mit unsicheren Schritten hinauf, als wäre sie auf einem Schiff, das im Sturm schwankt. Laurel sieht mich an und schüttelt grinsend den Kopf à la »Typisch Eltern!«. Ich müsste jetzt eigentlich entsprechend reagieren, die Augen verdrehen oder lachen, aber stattdessen ignoriere ich Laurel einfach. Meine Augen gleiten über sie hinweg, als wäre sie gar nicht da.

Mum bleibt stehen. »Ach, das hätte ich ja fast vergessen! So was aber auch!« Ich verkneife mir einen Kommentar zum Thema Alkohol und Gedächtnisverlust. »Ratet mal, wer gestern angerufen hat? Also, um genau zu sein, konnte ich gestern nicht rangehen, weil ich … beschäftigt war, aber sie hat mir auf die Mailbox gesprochen, und ich hab sie vorhin abgehört und konnte es gar nicht fassen. Also?«

»Sag's doch einfach.« Ich hasse solche Ratespiele.

»Dana Fairlie!« Mum sieht mich erwartungsvoll an. Ich habe keine Ahnung, wer Dana Fairlie ist, und das sieht man mir anscheinend auch an. »Die Fairlies! Aus der 24!«

Sorry, immer noch nicht die leiseste Ahnung.

Mum seufzt theatralisch, als würde ich mich absichtlich dumm stellen. »Laurel, erinnerst du dich noch an die kleine Bryony? Ihr zwei wart früher unzertrennlich, ihr habt ständig was zusammen ausgeheckt.«

Laurel nickt, erst zögerlich, dann entschiedener. »Stimmt, das weiß ich noch.«

Die Fairlies wohnten damals ein paar Häuser weiter in der Stanley Street. Sie hatten zwei kleine Töchter, die etwa so alt waren wie Laurel und ich, deshalb haben sich unsere Eltern schnell miteinander angefreundet. Einen Monat vor Laurels Entführung sind die Fairlies nach Australien ausgewandert. Langsam kommt die Erinnerung wieder, aber nur in Form eines Fotos, das ich mal vor langer Zeit gesehen habe. Laurel neben einem anderen kleinen Mädchen. Zwei kleine blonde Mädchen, die wie Schwestern wirken (echte Schwestern). Beide haben Zöpfe, sie haben die Köpfe aneinandergelehnt und strahlen in die Kamera. Ich weiß noch, was ich beim Anblick des Fotos gedacht habe: Wieso wurde nicht das andere Mädchen entführt? Jetzt weiß ich, warum. Weil sie zu dem Zeitpunkt Tausende Kilometer entfernt war, auf der anderen Erdhalbkugel.

»Jedenfalls sind sie wieder hier! Also nicht für immer, nur für einen Monat oder so. Kirsty will hier studieren. Ist das nicht ein Ding, die kleine Kirsty ist jetzt erwachsen und will studieren! Kaum zu glauben …«

Typisch Mum, sie hat natürlich schon ein Treffen für uns alle arrangiert, ohne vorher zu fragen. Ich meine, gut, Laurel hat eh nie was vor. Aber ich habe schließlich ein Leben! Ich werde trotzdem mitgehen, weil ich neugierig auf diese Familie bin, die das Schicksal genau so hätte treffen können wie uns. Wenn die Unterlagen für die Auswanderung noch nicht vollständig gewesen wären oder wenn Mr oder Mrs Fairlie noch ein paar Wochen länger hätten bleiben müssen, um ein Projekt auf der Arbeit abzuschließen, dann hätten sie an dem Tag immer noch in der Stanley Street gewohnt, als unser Leben in die Brüche ging. Vielleicht hätten Bryony und Kirsty im Garten gespielt, und Laurel und ich wären drin gewesen. Wir hätten zusammengekuschelt auf der Couch gesessen und irgendeinen Disneyfilm gesehen, als der Schatten an unserem Haus vorbeiging. Bryonys Gesicht hätte auf jeder Zeitung geprangt, meine Eltern hätten sehr mitgefühlt und alles getan, um den Fairlies in dieser schrecklichen Situation beizustehen. Hätten sich um Kirsty gekümmert und Lasagne gemacht, die die Fairlies nur noch hätten warm machen müssen, wenn sie wieder mal spät von einer Pressekonferenz nach Hause gekommen wären. Mum und Dad hätten sich an der Suche beteiligt und überall die Plakate mit Kirstys Beschreibung aufgehängt. Hätten sich den Kopf zerbrochen, ob ihnen an dem Tag irgendetwas aufgefallen war. Ein Auto, das nicht in unsere Straße gehörte, oder ein Mann, der sich verdächtig benahm. Und die ganze Zeit über, während Mum Mrs Fairlie umarmt und ihr gesagt hätte, dass bestimmt alles wieder gut wird, und Dad ernste Blicke mit Mr Fairlie ausgetauscht hätte, hätten meine Eltern wieder und wieder dasselbe gedacht: *Zum Glück war es keine von unseren Töchtern. Zum Glück.*

KAPITEL 32

Die Küche von Marthas Familie steht voller Einweckgläser. Auf dem Herd blubbern zwei riesige Töpfe vor sich hin, und Marthas Mum misst gerade mit einem Metallthermometer die Temperatur in einem der beiden. Sie sieht viel fröhlicher aus als beim letzten Mal. Die Arbeitslosigkeit tut ihr anscheinend ganz gut.

Martha zieht mich aus der Küche und hoch in ihr Zimmer. »Diese Marmeladenkocherei gerät völlig außer Kontrolle! Sie will das jetzt hauptberuflich machen. Ich hab ihr gesagt, dass die Idee bescheuert ist.«

Ich finde die Idee gar nicht so schlecht. Auf dem Markt geben die Kunden, ohne mit der Wimper zu zucken, den dreifachen Preis für ein Glas hausgemachte Marmelade aus. Ich lasse Martha aber in Ruhe jammern, so was macht man als beste Freundin eben.

Allerdings höre ich nur mit halbem Ohr zu. Soll ich ihr erzählen, was letzte Nacht passiert ist? Nein, irgendwie ist das alles zu kompliziert. Und ich will auch nicht, dass sie mich komisch findet, weil ich mich nicht getraut habe, Laurel darauf anzusprechen. Ich erzähle ihr nicht einmal, dass ich meine Schwester beim Klauen erwischt habe. Aber ich erzähle ihr von dem roten Kleid, und Martha findet auch, dass das viel zu viel Geld für ein einzelnes Kleidungsstück war. Und weil wir schon mal dabei sind, lasse ich mich auch noch über das Buchprojekt aus, wegen dem ich nächste Woche zum Interview antanzen muss. Es wurde beschlossen, dass die Ghostwriterin als Erstes mit mir spricht. Wahrscheinlich, weil ich am wenigsten zu sagen habe. Wenigstens durfte ich den Treffpunkt aussuchen. Die Lektorin, Zara irgendwas mit einem angeberischen Doppelnamen, meinte zu uns, es sollte ein Ort sein, wo ich mich wohl fühle. Darauf schlug Mum vor, ich sollte es zu Hause machen. Sie dachte wahrscheinlich, ihre Anwesenheit würde mich beruhigen. Ich habe mich aber für ein Café am Kanal entschieden, wo es sehr unwahrscheinlich ist, dass mich jemand sieht, den ich kenne.

Ich erzähle von dem Buch und von dem Kleid, und plötzlich sprudelt auch der Rest raus. Ich erzähle Martha (fast) alles, womit mich Laurel in den letzten Wochen genervt hat. »Sie ist einfach immer da, weißt du?« Wenn man ihre Besuche zweimal die Woche bei der Psychologin und die unregelmäßigen Treffen mit Penny nicht mitzählt, habe ich nie meine Ruhe vor ihr.

»Eine große Schwester zu haben ist also doch nicht so super?«, fragt Martha grinsend.

Und da ist es wieder: das schlechte Gewissen. Das ist nämlich auch ständig da und schaut mir über die Schulter, genau wie Laurel. Ich habe den Eindruck, die ganze Zeit dankbar sein zu müssen, und dass jedes negative Gefühl, egal, wie klein es auch sein mag, verboten ist. Manchmal, wenn ich nachts nicht schlafen kann, mache ich mir dann

Sorgen, dass Laurel wieder etwas passieren könnte. Dass sie von einem Auto überfahren wird oder an einer Fischgräte erstickt oder in der Badewanne ertrinkt – und alles nur, weil ich nicht dankbar genug bin, sie wieder zurückzuhaben. Ich habe Angst, dass uns Laurel zur Strafe wieder weggenommen wird. Ich sage Martha also schnell, dass ich das nicht so gemeint habe und es wirklich toll ist, eine große Schwester zu haben.

Sie lacht. »Ist schon okay. Bei mir brauchst du dich nicht zu verstellen.« Sie legt mir die Hand aufs Knie und sieht mich übertrieben mitfühlend an. »Hier kannst du dich sicher fühlen.«

Ich weiß, dass sie sich ein bisschen über mich lustig macht, aber ich könnte gerade trotzdem vor Erleichterung heulen. Zu wissen, dass sie kein Problem damit hat, wenn ich mich bei ihr über Laurel auslasse, hilft mir schon sehr.

Ich erzähle Martha von der Sache mit den Fairlies, und wie seltsam das für mich werden wird. Sie beruhigt mich, weil es für Laurel auf jeden Fall zehnmal schlimmer sein wird. Alle werden sich auf sie konzentrieren. Das ist ja immer so.

Martha sitzt am Schreibtisch, mit dem Rücken zu mir. Sie sitzt immer total gerade da, wie jemand aus einem Kostümfilm. Leute, die so groß sind wie sie, sitzen sonst immer in sich zusammengesunken da. »Was ziehst du eigentlich zu der Party an?«, fragt sie plötzlich.

»Was für eine Party?« Ich sitze auf dem Fußboden, den Rücken an ihr Bett gelehnt, und lösche alte SMS von meinem Handy. Wir haben den Nachmittag mehr oder weniger verplempert, wir sind nicht mal ins Kino gegangen oder so. Trotzdem schön, hier zu sein. Hauptsache, weg von zu Hause. Keine Ahnung, wie ich den Rest der Woche überstehen soll, ohne durchzudrehen.

»Thomas' Party.« Martha dreht sich nicht um. Ich weiß nicht, ob sie Angst vor meiner Reaktion hat oder nicht merkt, dass ich keine Ahnung habe, wovon sie redet.

»Das war kein Witz: Was für eine Party?«

Als sie meinen genervten Tonfall hört, dreht sie sich doch um. Sie sieht verwirrt aus. »Na, die Überraschungsparty zu seinem 18. Hat seine Mum dich nicht …? Sie meinte letzte Woche, sie ruft dich an.«

Stopp! Hier stimmt grad so einiges nicht. Meine Gedanken überschlagen sich. Erstens hasst Thomas Partys *und* Überraschungen. Diese beiden Dinge vereint sind also sein schlimmster Albtraum. Zweitens – wieso weiß Martha davon, und ich nicht? Und drittens, aber keineswegs letztens – wieso redet Martha denn mit Thomas' Mum?

Martha überschlägt sich fast beim Versuch, alles zu erklären und die Wogen so schnell wie möglich wieder zu glätten: »Oh, wow, ich war mir sicher, dass sie schon bei dir angerufen hat! Egal, also, sie plant eine Überraschungsparty für ihn, die soll nächste Woche stattfinden. Sie hat die ganze Familie eingeladen. Sie weiß, dass Thomas so was eigentlich nicht mag, aber sie meint, das wär eben ihre letzte Chance, ihrem ›Kleinen‹ eine Party zu schmeißen. Er hat sie die letzten paar Jahre nichts Großes zu seinem Geburtstag organisieren lassen, und deshalb macht sie es jetzt einfach. Ich hab ihr gesagt, dass das auch nach hinten losgehen kann, aber davon wollte sie nichts hören. Sie meinte, dass er zwar immer superintellektuell und cool tut, aber eigentlich ist er auch nur ein kleiner Junge, der am liebsten den ganzen Tag nur Götterspeise und Eis essen würde. Wusstest du das? Ich dachte immer, sein Lieblingsessen wär Sushi.« Sie plappert aufgeregt vor sich hin.

Ich bin unbeeindruckt. »Wann hast du denn mit seiner Mum geredet?«

Martha zuckt mit den Schultern. »Letzte Woche, oder vielleicht die Woche davor. Weiß ich nicht mehr genau.« Damit lasse ich mich nicht abspeisen, und das weiß sie. »Ich wollte mir nur schnell sein Mathebuch ausleihen. Als Thomas oben war, um es zu holen, hat sie mich kurz beiseitegenommen.«

Thomas' Haus ist ziemlich weit weg. Um da hinzukommen, muss Martha einen Bus nehmen, der direkt an meiner Straße hält. Das Mathebuch hätte sie sich genauso gut von mir ausleihen können.

»Du warst grad nicht zu Hause«, beantwortet sie die Frage, die ich nicht gestellt habe.

»Er hat mir gar nichts davon erzählt.«

»Warum sollte er auch? Und, was ziehst du nun an? Mrs Bolt meinte ›leger, aber schick‹, was auch immer das jetzt heißen soll. Meinst du, Jeans geht dann nicht?«

Sie gibt sich Mühe, das Thema zu wechseln, aber wir sind nicht die Art Mädchen, die sich über Klamotten unterhalten. Und diese Tatsache macht mir klar, dass ihr vorhin einfach kein besserer Einstieg in die Partythematik eingefallen ist, und das bedeutet, sie wusste ganz genau, dass ich keine Ahnung von der Sache hatte. Mir tut der Kopf weh.

Ich tue so, als würde es mir nichts ausmachen, dass sich Martha anscheinend blendend mit Mrs Bolt versteht und mir ihr schwatzt. Was Mrs Bolt mit *mir* übrigens nie macht. Martha sieht mich prüfend an, ob ich jetzt böse auf sie bin, aber nach meinem Ausrutscher von vorhin habe ich mich wieder unter Kontrolle und verstecke meine Gefühle perfekt.

Eine Überraschungsparty für Thomas ist eine schlechte Idee. Er wird jede Sekunde hassen. Er wird die Geschenke von seinen Eltern hassen, weil die immer beweisen, dass sie ihn eigentlich gar nicht kennen. Er wird die Musik hassen, dass man Fotos von ihm macht, dass er die Kerzen auf dem Geburtstagskuchen auspusten muss (der übrigens in Form eines Bücherstapels sein wird, wie mich Martha wissen lässt). Wird bestimmt lustig, ihm dabei zuzusehen. Ein Glück, dass seine Mutter nicht mit mir darüber gesprochen hat, ich hätte ihr die Idee bestimmt ausgeredet. Es wird eine Katastrophe werden, die ich mir aber sicherlich nicht entgehen lasse. Ich frage Martha, wer denn alles eingeladen ist. Thomas hat zwar ein paar Schulfreunde, aber keine wirklich engen. Mrs Bolt will noch ein paar Tage damit warten, bis sie sie kontaktiert, damit die Chance geringer ist, dass jemand »die Überraschung verdirbt«. Meiner Meinung nach besteht dadurch eher die Gefahr, dass keiner kommen kann. Ist ja nicht so, als ob sich alle den Tag auf Verdacht freigehalten haben, falls plötzlich eine Einladung zum Geburtstag von Thomas Edwin Bolt ins Haus flattert. (Ich ziehe Thomas oft mit seinem zweiten Vornamen auf)

Während wir uns unterhalten, bekomme ich eine SMS von einer unbekannten Nummer. Wenn man vom Teufel spricht! Thomas' Mum hat sich endlich dazu durchgerungen, mich von der bevorstehenden Feier in Kenntnis zu setzen. Sie entschuldigt sich nicht einmal dafür, dass sie sich erst jetzt meldet. Wenigstens beinhaltet die SMS die Antwort auf die Frage, die ich Martha als Nächstes gestellt hätte: wo das Ganze eigentlich stattfindet. Die Bolts haben einen Raum über einem Pub in der Nähe ihres Hauses gemietet. Eine zweite SMS kommt hinterher: *Deine Schwester soll bitte auch kommen!*

Ich seufze laut. »Ich soll Laurel mitbringen.«

»Und?«

Wenn ich Martha jetzt erklären muss, was mich daran stört, wird sie es trotzdem nicht verstehen. »Überrascht mich bloß ein bisschen.«

»Ist aber vielleicht ganz gut, wenn sie auch kommt. Da kann sie ein paar Leute kennenlernen und vielleicht endlich eigene Freunde finden.«

Da hat Martha gar nicht so unrecht. »Du bist genial.« So lange nur ein paar halbwegs vernünftige Leute dabei sind, stehen die Chancen gut, dass sie sich mit jemandem versteht. Ich glaube, Thomas hat mal eine Cousine erwähnt, die in Oxford studiert, das wäre doch schon mal ein guter Anfang. Ich bin wieder mal froh, eine Freundin wie Martha zu haben. Jemanden, der die Dinge aus einer etwas anderen Perspektive sieht als ich.

Martha seufzt dramatisch und lässt sich hinter mich auf das Bett fallen. »Ich weiß. So viel Intelligenz ist aber manchmal mehr Fluch als Segen, glaub mir.«

KAPITEL 33

Laurel freut sich unglaublich über die Einladung zu der Party, und Mum fast noch mehr. Sie denkt bestimmt, dass Laurel ab jetzt vielleicht doch endlich ein normales Leben führen kann. Beide müssen mir schwören, kein Wort zu verraten, weil Thomas ja noch nichts davon weiß.

Laurel sieht mich mit großen Augen an. »Wie schaffst du das bloß, ihm nichts davon zu erzählen? Ich könnte so ein Geheimnis *nie* für mich behalten!«

Ich sage nicht, dass ich es selbst eben erst erfahren und seitdem noch gar nicht mit Thomas geredet habe. Bis jetzt war es also noch keine große Anstrengung, mich nicht zu verplappern. Eigentlich müsste ich schon seit Wochen davon wissen und in die Planung mit einbezogen sein, und das denken offensichtlich auch Mum und Laurel. Und ich widerspreche ihnen nicht.

»Ich hätte gar nicht gedacht, dass Thomas Überraschungspartys mag.« Mum trinkt einen Schluck Wein. Sie hat sich in Bezug auf ihren Kater dafür entschieden, den Teufel mit dem Beelzebub zu vertreiben.

»Tut er auch nicht«, antworte ich. Beide sehen mich an. »Deshalb ist die Idee ja so genial!« Ich lache, und Mum lacht mit und meint, ich wäre ja eine ganz Schlimme.

Laurels Gesicht ist ausdruckslos, und mir wird klar, das

hier ist wieder einmal eine zwischenmenschliche Situation, die für uns alltäglich, für sie jedoch nicht nachvollziehbar ist. Sie versteht nicht, wieso ich mich über etwas freue, das Thomas nicht gefällt.

Laurel sieht mich nachdenklich an. »Du meinst, er freut sich bestimmt heimlich doch, er zeigt es nur nicht?«

Ich schaue Mum an. Sie nickt mir unmerklich zu. »Ja, genau.«

Vor dem Treffen mit den Fairlies wirkt Laurel nervös. Sie steht immer wieder auf und betrachtet sich im Spiegel über dem Kamin. Aus irgendeinem Grund hat sie sich heute zwei Zöpfe gemacht. Mum hat fragend die Brauen gehoben, als sie das gesehen hat, aber nichts gesagt.

Ich frage Laurel, ob alles in Ordnung ist. Sie nickt nur lächelnd. Ich glaube ihr nicht. Ihre Nervosität ist nur verständlich. Ich bin's ja auch ein bisschen, und Mum ist richtig aufgeregt. Ihr Kater ist Schnee von gestern, und die Aussicht auf ein gemeinsames Essen mit »ihren zwei Mädchen« macht sie froh. Endlich kommt sie aus ihrem Zimmer. Sie trägt viel zu viel Make-up. Ich kann verstehen, dass sie gut aussehen will, wenn sie eine Freundin trifft, die sie seit Jahren nicht mehr gesehen hat, aber sie braucht heutzutage nicht mehr so viel Make-up. Jetzt, wo das Trauma von Laurels Verschwinden sich langsam nicht mehr so deutlich auf ihrem Gesicht abzeichnet, müsste sie keine Maske mehr tragen.

In dem Restaurant waren wir noch nie, keine Ahnung, wieso Mum ausgerechnet hierhin wollte. Auf dem Weg zu unserem Tisch fällt mir auf: Die anderen Gäste sind alle ziemlich schick gekleidet, und die Frauen haben Handtaschen mit dem Schriftzug teurer Marken darauf. *Deshalb* wollte Mum also hierher: um Eindruck zu schinden.

Als wir ankommen, sind die Fairlies schon da. Sie haben sich in eine halbrunde Nische gesetzt. Ein normaler Tisch wäre mir lieber gewesen.

Mrs Fairlie umarmt Mum. »Schön, dich zu sehen, Olivia!« Als Nächstes begrüßt sie mich, was mich überrascht, weil sich die meisten sofort auf Laurel stürzen. »Die kleine Faith! Ach Mensch! Groß bist du geworden!«

Den Spruch habe ich noch nie verstanden. Natürlich wächst man. Natürlich ist man als Fast-Erwachsene größer, als man als Kind war. Wieso wundern sich immer alle so darüber?

Bryony und Kirsty lächeln und wirken so unsicher, wie ich mich fühle. Wir begrüßen uns alle gleichzeitig untereinander und stehen uns dabei gegenseitig im Weg. Endlich setzen wir uns. Mum und Mrs Fairlie sorgen dafür, dass Bryony und Laurel nebeneinandersitzen.

»Lange nicht gesehen!« Mrs Fairlie hat einen leichten australischen Akzent. Am Satzende geht ihre Stimme etwas hoch. Bryony und Kirsty klingen hingegen schon hundert Prozent australisch. Steht ihnen gut. Sie sehen auch aus wie Australierinnen: braungebrannt, blond und wunderschön.

Der Kellner kommt. Bevor irgendjemand etwas sagen kann, bestellt Mum eine Flasche Champagner. »Kirsty darf doch schon Alkohol trinken, oder?« Mrs Fairlie sieht ein wenig verblüfft aus, wahrscheinlich fragt sie sich, wer den Champagner bezahlen wird, aber sie antwortet, ja.

Sobald alle ihren Champagner vor sich haben, hebt Mum das Glas. »Auf alte Freunde!« Wir stoßen miteinander an. Es herrscht kurz Schweigen, dann feuert Mum eine Frage nach der anderen zum Leben der Fairlies in Down Under ab. Ihr Plan ist offensichtlich: dafür sorgen, dass sich der Fokus nicht auf Laurel richten kann, einfach so tun, als wäre das ein ganz normales Treffen ehemaliger Nachbarinnen. Es dauert nicht lange, und die beiden Frauen sind in eine Diskussion über die Vorzüge des australischen Outdoor-Lebensstils vertieft (*Acht Monate im Jahr essen wir draußen!*). Laurel und Bryony unterhalten sich leise miteinander. Ich kann nicht verstehen, worüber, weil Mum und Mrs Fairlie so laut sind.

Kirsty starrt die ganze Zeit Laurel an, als könnte sie nicht glauben, dass sie echt ist. Ich konzentriere mich auf den Rote-Beete-Salat vor mir, der aus drei verschiedenen Sorten Roter Beete besteht. Das Essen schmeckt ehrlich gesagt richtig gut.

»Und …« Kirsty hat gerade den Mund voll, aber das hält sie offensichtlich nicht vom Sprechen ab, »… wie ist das so, dass sie wieder da ist? Muss doch total komisch sein.«

Eigentlich wäre ich gern böse auf Kirsty für diese etwas unsensible Frage, andererseits ist sie eine der wenigen, die offen anspricht, wie seltsam diese Situation ist. Ich wünschte nur, sie hätte es so laut gesagt, dass Mum es gehört hätte. Vielleicht würde sie dann endlich mal begreifen, dass nicht von einem Tag auf den anderen alles Friede, Freude, Eierkuchen für mich war.

»Ja, ist schon komisch. Aber auch schön.«

Kirsty schnauft verächtlich, und Mrs Fairlie schaut missbilligend zu ihr hinüber. Kirsty ignoriert den Blick. »Du klingst aber nicht sehr überzeugend.«

»Nein, ehrlich. Aber ... na ja, du weißt ja, wie das mit Schwestern manchmal so ist.«

Kirsty sieht zu Laurel und Bryony. Die beiden haben die Köpfe zusammengesteckt, als ob sie Geheimnisse miteinander austauschen.

Kirsty wirft einen Blick auf ihre Mutter, und als die gerade nicht hinsieht, schnappt sie sich den Champagner und gießt sich das Glas voll. »Das weiß ich wirklich. Ich wollte immer viel lieber einen Bruder haben. Jemand, der mich schubst oder haut, wenn wir uns streiten, anstatt drei Tage nicht mit mir zu reden.«

»Aber Bryony wirkt doch echt lieb«, flüstere ich zurück.

Kirsty schnauft wieder. »Ja, das denken alle. Die haben ja keine Ahnung, was sie manchmal für eine Zicke sein kann. Besonders wenn die ihre Tage hat. Voll der Albtraum!«

Den letzten Satz hat Mum anscheinend gehört, denn sie wendet ihre Aufmerksamkeit plötzlich uns zu. »Was lästert ihr beiden denn da?«

»Ich hab Kirsty nur gerade von unserem Auftritt in der *Cynthia Day Show* erzählt.« Die Lüge kommt mir leicht über die Lippen.

»Ach Gott, ist die Frau immer noch nicht tot?«, fragt

Mrs Fairlie. »Die Sendung hab ich immer gesehen, als ich noch an der Uni war. Ist ja nicht zu glauben, dass das noch läuft. Wer guckt sich denn diesen Quatsch bloß an?«

Laurel hat zum Glück nicht gehört, wie sich Mrs Fairlie über ihre Lieblingssendung aufgeregt hat. Mum scheint es auch nichts auszumachen, obwohl wir ja gerade eigentlich zu Quatsch erklärt wurden.

Mum sagt nur, die *Cynthia Day Show* sei in den letzten Jahren besser geworden. »Da geht's mittlerweile weniger um Teenagerschwangerschaften und Vaterschaftstests, mehr so um menschliche Schicksale.«

Das kann sie sich ja gern einreden, aber wahr wird es deshalb trotzdem nicht. Laurel hat mir erst gestern erzählt, dass es neulich um eine Frau ging, die nicht genau wusste, wer der Vater ihres Kindes war. Sie war »zu 90 Prozent sicher«, dass es entweder ihr Verlobter oder dessen Zwillingsbruder sein musste.

Kirsty fragt mich weiter über Laurel aus, aber diesmal macht es mir nichts aus, weil es ganz andere Fragen sind als die, die mir die Leute sonst immer stellen. Sie ist ehrlich interessiert daran, wie sich das Ganze für *mich* anfühlt und wie sich *mein* Leben dadurch verändert hat. Sie erzählt, dass sie sich schon einmal gewünscht hat, ihre Schwester würde verschwinden, und entschuldigt sich sofort dafür. Zu meiner Überraschung mag ich Kirsty richtig gern. Wenn die Fairlies nicht nach Australien gezogen wären, hätten wir vielleicht Freundinnen werden können.

Der Kellner bringt die Dessertkarte. Mum und Mrs Fairlie jammern erst im Chor, dass sie ja eigentlich nicht sollten, man muss schließlich auf seine Linie achten, und bestellen dann doch einmal Sticky-Toffee-Pudding und einmal Crème brûlée mit Himbeersoße. Ich verzichte auf einen Nachtisch und versuche, den anerkennenden Blick von Mum zu ignorieren. Kirsty nimmt dasselbe wie ihre Mutter. Alle sehen erwartungsvoll zu Laurel und Bryony. Laurel meint lächelnd, sie habe keinen Hunger mehr. Sie zieht die Mundwinkel hoch, die schlechte Kopie eines Lächelns, unscharf und verwackelt. Es wird weithin behauptet, man würde ein unechtes Lächeln daran erkennen, dass die Augen davon unberührt bleiben. Nein, das hat Laurel durchaus drauf. Aber ihr Lächeln wirkt irgendwie angestrengt, als würde sie die Gesichtsmuskeln dabei zu sehr anspannen. Ihrer Stimme hört man es auch an, sie klingt ein wenig zu laut, ein wenig zu fröhlich. Ich bin bestimmt die Einzige, die das bemerkt. Die Fairlies kennen sie nicht gut genug, und Mum tendiert dazu, nur das zu sehen, was sie sehen will.

Interessanterweise sieht Bryony auch irgendwie unglücklich aus. Sie sagt, sie wolle kein Dessert, und als Mrs Fairlie sie anstößt und meint, Sticky-Toffee-Pudding sei doch ihr Lieblingsnachtisch, reagiert sie geradezu wütend: »Ich hab doch gesagt, ich will nichts!« Dann fragt sie den bemerkenswert geduldigen Kellner, der die ganze Zeit an unserem Tisch stand und auf unsere Bestellung gewartet hat, nach den Toiletten.

»Ich komm mit«, sagt Laurel schnell und steht auf. Man sieht Bryony an, dass sie darüber nicht allzu glücklich ist, aber sie sagt nichts.

Mum und Mrs Fairlie sehen ihnen hinterher. »Die beiden passen immer noch zueinander wie Topf und Deckel«, sagt Mum.

»Deshalb gehen sie wahrscheinlich auch zusammen auf den Topf!«, erwidert Mrs Fairlie und amüsiert sich köstlich über ihren schlechten Witz.

Kirsty verdreht die Augen. »Ihr seid echt zu peinlich.«

KAPITEL 34

»Ach, war das schön. War doch richtig schön, nicht?« Mum dreht sich zu mir um.

Der Bus ist vollgestopft mit Pendlern und Shoppern. Es gab nur noch zwei freie Plätze nebeneinander, und da sitzen jetzt natürlich Mum und Laurel. Ich sitze hinter den beiden, neben einem mageren Typen, der eine Jeans, ein Jeanshemd und darüber noch eine Jeansjacke anhat. Er sieht immer wieder aus dem Augenwinkel zu mir rüber.

»Ja, war nett.« Mum soll aufhören, sich ständig zu mir umzudrehen. Ich will nicht, dass der komische Jeanstyp hier neben mir unsere Unterhaltung mithört und vielleicht noch mitkriegt, wer Laurel ist.

Mum wendet sich zu Laurel um. »So eine liebe Familie. Ich war ganz traurig, als die weggezogen sind!«

Laurel sagt genau das, was man erwarten würde –, dass es ein schönes Treffen war und wie sehr sie sich gefreut hat, Bryony mal wieder zu sehen. Ich sehe nur ihr Profil, aber ihre Stimme verrät sie. Zu glatt poliert, zu perfekt.

Als Bryony und Laurel von der Toilette zurückkamen, waren unsere Mütter und Kirsty gerade in eine sinnlose Diskussion über die sexuelle Orientierung von irgendeinem Schauspieler vertieft. Keinem fiel auf, dass die beiden Mädchen plötzlich nicht mehr so innig waren und für den Rest des Essens kein Wort mehr miteinander sprachen. Bryony saß so weit von Laurel entfernt, wie es nur ging, sie hockte geradezu auf der Kante der Bank. Mum und Mrs Fairlie waren nur mit dem Dessert beschäftigt, machten bei jedem Löffel »oooh« und »hmmm« und bekamen nichts mit.

Ich sah Laurel an und hob fragend die Brauen. *Alles in Ordnung?*

Sie nickte nur kurz. *Alles gut.*

Die Umarmungen zum Abschied fielen insgesamt sehr herzlich aus. Kirsty fragte, ob ich ihr meine Nummer geben könnte, weil sie ja nächstes Jahr hier studiere.

Mrs Fairlie hatte Tränen in den Augen. »Es war wirklich wunderschön mit euch. Ich bin so froh, dass jetzt alles wieder gut ist.« Sie sah zu Laurel, aber die starrte aus dem Fenster.

Mum und Mrs Fairlie versprachen einander, ab jetzt in Kontakt zu bleiben, und Mum meinte sogar, dass wir vielleicht in den nächsten Jahren mal Urlaub in Australien machen könnten. Sie sagte dabei nicht, wer zu diesem »wir« gehören würde. Dad war während des gesamten Essens kein einziges Mal erwähnt worden.

Ich war die Einzige, der auffiel, dass sich Bryony und Laurel nicht voneinander verabschiedeten.

Sobald wir zu Hause sind, verkündet Laurel, sie hätte Kopfschmerzen.

»Zu viel Champagner?«, fragt Mum lachend.

»Ich hatte nur ein Glas!« Laurel klingt gereizt.

»Weiß ich, ich zieh dich doch nur ein bisschen auf. Leg dich am besten hin. Im Medizinschränkchen sind Paracetamol, wenn du welche brauchst.«

Ich rufe Laurel hinterher, dass ich ihr gleich ein Glas Wasser bringe. Mum wirft mir einen dankbaren Blick zu. Laurel meint, das wäre nicht nötig, aber ich mache es trotzdem. Als ich in ihr Zimmer komme, sitzt sie auf dem Bett. Ich frage, ob ich ihr die Tabletten holen soll, aber sie lehnt ab.

»Du hast gar keine Kopfschmerzen, oder?«

»Nein.«

Ich setze mich zu ihr auf das Bett. »Was ist denn los?« Ich sage ihr nicht, dass ich beim Essen genau gemerkt habe, was zwischen ihr und Bryony los war. Ist immer besser, wenn man erst einmal für sich behält, wie gut man jemanden durchschaut.

»Nichts, ich bin nur müde.« Ich will sie gerade über Bryony ausfragen, da sagt sie: »Meine Albträume sind in letzter Zeit wieder schlimmer geworden.«

»Tut mir leid.« Ich weiß nicht, was ich sonst dazu sagen soll. Ich habe auch ganz schön mit Albträumen zu kämpfen, aber sobald ich aufwache, sind sie vorbei. Bei Laurel ist das anders. Sie hat den Großteil ihres Lebens in einem Albtraum verbracht. Ich weiß nicht, ob sie das jemals wirklich loswird.

Mit der Bryony-Sache kann ich jetzt wohl nicht mehr anfangen. Das passt nicht. Aber mir ist ein Muster aufgefallen. Falls man etwas, das erst drei- oder viermal passiert ist, schon als Muster bezeichnen kann. Manchmal fängt

Laurel ziemlich unvermittelt an, von Smith oder generell von früher zu erzählen. Als würde sie meinen, sie müsste einen (mich) ständig daran erinnern, was sie durchgemacht hat. Seltsamerweise immer dann, wenn man sie etwas fragt, worauf sie nicht antworten möchte, oder wenn man etwas sagt, das sie nicht hören will. So kommt es mir zumindest vor. Denn das Komische ist: Die Fragen, auf die sie so reagiert, haben nie auch nur das Geringste mit dem Thema Smith zu tun. Ich werde das Gefühl daher nicht los, dass sie die Entführung ab und zu als Freifahrtschein benutzt, wenn sie eine Unterhaltung abbrechen will.

KAPITEL 35

Die Ghostwriterin kommt zu spät. Ich war 20 Minuten zu früh da. Ich habe mich auf ein Sofa in einer Ecke neben dem Fenster gesetzt und meine Jacke und meine Tasche neben mich gelegt, so dass sie sich mir gegenüber setzen muss. Mum ist mit einer Freundin zum Mittag verabredet und hat mich hier abgesetzt. Sie hatte Laurel gefragt, ob sie sie begleiten möchte, aber Laurel wollte lieber zu Hause bleiben.

»Ich hoffe, du siehst nicht wieder nur die ganze Zeit fern«, hatte Mum daraufhin erwidert.

Das ist das erste Mal, dass sie wie eine echte Mutter mit Laurel geredet hat. Es war dieser typische Meckertonfall von ihr, und ich habe mich sehr, sehr gefreut, ihn zu hören. Laurel schien auch kein Problem damit zu haben. Sie hat versprochen, sich nur eine Folge anzusehen und dann das Abendbrot vorzubereiten. Sie will zum ersten Mal Nudeln selbst machen. Seitdem das einer von diesen Fake-Fernsehköchen in seiner Fake-Wohnung gemacht hat, wollte sie es unbedingt auch einmal probieren.

»Und du kommst auch wirklich allein zurecht? Mach keinem die Tür auf, den du nicht kennst!«

»Ja, Mum. Ich komm schon klar! Jetzt mach dir nicht solche Sorgen um mich.« Sie umarmte Mum und drehte sich dann zu mir um. »Danke.«

»Wofür?« Aber ich wusste natürlich, was sie meinte.

»Für das Buch. Das bedeutet mir wirklich viel. Das weißt du, oder?« Ich nickte. »Ich hoffe, es wird nicht zu schlimm, die ganzen Erinnerungen wieder hochzuholen und davon zu erzählen.«

»Ist schon in Ordnung. Hauptsache, es gibt ein leckeres Essen, wenn ich nach Hause komme! Ach übrigens, wir haben auch noch Nudeln im Schrank, falls es komplett schiefgehen sollte.«

Mum stieg erst ins Auto, nachdem sie sicher war, dass Laurel die Haustür von innen abgeschlossen hatte.

Mir geht's im Moment richtig gut. Die letzten Tage waren schön. Ich habe die meiste Zeit mit Mum und Laurel verbracht, und alles war ganz normal, obwohl es natürlich ein neues Normal ist. Gestern waren Thomas und ich spazieren, und es hat Spaß gemacht, obwohl das Wetter schlecht war. Wir sind eng aneinandergekuschelt unter seinem Regenschirm gelaufen und haben geredet – es war zum ersten Mal seit Ewigkeiten wieder ein richtiges, ernsthaftes Gespräch. Wir haben über alles Mögliche gesprochen, und nichts davon hatte mit meiner Schwester zu tun.

Vor dem Treffen mit der Ghostwriterin bin ich ziemlich nervös. Wie sollte ich auch vollkommen entspannt sein, es ist ja schließlich keine gewöhnliche Situation, aber gleichzeitig bin ich auch froh. Laurel ist mir so dankbar. Ich mag es, wenn sie mir dankbar ist. Und das Geld kann ich auch ganz gut gebrauchen, auch wenn Mum sagt, ich darf es erst mit 18 haben. Sie hat sogar ein Extrakonto für mich angelegt, an das ich nicht rankomme. Laurel bekommt selbstverständlich einen viel (VIEL) größeren Anteil vom Honorar, und sie darf auch schon jetzt darauf zugreifen. Aber das macht ja auch Sinn, es ist schließlich *ihre* Geschichte. Martha hat mich gefragt, ob es mir etwas ausmacht, dass Laurel viel mehr Geld bekommt als ich, aber das tut es nicht. Martha hat mir nicht geglaubt. Ich wusste, dass sie das nicht verstehen würde. Laurel braucht dieses Geld – ich nicht.

Eine Frau betritt das Café und sieht sich suchend um. Ich winke ihr erst mal nicht, falls ich doch nicht diejenige bin, nach der sie sucht. In meiner Vorstellung ist die Ghostwriterin eine unauffällige, kleine, dünne Frau mit runden Schultern und runden Brillengläsern. So eine, die man kaum wahrnimmt. Mir wird klar, dass ich mich da gründlich geirrt habe, als die Frau mit entschlossenen Schritten auf mich zustapft.

»Du bist doch bestimmt Faith. Kay Docherty. Nett, dich kennenzulernen.«

Sie schüttelt mir die Hand. Sie ist mindestens 1,80 Meter, sogar größer als Martha. Weißblonde Haare, ein akkurater Stufenschnitt und ein ebenso akkurater Pony. Sie trägt eine Menge komplizierter Lagen in verschiedenen Grautönen, und das I-Tüpfelchen ihres Looks sind schwarze Leder-Chucks.

Sie wickelt sich einen langen Schal vom Hals, wirft einen Blick auf meine Tasche und meine Jacke, legt sie dann zusammen mit ihren Sachen auf das andere Sofa und setzt sich neben mich. Sie fragt nicht einmal, ob das in Ordnung ist. Sie holt einen Schreibblock, einen Kuli und ein kleines Diktiergerät aus der Tasche und legt alles auf den Tisch.

Sie überfliegt die Cocktailkarte, legt sie jedoch schnell wieder beiseite und winkt die Kellnerin heran. »Bombay Sapphire Gin, Tonic, drei Eiswürfel und eine Limettenspalte, bitte.«

Für die Kellnerin ist die Bestellung anscheinend nichts Ungewöhnliches. Sie sieht mich an, und ich überlege kurz, ob ich mir dasselbe bestellen soll, obwohl ich Gin Tonic noch nie probiert habe. Aber ich habe Angst, dass sie mich nach meinem Ausweis fragen könnte, und bestelle mir lieber eine Cola. Alkohol würde mir bestimmt ein bisschen die Nervosität nehmen, aber nicht, dass das nachher im Buch landet – *Laurels Schicksal trieb mich in die Sucht.*

Ich muss mich seitlich hinsetzen, damit ich Kay ansehen kann. Sie tut dasselbe und legt das Diktiergerät zwischen uns, drückt auf Aufnahme und bittet mich, es einfach zu ignorieren. Leichter gesagt als getan. Sie erklärt mir kurz, wie alles laufen wird, dass ich entweder selbst meine Geschichte erzählen kann oder ihre Fragen beantworte. Wir werden wahrscheinlich mehr als eine Sitzung brauchen, je nachdem, wie viel ich zu sagen habe. Sie wird das dann zu einem Text zusammenfassen und mir schicken, und ich entscheide, ob es so bleiben kann oder nicht.

»Sie schreiben das also aus meiner Sicht, als hätte ich das geschrieben?« Das kommt mir irgendwie unehrlich vor. Die Leute werden das Buch lesen und denken, *wir* hätten es geschrieben.

»Kann man so sagen, ja. Ich bin nur das Medium, durch das du sprichst, weißt du?«

Als sie meinen skeptischen Gesichtsausdruck sieht, muss sie lachen. »Na gut, das klingt bescheuert, geb ich zu. Aber es trifft den Nagel auf den Kopf. Letztes Jahr habe ich mit einem sehr berühmten Fußballer zusammengearbeitet. Ich darf natürlich keine Namen nennen! Es war jedenfalls ein sehr interessantes Projekt herauszufinden, wie *er* die Geschichte schreiben würde, seinen Tonfall zu finden ... Man will einfangen, was den Menschen ausmacht, seine Geschichte. Aber darüber musst du dir jetzt noch gar keine Gedanken machen.«

»Würden Sie nicht lieber Ihre eigene Geschichte schreiben?«

Die Kellnerin bringt uns die Getränke und stellt die Gläser auf kleinen Servietten ab. Meine Cola hat drei Eiswürfel und eine Limettenspalte, genau wie Kays Cocktail. Die Kellnerin wirft einen Blick auf das Diktiergerät zwischen uns, sieht zu mir und dann zu Kay, versucht offensichtlich herauszufinden, was hier gerade passiert. Vielleicht denkt sie, Kay wäre jemand Berühmtes, und ich hätte einen Wettbewerb gewonnen und dürfte sie für die Schülerzeitung interviewen. Sie fragt, ob wir noch etwas möchten, und zählt alle Snacks auf, die sie im Angebot haben. Sie will ganz eindeutig Zeit schinden in der Hoffnung, dass wir ihr irgendeinen Anhaltspunkt geben, aber wir sagen beide: »Nein, danke«, und da muss sie schließlich gehen.

»Meine eigene Geschichte? Das hat mich noch niemand gefragt, zumindest niemand, mit dem ich ein Buch zusammen geschrieben habe. Und ich arbeite schon lange in diesem Job.« *So* lange kann das nun auch wieder nicht sein, sie sieht nämlich noch ganz schön jung aus. »Meine Geschichte würde sich außerdem niemals verkaufen, glaube ich. Die gibt nicht viel her.«

Ich weiß nicht genau, warum, aber irgendwie interessiert mich Kay Docherty. Ich frage sie, ob sie schon einmal einen Roman geschrieben hat.

Sie meint, dafür hätte sie nicht genug Phantasie. »Und das echte Leben interessiert mich einfach mehr.«

»Aber nervt einen das nicht irgendwann, so viel Arbeit in ein Buch zu stecken, und am Ende erntet jemand anderes die Lorbeeren dafür?« Das würde mich stören.

Sie schüttelt den Kopf. »Nein, überhaupt nicht. Es gibt mir was, anderen dabei zu helfen, ihre Geschichte zu erzählen. Außerdem verdient man damit richtig gut!« Sie lacht aus vollem Hals. Dann wird sie plötzlich ernst. »Netter Versuch, Faith.« Sie grinst, als hätte sie mich durchschaut.

»Hm?« Ich trinke einen Schluck Cola.

»Du fragst mich hier aus, versuchst abzulenken ... Aber wir wollen ja über dich reden, nicht über mich. Also, fangen wir mal ganz vorne an. Erinnerst du dich noch daran, wie dein Leben vor Laurels Entführung war?« Sie beugt sich ein Stück zu mir herüber und sieht mich gespannt an.

Ich sehe auf das Diktiergerät hinunter, dann wieder hoch zu Kay. Sie nickt mir ermutigend zu. Ich fange an zu reden. Erst noch zögerlich, und ich verspreche mich häufig, vergesse Dinge, die ich sagen wollte, oder kann sie nicht so ausdrücken, wie ich gern würde, formuliere sie um. Kay ist aber sehr geduldig und sagt, ich soll mir keine Sorgen machen und muss mich auch nicht entschuldigen, wenn ich mich an etwas nicht erinnern kann. Sie fragt nach Mums und Dads Beziehung. Ich wechsele schnell das Thema. Sollen *die* ihr das doch erklären. Kay fragt nach dem Tag, an dem Laurel entführt wurde. Ob ich mich an den Mann erinnern kann, der sie mitgenommen hat. Sie stellt mir viele Fragen zu meinen Gefühlen in bestimmten Momenten und bittet mich, sie so detailliert wie möglich zu beschreiben.

Langsam entspanne ich mich. Kay bestellt mir eine zweite Cola, fragt aber erst, ob ich nicht doch etwas Stärkeres möchte. Sie bestellt uns außerdem Wasabi-Erbsen. Die habe ich noch nie gegessen. Sie schmecken ekelhaft, aber aus irgendeinem Grund greife ich doch immer wieder zu.

Nach etwa einer Stunde merke ich, dass mir das Ganze tatsächlich Spaß macht, obwohl die Themen, über die wir reden, natürlich alles andere als fröhlich sind. Aber Kay ist wirklich nett. Sie findet es nicht schlimm, wenn ich ab und zu von etwas erzähle, das kaum etwas oder sogar gar nichts mit Laurel zu tun hat. Es fühlt sich fast wie ein ganz normales Gespräch an, als wären wir Freundinnen und würden einander erzählen, was in den letzten Jahren so passiert ist. Kay ist überhaupt sehr mitfühlend. Sie fragt, ob ich mich als Folge der Entführung jemals von meinen Eltern vernachlässigt oder ignoriert gefühlt habe.

Ich sage ihr die Wahrheit: »Ja, ständig.« Sie fragt, ob es schwierig war, Freunde zu finden, und ich bin wieder ehrlich: »Ja, war es.«

Ich bin die ganze Zeit ehrlich, und das überrascht mich. Normalerweise zensiere ich ununterbrochen meine Gedanken und Gefühle, wenn ich mit jemandem rede, besonders bei einer Fremden. Aber es tut gut, mal mit jemandem über das alles zu reden, der mich nicht kennt. Fühlt sich fast therapeutisch an.

Natürlich gibt es ein paar Angelegenheiten, die ich ihr eigentlich nicht erzählen sollte. Aber ich kann ja Kay immer noch bitten, diese Stellen wieder zu streichen, wenn sie mir den Text zum Absegnen schickt. Außerdem ist Laurel doch die mit der krassen Geschichte. Die Leser werden meine Kapitel eh überspringen, um möglichst schnell zu ihren zu kommen. Das würde ich zumindest tun.

Ich nehme mir noch ein paar Wasabi-Erbsen und sehe unauffällig auf die Uhr. Mum wartet bestimmt schon draußen auf mich.

Anscheinend war ich aber doch nicht so unauffällig, denn Kay sagt daraufhin: »Na gut, dann machen wir mal Schluss für heute. Ich weiß, wie anstrengend es ist, Erinnerungen hochzuholen.« Sie trinkt ihren Gin aus. »Du hast dich wirklich tapfer geschlagen, da sind ein paar richtig gute Sachen dabei.« Sie tippt auf das Diktiergerät. »Ich glaube, mehr als eine weitere Sitzung brauchen wir nicht. Meld dich einfach, wenn du bereit bist, es eilt nicht.«

Sie gibt mir ihre Visitenkarte. Ich soll sie dann anrufen und den nächsten Termin vereinbaren. Sie geht unsere Getränke bezahlen, anscheinend übernimmt das der Verlag. Zum Abschied gibt sie mir einen Promi-Kuss auf die Wange, bei dem sie mich kaum berührt, und bedankt sich noch einmal. Ich wünsche mir plötzlich, dass sie noch bleibt, mich weiter ausfragt. Also erzähle ich Kay, dass ich erst nicht so begeistert von der Idee mit dem Buch war und es mich ganz schön nervös gemacht hat, dass ich nicht wusste, was mich erwartet.

»Du hast echt ein Talent fürs Geschichtenerzählen«, sagt Kay beim Rausgehen.

Ich lache und merke, dass ich rot werde. »Nein, hab ich nicht. Sie sind nur wirklich gut darin, Fragen zu stellen.«

Kay hält mir die Tür auf. »Schon möglich, aber du hast wirklich ein besonderes Talent. Glaub mir.«

****

Ein Talent fürs Geschichtenerzählen? Während mich Mum über das Interview ausfragt, kommt mir diese Formulierung plötzlich wieder in den Sinn. Was hat Kay damit gemeint? War das ein Kompliment? Oder hat sie damit diplomatisch ausgedrückt, dass sie mich für eine Lügnerin hält? Ich weiß es einfach nicht. Das muss ich sie beim nächsten Mal fragen.

Irgendwie verletzt es mich sogar ein wenig, dass ich nur noch eine Sitzung habe. Obwohl – »verletzt« trifft es nicht richtig. Kay denkt jedenfalls, dass ein paar Stunden reichen, mehr hätte ich nicht zu sagen. Nach fünf Stunden Interview wüsste sie alles, was es über das Leben von Faith Logan, 17, zu sagen gibt.

Mit Laurel wird Kay garantiert tagelang reden, jedes einzelne Detail der Entführung mit ihr durchgehen. Das hier ist eben *The Laurel Show,* und ich spiele nur eine winzige Nebenrolle.

»Du bist so still.« Mum sieht zur mir herüber.

Wir stehen im Stau, und ich bekomme leicht Panik. Wenn sie Streit anfangen will, habe ich nämlich keinerlei Fluchtmöglichkeit.

»Ich bin bloß müde. Ich glaube, so viel wie heute habe ich in meinem ganzen Leben noch nicht geredet.« Das stimmt. Ich sitze meistens eher in der Ecke und sehe den anderen zu. Ich dachte immer, so gefällt es mir am besten, aber langsam überlege ich, ob das wirklich so ist. Vielleicht steht die echte Faith – also die, die ich gewesen wäre, wenn Laurels Entführung nicht mein ganzes Leben völlig überschattet hätte – eigentlich gern im Mittelpunkt. Vielleicht mag sie es ja, wenn die Leute an ihren Lippen hängen.

»Wie weit deine Schwester wohl mit den Nudeln ist?«, fragt Mum.

Das hatte ich schon ganz vergessen. Um genau zu sein, ich hatte *Laurel* ganz vergessen. Obwohl ich den ganzen Nachmittag über sie geredet habe.

KAPITEL 36

Sobald wir zur Tür reinkommen, hören wir das Lachen aus der Küche. Die Küchentür ist zu. Laurels Lachen ist laut. Das andere ist leiser, tiefer. Ich erkenne es sofort. Mum und ich sehen uns an.

Mum zieht sich die Jacke aus und hängt sie an den Haken neben der Eingangstür, aber ich laufe sofort durch zur Küche und stoße die Tür mit so viel Schwung auf, dass sie gegen die Wand knallt. Mum hasst das.

Was ich sehe, lässt sich nur als völliges Chaos beschreiben. Die komplette Küche ist voller Mehl. Überall liegen Eierschalen herum. Laurel knetet einen dicken Teigklumpen, und Thomas steht mit einer Glasschüssel in der Hand neben ihr. Er hat Mehl auf der Nase. Als die Tür aufkracht, zuckt er zusammen.

Laurel sieht nicht mal hoch. »Da seid ihr ja wieder! Wie war's?« Sie knetet völlig gelassen den Teig weiter, als ob das gerade eine ganz normale Situation wäre.

»War okay, danke«, sage ich kühl.

Laurel lächelt. »Freut mich. Hey, kannst du mir mal das Mehl geben?«

Ich nehme die Tüte, sie hebt den Teigklumpen an, und ich verteile etwas Mehl auf der Arbeitsplatte darunter. Ich sage ihr nicht, dass es meiner Meinung nach schon zu viel ist. Thomas ist die ganze Situation sehr unangenehm, das sieht man ihm an. Er hält sich immer noch an der Glasschüssel fest, was ganz gut ist, weil ich sie ihm wahrscheinlich sonst über den Kopf hauen würde.

»Hi«, sagt er, »wir haben bloß …«

Mum kommt herein. »Hallo, Thomas. Ich wusste gar nicht, dass du heute vorbeikommst.« Sie bemerkt das Chaos in der Küche. »Oh.« Sie kann Unordnung nicht leiden.

Laurel kommt ihrem Kommentar zuvor. »Reg dich nicht auf! Ich mach das gleich alles wieder sauber. Der Teig muss jetzt sowieso erst mal ruhen oder schlafen oder wie das jetzt heißt.«

Mum lächelt. »Ich hab nichts gesagt.«

»Wolltest du aber!«, gibt Laurel lachend zurück. Sie schwatzt drauflos, irgendetwas über Eigelb und dass Nudelteig machen viel schwerer sei, als es aussieht.

Mum holt einen Lappen unter der Spüle hervor und fängt an sauberzumachen, obwohl Laurel darauf besteht, dass sie das allein schafft. Endlich stellt Thomas die Schüssel ab. Ich denke, er überlegt gerade, ob er mich zur Begrüßung küssen oder wenigstens umarmen sollte. Stattdessen fragt er nur, ob jemand Tee möchte. Mum und Laurel sagen ja, gern. Ich sage nein.

Mum wirft mir immer wieder Blicke zu. Sie merkt, dass ich nicht unbedingt begeistert von der ganzen Situation bin, aber sie würde nie in Laurels Anwesenheit etwas dazu sagen. Thomas starrt mich an, wie man eine Giftschlange anstarrt, die aus ihrem Käfig entkommen ist und langsam auf eine Gruppe Kinder zukriecht. Unglaublich, dass Laurel nicht merkt, wie angespannt die Atmosphäre in der Küche plötzlich ist. Oder ignoriert sie es absichtlich?

Sie legt den Teig in die Schüssel und deckt Klarsichtfolie darüber. »Thomas meinte gerade, dass wir uns bei der *Cynthia Day Show* ganz toll gemacht haben. Lieb, oder?«

Das wird ja immer besser. Entweder hat er mich angelogen, als er gesagt hat, er hätte die Folge nicht gesehen, oder er hat gerade Laurel angelogen. Die Antwort steht ihm deutlich ins Gesicht geschrieben, und auch die Art, wie er mit äußerster Konzentration seinen Teebeutel in die Tasse taucht, spricht Bände. Wieso hat er abgestritten, dass er die Show gesehen hat? Komisch.

»Ich muss mal aufs Klo.« Damit gehe ich aus der Küche, bevor irgendjemand noch etwas sagt, was mich ausrasten lässt.

Ich gehe hoch in mein Zimmer und setze mich aufs Bett. Ein paar Minuten später kommt Thomas mit zwei Teetassen. »Dachte, jetzt willst du vielleicht doch welchen.«

»Nein, will ich nicht.«

Er stellt beide Tassen auf dem Nachttisch ab. Mir hat er die mit Laurels Namen darauf mitgebracht. »Alles in Ordnung? Du wirkst genervt. Bist du genervt?« Er setzt sich neben mich und nimmt meine Hand. Ich ziehe sie nicht sofort weg, das ist schon mal etwas.

»Wieso sollte ich genervt sein?«

»Ist es wegen der *Cynthia Day Show*? Tut mir leid, dass ich dich deswegen angelogen habe. Ich wollte nicht, dass du da noch nervöser bist als so schon.«

Ich will ihn nicht ansehen. Aber so weiß ich nicht, ob er gerade die Wahrheit sagt. Ich riskiere einen Blick zu ihm. Er sieht mir in die Augen und nickt kaum merklich. Als würde mich das überzeugen. Schweigen ist wohl gerade die beste Strategie. Ich zähle im Kopf bis 27, bevor Thomas weiterspricht.

»Sie hat mir eine SMS geschrieben und gefragt, ob ich ihr mit der Pasta helfen kann.«

»Weil du ja auch so toll kochen kannst.«

»Hm, na ja, anscheinend hat ihr niemand gesagt, dass ich darin eine Niete bin. Ich hab sie auch gewarnt, aber sie schien ziemlich verzweifelt. Sie wollte euch was richtig Tolles zum Abendbrot machen. Ich glaube, sie hat ein schlechtes Gewissen, weil du dich zu diesem Buch durchgerungen hast.« Er denkt, er würde genau das sagen, was ich hören will, aber je länger er redet, desto wütender werde ich.

»Ich musste mich zu nichts durchringen. Ich treffe meine eigenen Entscheidungen, weißt du. Aber gut zu wissen, dass ihr euch hinter meinem Rücken über mich unterhaltet.«

»Machen wir doch gar nicht! So war das nicht gemeint.« Er lässt meine Hand los. »Mein Gott, hätte ich mir ja denken können, dass du so reagierst. Ich kann dir eh nichts recht machen in letzter Zeit.«

»Was soll denn das jetzt heißen?«

»Ach, nichts«, murmelt er. »Vergiss es.«

»Nein, ich will jetzt wissen, wovon du redest.«

Er seufzt und steht auf. »Ich geh lieber, ich hab keine Lust, mit dir zu streiten.«

»Wir streiten uns doch gar nicht.« Keine Ahnung, wieso ich das sage. Wahrscheinlich, weil ich gern hätte, dass es stimmt.

Er lächelt zaghaft. »Tut mir leid, dass ich hergekommen bin, als du nicht da warst. Ich wollte gleich mit dir reden, wenn du von dem Treffen mit der Ghostwriterin nach Hause kommst. Ich hab mir Sorgen um dich gemacht.« Er streichelt mir die Wange.

Ich drücke mein Gesicht gegen seine Hand. Was Thomas da sagt, klingt alles so nachvollziehbar, und wie ich mich benommen habe, seitdem ich nach Hause gekommen bin, kommt mir plötzlich kleinlich und paranoid vor. Ich schaue zu ihm hoch, und er sieht mich mit so viel Geduld und Verständnis an, dass ich mich schäme. »Tut mir leid.«

Thomas ist wohl mindestens so überrascht wie ich selbst, diese Worte aus meinem Mund zu hören. Er hockt sich vor mich hin und sagt, dass er mich liebt.

»Ich weiß«, antworte ich.

»Bist du sicher, dass du keinen Tee willst? Ich hab ihn genau so gemacht, wie du ihn am liebsten magst.« Thomas sieht mich erwartungsvoll an.

»Keiner außer mir kann Tee so machen, wie ich ihn am liebsten mag«, gebe ich zurück. »Aber ich werde deinen erbärmlichen Versuch wenigstens mal kosten.«

Thomas lacht und sagt, ich wäre unverbesserlich. Wie er das sagt, klingt es nett.

Wir sitzen nebeneinander auf dem Bett und trinken unseren Tee. »Gar nicht mal so schlecht«, sage ich, obwohl es nicht stimmt. Der Tee ist zu stark und zu kalt, aber Thomas kann nur für eins davon etwas. Ich trinke den letzten Schluck aus meiner (Laurels) Tasse. »Zwischen uns ist wieder alles okay, oder?«

»Na klar«, sagt Thomas. »Und ich freu mich schon total auf meinen Geburtstag.«

»Ich mich auch.« Thomas denkt jetzt an ein romantisches Dinner. Nur wir zwei, an einem Tisch, der in sanftes Licht getaucht ist. Wir sehen einander in die Augen und genießen ausgefallene französische Küche. Das Restaurant, von dem er denkt, dass wir dort essen, ist neben dem Pub, in dem die Party tatsächlich stattfindet. Thomas' Mutter hat mir die Aufgabe des Köders zugedacht: Ich soll dafür sorgen, dass er auch ja am richtigen Ort ist für den großen Moment, wo alle »Überraschung!« schreien. Der Arme hat echt keinen Schimmer, was ihn erwartet.

KAPITEL 37

Die Nudeln sind Laurel wirklich gut gelungen, das muss ich zugeben. Mum und ich nehmen uns jede noch eine zweite Portion. Laurel isst hingegen kaum etwas, dreht die Fettucine nur mit der Gabel auf und lässt sie dann wieder auf den Teller fallen.

»Na, keinen Hunger?«, fragt Mum.

Laurel zuckt mit den Schultern. »Schmeckt nicht so gut wie gekaufte Nudeln, find ich. Wieso macht man sich denn dann überhaupt die Mühe, wenn es eh nicht besser schmeckt als die Nudeln aus dem Supermarkt?« Es bedrückt sie anscheinend ernsthaft.

»Ha, jetzt verstehst du mich endlich!«, erwidert Mum lachend. »Deshalb backe ich auch nie selbst. Das Leben ist einfach zu kurz für den Aufwand.« Sie merkt nicht, dass Laurel wirklich enttäuscht ist, ich muss sie erst anstoßen, damit es ihr auffällt. »Aber jetzt mal im Ernst, mein Schatz, das schmeckt wirklich köstlich. Das beste Essen, das ich seit langem hatte. Und natürlich schmeckt es besser als was aus dem Supermarkt, weil es eben mit Liebe gemacht ist!«

Ich muss mich zusammenreißen, um bei diesem kitschigen Spruch nicht laut loszulachen, aber Laurel lächelt tatsächlich hoffnungsvoll.

»Ehrlich? Sagst du das auch nicht nur? Versprochen?«

Mum strahlt sie an. »Ganz, ganz ehrlich. Versprochen.« Sie sieht mich auffordernd an, und ich nicke zustimmend. Mehr kann ich gerade nicht machen, ich habe nämlich den Mund voller Nudeln.

Mum legt ihr Besteck auf den Teller. »Wirklich erstaunlich, wie weit du in so kurzer Zeit gekommen bist, Laurel.« Ich merke schon, gleich wird es wieder richtig emotional. Man sollte meinen, dass sich Mum mittlerweile wieder eingekriegt hat, aber nein, diese Szenen spielen sich immer noch mehrmals täglich ab. »Ich bin so stolz auf dich.« Ich versuche, meine Reaktion zu kontrollieren, aber trotzdem merkt Mum, dass mich ihre kleine Ansprache gerade etwas nervt. »Ich bin auf euch *beide* stolz!«, schiebt sie hinterher. Wir stoßen mit unseren Wassergläsern an. Und Laurel fängt endlich an zu essen.

Hinterher setzen sich Laurel und Mum vor den Fernseher. Ich muss leider mit einem Essay für Geschichte anfangen und gehe nach oben. Die Tür zu Laurels Zimmer steht offen, und sowohl die Nachttischlampe als auch das Deckenlicht sind an. Mum hat ihr offensichtlich noch nicht ihren berühmten Vortrag zum Thema Energiesparen gehalten. Vielleicht wird sie das auch nie, Laurel hat schließlich lange genug im Dunkeln gelebt.

Ich könnte mir einreden, dass mein Blick an irgendetwas in Laurels Zimmer hängen geblieben ist und ich *deshalb* hineingehe. Aber so ist es nicht. Ich habe keine Ausrede. Wenn sie in diesem Moment reinkommen und mich sehen würde, müsste ich mir schnell etwas ausdenken. Dass ich meinen Laptop suche? Ja, das würde gehen. Nur dass wir beide ganz genau wissen, dass sie meinen Laptop nicht hat, ich verstecke ihn nämlich mittlerweile jeden Tag woanders, nur um auf Nummer Sicher zu gehen. Sie hat aber auch nicht wieder gefragt, also interessiert er sie anscheinend nicht mehr so.

Das Nachtlicht liegt neben der Steckdose. Vielleicht Laurels Versuch, doch ein wenig Energie zu sparen. Das Zimmer ist aufgeräumt. Laurel hat noch keine Gegenstände angesammelt, die ein Zimmer erst bewohnt wirken lassen. Die meisten Geschenke, die ihr irgendwelche Leute schicken, gehen gleich weiter ans Kinderkrankenhaus. Das war ihre eigene Idee, und Mum ist vor Stolz fast geplatzt. Ich habe nicht kommentiert, dass diese Geschenke fast nur Teddys und andere Kuscheltiere sind, es also ohnehin seltsam wäre, wenn sie sie alle behalten würde. Wann wird den Leuten endlich klar, dass die kleine Laurel Logan eine 19-jährige Frau ist? Das scheint das gesamte Land – meine Familie inklusive – einfach komplett auszublenden. Ein paar Kuscheltiere hat sie behalten, einen Winnie Puh und ein kleines Rentier. Aber es gibt nur einen Teddy, der Laurel wirklich etwas bedeutet, und das ist Barnaby.

Laurels Bett ist perfekt gemacht, rosa und lila Zierkissen sind in akkuraten Winkeln vor den vorbildlich aufgeschüttelten Kopfkissen arrangiert. Barnaby ist nirgends zu sehen. Normalerweise liegt er doch auf ihrem Bett, zwischen zwei Kissen und ist hübsch ordentlich zugedeckt. Ich gehe näher an das Bett heran, auf Zehenspitzen, damit mich Mum und Laurel nicht hören. Ich ziehe die Decke zurück, aber er ist nicht da. Auch nicht zwischen den Kissen oder unter den Zierkissen. Ich ordne alles wieder so an, wie es vorher war, zumindest, so gut ich kann.

Ich schaue unter dem Bett nach, falls Barnaby abgestürzt ist und dort auf Hilfe wartet. Dort ist er auch nicht. Komisch. Ich überlege kurz, ob Laurel ihn vielleicht mit runter vor den Fernseher genommen hat. In ihrer ersten Woche hier hat sie ihn oft mit sich herumgetragen und auch neben sich auf die Couch gesetzt. Das hat Mum immer das Herz gebrochen, wie Laurel diesen zerzausten alten Bären an sich gedrückt hat.

Aber jetzt scheint Barnaby verschwunden. Ich weiß gar nicht, wieso mich das so beschäftigt. Ich lasse den Blick durch das Zimmer schweifen. Wo könnte er denn bloß stecken? Bleibt eigentlich nur der Kleiderschrank. Wenn ich da hineinsehe, wäre das dann aber eindeutig Herumschnüffeln. Und wenn Laurel mich dabei dann auch noch erwischt, kann ich nur behaupten, ich hätte mir was zum Anziehen von ihr leihen wollen. Was ich noch nie getan habe.

Im Kleiderschrank sieht es schlimm aus. Das erklärt ihr ordentliches Zimmer: Sie hat einfach alles hier hineingeworfen. Ich muss lächeln. Gut zu wissen, das Laurel doch nicht so perfekt ist, wie bisher angenommen. Nur ein einziger Bügel ist in Benutzung. Das rote Kleid hängt hoch oben über allen anderen Sachen wie eine Königin. T-Shirts, Pullover und Jeans sind unordentlich in die Fächer gestopft. Die unteren Kleidungsstücke in den Stapeln sind zusammengelegt, die oberen nur obendrauf geworfen. Unter den Bügeln liegt ein Berg Schuhe. In der Ecke steht ein glänzender Schuhkarton. Ein kurzer Blick hinein bestätigt meinen Verdacht: ein Paar sehr teure rote Schuhe, die perfekt zum Kleid passen. Anscheinend waren Mum und Laurel also noch einmal ohne mich shoppen. Verstehen kann ich es, letztes Mal habe ich ihnen ja ganz schön den Spaß verdorben.

Ich schlage die Schuhe wieder in das schwarze Seidenpapier ein und will den Deckel schließen. Der geht aber nicht mehr richtig zu, eine Ecke des Schuhkartons stellt sich quer. Ich hebe den Schuhkarton an, da sehe ich das Bein. Ein Bein mit braunem Fell und einer kahlen Stelle direkt über der Pfote.

Barnaby, den Bären, hat anscheinend ein trauriges Schicksal ereilt, ihn hat ein Paar Designerschuhe erdrückt. Ich hebe ihn hoch. Er ist ziemlich zerdrückt, und ein Bein ist kaputtgegangen. Der Anblick tut mir weh. Sein Kopf ist seltsam zur Seite gebogen, als hätte er sich das Genick gebrochen. Das sieht einfach *falsch* aus.

Wieso liegt er hier im Kleiderschrank in der hintersten Ecke? Laurel liebt diesen Teddy doch. Er ist ihr größter Schatz, das Einzige auf der Welt, was wirklich ihr gehört. Mum hätte das nie im Leben getan, also muss es Laurel gewesen sein.

Was ich jetzt mache, ist absolut dumm von mir. Laurel wird dadurch wissen, dass ich in ihrem Zimmer war und in ihrem Kleiderschrank herumgewühlt habe, das ist mir klar. Aber ich kann einfach nicht anders. Ich bringe es nicht übers Herz, ihn da so liegen zu lassen.

Ich setze Barnaby, den Bären, wieder da hin, wo er hingehört: zwischen die Kissen auf Laurels Bett. »Das ist doch viel schöner, nicht?«, flüstere ich ihm zu. Mir kommt kurz der Gedanke, dass mit mir vielleicht etwas nicht stimmt, denn es fühlt sich gerade irgendwie so an, als würde mein Gehirn nicht richtig funktionieren. Aber das ist natürlich Quatsch.

Ich knipse die Nachttischlampe und das Deckenlicht aus. Jetzt wird Laurel auf jeden Fall sofort wissen, dass ich hier drin war. Die Frage ist nur: Wie wird sie reagieren?

KAPITEL 38

Gar nicht. Laurel reagiert einfach gar nicht. Ich bleibe für den Rest des Abends in meinem Zimmer und gehe nur einmal ganz kurz zu den beiden hinunter, um gute Nacht zu sagen. Daher sehe ich Laurel erst am nächsten Morgen wieder. Ich sitze gerade auf dem Sofa und blättere im Argos-Katalog. Das mache ich immer, wenn ich nervös bin. Keine Ahnung, wieso es mich beruhigt, mir seitenweise hässlichen Schmuck und billige Möbel anzusehen, aber es funktioniert.

»Morgen«, sagt sie.

Ich sehe nicht sofort hoch. Der Preis für dieses Trampolin ist wirklich ein Schnäppchen! »Morgen.« Als ich endlich aufschaue, strahlt mich Laurel an. Sie ist fertig angezogen und hat Jacke und Handtasche unter dem Arm.

Wir schweigen. Ein Moment, in dem eine von uns beiden Barnaby ansprechen könnte oder dass ich in ihren Sachen herumgewühlt habe. Wir sehen uns an, der Blick ist weder freundlich noch unfreundlich. Dann ist der Moment vorbei.

Sie zieht ihre Jacke an.

»Wo geht's denn hin?«, frage ich.

»Ach, nirgendwohin.« Sie hängt sich die Tasche über die Schulter.

»Soll schön da sein.«

Ein verwirrter Blick, dann versteht sie den Witz. »Ha!«

»Soll ich mitkommen?« Ich habe überhaupt keine Lust mitzukommen, egal, wo sie hingeht, aber mich interessiert, wie sie auf die Frage reagiert.

»Danke, aber heute nicht. Penny meinte, ich muss langsam ein bisschen selbständiger werden. Ich muss auch gleich los.« Sie geht zur Tür.

»Wieso hast du es denn so eilig?«, rufe ich ihr hinterher. »Macht Nirgendwo heute früher auf?«

Diesmal lässt sie sich nicht mehr zu einem »ha« herab, sie dreht sich nicht einmal um. »Ich hab's gar nicht eilig, ich bin einfach fertig zum Losgehen, deshalb gehe ich eben. Bis später.«

Ich sage noch tschüs, aber die Tür ist schon zu.

Sofort springe ich vom Sofa auf, der Katalog fällt mir auf den Fuß. Ich humpele zum Fenster und sehe Laurel nach, wie sie die Straße hinuntergeht. Ich bin bereit, mich blitzschnell zu ducken, falls sie sich noch einmal umsieht, aber das tut sie nicht. Ich drücke die Nase gegen die Scheibe und sehe ihr so lange wie möglich nach. Sie geht sehr aufrecht, strahlt Selbstbewusstsein aus. Das gelingt mir nie so, egal, wie sehr ich mich anstrenge. Sobald ich Laurel nicht mehr sehen kann, renne ich aus der Wohnung und auf die Straße hinaus. Draußen ist es nass, und die Feuchtigkeit weicht sofort meine Hausschuhe durch. Ich spähe hinter der Hecke hervor. Mir ist egal, wie bescheuert ich dabei aussehe.

Ich komme gerade noch rechtzeitig, Laurel hat das Ende

der Straße erreicht. Wenn sie links abbiegt, heißt das, sie geht zur Bushaltestelle, von wo der Bus ins Stadtzentrum fährt. Laurel biegt aber rechts ab, also nimmt sie den Bus in die andere Richtung. Falls sie nicht gerade zum Krematorium will (was ich für relativ unwahrscheinlich halte), fährt sie aus der Stadt hinaus. Aber warum sollte sie? Ich gehe immer nur zu dieser Bushaltestelle, wenn ich Thomas besuchen will und er mich nicht abholen kommt.

Ein leichter Nieselregen setzt ein. Ich stehe immer noch im Schlafanzug vor unserem Haus. Der Briefträger kommt. Er läuft ganz gebückt wegen seiner schweren Tasche, begrüßt mich aber trotzdem mit einem fröhlichen »Guten Morgen!«. Er reicht mir zwei Briefe und eine Karte (beide an Laurel adressiert).

»Morgen«, erwidere ich. Er sagt nichts zu meinem Aufzug und sieht mich auch nicht an, als wäre ich verrückt. In seinem Beruf hat er bestimmt schon viel seltsamere Sachen gesehen.

Aus dem Nieseln wird ein richtiger Regen, ich sollte wohl mal wieder reingehen. Meine Beine wollen aber in die andere Richtung; sie wollen Laurel hinterherlaufen und herausfinden, ob sie tatsächlich an der Bushaltestelle steht, vielleicht sogar abwarten, ob sie den 67er nimmt, mit dem man zu Thomas kommt. Ein paar Sekunden stehe ich wie gelähmt da und kann mich nicht entscheiden, dann gewinnt mein Gehirn. Das weiß nämlich, dass Laurel auf keinen Fall zu Thomas fährt. Sie kennt ja nicht mal seine Adresse. Obwohl – er könnte sie ihr natürlich gesagt haben.

Ich gehe wieder ins Haus und frage Thomas per SMS, ob ich vorbeikommen kann. Seine Antwort kommt erst eine Stunde später: *Heute Vormittag ist schlecht, sorry. Meine Mum will mit mir mein Geschenk kaufen gehen. Heute Abend vielleicht?*

Thomas' Mum möchte ihm eine Uhr zum Geburtstag schenken, weiß aber genau, dass ihr eigener Geschmack nicht dem von Thomas entspricht. Es soll auch noch etwas eingraviert werden. Das hat mir Thomas schon erzählt, es gibt also keinen Grund für die Vermutung, er könnte lügen. Ich schreibe ihm zurück, dass es mir auf einmal nicht so gutgeht und ich heute Abend lieber zu Hause bleibe. Er wünscht mir gute Besserung.

Laurel muss also woanders hingefahren sein. Vielleicht wollte sie einfach in irgendeinen Bus einsteigen und sehen, wo sie landet. Das passt zu ihr. Ich nehme mir vor, nicht weiter darüber nachzudenken, sonst werde ich noch ganz paranoid. Es ist ja auch völlig egal, wo sie hinfährt, das geht mich schließlich nichts an. Außerdem habe ich erst ein Drittel des Argos-Katalogs durchgeblättert.

Später stecke ich kurz den Kopf zu Laurel ins Zimmer. Das Bett ist ordentlich gemacht, die Kissen liegen wieder akkurat da. Barnaby, der Bär, ist nicht zu sehen. Er liegt auch nicht im Kleiderschrank.

KAPITEL 39

Die Woche ist ohne Drama verlaufen. Ich habe das Thema Barnaby nicht angesprochen. Laurel und ich hatten ein schönes Wochenende bei Dad und Michel. Seitdem sich auf dem Wochenmarkt beim ersten Mal gleich so ein Pulk um uns gebildet hat, bleibt Laurel lieber zu Hause. Es kommen aber immer noch Leute an unseren Stand und fragen nach ihr. Und weil sie sich nicht trauen, einfach wieder zu gehen, ohne auch etwas gekauft zu haben, machen wir einen phantastischen Umsatz. Fragen beantwortet Michel natürlich keine, aber das Geld nimmt er ihnen trotzdem gern ab.

Der einzige ungemütliche Moment war, als Dad erzählte, dass der Termin für den polizeilichen DNS-Test nächste Woche Donnerstag ist. Man könne es jetzt nicht mehr länger hinauszögern, meinten sie. Er hat versucht, sie zu überzeugen, dass der Test nicht notwendig ist, dass Laurel doch wirklich genug durchgemacht hat. Aber sie haben sich nicht überreden lassen. Sie können uns nur so weit entgegenkommen, dass Mum es macht, kein Fremder.

Laurel wollte wissen, wozu der Test denn überhaupt notwendig wäre. Dad meinte, Sergeant Dawkins müsste irgendetwas noch einmal überprüfen, es gäbe da irgendwelche Ungereimtheiten. Laurel sah daraufhin aus, als würde sie sich gleich übergeben. Dad umarmte sie und sagte, es gäbe keinen Grund zur Angst. Sie schwieg nur.

Ich versuchte daraufhin, Laurel Mut zu machen. »Du solltest das echt machen. Bring's einfach hinter dich. Ich komm auch mit, wenn du willst.« Laurel sah mich an. Ich saß wie immer in meiner Ecke und hatte Tonks auf dem Schoß. Ich nickte ihr aufmunternd zu.

Sie zögerte kurz, dann nickte sie auch. »Okay.«

Thomas war die ganze Woche über seltsam still. Martha und ich mussten ihn deshalb natürlich damit aufziehen, dass er wohl langsam alt würde. Einmal habe ich mich noch nach dem Shoppingtrip mit seiner Mum erkundigt.

»War gut«, war seine Antwort.

»Ihr habt also eine Uhr für dich gefunden?«

»Ja.« Dann wechselte er sofort das Thema.

Vielleicht war er eingeschnappt, weil er nicht genau die Vintageuhr bekommen hatte, die er haben wollte? Oder vielleicht war ihm aufgegangen, dass er sich lieber Geld hätte wünschen sollen wie jeder normale Mensch?

An seinem Geburtstag gehe ich ein bisschen früher los und binde einen Luftballon an die Heizung, vor der wir immer zusammen sitzen. Der Ballon ist der kitschigste, den ich finden konnte, silbern, in Herzform, und dann steht auch noch in bunten Buchstaben *Herzlichen Glückwunsch!* drauf.

Ich bin noch nicht ganz sicher, ob ich ihm sein Geschenk und die selbstgebastelte Karte gleich in der Schule geben oder damit bis zur Party warten soll. Ich möchte auf jeden Fall dafür mit ihm allein sein. Es wüsste nämlich niemand anderes zu schätzen, aber er wird sich total freuen, das weiß ich. Ich habe es schon vor Monaten gekauft. Ich weiß noch genau, wie stolz ich auf mich war, das perfekte Geschenk für ihn gefunden zu haben.

Martha findet den Ballon super und schlägt vor, wir sollten Happy Birthday singen, sobald Thomas zur Tür reinkommt. Ich würde am liebsten ja sagen, seine Reaktion wäre es wert. Aber heute Abend erwartet ihn schon genug Demütigung. Wir setzen uns also vor die Heizung und warten auf ihn.

Er kommt rein, den Blick gesenkt, Kopfhörer in den Ohren, und nimmt seine Umgebung überhaupt nicht wahr. Er sieht erst hoch, als er direkt vor uns steht. Beim Anblick des Ballons muss er grinsen. »Ihr nun wieder! Das wär doch nicht nötig gewesen!«, ruft er übertrieben enthusiastisch. »Ich nehme mal an, das geht auf dein Konto?«, fragt er Martha.

»Nein, diese tolle Idee kam leider nicht von mir.« Martha kramt in ihrer Tasche. »Dafür hab ich das hier aber ganz allein entdeckt!« Mit großer Geste überreicht sie Thomas einen Briefumschlag. Darin steckt die schrecklichste Geburtstagskarte, die ich je gesehen habe. Vorn drauf ist ein großer Anstecker befestigt, auf dem *ENDLICH 18!* steht.

»Alles Liebe zum Geburtstag, Mr Bolt.« Martha steht auf und umarmt Thomas ungeschickt.

Ich stehe auch auf. Plötzlich fühle ich mich fast schüchtern. »Herzlichen Glückwunsch«, sage ich.

»Bekomme ich etwa keinen Geburtstagskuss?«

Das überrascht mich. Thomas ist normalerweise kein Fan von Zuneigungsbekundungen in der Öffentlichkeit. Ich küsse ihn kurz auf den Mund.

»Du wirkst irgendwie anders heute … männlicher.« Martha befühlt Thomas' Oberarm. »Nein, sah nur so aus, immer noch dieselben Nudelarme.«

Ich habe kurz Sorge, Thomas könnte böse werden, obwohl er eigentlich nicht sonderlich sensibel ist, was seinen Körper angeht. Aber er lacht nur und meint, er persönlich bezeichne seine Arme lieber als »sehnig«.

Er löst den Anstecker von der Karte. Er wird ihn doch nicht wirklich tragen? Aber nein, er hält ihn so, dass die Nadel nach vorn zeigt, und sieht mich an. »Darf ich?«

»Aber bitte doch.«

Der Ballon zerplatzt mit einem lauten Knall. Alle drehen sich erschrocken um. Laney Finch hält sich an einer Freundin fest, um nicht umzufallen. Einer der Jungs ruft »Arschloch!« in unsere Richtung. Wahrscheinlich ist es ihm peinlich, dass er sich gerade so erschrocken hat. Thomas salutiert, der Junge zeigt ihm den Mittelfinger.

Ich werde Thomas sein Geschenk in der Mittagspause geben. Ich kann auf keinen Fall bis heute Abend warten, das steht fest. Wir verabreden uns für die Pause in einem kleinen Sandwichladen um die Ecke.

Ich bin vor ihm da und gebe unsere Bestellung auf. Der Typ hinter der Theke kennt sie schon auswendig. Thomas kann ihn nicht leiden, weil er ziemlich gut aussieht und zu mir immer superfreundlich ist, ihn aber mehr oder weniger ignoriert.

Der Kellner stellt das Tablett mit dem Essen genau in dem Moment vor mich auf den Tisch, als Thomas hereinkommt. »Schade … ich dachte schon, ich kann mich dazusetzen.« Im Weggehen zwinkert er mir zu. Er kennt meine Bestellung auswendig, und ich weiß nicht einmal, wie er heißt. Wieso eigentlich nicht?

Thomas beißt von seinem Sandwich ab. Der Käse zieht Fäden zwischen dem Brot und seinem Mund. Bei dem Anblick wird mir fast schlecht. Ich knabbere an meinem Sandwich und versuche, nicht hochzusehen. Thomas erzählt von seinem Vormittag. Eine seiner Lieblingsbeschäftigungen in der Schule ist es, die Lehrer zu blamieren, indem er demonstriert, dass er sich mit bestimmten Dingen besser auskennt als sie. Momentan hat er es auf seinen Englischlehrer abgesehen. Früher fand ich das immer witzig, aber heute kommt es mir nur kindisch vor. Ich höre ihm trotzdem geduldig zu und lache an den richtigen Stellen, es ist ja schließlich sein Geburtstag. Und obwohl er beim Essen ununterbrochen redet, hat er sein Sandwich in Rekordzeit heruntergeschlungen.

»Isst du das noch?« Er betrachtet meins gierig.

»Nee, kannst du haben.« Ich schiebe ihm den Teller hin.

»Hm, vielleicht lieber doch nicht … ich will mir nicht den Appetit verderben, wir gehen ja heute noch schick essen.« Er streicht sich über den beneidenswert flachen Bauch. Der hat ja keine Ahnung, dass er heute Abend höchstens ein paar Schottische Eier und belegte Brote kriegt.

»Ist doch noch ewig hin! Iss ruhig.« Mehr Überzeugungsarbeit braucht es nicht.

Als er mit dem Essen fertig ist, hole ich mein Geschenk und die Karte heraus. Erst sagt er noch, er würde lieber damit bis heute Abend im Restaurant warten, aber es bedarf wieder keiner wirklichen Überzeugungsarbeit. Bei der Karte muss er lächeln. Vorn drauf ist eine Zeichnung von uns beiden. Wir gehen Hand in Hand durch einen Wald. Im Schatten der knorrigen Bäume lungern Wölfe und Monster. Ich musste siebenmal neu anfangen, bis mir die Zeichnung endlich richtig gefallen hat, und dann musste ich sie ja noch auf die Karte übertragen. So viel Mühe habe ich mir noch nie für jemanden gegeben.

»Ich wusste gar nicht, dass du zeichnen kannst! Und du bist richtig gut! Das sieht echt cool aus. Gruselig, aber cool.«

Innen habe ich Sachen reingeschrieben, die eine Freundin ihrem Freund eben zum 18. Geburtstag so schreibt. Thomas beugt sich über den Tisch, küsst mich und meint, ich wäre anscheinend ein stilles Wasser.

Danach ist das Geschenk dran. Er fetzt das Papier auf wie ein Kind zu Weihnachten. Als er sieht, was es ist, lächelt er und sagt »wow«. Ich merke jedoch, dass irgendetwas nicht stimmt. Er sagt viel zu oft »wow«. Das Wort benutzt er sonst nie. Es ist die Erstausgabe eines Gedichtbands von so einem Autor, von dem ich vor Thomas noch nie gehört hatte. Das Buch ist in einem phantastischen Zustand, obwohl es fast 40 Jahre alt ist. Es ist das perfekte Geschenk – für Thomas zumindest. Ich würde es wahrscheinlich höchstens als Türstopper benutzen.

Thomas küsst mich noch einmal, diesmal länger. »Das ist perfekt, danke schön«, flüstert er mir ins Ohr.

Gefällt es ihm also doch? War ich vielleicht nur paranoid? Vielleicht wollte er mir nur unbedingt zeigen, wie toll er es findet, dass er dabei ein bisschen übertrieben hat und aus Versehen klang wie Laney Finch. Trotzdem fühle ich mich jetzt irgendwie seltsam und verunsichert. Ich bin enttäuscht, dass es nicht so war, wie ich mir das vorgestellt hatte. Was ist denn bloß los mit mir?

KAPITEL 40

»Du schwänzt aber nicht gerade die Schule, oder?« Kay trinkt einen Schluck Gin Tonic. Man sieht ihr an, dass es ihr völlig egal wäre, wenn ich die Schule schwänzen würde.

»Nee, ich hab Freistunde.«

Diesmal war sie zuerst da. Sie sitzt wieder auf demselben Sofa und hat auch das gleiche Getränk vor sich wie letztes Mal. Ich weiß nicht, warum, aber ich erzähle ihr, dass mein Freund heute Geburtstag hat. Ich erzähle ihr von dem Gedichtband und der Überraschungsparty und dass Thomas' Mutter Martha mehr zu mögen scheint als mich. Kays amüsiertes Lächeln lässt mich verstummen. »Sorry, wir sollten wohl lieber über Laurel reden. Ähm … was wollen Sie denn noch wissen?«

Kay schaltet das Diktiergerät ein. »Lass uns einfach da weitermachen, wo wir letztes Mal aufgehört haben. Wie war das, als du Laurel in diesem Hotelzimmer das erste Mal wiedergesehen hast?«

Ich hatte die ganzen Jahre ja immer das Bild eines kleinen Mädchens mit mir herumgetragen, und nun stand plötzlich diese junge Frau vor mir. Ich erzähle, dass Mum und Dad uns dann eine Weile allein gelassen haben und es sich gar nicht angefühlt hat, als würde ich da mit einer Wildfremden sitzen. Wie surreal es war, als ich im Fernsehen die Pressekonferenz mitverfolgte, die ein paar Stockwerke unter mir stattfand.

Dann sind wir bei Laurels erstem Tag zu Hause angekommen. Kay wirkt höchst zufrieden. Sie fragt, ob ich auch etwas trinken möchte, und ich bestelle das gleiche wie sie. Gin Tonic schmeckt scheußlich.

Kay lehnt sich zurück und schlägt die Beine übereinander. »Es war doch aber sicher nicht immer nur alles super zwischen euch beiden, oder? Ich meine, du hast die letzten 13 Jahre als Einzelkind verbracht. Wenn man dann plötzlich über Nacht eine Schwester hat, das ist doch bestimmt nicht einfach.« Sie bemerkt meinen verwirrten Blick und redet plötzlich mit mir, als wären wir beste Freundinnen. Das gefällt mir nicht. »Ich weiß doch, wie das ist. Meine Schwester und ich haben uns manchmal so gestritten, da sind echt die Fetzen geflogen, sag ich dir. Besonders als Teenager. Und als wir mal beide auf denselben Jungen gestanden haben ... hör mir auf, du.«

Ich weiß genau, worauf sie hinauswill. Sie hält mich wohl für dumm. Sie will logischerweise etwas Interessantes aus mir herauskitzeln, indem sie plötzlich so vertraut tut. Wahrscheinlich hat sie nicht einmal eine Schwester. Aber wieso macht sie sich überhaupt die Mühe? Selbst wenn sie mir etwas Skandalöses entlocken könnte, würde ich das doch spätestens beim Gegenlesen wieder streichen lassen. Vielleicht ist sie auch einfach neugierig. Vielleicht ist sie auch auf der Suche nach einer guten Geschichte, die sie an eine Zeitung verkaufen kann. Vielleicht bin ich aber auch schon wieder paranoid, und es interessiert sie wirklich. Vielleicht meint sie einfach, dass ein bisschen harte Realität die Geschichte nachvollziehbarer macht.

Ich trinke einen Schluck. »Nein … es ist wirklich toll mit ihr. Wir verstehen uns gut. Fühlt sich an, als wäre sie nie weg gewesen. Und ich habe mich sowieso nie als Einzelkind gefühlt. Auch als Laurel nicht bei uns gelebt hat, war sie trotzdem immer da.« Ich überlege, ob ich es mit dem nächsten Satz vielleicht ein bisschen übertreibe. Im Gegensatz zu Cynthia Day traue ich Kay zu, dass sie merkt, wenn man etwas nicht ernst meint. Ich wage es einfach. Ich tippe auf mein Herz. »Sie war immer *hier.*«

Kay lacht nicht und bezeichnet mich auch nicht als Lügnerin, wirft mir nicht mal ihren typisch skeptischen Blick zu. Sie nickt nur verständnisvoll und stellt mir eine andere Frage, diesmal zur Presse und wie sie sich in unser Leben eingemischt hat. Das wäre die perfekte Gelegenheit, sich an Jeanette Hayes zu rächen und der ganzen Welt zu sagen, was wir von ihr halten. Aber stattdessen behaupte ich, wir wären sehr dankbar, dass die Presse unsere Privatsphäre respektiert und uns Zeit gegeben hat, einander in Ruhe wieder kennenzulernen.

Kay lehnt sich ein Stück zu mir herüber. »Also macht dir das gar nichts aus, was zum Beispiel so auf Twitter geschrieben wird?«

Ich schüttele den Kopf. »Ich les das alles gar nicht mehr. Ich hab Besseres zu tun.« O mein Gott! Das bin doch nicht ich, die da spricht. Keine Ahnung, woher diese ganzen Floskeln kommen. Aber Mum wird sich darüber freuen.

Und dafür lohnt es sich, diese vielen Lügen und Halbwahrheiten zu erzählen. Obwohl Kays Gesichtsausdruck bestimmt sehr sehenswert wäre, wenn ich mit der Wahrheit rausrücken würde. Nämlich, dass Laurel sich einfach alles erlauben kann, dass meine Eltern ihr zu Füßen liegen und ihr alles durchgehen lassen und sie nichts dafür tun muss. Ich könnte erzählen, wie sie das Make-up geklaut hat, und dass sie immer mal wieder allein verschwindet und keiner weiß, wohin. Und das Beste – wie sie mich und meinen Freund beim Sex beobachtet hat. *Das* würden die Leute doch bestimmt gern lesen. Nur würde es natürlich so gar nicht zum Bild der kleinen Laurel Logan passen, das alle von ihr haben. Und vielleicht würde Laurel auch einfach behaupten, dass ich lüge. Ihr würde man sicher mehr glauben als mir, man muss uns beide ja nur nebeneinanderstellen, und schon ist klar, wer es nötiger hat zu lügen.

Kay fragt, ob ich noch irgendetwas sagen möchte. »Egal was!« Sie schafft es gerade so, ihre Enttäuschung zu verbergen, als ich nichts mehr hinzuzufügen habe.

In ein paar Wochen ist Laurel dann dran. Für den Anfang sind erst einmal drei komplette Tage veranschlagt.

»Wenn ich ehrlich bin: Ich bin ein bisschen nervös«, flüstert Kay verschwörerisch. »Ich arbeite zum ersten Mal an einem Projekt, das so … na ja, so verstörend ist.«

Soll ich sie jetzt etwa trösten, oder was? Das kann sie aber vergessen. Sie muss sich schließlich nur *anhören*, was Laurel alles mitgemacht hat!

»Na gut, dann sind wir hier wohl fertig. Danke, dass du dir die Zeit genommen hast. Wahrscheinlich gehe ich Laurels Teil als Erstes durch, also dauert es noch ein bisschen, bis wir wieder voneinander hören.«

Von mir aus gern. Ich brenne nicht gerade darauf, meine eigenen Worte zu lesen, die durch das Gehirn von jemand anderem gefiltert wurden. Wir verabschieden uns. Im Gegensatz zum letzten Mal bin ich heute froh, dass es vorbei ist. Froh, dass ich nicht mehr über Laurel reden muss.

KAPITEL 41

Ich habe nicht genug Zeit eingeplant, um mich fertig zu machen. Eigentlich wollte ich mir noch die Haare waschen, aber es dauert immer ewig, bis sie trocken sind. Ich kann nur hoffen, dass niemandem auffällt, dass sie schon ein bisschen fettig sind. Wenigstens muss ich mir aber keine Gedanken mehr darum machen, was ich anziehe, die Sachen habe ich nämlich heute Morgen schon rausgelegt. Schwarze Jeans, Stiefel, ein rotes T-Shirt. Ich wollte mich nicht allzu sehr aufbrezeln.

Laurel sitzt vor dem Fernseher. »Sieht nett aus.« Ein nichtssagenderes Wort ist ihr wohl nicht eingefallen. Ich bedanke mich trotzdem artig. Sie fragt, wann wir da sein sollen, und erst in dem Moment fällt mir wieder ein, dass sie ja zu der Party mitkommt.

Das muss ich völlig verdrängt haben, keine Ahnung, wie mir das gelungen ist. Ist aber auch in Ordnung, ich muss mich ja nicht mehr so um sie kümmern wie früher. Es werden sich wie immer genug Leute um sie scharen, die ihr an den Lippen hängen und sich darum reißen, ihr Gesellschaft zu leisten. Als ich sage, dass sie etwa gegen neun da sein soll, sieht sie überrascht auf.

»Ist das nicht ein bisschen spät?«

Die meisten kämen erst um diese Zeit, lüge ich. Es ist

nicht so, dass ich sie nicht dabeihaben möchte, ich hätte nur gern ein bisschen Zeit ohne sie, bevor sie alle Aufmerksamkeit auf sich zieht. Laurel ist nervös. Ich beruhige sie, dazu gäbe es keinen Grund. Mehr sage ich nicht. Ich merke, dass sie gern noch länger mit mir reden würde, aber ich bin jetzt schon spät dran.

»Wir sehen uns dann nachher. Du weißt ja, wo es ist.« Mum fährt sie hin, also muss sie sich um nichts kümmern.

Der Bus hat fünf Minuten Verspätung. Während der Fahrt sitze ich wie auf heißen Kohlen. Ich überlege, ob ich eben nett genug zu Laurel war. Aber sie kann mittlerweile ganz gut auf eigenen Beinen stehen, ich muss nicht mehr ständig für sie da sein. Außerdem wird das sowieso keine wilde Party. Sie hat bestimmt Spaß heute Abend.

Martha ist schon da und stellt unter Mrs Bolts wachsamem Blick Stühle auf. Thomas' Dad steht auf einem Stuhl und versucht, das Ende eines Spruchbands an einer Glühbirnenfassung festzuknoten. Sieht aus, als würde er jeden Moment runterfallen und sich alle Knochen brechen. Das würde die Stimmung bestimmt nicht gerade heben.

Mrs Bolt entdeckt mich an der Tür und winkt mich zu sich heran. Sie wirkt gar nicht wie eine Frau, die den größten Teil ihres Lebens in der Armee verbracht hat. Als ich sie das erste Mal gesehen habe, war ich so überrascht, dass Thomas amüsiert gefragt hat, was ich denn erwartet hätte. Ich habe darauf nichts geantwortet, aber ehrlich gesagt hatte ich mit Kurzhaarschnitt, durchtrainiertem Körper und Camouflageoutfit gerechnet. Jedenfalls nicht mit einer Frau, die garantiert auch eine Modelkarriere hätte haben können. Groß, sehr schlank, lange blonde Haare, schicke Klamotten. Wenigstens entspricht Thomas' Dad meinen (zugegebenermaßen lächerlichen und stereotypen) Vorstellungen. Der wirkt nämlich wie ein Granitblock.

Mrs Bolt gibt mir einen flüchtigen Kuss auf die Wange und fragt, wie es mir geht. Bevor ich antworten kann, hat sie schon das Interesse verloren, also murmele ich nur ein »gut, danke«. Sie sieht heute Abend mal wieder wunderschön und elegant aus. Ich fühle mich immer so eingeschüchtert in ihrer Gegenwart und weiß nie, was ich sagen soll. Ich bin sicher, sie hasst mich, auch wenn Thomas immer das Gegenteil behauptet. Jetzt scheucht sie mich prompt weg, ich soll Martha mit den Stühlen helfen.

Martha steht der Schweiß auf der Stirn. Sie hat sich wirklich abgerackert. Sie ist sogar noch lässiger gekleidet als ich, trägt verblichene Jeans und ein schwarzes T-Shirt. Meine Hilfe braucht sie aber anscheinend gar nicht mehr, was gut ist, denn ich bin vom Rennen von der Bushaltestelle hierher schon verschwitzt genug. Ich sehe mich um, wo ich noch helfen kann, aber es scheint alles fertig zu sein so weit. Ich bin also überflüssig.

Thomas' Mum überprüft, ob die Weingläser auf dem Tisch in der Ecke alle gerade stehen. Sie nimmt eins hoch und hält es ins Licht. Ich frage, ob ich noch irgendetwas helfen kann.

Mrs Bolt sieht sich im Saal um wie der Terminator, als hätte sie einen Computer im Kopf, mit dem sie alles um sich herum scannt. »Nein, ich glaube, es gibt nichts mehr zu tun.« Nach kurzem Zögern schiebt sie noch ein »danke«

hinterher. Sie sieht mich prüfend an. »Du hast ihm doch nichts erzählt, oder? Nicht, dass du die Überraschung verdorben hast!«

»Nein!« Vielleicht hätte ich meine Empörung nicht ganz so deutlich zeigen sollen.

Sie macht wieder einen auf Terminator, scannt mein Gesicht nach Anzeichen danach, dass ich lüge. »Na gut.« Ohne ein weiteres Wort dreht sie sich um und geht zu Thomas' Dad. Der müht sich gerade mit einer Lichterkette ab, die er an einen ausgestopften Hirschkopf gehängt hat.

Hiermit steht offiziell fest: Thomas' Mutter geht einfach gar nicht.

Die ersten Partygäste kommen. Die meisten kenne ich nicht. Ich habe bis jetzt kaum jemanden aus Thomas' Familie kennengelernt. Was komisch ist, wenn ich so drüber nachdenke, denn er kennt *meine* komplette Familie. Ich sitze mit Martha in einer Ecke. Zusammen versuchen wir zu erraten, wer wer ist. Endlich kommen auch paar Mitschüler von uns. Einer schnappt sich im Vorbeigehen zwei Flaschen Wein und Gläser vom Tisch. Mrs Bolt wüsste das sicher nicht zu schätzen, denn es ist bestimmt genau abgezählt, wer wie viel trinken darf.

Fünf Minuten, bevor Thomas und ich im Restaurant verabredet sind, gehe ich zu Mrs Bolt – damit sie nicht zu uns kommt – und sage Bescheid, dass ich jetzt rausgehe. Sie klatscht in die Hände, bittet um Ruhe und erklärt allen noch einmal, was sie zu tun haben. Dann scheucht sie mich mit einem ungeduldigen »Nun geh schon!« hinaus.

Ich stehe vor der Tür des Restaurants und studiere die Karte. Jetzt wünsche ich mir fast, wir würden wirklich hier essen gehen und den Abend nur zu zweit verbringen. Vielleicht bräuchten wir genau das, um nach den letzten komischen Monaten wieder zueinanderzufinden: ein bisschen Abwechslung, gemeinsam etwas Besonderes unternehmen.

»Na, du?« Thomas hat sich von hinten angeschlichen.

»Hey!« Ich drehe mich zu ihm um und will ihn küssen, bin bei seinem Anblick aber so fassungslos, dass ich mitten in der Bewegung erstarre.

Er sieht gut aus. *Richtig* gut. Er hat sich die Haare aus der Stirn gekämmt, so dass man tatsächlich einmal sein Gesicht sieht. Er hat nagelneue Klamotten an, sogar die Schuhe sind neu. Er sieht genauso aus, wie man aussehen sollte, wenn man mit jemandem zum Essen in einem feinen Restaurant verabredet ist. Er trägt sogar eine Krawatte.

»Du kannst ja richtig schick aussehen, wenn du willst!« Ich trete einen Schritt zurück, um ihn besser betrachten zu können. Es ist ihm peinlich, dass ich ihn so anstarre, er zieht mich zu sich heran und küsst mich. »Im Ernst«, flüstere ich ihm ins Ohr. »Du siehst phantastisch aus.«

»Das sagst du doch nur, damit ich dich nachher ranlasse ...« Dann sagt er mir aber auch, dass ich schön aussehe. »Wollen wir reingehen?« Er legt mir die Hand auf den Rücken und will mich hineinschieben, aber ich bleibe stehen. »Was ist denn los? Und wieso hast du eigentlich keine Jacke an? Ist dir nicht kalt hier draußen?«

Ich muss jetzt eine Entscheidung treffen. Und eigentlich

fällt sie mir auch gar nicht schwer. »Ich muss dir was sagen. Aber versprich mir, dass du nicht sauer wirst!«

Anstatt des Spruchs, den ich mir sonst immer anhören kann – dass er mir das ganz sicher nicht versprechen wird, solange er nicht weiß, worum es geht –, lächelt er diesmal nur. »Versprochen!«

Während ich ihm von der Überraschungsparty erzähle, sinkt er immer weiter in sich zusammen. »Ach so. Hm. Na gut.«

»Wenn wir reinkommen, musst du so tun, als wärst du total überrascht, sonst weiß deine Mum, dass ich dich vorgewarnt habe, und dann komme ich garantiert vor ein Erschießungskommando. Tut mir leid. Ich weiß, das hier ist dein schlimmster Albtraum.«

Er ist am Boden zerstört und reagiert wie ein kleiner Junge, dem man gerade gesagt hat, dass Weihnachten dieses Jahr ausfällt. »Also gehen wir heute Abend gar nicht zusammen essen?«

»Nein. Aber das können wir gern ein anderes Mal machen. Ich ruf gleich morgen da an und reservier uns einen Tisch, okay? Ich lad dich ein. Das mit der Party ist so eine schreckliche Idee gewesen, ich hätte deine Eltern davon abhalten sollen. Kannst du mir verzeihen? Bitte!«

Er schließt für einen Moment die Augen. Er wird doch nicht jetzt und hier mit mir Schluss machen, oder? Na ja, verdenken könnte ich es ihm nicht. Und vor ein paar Wochen wäre ich wahrscheinlich auch noch erleichtert gewesen. Aber etwas ist heute anders. Seitdem Laurel wieder da ist, ging es hier drunter und drüber, und ich habe völlig aus den Augen verloren, was in meinem eigenen Leben wichtig ist. Ich liebe Thomas doch. Er ist vielleicht nicht perfekt, und er treibt mich auch regelmäßig in den Wahnsinn, aber ich liebe ihn trotzdem. Und wenn er jetzt hier auf der Straße vor diesem Restaurant mit mir Schluss macht, werde ich mir das nie verzeihen.

Thomas stellt sich aufrechter hin, und vielleicht liegt es nur daran, dass heute sein 18. Geburtstag ist, oder vielleicht bilde ich mir das auch nur ein, aber er sieht tatsächlich auf einmal wie ein Mann aus. Ein richtig erwachsener Mann, der richtig erwachsene Entscheidungen trifft. Er legt mir die Hände auf die Schultern und holt tief Luft. »Na dann los.«

»Wie jetzt?«

»Ich mach dir überhaupt keinen Vorwurf, ich weiß doch, wie meine Mutter ist, wenn die sich mal was in den Kopf gesetzt hat. Der weichen sogar Tornados aus, wenn sie im Anmarsch ist. Wir machen das jetzt so: Wir gehen da rein, und ich geb mein Bestes, total überrascht zu wirken. Und wenn ich das nicht vernünftig hinkriege, umarme ich dich einfach, damit keiner mein Gesicht sehen kann. Wir essen komische Partyhäppchen, trinken viel zu viel Alkohol, und ich versuch, dich meiner ganzen Familie vorzustellen. Falls ich mich an alle Namen erinnere. Ich tanze sogar mit dir, wenn das den anderen beweist, dass ich mich über die Party freue.«

Ehrlich gesagt bin ich ein wenig überwältigt. Besonders von dem Vorschlag, mit mir zu tanzen. Ich habe Thomas noch nie tanzen gesehen. Ich kann mir das nicht mal vorstellen. Ich würde diesen Typen vor mir am liebsten fragen, wer er ist und was er mit meinem Freund gemacht hat, aber das wäre wohl keine gute Idee. »Aber du magst doch solche Partys gar nicht. Tut mir wirklich leid, dass ich es nicht verhindert hab.«

»Hey«, sagt Thomas sanft. »Jetzt hör auf damit. Und wer sagt denn, dass ich auf der Party keinen Spaß habe?«

»Das meinst du grad nicht ernst, oder?«

Thomas legt mir den Arm um die Schultern und schiebt mich rüber zum Eingang des Pubs. »Natürlich nicht. Aber solange du bei mir bist, kann ich alles ertragen.«

Ich mache mich los, drücke ihn gegen die Wand und küsse ihn. »Ich liebe dich, Thomas Bolt.«

Er antwortet mit einem amüsierten Lächeln, und dann gehen wir hinein, die Treppe hinauf, ich halte Thomas die Tür auf, wir betreten den dunklen Raum und – ÜBERRASCHUNG!

KAPITEL 42

Thomas macht seine Sache wirklich gut. Er hat das ganze Programm abgespielt: Nachdem alle »Überraschung!« gerufen haben, hat er seine Mum umarmt und mir im Spaß mit dem Finger gedroht. Da mussten alle lachen, und Mrs Bolt hat mich mit einem zufriedenen Nicken belohnt. Dann hat er ungläubig den Kopf geschüttelt und seinem Vater immer wieder gegen die Schulter geboxt. Und es scheint wirklich niemand zu merken, dass er nur so tut, als hätte er von der Party nichts gewusst.

Der Alkohol fließt in Strömen, die Musik wird immer lauter, und ich lerne eine ganz neue Seite an Thomas kennen. Er ist entspannt und selbstbewusst. Während er mich seiner ganzen Familie vorstellt, liegt seine Hand fortwährend auf meinem Rücken. Das tut gut, ich bin nämlich gerade kein bisschen entspannt oder selbstbewusst. Es sind mir zu viele Menschen, und im Saal ist es heiß und stickig. Aber nach einer Weile geht's mir irgendwie besser, was wohl mit der Tatsache zu tun hat, dass Thomas mir die ganze Zeit Wein nachschenkt. Er trinkt im selben Tempo. Keine schlechte Strategie, um diese Party durchzustehen!

Nach etwa einer Stunde sind wir alles andere als nüchtern. Vielleicht nicht komplett betrunken, aber wir haben den perfekten Pegel erreicht, um problemlos mit Fremden zu schwatzen und jedes Lied gut zu finden. Wo man einfach so von sich aus lächelt, ohne sich dazu zwingen zu müssen.

Ein Lied spielt. Thomas und ich sehen uns sofort an. Er lacht los, da muss ich natürlich auch lachen. Das Lied lief im Radio in seinem Van, während wir das erste Mal Sex hatten. Er meinte noch, wie gut es passen würde, weil es ein ziemlich unanständiges Lied ist. Mrs Bolt muss die Musikauswahl anscheinend delegiert haben, sie selbst hätte so etwas jedenfalls bestimmt nicht ausgesucht. Thomas verbeugt sich und reicht mir die Hand.

»Machst du jetzt einen auf Mr Darcy, oder was?« Ich war schon mal witziger, aber Thomas lacht trotzdem. Ich nehme seine Hand und folge ihm auf die Tanzfläche.

Wir sind die Ersten. Ich sehe zu Martha hinüber, die immer noch mit ein paar Leuten aus unserer Schule am Tisch sitzt. Sie sieht überrascht aus, sie weiß, wie sehr ich es hasse, im Mittelpunkt zu stehen. Aber sobald Thomas und ich anfangen zu tanzen, vergesse ich alles –, dass uns jemand zusieht, dass ich schwitze, dass ich gar nicht tanzen kann.

Schnell füllt sich die Tanzfläche, als hätten alle nur darauf gewartet, dass sich endlich jemand traut und den Anfang macht. Fühlt sich gut an, mal zu den Mutigen zu gehören. Martha sieht uns immer noch zu. Ich winke sie her. Sie schüttelt den Kopf, genau wie ich es erwartet hatte. Also schnappe ich mir Thomas' Hand, und wir stapfen gemeinsam zu ihr hinüber und ziehen sie von ihrem Stuhl hoch.

»Moment mal, Moment mal, NICHT SO SCHNELL!«

Sie befreit sich aus meinem Griff, stürzt ihr Glas Wein in einem Zug runter, gießt sich noch eins ein und trinkt das auch aus. »*Jetzt* können wir.«

Martha braucht ein bisschen, um locker zu werden. Erst ist sie noch ziemlich unsicher, tritt wenig begeistert von einem Fuß auf den anderen und versucht dabei, so zu tun, als hätte sie Spaß. Aber es dauert nicht lange, da tanzt sie richtig, und nach zehn Minuten treten sie und Thomas in einem Tanzwettbewerb gegeneinander an, dessen Regeln wohl nur sie beide kennen.

Ich hätte nie gedacht, dass es mir so viel Spaß machen könnte, mit den beiden zu tanzen. Das hätten wir schon längst mal machen sollen. Als schließlich auch Mr und Mrs Bolt auf die Tanzfläche kommen, nutze ich die Gelegenheit, um kurz auf die Toilette zu gehen. Ich schaue zu Martha, ob sie vielleicht mitkommen will, aber Thomas' Dad wirbelt sie gerade herum, und sie scheint sich dabei köstlich zu amüsieren.

Zu den Toiletten vorzudringen ist gar nicht so einfach. Man muss eine Treppe hinunter und durch den ganzen Pub gehen. Dort stehen dichtgedrängt Fußballfans, heute Abend läuft nämlich ein Spiel. Am Fuß der Treppe stehen ein paar von Thomas' männlichen Partygästen herum. Wissen die eigentlich, was ihnen blüht, wenn Mrs Bolt sie hier beim heimlichen Fußballgucken erwischt? Ich kichere, dann gehe ich aufs Klo und überprüfe kurz mein Make-up im Spiegel. Sieht doch noch ganz gut aus.

Aus einer der Kabinen kommt eine Frau, wäscht sich die Hände und zieht dann ihren Lippenstift nach. Unsere

Augen treffen sich im Spiegel. Ich schaue schnell weg, aber sie hat meinen Blick dennoch bemerkt.

»Du bist Faith, oder?« Sie ist eine der wenigen Verwandten, denen Thomas mich noch nicht vorgestellt hat, aber man sieht sofort die Ähnlichkeit zu Mrs Bolt.

Ich nicke und gehe zum Händetrockner. Hätte ich ihr erst noch die Hand geben sollen? Wie sind denn so die Höflichkeitsregeln, wenn man sich in einer Pubtoilette trifft?

»ACH SORRY, WIE UNHÖFLICH VON MIR. ICH BIN DAWN, THOMAS' TANTE!«, schreit sie mir zu. Anscheinend kann sie mit dieser Information nicht abwarten, bis der Händetrockner fertig ist.

»NETT, SIE KENNENZULERNEN!«, rufe ich zurück, aber genau in dem Moment geht der Trockner natürlich aus und meine Stimme hallt von den Toilettenwänden.

»Leistest du mir noch kurz Gesellschaft? Ich schwitze sehr undamenhaft, sag ich dir. Aber ich hab so einen neuen Puder, der soll Wunder wirken. Na ja, bei meinem Gesicht kann ich göttlichen Beistand auch wirklich gebrauchen.«

Ich sehe ihr dabei zu, wie sie sich das Gesicht pudert. Sehr schnell wird klar, dass Dawn Unterhaltungen gern auch allein bestreitet und kein Problem damit hat, dass kaum eine oder gar keine Reaktion von ihrem Gesprächspartner kommt.

Sie erzählt, dass sie mich ja schon *ewig* mal kennenlernen wollte, aber bis jetzt keine Gelegenheit hatte, weil sie so weit weg wohnt. Sie lebt nämlich auf einem ziemlich abgeschiedenen Bauernhof, fährt aber trotzdem mindestens einmal pro Woche in die Stadt. Innerhalb weniger Minuten weiß ich mehr über Thomas' Tante als über einige meiner eigenen Verwandten.

Plötzlich ertönt von draußen Jubel, und ich überlege kurz, ob ich einfach behaupten soll, ich sei Fußballfan und müsste unbedingt rausfinden, was da gerade passiert ist, aber da sagt Dawn plötzlich etwas, das mich aufhorchen lässt. »Schon lustig, wie sich die Dinge manchmal so entwickeln. Wer hätte gedacht, dass ihr beide mal zusammenkommt? Gottes Wege sind eben unergründlich, hm? Das war der zehnte Jahrestag damals, oder?«

Ich habe nicht die geringste Ahnung, wovon sie redet.

»Was für ein zehnter Jahrestag?«

Dawn sieht mich an, als wäre ich ein bisschen dumm. »Na von Laurels Entführung! Das lief doch auf jedem Sender, und die Zeitungen haben auch alle darüber berichtet. Es ging ja wochenlang um nichts anderes mehr. Also gut, für dich und deine Familie war das Thema wahrscheinlich eh immer präsent. Thomas hatte sich zu der Zeit schon seit einer ganzen Weile mit ungelösten Kriminalfällen beschäftigt.« Sie schüttelt sich bei dem Gedanken. »Da hat der Fall mit deiner Schwester natürlich gut reingepasst und ihn sofort interessiert.«

Ich sehe mir selbst im Spiegel dabei zu, wie sich langsam Verständnis auf meinem Gesicht andeutet.

»Das ging ja nur ein paar Monate, aber Cath hat sich trotzdem ganz schön Sorgen gemacht. Sie meinte, es wäre nicht normal für einen Jungen in dem Alter, sich mit solchen Sachen zu beschäftigen.« Dawn schüttelt lachend den

Kopf. »Aber ich finde, manchmal muss man einen jungen Menschen einfach machen lassen. Jeder Teenager hat doch so Phasen. Mein Kevin hat sich zum Beispiel mit 15 die Haare knallrot gefärbt. Ich hab nichts dazu gesagt. Drei Wochen später hatte er es von selbst satt und hat mich gebeten, mit ihm zum Friseur zu gehen, damit die ihm die Haare in seine Naturfarbe zurückmachen. Bei Thomas waren es dann Gedichte. Auf einmal hat er sich dafür interessiert, und diese Verbrechenssache war abgemeldet. Und Gedichte mag er ja bis heute. Ich persönlich mag übrigens auch ganz gern mal einen Limerick.«

Ich versuche zu lächeln, aber meine Gesichtsmuskeln machen nicht mit.

»Kommt Laurel heute eigentlich auch?« Dawn sieht auf ihr Handgelenk, wo ein heller Streifen die Stelle anzeigt, an der sie normalerweise eine Uhr trägt. »Wir freuen uns alle schon so darauf, sie endlich kennenzulernen.« Dawn macht einen Schritt auf mich zu, und ich habe schon Angst, dass sie mich umarmt. Stattdessen tätschelt sie mir jedoch nur die Wange. »Na ja, genug geschwatzt. Dann wollen wir mal wieder!«

Sie hakt sich bei mir unter und zieht mich mit sich aus der Tür. Wir zwängen uns durch die Menge im Pub. Ich sage, dass ich kurz telefonieren muss und gleich nachkomme.

»Aber beeil dich, ich glaub, sie bringen gleich den Kuchen!«

Ich gehe nach draußen. Es ist kalt.

Meine Beziehung basiert auf einer Lüge. Sie hätte nie

begonnen, ich hätte mich nie darauf eingelassen, wenn Thomas mich nicht angelogen hätte. Ich habe wirklich geglaubt, er wäre der einzige Mensch auf der Welt, der sich ausnahmsweise mal nicht für meine Schwester interessiert. Aber natürlich tut er das. So wie alle anderen eben.

Eine Frage drängt sich neben den vielen anderen an die Oberfläche. Hat sich Thomas vielleicht nur *wegen* meiner Schwester für mich interessiert? Hat er mich deshalb überhaupt erst angesprochen?

Und will ich die Antwort darauf wirklich wissen?

KAPITEL 43

Ich kann nicht ewig hier draußen rumstehen. Am liebsten würde ich einfach nach Hause gehen, aber meine Tasche und meine Jacke liegen noch im Saal. Ich muss also sowieso noch einmal rein.

Ich sollte Laurel nicht böse sein. Wenn es sie nicht gäbe, hätte mich Thomas ja nie angesprochen, und ich würde immer noch darauf warten, dass sich endlich mal jemand – egal wer – für mich interessiert. Und ich wäre auch immer noch Jungfrau.

Aber ich muss mit ihm reden. Ich muss die Wahrheit wissen. Selbst wenn es ihm anfangs nur darum ging, mehr über meine Schwester zu erfahren –, dass er schon so lange mit mir zusammen ist, muss einen anderen Grund haben. *Muss* einfach. Was ich vorhin beim Tanzen für ihn empfunden habe, das bilde ich mir doch nicht ein. Nein, das bilde ich mir wirklich nicht ein, und es ist etwas, das nur mir gehört und nichts mit meiner Schwester zu tun hat.

Ich trotte die Treppe wieder rauf. Statt der lauten Musik, mit der ich rechne, empfängt mich jedoch Stille. Alle haben sich auf der Tanzfläche eingefunden und stehen im Kreis um Thomas herum. Neben ihm steht ein Servierwagen mit einem riesigen Kuchen darauf. Mrs Bolt hat Thomas den Arm um die Schultern gelegt. Sein Dad fotografiert den Kuchen. Ich werde den Verdacht nicht los, dass das Absicht war und Mrs Bolt ihn extra in dem Moment hat hereinbringen lassen, als ich draußen war.

Thomas sieht sich um. Sein Blick fällt auf mich. Er lächelt und winkt mich zu sich heran. Die Leute drehen sich zu mir um und machen Platz, um mich durchzulassen. Ich stelle mich neben Thomas. Alle singen »Happy Birthday«. Er greift nach meiner Hand und drückt sie zweimal. Zweimal drücken bedeutet: *Alles okay?* Ich drücke zweimal zurück. Das heißt: *Alles okay.*

Der Kuchen hat wirklich die Form eines Bücherstapels und muss wahnsinnig teuer gewesen sein. Die meisten Titel kenne ich, es sind alles Thomas' Lieblingsbücher. 18 Kerzen brennen oben drauf. Ich zähle sie beim Singen.

Als das Lied zu Ende ist, jubeln alle. Mrs Bolt sagt: »Na los, puste die Kerzen aus! Und vergiss nicht, dir was zu wünschen!«

Thomas sieht mich an. In dem Moment überkommt mich ein seltsames Gefühl. Jemand wie Laney Finch würde das bestimmt als Vorahnung bezeichnen. Ich sehe mich und Thomas plötzlich in einem anderen Saal vor einer Torte stehen. Die Torte ist weiß und mehrstöckig. Das Bild verschwindet so schnell, wie es gekommen ist, trotzdem schlägt mein Herz auf einmal schneller, und in meinem Kopf dreht sich alles. Es wird still im Saal. Thomas beugt sich vor, um die Kerzen auszupusten. Martha tut so, als müsste sie gähnen. Dafür liebe ich sie.

Mrs Bolt zischt ihrem Sohn zu: »Jetzt mach schon!«

Thomas holt tief Luft, um auch ja alle Kerzen auf einmal zu erwischen. Diese Stille macht mich ganz nervös. Thomas tut, als müsste er hier eine Bombe entschärfen, und nicht etwa die Kerzen auf einem überteuerten Kuchen ausblasen, der wahrscheinlich nicht mal gut schmeckt. Dann hat es endlich geklappt, alle Kerzen sind aus. Die immer noch herrschende Stille wird vom Klappen einer Tür unterbrochen. Türen gehen ja ständig auf und zu, darauf achtet man eigentlich nicht. Aber diesmal haben es alle gehört, die Köpfe drehen sich zur Tür, und man hört sogar das eine oder andere fassungslose »Oh!«.

Es ist natürlich Laurel. Die sehr, sehr schlechtes Timing beweist – oder sehr, sehr gutes, je nachdem, wie man es betrachtet.

Sie trägt das rote Kleid und sieht aus wie ein Filmstar, der sich in der Tür geirrt hat. Rote Schuhe, die kleine schwarze Handtasche von Mum. Die glänzenden Haare fallen ihr sanft über die Schultern. Dezentes Make-up.

Alle starren sie an. Irgendjemand – keine Ahnung, wer, vielleicht Dawn – fängt an zu klatschen. Andere machen mit, und schließlich applaudiert der ganze Saal. Martha klatscht auch, die Verräterin. Als Letzte fallen Mrs Bolt und Thomas ein. Der hat wenigstens den Anstand, mir davor noch kurz einen verwirrten Blick zuzuwerfen.

Laurel sieht genauso verblüfft aus, wie ich mich fühle. Wieso klatschen denn bloß alle? *Sie* hat doch nicht Geburtstag. Als sie mich entdeckt, kommt sie schnell mit gesenktem Kopf herübergelaufen.

Sie lächelt schüchtern. »Hi! Tut mir leid, dass ich zu spät

bin. Und sorry wegen eben … ich versteh gar nicht, wieso die alle …« Sie dreht sich zu Thomas um. »Herzlichen Glückwunsch! Ich hoffe, ich störe nicht gerade.«

Thomas zeigt auf die Kerzen, von denen immer noch dünne Rauchfäden aufsteigen. »Nein, gar nicht. Willst du ein Stück Kuchen?«

Ich halte mich im Hintergrund, während Thomas Laurel seiner Mutter vorstellt. Mrs Bolt umarmt meine Schwester herzlich. Komisch. Man sollte meinen, dass sie von ihrer Anwesenheit nicht so begeistert ist, wenn sie sich doch angeblich solche Sorgen wegen Thomas' »Interesse« an Laurels Fall gemacht hat. Aber meine Schwester wickelt anscheinend jeden um den kleinen Finger.

Laurel bittet mich, ihre Handtasche zu halten, während sie Thomas beim Kuchenanschneiden hilft.

Sollte ich das nicht machen?

Manche Gäste starren Laurel immer noch an, aber die meisten widmen sich wieder der wirklich wichtigen Aufgabe des Abends und betrinken sich weiter. Laurel wirkt völlig entspannt, obwohl sie viel zu schick angezogen ist. Mrs Bolt macht ihr ein Kompliment zu ihrem Kleid (natürlich) und fragt, wo sie es gekauft hat. Laurel behauptet, das wüsste sie nicht mehr. Eine seltsame Lüge.

In den nächsten Minuten verteilen sie und Thomas Pappteller mit je einem Stück Kuchen und einer kleinen Gabel. Die Servietten haben auch ein Buchmotiv. Dass er gern liest, scheint das Einzige zu sein, das Mrs Bolt sicher über ihren Sohn weiß.

»Du siehst aus, als könntest du was zu trinken gebrauchen«, sagt Martha und drückt mir ein Glas Rotwein in die Hand.

Ich nehme ein paar große Schlucke. »Gibt's hier nichts Stärkeres?«

»Nee. Für die härteren Sachen muss man bezahlen. Deine Schwester sieht …« Martha verzieht das Gesicht, als hätte sie einen Angelhaken im Mundwinkel. Ich bin gespannt. Wenn sie jetzt das falsche Wort benutzt, ist diese Unterhaltung sehr schnell wieder vorbei. »… irgendwie bescheuert aus«, beendet Martha den Satz.

Ich lache laut los und kippe Martha dabei fast den Wein über die Sachen.

»Hey, hast du schon die Hähnchensaté-Spieße probiert?«, fragt sie. »Ich hatte schon sieben Stück.«

Es liegt noch ein Spieß auf dem Teller, und den schnappe ich mir daher schnell. Ich überlege, ob ich Martha von der Sache mit Thomas erzählen soll. Sie würde mir aber bestimmt raten, Schluss zu machen. Vielleicht erzähle ich ihr lieber erst morgen davon. Ich muss erst mal rausfinden, wie ich mit der Situation umgehen will. Ich möchte nichts tun, was ich später bereue.

Während ich esse, formt sich ein Plan in meinem Kopf. Ich stelle den Holzspieß in eins der kleinen Marmeladengläser, die genau für diesen Zweck überall auf den Tischen stehen – Mrs Bolt hat wirklich an alles gedacht und die Partyorganisation mit militärischer Präzision durchgeführt. Mein Plan lautet: mich so zu betrinken, dass ich nicht mehr darüber nachdenke, dass mein Freund vielleicht nur wegen meiner »berühmten« Schwester mit mir zusammen ist. Dabei so wenig Zeit wie möglich mit besagtem Freund und besagter Schwester verbringen, weil deren Anwesenheit den Vorgang des Nicht-mehr-darüber-Nachdenkens leider ziemlich erschwert und den des Komplettvergessens sogar so gut wie unmöglich machen würde.

Nach etwa 20 Minuten kommen Thomas und Laurel mit zwei Papptellern zu uns. Thomas reicht Martha einen. Sie bedankt sich. Laurel will mir den anderen reichen, aber ich sage, ich hätte keinen Hunger.

»Man muss aber vom Geburtstagskuchen kosten, das bringt sonst Unglück.« Laurel hält mir den Pappteller unter die Nase.

»Nein, bringt es nicht.«

»Und der ist echt lecker«, stimmt Thomas ein.

»Ich hab doch gesagt, ich hab keinen Hunger!« Ich gebe mir Mühe, nicht allzu genervt zu klingen.

Thomas gibt mir einen Kuss auf die Wange und meint, er wird mir auf jeden Fall ein Stück für später aufheben. »Kann bestimmt nicht schaden, irgendwas muss den Alkohol ja aufsaugen!«, fügt er lachend hinzu.

Martha eilt mir zur Hilfe und versucht, mein Schweigen zu überspielen. »Laurel, dein Kleid ist echt …« Peinlich. Ich hoffe, sie sagt peinlich. Oder übertrieben. Oder vielleicht sogar unangemessen. Aber Martha hat gar keine Chance, ihren Satz überhaupt zu Ende zu bringen, weil Laurel sie schon vorher mit einem »Danke!« unterbricht.

Ein Onkel von Thomas beendet unser Gespräch, indem er um ein zweites Stück Kuchen bittet. »Die Pflicht ruft«, entschuldigt sich Thomas. »Laurel, bleib ruhig bei Faith, wenn du willst, ich schaff das allein.« Aber der Onkel streckt natürlich ihr die Hand hin. »Laurel Logan, toll, dich kennenzulernen!« Und schon sind die beiden in ein Gespräch vertieft.

Kein Wunder also, dass die beiden ewig gebraucht haben, um allen ein Stück Geburtstagskuchen zu bringen – natürlich möchte sich jeder mit Laurel unterhalten. Sie hätte sich gar nicht so schick machen müssen, um aufzufallen. Sie muss einfach nur da sein.

Ich sitze mit Martha in einer Ecke und betrinke mich. Ich trinke so viel, dass sogar sie vorschlägt, vielleicht etwas langsamer zu machen. »Aber wir müssen doch feiern!« Mein Lächeln misslingt.

»Ist was? Ist es wegen Laurel?«

Als Antwort stoße ich so schwungvoll mit ihr an, dass etwas vom Wein auf den Tisch tropft.

»Willst du vielleicht darüber reden?«

»Nein«, sage ich, und schiebe noch schnell ein »danke« hinterher.

Martha zuckt mit den Schultern. Sie weiß, es hätte keinen Sinn, mich zu drängen.

»Hey Ladys, darf ich mich dazusetzen?«

Vor uns steht ein Typ. Ein paar Jahre älter als wir, enges T-Shirt mit tiefem Ausschnitt. Kurz gesagt: Jemand, mit dem Martha und ich normalerweise nie im Leben reden würden (und der normalerweise nie mit uns reden würde).

Ich zeige auf den freien Stuhl neben uns. »Klar.« Martha wirft mir garantiert gerade einen wütenden Blick zu, aber ich schaue gar nicht hin. »Bist du ein Cousin von Thomas?«

»Zufällig ja. Sind die meisten hier, oder?« Er grinst. »Ich bin Steve. Nett, dich kennenzulernen.«

Er denkt wohl, er wäre gerade total charmant und witzig. Soll er doch hier sitzen und versuchen, charmant und witzig zu sein – ich kann die Ablenkung gut gebrauchen. Je länger ich ihn ansehe, umso ablenkender wird er. Wenn er jetzt bloß noch aufhören würde zu reden.

KAPITEL 44

Martha ist ganz und gar nicht zufrieden mit der Situation, als wir herausfinden, dass sich dieser Typ sozusagen eingeschmuggelt hat und kein Cousin ist. Er war unten im Pub und hat sich das Fußballspiel angesehen und ist bloß »zum Pinkeln« hier hochgekommen.

Martha rümpft bei dieser Information die Nase. »Die Toiletten sind übrigens unten.«

Steve lacht. »Jetzt weiß ich das auch!«

»Dann geh doch lieber. Nicht, dass dir noch ein Malheur passiert.« Normalerweise finde ich Marthas Sprüche lustig, aber jetzt gerade kommt sie mir nur unhöflich vor.

»Lieb von dir, dass du dir Sorgen um meine Blasenkapazität machst. Aber ich war pinkeln und bin dann wieder zurückgekommen, also keine Angst. Und das Spiel ist eh sch… – also jedenfalls total langweilig. Da sitz ich doch lieber hier bei euch hübschen Ladys. Was für eine Party ist das hier überhaupt? Hat jemand Geburtstag?«

»Ja, ihr Freund«, klärt ihn Martha sofort bereitwillig auf.

»Du hast einen Freund? Das ist aber verdammt schade. Wer ist denn der Glückliche? Wenn ich so eine Freundin wie dich hätte, würde ich sie keinen Moment allein lassen. Man weiß ja nie, wer die sich sonst schnappt.«

»Ich kann sehr gut allein auf mich aufpassen, danke,

mein Freund muss mich nicht die ganze Zeit beschützen.« Ich klinge zickig, das merke ich, aber das scheint Steve nichts auszumachen.

Er wirft mir einen Blick zu, so einen ganz bestimmten Blick. »Ich würde jedenfalls sofort versuchen, mir dich zu schnappen! Hat es eigentlich weh getan, als du vom Himmel gefallen bist?«

»Das ist jetzt nicht dein Ernst, oder?« Martha hat endgültig genug von seinen Sprüchen. Mir ist das ganz recht, ich hätte nämlich gern, dass sie geht. Als hätte sie meine Gedanken gelesen, steht sie auf. »Ich geh mal aufs Klo.« »Kommst du allein klar?«

»Na sicher!«, antwortet Steve für mich und legt mir die Hand aufs Knie. »Ich pass so lange auf sie auf.« Ich sehe ihn nicht an, aber ich könnte wetten, er hat gerade gezwinkert. Marthas Gesichtsausdruck nach zu urteilen habe ich recht.

In den nächsten paar Minuten erfahre ich eine ganze Menge über Steve. Er ist 21 und studiert Tourismus. Er hat zwei ältere Brüder. Seine Hobbys sind Alkohol, feiern gehen und Mädchen. Er fragt nach meinen Lieblingsclubs und sieht enttäuscht aus, als ich sage, ich hätte keine.

»Wir sollten mal zusammen weggehen. Als Freunde natürlich nur, ich will ja keinen Stress.« Er fragt nach meiner Nummer.

Zu meiner eigenen Überraschung gebe ich sie ihm. Daran merke ich, dass ich betrunken bin. Nicht nur ein bisschen angetrunken, sondern richtig voll.

»Es wär also okay, wenn ich dich mal anrufe? Dein Freund hat nichts dagegen?« Seine Hand liegt auf meinem

Oberschenkel. Sie ist schwerer als Thomas' Hand, kraftvoller.

»Würde es dir denn wirklich etwas ausmachen, wenn er was dagegen hätte?«

Steve lacht. »Kein Kommentar!«

Mir gefällt sein Lachen, es klingt so echt. Eigentlich müsste ich ihm jetzt sagen, er soll seine Hand da wegnehmen. Dawn wirft mir schon Blicke zu. Aber ich sage nichts. Falls er mit der Hand höher wandert, kann ich sie ja immer noch wegschieben. Ist doch nichts dabei, mal das Bein von jemandem zu berühren. Ist einfach eine freundliche Geste. Es muss doch nicht immer alles gleich sexuell sein. Außerdem ist es ja auch nicht so, als würde ich *ihn* anfassen. Ich sitze einfach nur hier und mache gar nichts, trinke nur ein bisschen mehr, als ich sollte.

»Aber mal im Ernst, wer ist denn dein Freund? Nein, warte, lass mich raten. Der da?«

»Nein.«

»Da drüben, der mit der Nase?«

»Zumindest schon mal näher dran, mein Freund hat tatsächlich eine Nase.«

Steve rät noch ein paarmal, und ich sage jedes Mal nein. Ich muss sogar aufstehen und mir halb den Hals verrenken, um irgendjemanden am anderen Ende des Saals zu sehen. Das löst dann wenigstens das Problem mit seiner Hand auf meinem Bein.

»Du hast mich verarscht, oder? Du hast gar keinen Freund. Das hat deine Freundin nur gesagt, damit ich abhaue.«

Wir setzen uns wieder. Steve nutzt die Gelegenheit und schiebt seinen Stuhl noch ein Stück näher an meinen heran. Er redet die ganze Zeit, aber ich höre nicht zu. Ich sehe mich um. Ich suche nicht etwa nach Thomas, sondern nach dem leuchtend roten Kleid. Ich suche nach der Menge, die im Kreis um jemanden herum steht, sehe aber nichts dergleichen. Martha steht wieder bei den Leuten aus unserer Schule. Offensichtlich denkt sie sich, dass ich meine eigenen Fehler machen muss. Sollten Freundinnen einen nicht von Dingen abhalten, die man später bereuen könnte, anstatt sich beim ersten Anzeichen von Ärger aus dem Staub zu machen?

»Und? Kommst du nun mit?«, flüstert Steve. Er sitzt jetzt so nah neben mir, dass ich ihn fast auf dem Schoß habe.

»Wohin denn?«, frage ich, als wüsste ich nicht genau, worauf er hinauswill.

»Na, Hauptsache weg hier. Wir könnten zu mir gehen.«

Ich lache los. Erst lacht Steve mit, nach ein paar Sekunden wird ihm aber klar, dass das nicht das flirtende, verschwörerische Lachen ist, das er gern von mir hätte. Es ist überhaupt kein nettes Lachen. Ich stehe auf. Ich fühle mich etwas unsicher auf den Beinen. »Nie im Leben. Wirklich. Nie!« Sein Gesichtsausdruck in diesem Moment ist Gold wert. Ohne ein weiteres Wort drehe ich mich um und gehe.

Ich schaffe es sogar, niemanden anzurempeln (obwohl es hier und da knapp wird). Ich grüße Dawn im Vorbeigehen. Sie tut so, als hätte sie mich nicht gehört. Mir ist ein bisschen schlecht. Ob das am Alkohol liegt? Oder bin ich von der ganzen Situation überfordert? Ich sollte wohl sicherheitshalber mal in Richtung Toiletten gehen, falls ich mich wirklich übergeben muss. Aber davor muss ich erst noch etwas anderes erledigen.

Thomas ist nirgendwo zu sehen. Meine Schwester auch nicht. Ich glaube schon lange nicht mehr an Zufälle.

Das war's dann also.

Ich sterbe zwar nicht, aber als ich die beiden zusammen sehe, fühlt es sich trotzdem an, als würde mein Herz stehen bleiben.

Wenn man von so etwas liest oder es im Fernsehen sieht, ist das immer ein riesiger Schock. Die große dramatische Enthüllung am Ende eines Kapitels oder kurz vorm Abspann. Das Mädchen oder die Frau – es ist ja so gut wie nie der Mann – vermutet meist nicht einmal etwas. Es ist genau das, was Dad immer über diese langweiligen alten Kriegsfilme sagt, die er so liebt: Sobald jemand einen Satz wie »Nächsten Monat heirate ich« oder »Meine Frau ist schwanger, es könnte jetzt jeden Tag so weit sein« sagt, weiß man – das war's. Er wird das nächste Opfer sein. In meinem Fall wäre der auslösende Satz so was wie »Mein Freund und ich sind sooo glücklich miteinander« oder »Heute Abend ist mir aufgegangen, dass ich ihn doch liebe« gewesen.

Ich hingegen wusste es. Ich wusste es schon zu Beginn meiner Suche. Als ich endlich vor der Tür stand mit der Aufschrift »Personal«, wusste ich ganz genau, was mich dahinter erwarten würde. Ich hätte sie gar nicht mehr zusammen sehen müssen. Aber ich wollte, dass sie Bescheid wissen.

An der Wand sind Stühle übereinandergestapelt. Die Neonröhre an der Decke verbreitet hässlich-gelbes Licht. Laurel steht mit dem Rücken zur Tür. Thomas steht vor ihr und hat eine Hand auf ihrer Hüfte. Was ihre Hände genau tun, kann ich nicht sehen, aber das ist vielleicht auch besser so. Dann sieht er ihr über die Schulter und entdeckt mich.

»Moment, es ist nicht so …«

Mein Blick bringt ihn zum Schweigen. Besser so. *Es ist nicht so, wie es aussieht* – im Ernst? So ein Klischee hätte ich jetzt nicht ertragen.

Laurel dreht sich zu mir um. Ihr Gesichtsausdruck ist nicht der, den ich erwartet hatte. Sie sieht nicht schockiert aus oder als wäre es ihr peinlich, sie wirkt nicht einmal überrascht. Das irritiert mich wirklich. Sie sagt nicht mal ein Wort.

Thomas macht einen Schritt zurück, als hätte er Angst, Laurel könnte sich wieder auf ihn stürzen. Denn genau das muss ja wohl gerade passiert sein. Ich habe keinerlei Zweifel daran, wer hier hieran die Schuld trägt. Natürlich gibt es genug Schuld, dass auch noch etwas für Thomas übrig bleibt, aber Laurel hat die ganze Sache garantiert angefangen.

»Faith, ich kann dir das erklären! Können wir kurz reden?«, bettelt Thomas.

»Nein, können wir nicht.«

»Wieso nicht?«

»Weil ich nie wieder mit dir reden will.« Unglaublich, dass ich bei diesem Satz nicht weine. Ich bestehe im Moment nur aus Eis und Stahl.

»Faith, bitte! Jetzt sei nicht so! Du verstehst das nicht, es war nur ...« Thomas verstummt und macht ein paar Schritte auf mich zu. Ich weiche zurück. Er sieht mich flehentlich an, aber ich bin ja leider aus Eis und Stahl.

»Ich mein's ernst. Ruf mich nicht an, komm nicht zu mir nach Hause, sprich mich in der Schule nicht an. Es ist vorbei.« Einfach so. Meine erste Beziehung ist zu Ende. Eis. Stahl.

Thomas ist wütend. Er wagt es tatsächlich, genervt auszusehen. »Du machst gerade einen großen Fehler.«

»Der einzige Fehler war, dir damals eine Chance zu geben. Wenn ich gewusst hätte, dass du nur mehr über Laurel erfahren wolltest, hätte ich nie was mit dir zu tun haben wollen. Und das weißt du ganz genau.«

Jetzt sehen sie doch beide ziemlich schockiert aus. Ich muss fast lachen.

»Was redest du denn da?«, fragt Thomas.

»Ich habe mich vorhin ein bisschen mit deiner Tante unterhalten, die hat mir alles erzählt. Dass du eine Phase hattest, wo dich Kriminalfälle interessiert haben. Wolltest du der neue Sherlock Holmes sein, oder was?«

»Stimmt das?«, fragt Laurel.

Thomas schüttelt nur den Kopf.

»Ach, hast du ihr etwa auch nichts davon erzählt? Der liebe Thomas war nämlich mal ein bisschen zu sehr von deiner Geschichte fasziniert. Er hat alle Bücher darüber gelesen und alle Fernsehberichte gesehen. Er hatte bestimmt sogar ein Album, wo er Zeitungsartikel über dich eingeklebt hat.«

»Stimmt das?« Ihr Gesicht ist immer noch völlig neutral. Sie klingt fast gelangweilt.

Thomas windet sich. »Es war nicht so schlimm, wie es jetzt gerade klingt. Ehrlich nicht.«

Ich lache. »Und das hier«, ich zeige auf die beiden, »ist das etwa auch nicht so schlimm, wie es gerade aussieht? Ihr passt wirklich toll zusammen. Ehrlich. Ich hoffe, ihr werdet richtig glücklich miteinander.«

Ich öffne die Tür und will gehen, schließe sie dann jedoch wieder. Eine Sache muss ich noch loswerden. Ich sehe Laurel an, die immer noch aussieht wie frisch vom Roten Teppich und so gar nicht in diesen heruntergekommenen kleinen Abstellraum passt. Ich weiß, ich sollte das hier nicht sagen, aber ich will endlich einmal eine Reaktion von ihr sehen. Sie sieht mich abwartend an. Vielleicht weiß sie ja schon genau, was jetzt kommt. Ich muss mich räuspern, weil ich genau in diesem Moment das Gefühl habe, mir steckt etwas im Hals.

Ich werfe einen letzten Blick auf Thomas (er weint und sieht ziemlich erbärmlich aus) und schaue Laurel dann wieder in die Augen.

»Ich wünschte, du wärst nie zurückgekommen.«

KAPITEL 45

Sie reagiert nicht mal, wirkt kein bisschen verletzt. Lediglich ihre Kiefermuskeln spannen sich kurz an, und dann – aber das muss ich mir eingebildet haben – nickt sie kurz zustimmend.

»Faith!« Thomas ist entsetzt.

Ich gehe gar nicht darauf ein, sondern rede weiter mit Laurel. »Es wär besser, wenn du heute bei Mum übernachtest. Thomas bringt dich sicher gern nach Hause.«

»Aber was soll ich ihr denn sagen? Sie merkt bestimmt gleich, dass was nicht stimmt.«

»Mir doch egal, was du ihr sagst. Kannst ihr gern erzählen, dass du dich meinem Freund an den Hals geworfen hast.« Jetzt kommen mir doch die Tränen, dabei hätte ich es fast ohne ins Ziel geschafft. »Denk dir einfach irgendwas aus, darin bist du doch gut.« Ich hoffe, die Bitterkeit in diesem letzten Satz lenkt von den Tränen ab, die mir dabei über die Wangen laufen.

Thomas würde mich am liebsten tröstend in den Arm nehmen, das sehe ich ihm an. Das darf auf keinen Fall passieren. Ich muss jetzt stark sein.

»Weißt du was?«, wende ich mich an ihn. Sofort zeigt sich Hoffnung in seinem Gesicht. Er denkt, solange ich noch hier bin und mit ihm rede, ist vielleicht noch nicht alles vorbei, wird vielleicht alles noch gut. Da irrt er sich aber. Laurel öffnet den Mund, als wollte sie etwas sagen (sich entschuldigen?), aber ich komme ihr zuvor. »Du hast echt keine Ahnung, was du für ein Glück hast, dass du Einzelkind bist. Geschwister sind nämlich überhaupt nicht so toll, wie immer alle behaupten.« Mir kommt ein Gedanke. Ein letzter Versuch, ihr so weh zu tun, wie sie mir weh getan hat.

»Aber andererseits ...« Ich wische mir die Tränen ab. »Andererseits bist du ja auch gar nicht meine richtige Schwester. Wenn Mum und Dad geahnt hätten, was du alles anrichtest, hätten sie dich bestimmt nie adoptiert!« Ich warte die Reaktion der beiden nicht ab, sondern gehe einfach.

Ich hole meine Jacke und meine Tasche von oben, laufe dabei zum Glück weder Martha noch Steve über den Weg und verschwinde. Ich gehe zu Fuß zu Dads und Michels Wohnung, obwohl es fast eine Stunde dauert. Martha schreibt mir eine SMS, wo ich denn stecke. Ich antworte, dass es mir nicht gutgeht, was ja nicht mal gelogen ist. Sie ist böse, dass ich einfach abgehauen bin, ohne mich zu verabschieden, aber als ich sage, ich hätte mich übergeben müssen, sieht sie es mir nach.

****

Als ich nach Hause komme, ist Dad bereits schlafen gegangen. Michel sitzt mit Tonks auf der Couch und liest. Ich erzähle ihm dieselbe Lüge wie Martha.

»Zu viel getrunken?«

Ich nicke und hole mir eine Flasche Wasser aus der Küche.

»Wo ist denn deine Schwester?« Michel folgt mir in die Küche. Tonks schleicht ihm um die Beine.

»Sie wollte lieber bei Mum schlafen.«

»Wieso?«

»Woher soll ich das denn wissen? Sie ist ja wohl alt genug.« Ich klinge bockig. Kindisch.

»Ist ja schon gut, sorry, dass ich gefragt habe.« Er trägt eine alte Jogginghose und ein T-Shirt mit dem Schriftzug einer französischen Rugbymannschaft. Sein Gesicht ist lieb, aufmerksam, besorgt. »Willst du reden?«

Ich trinke schnell das Wasser aus. Meine Güte, ich würde ihm so gern alles erzählen. Alles, was sie mir angetan hat, alles, was ich fühle. Michel wüsste genau, wie man damit umgeht. Er würde mir keinen Vorwurf machen wegen der schrecklichen Dinge, die ich zu ihr gesagt habe. Er würde verstehen, wo das alles herkam, von diesem dunklen, verbitterten Ort in mir drin, den ich sonst immer so gut vor der Welt verstecke.

Es würde mir guttun, mit ihm zu reden. Vielleicht wüsste er auch eine Möglichkeit, wie Thomas und ich das hier durchstehen. Wie ich darüber hinwegkommen kann, dass er meine Schwester geküsst und mich die ganze Zeit darüber belogen hat, was er alles über sie wusste. Vielleicht würde Michel Laurel und mich in ein Zimmer sperren und irgendwie dafür sorgen, dass wir miteinander reden. Vielleicht würde sie mir erklären, wieso sie das alles getan hat. Vielleicht könnte ich es verstehen, wir würden uns umarmen und diese Sache einfach abhaken, weil Schwestern sich doch nicht von einem Jungen auseinanderbringen lassen. Ich müsste mich dann natürlich auch entschuldigen. Ich müsste sagen, dass ich das alles nicht so gemeint habe. Dass ich mich auf jeden Fall freue, dass sie wieder da ist. Dass es mir vollkommen egal ist, ob wir blutsverwandt sind. Dass sie meine Schwester ist, es immer war und auch immer bleiben wird.

Ich sehe Michel an. Die Versuchung, einzuknicken und ihm einfach alles zu erzählen, ist riesig. Ich schließe die Augen, trinke den letzten Schluck Wasser und hole tief Luft. »Danke für das Angebot, aber es gibt nichts zu bereden. Und wenn du Dad vielleicht nicht erzählen könntest, dass ich mich übergeben habe, wär ich dir sehr dankbar.«

»Dein Geheimnis ist bei mir sicher, *ma chérie.*«

Wie wir hier in der Küche stehen und reden, während Dad schon schläft, erinnert an früher. Michel und ich sind immer lange aufgeblieben und haben uns stundenlang unterhalten. *Früher.* Bevor Laurel wieder da war. Und bei diesem Gedanken ist der Moment zerstört.

Ich sage ihm gute Nacht und umarme ihn. Falls ihm auffällt, dass ich ihn etwas länger und auch etwas fester drücke als sonst, sagt er zumindest nichts.

Er nimmt Tonks auf den Arm. »Schlaf gut. Morgen geht's dir wieder besser.«

Ich befürchte, da irrt er sich.

KAPITEL 46

Ich schlafe überraschend gut und wache um halb sieben auf. Glücklicherweise habe ich keinen allzu schlimmen Kater, was ein Wunder ist angesichts der letzten Nacht. Auf dem Handy erwartet mich eine SMS von Martha. Ich brauche eine Weile, um sie zu entziffern (übereifrige Autokorrektur und betrunkenes Tippen) – es »könnte sein«, dass sie Steve geküsst hat. Das ist typisch Martha: zu sagen, es könnte sein, wenn es auf jeden Fall stattgefunden hat. Es ist hingegen untypisch für sie, mit irgendwelchen Typen rumzuknutschen, schon gar nicht mit jemandem wie Steve. Ich bin nicht sicher, was ich davon halten soll.

Thomas hat dreimal angerufen und mir auf die Mailbox gesprochen. Ich lösche alle drei Nachrichten, ohne sie mir anzuhören. Laurel hingegen hat sich nicht gemeldet. Keine Ahnung, was das bedeutet. Tut es ihr leid? Ist sie sauer auf mich? Dann plötzlich die quälende Frage: Ist sie überhaupt zu Hause? Es fällt mir viel zu leicht, mir die beiden zusammen in Thomas' Van vorzustellen. Thomas würde mir das nicht antun, da bin ich fast sicher, aber ihr traue ich es auf jeden Fall zu. Meine eigenen Gedanken erschrecken mich.

Wollte Laurel ihn schon die ganze Zeit haben? Hat sie uns deshalb beim Sex beobachtet? Das ergibt irgendwie keinen Sinn, vor allem nicht, wenn man bedenkt, was sie erlebt hat. Zum ersten Mal überlege ich, ob ich vielleicht tatsächlich etwas falsch interpretiert habe, ob die Situation gestern wirklich nicht das war, wonach es aussah. Ich meine, was habe ich denn überhaupt genau gesehen? Die beiden haben eng voreinander gestanden. Er hatte seine Hand auf ihrer Hüfte. Ich konnte nicht sehen, ob sich ihre Lippen berühren. Er hätte ihr genauso gut helfen können, weil sie etwas im Auge hatte. Vielleicht haben sie sich über irgendetwas im Flüsterton unterhalten, vielleicht mussten sie einander ein Geheimnis erzählen, das so hochgradig geheim war, dass sie sich einen ruhigen Ort abseits der Party suchen und dann trotzdem noch flüstern mussten.

Es gibt tausend Erklärungen. Es muss kein Kuss gewesen sein. Das sage ich mir immer wieder, während ich dusche, mich anziehe und mich ein wenig schminke. Ich denke mir weitere Szenarien aus: Thomas hatte plötzlich einen riesigen Pickel auf der Nase, und Laurel hat ihm geholfen, Abdeckstift darauf aufzutragen, damit man den Pickel auf den Fotos nicht sieht. Thomas ist heiser geworden, weil er oben die ganze Zeit über die Musik hinwegbrüllen musste, deshalb musste Laurel ganz nah vor ihm stehen, um ihn hören zu können. Diese »Möglichkeiten« sind eine unwahrscheinlicher als die andere. Sie sind Hirngespinste eines Mädchens, das die Wahrheit nicht akzeptieren will.

Ich gehe schnell aus dem Haus, bevor Dad und Michel aufwachen. Ich lege ihnen einen Zettel auf den Küchentisch. Schriftlich lässt es sich viel leichter lügen als mündlich. Wobei meine Lüge auch mehr als fadenscheinig ist:

Angeblich muss ich an einem Schulprojekt arbeiten und verbringe den Tag in der Bibliothek.

Erst laufe ich eine Weile ziellos herum, aber dann tun mir die Füße weh, also gehe ich tatsächlich in die Bibliothek. Es beruhigt mich, die stillen Gänge entlangzugehen, ab und zu ein Buch aus dem Regal zu ziehen und wieder zurückzustellen. Dann lande ich aber aus Versehen in der Ecke mit den Gedichtbänden, was mich an Thomas erinnert, und schon ist meine Stimmung wieder gedrückt. Also laufe ich schnell weiter.

Meine Beine tragen mich wie von allein die Treppe hinauf und an sieben Regalreihen vorbei zu dem Teil der Bibliothek, in dem ich mich bestens auskenne. Im Laufe der Jahre habe ich sehr viel Zeit hier im Schneidersitz auf dem Boden verbracht. Ich habe immer so schnell gelesen, wie ich konnte, in der ständigen Angst, Mum könnte bemerken, dass ich gar nicht in der Kinderecke im Erdgeschoss war. Sie hat mich jedoch kein einziges Mal erwischt.

Die drei Bücher sind alle da. Ich hätte erwartet, dass sie jemand ausgeliehen hat nach den vielen Berichten in letzter Zeit. Aber heutzutage bekommen die Leute ja alle Informationen online, und diese Bücher sind nicht mehr auf dem neuesten Stand.

Vermisst: Mein kleines Mädchen. Kitschig, völlig übertrieben, das Werk eines Regenbogenjournalisten, der dafür nicht einmal mit meinen Eltern gesprochen hat.

ENTFÜHRT! Die WAHRE Geschichte der Laurel Logan. Auch von einem Regenbogenjournalisten, dieser hier war jedoch davon überzeugt, Laurel sei als Sklavin und / oder Prostituierte verkauft worden. Monatelang ist er durch Europa gereist und hat nach ihr gesucht. In seinem Buch behauptet er, ein osteuropäisches Bordell gefunden zu haben, in dem sich Laurel noch wenige Stunden vor seiner Ankunft ganz sicher aufgehalten haben muss. Leider sei sie dann von den »Gangsterbossen« weggebracht worden, die »Wind davon bekommen« hätten, dass er ihnen »auf den Fersen« war. (Die Polizei ist der Spur natürlich nachgegangen. Alles erfunden.)

Und dann ist da noch Jeanette Hayes' Buch. Das meine Mutter nicht mal eines Blickes würdigen würde. Sie wäre schon nicht sonderlich begeistert gewesen, wenn sie mich mit einem der ersten beiden Bücher erwischt hätte. Aber wenn sie mitbekommen hätte, dass ich das von Jeanette Hayes lese, wäre sie komplett ausgerastet. Mum meinte immer, diese Frau würde einen privaten Rachefeldzug gegen uns führen. Sie wollte nicht einmal ihren Namen aussprechen, bei uns zu Hause hieß Jeanette Hayes immer nur »diese Frau«.

Ich hasse sie auch für das, was sie unserer Familie angetan hat. Mum hat zwar immer versucht, nicht über diese Dinge zu sprechen, so lange ich mit im Zimmer war, aber das ist ihr oft nicht gelungen. Eigentlich eher selten. Na gut, und ich habe als Kind auch oft an der Tür gelauscht und dabei viele, viele Sachen gehört, die nicht für meine Ohren bestimmt waren.

Ich setze mich im Schneidersitz auf den Fußboden. Das Jeanette-Hayes-Buch ist nicht die abgegriffene Ausgabe, die ich in Erinnerung habe, sondern eine Neuauflage vom letzten Jahr. Die ältere Ausgabe habe ich bestimmt vier- oder fünfmal gelesen. Außerdem habe ich mir immer eine Ecke von der Seite umgeknickt, auf der ich gerade war, und dann beim nächsten Bibliotheksbesuch weitergelesen. Mum und ich waren nicht jede Woche dort, also hat es manchmal lange gedauert, bis ich es ausgelesen hatte. Ich habe damals nach Hinweisen gesucht, wieso diese Frau unsere Familie so hasste. Ich konnte nicht nachvollziehen, wieso ihr Laurel völlig egal war, wieso sie als Einzige widersprach, wenn alle anderen der Meinung waren, man müsste alles tun, um meine Schwester zu finden. Hayes' Argument lautete, dass jeden Tag Kinder verschwanden und es keinen Grund für die Polizei und die Medien gab, sich so auf »die kleine Laurel Logan« zu konzentrieren und dabei die vielen anderen Kinder zu ignorieren. Sie sprach immer wieder davon, wie »ungerecht« das sei, und war anscheinend der Meinung, dies alles würde nur passieren, weil Laurel weiß, blond, hübsch und aus der Mittelklasse war. Dabei war es ja natürlich nicht Laurels Schuld, dass sich die Medien so auf ihren Fall stürzten. Sie konnte nichts dafür, dass sich die Leute mehr für sie als für die anderen vermissten Kinder interessierten.

Ich lese jetzt noch einmal das Vorwort. Ich kenne es fast auswendig. Seltsamerweise kann ich heute verstehen, was Hayes meinte. Es war tatsächlich ungerecht. Natürlich war es das. Jedes vermisste Kind sollte dieselbe Priorität haben. Wer weiß, wie viele man von ihnen hätte finden können, wenn auch nur ein Zehntel der Einsatzkräfte und Ressourcen für sie aufgewendet worden wären, die für die

Suche nach Laurel aufgebracht wurden. Darüber denkt man natürlich nicht gern nach, und deshalb ist Jeanette Hayes wahrscheinlich so unbeliebt. Sie hat viele Drohbriefe bekommen, weil die Leute nicht die Wahrheit vor Augen geführt bekommen wollten. Nämlich, dass das Verschwinden eines schwarzen Kindes aus dem Sozialwohnungsviertel in London den Medien nur eine klitzekleine Meldung wert gewesen wäre. Dass sie einfach weiter in aller Ruhe ihren Kaffee oder Tee oder Orangensaft getrunken und sich nicht einmal für einen Moment Gedanken um das Schicksal dieses Kindes gemacht hätten. Und wenn sie aus irgendeinem Grund doch darüber nachgedacht hätten, wären sie davon ausgehen, dass der Nichtsnutz von einem Vater irgendwie in die Sache verstrickt gewesen war (denn trotz der Kürze der Meldung hatte man genug Platz gefunden, um darauf hinzuweisen, dass das Kind drei Geschwister von drei verschiedenen Vätern hatte).

Es ist absolut ekelhaft. Und ich ekele mich vor mir selbst, dass mir das nicht schon früher aufgegangen ist. Obwohl ich Hayes' Buch immer und immer wieder gelesen habe – die Kapitel über die anderen vermissten Kinder habe ich stets übersprungen. Die waren auch mir egal. Nur Laurel war mir wichtig. Ich habe jedoch wenigstens eine Erklärung dafür, zwei sogar: Ich war noch jung, und Laurel ist meine *Schwester.* Trotzdem – ich bin nie auch nur auf den Gedanken gekommen, zum Beispiel einmal im Internet nachzuschauen, was aus den anderen Kindern geworden ist. Die Hälfte ist vielleicht wieder bei ihrer Familie. Einige sind vielleicht tot.

Ich schlage das Buch zu. Mir bohrt sich ein Gedanke in den Kopf, der sich nicht ignorieren lässt: Habe ich diesen plötzlichen Sinneswandel in Bezug auf Jeanette Hayes' Buch, weil ich das erste Mal darin lese, seitdem Laurel wieder zu Hause ist? (Möglich.) Oder liegt es eher daran, dass ich *heute* darin lese? Hätte ich ein paar Tage nach Laurels Rückkehr darin geblättert, wäre Jeanette Hayes wahrscheinlich immer noch »diese Frau« für mich, und ich würde sie immer noch hassen, weil das in meiner Familie ja nun mal so ist. Aber heute, in diesem Moment, stimme ich Hayes nämlich darin zu, dass »die kleine Laurel Logan« zu viel Aufmerksamkeit bekommen hat, weil ich heute, in diesem Moment, die nicht mehr ganz so kleine Laurel Logan hasse. Und obwohl ich gestern sehr wütend und betrunken war, als ich ihr diese Sachen an den Kopf geworfen habe, geht mir jetzt auf, dass alles stimmt. Ich habe jedes Wort so gemeint.

Ich wünsche mir wirklich, sie wäre nie zurückgekommen.

KAPITEL 47

Ich muss mit Laurel reden. Das ist nur vernünftig, und das weiß ich auch. Wir müssen diese Sache klären, wenn schon nicht für uns, dann wenigstens für Mum und Dad. Wir müssen einen Weg finden, friedlich miteinander unter einem Dach zu leben, obwohl ich weiß Gott nicht mit ihr zusammenwohnen würde, wenn ich es mir aussuchen könnte.

Mit Thomas ist es leicht. Den kann ich einfach wie einen bösartigen Tumor aus meinem Leben herausschneiden. Natürlich werden wir uns in der Schule noch über den Weg laufen, aber da kann ich ihn ignorieren und so tun, als würde er mir nichts bedeuten, bis er mir irgendwann endlich wirklich egal ist. Martha ist garantiert auf meiner Seite, das ist klar. Und bald wird er nur noch einer von den »anderen« sein, wie wir früher immer alle genannt haben, die nicht Martha oder ich waren. Thomas gehört dann nicht mehr zu uns, sondern wird wieder einer von denen.

Laurel gehört aber zur Familie, und das ist etwas anderes. *Blut ist dicker als Wasser.* Auch wenn wir ja nicht wirklich blutsverwandt sind. Sie kann ich jedenfalls nicht einfach so ignorieren. Ich kann nur lernen, mit ihr zu leben und sie so wenig wie möglich Schaden anrichten zu lassen.

Ich schreibe ihr eine SMS: *Wir müssen reden.*

Während ich auf ihre Antwort warte, lese ich weiter in Jeanette Hayes' Buch, diesmal ein paar der Geschichten über die anderen Kinder. Jede Geschichte erzählt von einer zerstörten Familie. Einer Familie wie meiner, nur anders. Wir hatten Glück. Wir haben unser fehlendes Puzzleteil zurückbekommen. Wer weiß, was die anderen Familien immer noch durchmachen.

Eine halbe Stunde später hat Laurel immer noch nicht geantwortet, aber so leicht gebe ich nicht auf. Vielleicht hat sie Angst davor, mit mir zu reden, vielleicht denkt sie, ich erzähle alles Mum und Dad. Das wäre das Letzte, was ich tun würde, aber das weiß sie ja nicht. Es wäre mir viel zu peinlich, zugeben zu müssen, dass meine Schwester mir den Freund ausgespannt hat. (Aber hat sie das denn nun wirklich? Ist er wirklich weg? Wenn ich nicht mit ihm rede, werde ich das wohl nie erfahren.)

Ich schicke ihr noch eine SMS: *Wir kriegen das schon wieder hin, ehrlich.*

Es fällt mir schwer, auf Senden zu drücken, weil ich selbst nicht daran glaube. Und wenn ich nicht daran glaube, tut Laurel das bestimmt auch nicht.

Ich lese weiter in dem Buch. Noch mehr Familien, die auseinandergerissen wurden, noch mehr Eltern, die verbittert waren, weil meine Schwester als wichtiger betrachtet wurde als ihr Kind. Wie das für Hayes wohl war, sich mit diesen Leuten persönlich zu unterhalten, ihre Trauer so ungefiltert zu erleben?

Mein Handy vibriert. Na endlich.

Es ist jedoch keine SMS von Laurel, sondern von Kirsty Fairlie: *Hey, bin gerade in der Innenstadt. Lust auf einen Kaffee? Fliegen morgen wieder.*

Seit dem gemeinsamen Essen schreiben wir uns ab und zu. Die Fairlies haben alle Verwandten und Freunde besucht und sich verschiedene Universitäten angesehen.

Ich tippe: *Sorry, geht heute nicht, bin krank.*

Aber dann überlege ich kurz. Ich kann ja sowieso nicht den ganzen Tag hierbleiben. Außerdem sterbe ich schon vor Hunger. Und Kirsty ist echt nett, auch wenn sie ein bisschen viel redet. Also schreibe ich ihr stattdessen zurück, dass ich mich gern mit ihr treffe, und wir verabreden uns in einem Café etwa 20 Minuten von der Bibliothek entfernt. Am liebsten würde ich das Hayes-Buch mitnehmen, widerstehe der Versuchung jedoch und stelle es stattdessen zurück ins Regal, und zwar so, dass es vor den anderen steht und ins Auge fällt. Das sollen auch andere lesen, es ist wichtig.

Kirsty ist schon da und isst ein Stück Biskuittorte. Ich bestelle mir auch eins, und gleich noch ein Stück Karottenkuchen dazu. Kirsty ist anzusehen, dass sie das ein bisschen zu gierig findet, und ich murmele, dass ich heute noch nichts gegessen habe. Daraufhin bestellt sie sich auch noch ein Stück Karottenkuchen.

»Ich hatte zwar schon Mittag, aber es war einfach nur ekelhaft. Britisches Essen geht echt gar nicht. Ihr kriegt ja nicht mal ein vernünftiges Sandwich hin!«

Normalerweise würde ich jetzt mein Land verteidigen

und irgendeinen bissigen Kommentar dazu machen, wieso sie dann überhaupt hergekommen ist, wenn sie es hier so schlimm findet (*Geh doch nach Hause und grill dir ein Känguru-Steak!*). Aber heute nicke ich nur und gebe ihr recht, denn es stimmt leider.

Wir unterhalten uns beim Essen über ihre Pläne fürs Studium, denn dazu sind wir letztens nicht gekommen, es ging ja die ganze Zeit nur um Laurel. Wie sich herausstellt, interessieren wir uns zum Teil für dieselben Unis. Sie fragt, welche mir denn am besten gefällt, und ich sage: »Die, die am weitesten weg ist.«

Irgendwie klingt das plötzlich seltsam. Es hatte ein Witz sein sollen, so wie man das eben sagt, wenn man endlich bei seinen Eltern ausziehen und auf eigenen Beinen stehen will. Aber so wie Kirsty mich ansieht, hat sie wohl genau herausgehört, wie verbittert ich im Moment bin. Ich versuche schnell, die Situation zu überspielen, und sage, dass ich natürlich nicht möchte, dass Mum jedes Wochenende bei mir vor der Tür steht.

Kirsty nimmt mir das nicht ab. Sie beugt sich ein Stück zu mir vor und sieht mich sehr ernst an. Ihre Haare hängen ihr dabei in die Torte, aber ich sage nichts. »Ist alles okay? Du wirkst irgendwie … keine Ahnung.«

Ich trinke einen Schluck Tee, um Zeit zu gewinnen. Noch einen Schluck, noch ein bisschen mehr Zeit. »Ja, alles okay. Bin bloß müde. Lange Nacht gestern.« Drei-Wort-Sätze ohne jegliche Emotion dahinter.

»Sicher?«

Meine Güte, die ist ja fast so schlimm wie Michel. Ich

hasse es, wenn Leute so nett zu mir sind, dann kommen mir immer sofort die Tränen. Ich hasse es! Und diesmal bekomme ich das »ja, wirklich« nicht mehr heraus und sage stattdessen: »Eigentlich nicht.« Das Bedürfnis, mit jemandem zu reden, ist einfach zu groß.

Ich erzähle Kirsty natürlich nicht alles, nur die Höhe- bzw. Tiefpunkte. Ich erzähle ihr nicht, wie Laurel Thomas und mich beim Sex beobachtet hat, denn das muss nun wirklich niemand wissen. Ich erzähle ihr jedoch von dem Buch, und dass ich dabei ja nur für meine Schwester mitmache, und wie bedankt sie sich dafür? Indem sie meinen Freund küsst.

»Ach du Scheiße!« Kirsty lehnt sich fassungslos zurück. »Das ist ja echt krass.«

Ich würde sie am liebsten umarmen. Es ist so eine Erleichterung, mal mit jemandem zu reden, der nicht Laurel ist, und auch nicht Thomas oder Martha, und dann sagt dieser Jemand auch noch genau das, was ich selbst denke: dass das alles echt krass ist.

»Und, wie hast du reagiert?« Kirsty sieht gespannt und auch ein ganz klein wenig amüsiert aus, aber das stört mich nicht.

»Wie soll ich schon reagiert haben …«

»Also, wenn das meine Schwester und mein Freund gewesen wären, hätte ich ihr eine runtergehauen und ihm in die Eier getreten, das steht mal fest. Zumindest hätte irgendwer mein Bier im Gesicht gehabt.«

»Hm, gemacht hab ich eigentlich gar nichts, hab den beiden nur ein paar Sachen gesagt.«

Kirsty ist enttäuscht. »Was denn?«

Es ist mir zu peinlich, das zu wiederholen. »Na ja, halt so Sachen.«

»Och nee, du hast doch nicht etwa geweint, oder?«

Ich nicke und meine damit: doch.

Sie schüttelt traurig den Kopf. »Na ja, kann man jetzt auch nichts mehr machen. Du hast dich aber wenigstens sofort von ihm getrennt, oder?«

Ich nicke wieder. Anscheinend hat mich jemand vorübergehend auf stumm gestellt.

»Das ist ja schon mal was. So ein Arschloch.«

»Eigentlich bin ich auf sie wütender als auf ihn.« Es fällt mir nicht leicht, das zuzugeben. Es fühlt sich wie Verrat an.

»Kann ich gut verstehen. Er ist halt bloß irgendein Typ. Ich meine, klar, du liebst ihn, nein, Moment: Du *hast* ihn geliebt. Aber er ist eben trotzdem bloß irgend so ein Typ. Aber sie ist deine Schwester! Schwestern sollte nichts auseinanderbringen. Blut ist nun mal …«

»Bitte sag das nicht …«

Kirsty steckt sich noch einen Bissen Kuchen in den Mund und redet weiter. »Ich kann das echt nicht fassen. Vor allem sollte man meinen …« Sie sieht auf ihren Teller und spielt mit der Gabel an dem Kuchenstück herum. »Keine Ahnung. Man sollte halt meinen, dass es das Letzte ist, was sie will, also mit einem Typen rummachen. Nach allem, was sie durchgemacht hat, weißt du?«

Ich nicke wieder. Kirsty übertreibt zwar manchmal ein bisschen, aber wo sie recht hat, hat sie recht.

Dann schiebt sie hinterher: »Vielleicht sollte das aber auch so eine Art Experiment sein. Um rauszufinden, ob es sich okay anfühlt, wieder jemanden zu küssen. Einen, bei dem sie weiß, dass er sie nicht foltern und vergewaltigen wird.« Sie verzieht das Gesicht. »Sorry, das war grad nicht so nett, ich weiß.«

Ich lasse mir das durch den Kopf gehen. Ein Experiment? Dafür wäre Thomas schon eine gute Wahl, das muss ich zugeben. Und für Laurel ja auch am praktikabelsten. Sie kennt keine anderen Jungs in unserem Alter. Jungs in *meinem* Alter, um genau zu sein, Thomas ist ja immerhin anderthalb Jahre jünger als sie. Auf jeden Fall ist es eine interessante Theorie, und je länger ich darüber nachdenke, desto besser gefällt sie mir. Trotzdem, wenn Laurel einfach nur mal einen Jungen küssen wollte, um herauszufinden, ob dann sofort wieder die schrecklichen Erinnerungen hochkommen, wäre es immer noch falsch von ihr gewesen. Man kann schließlich nicht einfach anderer Leute Freunde küssen. Aber es wäre nicht mehr *so* falsch. Mir geht auf, dass ich wirklich verzweifelt nach einer Erklärung suche, damit alles wieder gut ist. Ich *will* meine Schwester ja nicht hassen.

»Vielleicht war es ja wirklich nur ein Experiment.« Ich nehme einen Bissen von meinem Kuchen, und zum ersten Mal fühlt es sich nicht so an, als würde er mir im Hals steckenbleiben.

»Kann natürlich auch sein, dass sie einfach eine totale Schlampe ist«, sagt Kirsty grinsend.

»Kirsty!« Ich tue erschrocken.

»Ach so, sorry, hab vergessen, dass man über Leute wie

sie ja nichts Böses sagen darf. Ist bestimmt echt praktisch. Sie kann sich für den Rest ihres Lebens absolut scheiße benehmen, und niemand darf was sagen.«

Ich weiß, dass ich meine Schwester in Schutz nehmen sollte. Es sollte klar sein, wem gegenüber ich loyal bin. Aber es tut so gut, endlich mal mit jemandem zu sprechen, für den Laurel keine Heilige ist. Das ist ein bisschen frischer Wind in diesem schrecklichen Mief, der in letzter Zeit mein Leben begleitet.

»Wenigstens ist deine Schwester noch halbwegs intelligent – auch wenn sie ihre Schulbildung von einem Psychovergewaltiger hat. Bryony ist echt dumm wie Brot. Du solltest sie mal hören. Wusstest du, dass sie immer dachte, Baked Beans sind Nudeln? Und als Kind hab ich ihr mal eingeredet, dass es Einhörner wirklich gibt, und das hat sie ein ganzes Jahr lang geglaubt!«

Ich lache, gestehe aber im gleichen Atemzug, dass ich früher Drachen und Dinosaurier nicht auseinanderhalten konnte. »Meinst du, wir wären Freundinnen geworden, wenn deine Familie nicht nach Australien ausgewandert wäre?« Sobald ich das gefragt habe, bereue ich es auch schon. So was fragt man nicht, und es ist ja auch eine völlig sinnlose Frage, dieses Wäre-hätte-könnte.

Kirsty starrt die Wand über meinem Kopf an und lässt sich mit der Antwort Zeit. »Ja, ich glaube schon. Und dann hätte ich deinem Freund gestern Abend für dich in die Eier getreten!« Ihr Lächeln verschwindet schnell wieder. »Aber wir hätten Bryony die ganze Zeit an der Backe gehabt, weil *ihre* Freundin ja nicht mehr da gewesen wäre.«

»Hat sie eigentlich mal was zu dem gemeinsamen Essen gesagt? Sie und Laurel haben am Ende irgendwie so seltsam gewirkt.«

Kirsty zuckt mit den Schultern. »Na ja, ich glaube, Bry war einfach ein bisschen überfordert. Ach ja, und das wird dir gefallen: Sie hat mich gefragt, ob Laurel eine Gehirnwäsche bekommen hat!« Sie lacht. »Manchmal kann ich echt nicht fassen, dass wir verwandt sind. Die ist als Baby bestimmt mal auf den Kopf gefallen. Oder der Krankenschwester direkt nach der Geburt aus der Hand geflutscht.«

»Gehirnwäsche? Wie kommt sie denn darauf?«

»Keine Ahnung … na ja, sie meinte, dass sich Laurel an manche Sachen anscheinend nicht mehr erinnert. So Sachen, die sie früher als Kinder zusammen gemacht haben, weißt du? Wie sie mit ihren Puppen gespielt haben. Und dann hatten sie wohl so eine Art Geheimsprache. Jedenfalls hat sie mit ihr in dieser bescheuerten Sprache gesprochen, und Laurel hat sie nur angesehen, als wäre sie verrückt.«

Ein Gedanke schießt mir durch den Kopf. Er blitzt kurz auf und bleibt doch undeutlich, wie wenn man aus dem Augenwinkel sieht, wie sich jemand ganz hinten im Klassenraum meldet. »Ich wusste gar nicht, dass die beiden eine Geheimsprache hatten.«

Kirsty lacht. »Nee, natürlich nicht. Die war ja auch geheim, das war doch Sinn der Sache. Die arme Bry war so enttäuscht. Sie meinte, es war fast, als würde sich Laurel überhaupt nicht an sie erinnern. Ich hab ihr das aber erklärt. Laurel hat so viel durchgemacht, das können wir uns ja gar nicht vorstellen. Irgendwann macht das Gehirn bestimmt einfach dicht.«

Plötzlich werde ich ganz hektisch. »Ich muss los.«

Kirsty sieht verletzt aus. »Ähm … okay. Hab ich was Falsches gesagt?«

»Nein, überhaupt nicht. Ich hab nur noch was vor, hatte ich ganz vergessen.«

Man merkt ihr an, dass sie sauer ist, auch wenn sie sich Mühe gibt, es nicht zu zeigen.

»Danke für das Treffen. Mir geht's schon viel besser.«

Sie sieht mich an. In ihrem Gesicht steht deutlich: *Ist das jetzt dein Ernst?*

Ich verspreche ihr, dass wir in Kontakt bleiben. Und dass ich mich freuen würde, wenn wir beide an derselben Uni angenommen werden, und das meine ich auch so. Ich bedanke mich noch einmal und renne dann hinaus. Zurück bleibt eine noch halbvolle Tasse Tee, ein ganzes Stück Karottenkuchen und ein etwas verwirrtes australisches Mädchen.

KAPITEL 48

Ich schließe die Wohnungstür so leise wie möglich hinter mir und lausche. Nichts zu hören. Vielleicht nutzen Mum und Laurel die Gelegenheit, um ihre heißgeliebte Mutter-Tochter-Zeit miteinander zu verbringen. Mum hat sich wahrscheinlich nicht einmal gewundert, warum Laurel gestern Abend nach Hause gekommen ist und nicht bei Dad und Michel geschlafen hat. Bestimmt wünscht sie sich heimlich, dass es jedes Wochenende so ist: nur sie zwei.

Meinen Plan kann man nicht wirklich einen Plan nennen; aber ich muss in ihrem Zimmer nachschauen. Irgendetwas stimmt hier nämlich nicht, das ist klar. Ich schleiche die Treppe hoch. Das Haus fühlt sich gar nicht mehr wie mein Zuhause an, irgendwie gehöre ich hier nicht mehr richtig hin.

Laurels Zimmertür ist geschlossen. Das hat aber nichts zu bedeuten, denn sie hält sie in letzter Zeit meistens geschlossen.

Ich öffne die Tür.

Der Kleiderschrank steht offen, und der Fußboden ist mit Sachen übersät. Ein alter Rucksack von Dad liegt auf dem Bett. Ich renne zu meinem Zimmer. Ich will gerade die Klinke herunterdrücken, als die Tür von innen geöffnet wird.

Laurel steht vor mir. »Hi!«, sagt sie. Viel zu laut. Angestrengt fröhlich. »Ich dachte, du bist …«

»Was hast du in meinem Zimmer zu suchen?«

Sie versucht, sich an mir vorbeizudrücken. »Hab nur was gesucht.«

»Was hältst du da hinter dem Rücken?«

»Nichts. Wirklich.«

»Zeig's mir.«

Einen Moment lang scheint sie mit dem Gedanken zu spielen, mich einfach aus dem Weg zu drücken und loszurennen, aber wir wissen beide, wer gewinnen würde.

»Es ist nicht so, wie du denkst!«

»Ich hab gesagt, du sollst mir zeigen, was du da hast!«

Sie holt die Hand hinter dem Rücken hervor. Fünf Zwanzigpfundscheine, sechs Zehnpfundscheine, drei Fünfer und ein bisschen Kleingeld. Ich weiß das deshalb so genau, weil es exakt die Summe ist, die in der kleinen Dose auf meinem Nachttisch lag.

»Her damit!« Ich greife nach ihrer Hand, aber sie hält sie wieder auf den Rücken.

»Ich brauch das aber.«

»Wofür denn?«

Sie sieht aus, als hätte sie Angst. Wovor denn bloß? »Ich kann nicht … ich muss jetzt los. Sie ist bestimmt gleich zurück. Bitte lass mich gehen.« Sie drückt sich tatsächlich einfach an mir vorbei. Ich halte sie nicht auf, folge ihr aber in ihr Zimmer. Dort steckt sie das Geld in eine Seitentasche am Rucksack und füllt ihn dann mit Klamotten.

»Was ist denn los? Ist das wegen gestern Abend?« Ich hole tief Luft und nehme mir vor, die Klügere von uns zu sein. »Mach dir keine Sorgen, ich werd Mum und Dad nichts erzählen.« Sie stopft weiter Sachen in den Rucksack, aber ich weiß, dass sie mir zuhört. »Thomas war sowieso nicht der Richtige für mich, früher oder später hätten wir uns eh getrennt. Du hast nur dafür gesorgt, dass es früher passiert ist. Wahrscheinlich sollte ich dir sogar danken!«

Sie hält einen Moment inne. Sie hat das rote Kleid in der Hand, es zittert in ihren geballten Fäusten. Sie wirft es zurück in den Kleiderschrank. »Tut mir leid«, sagt sie, und ich weiß, sie meint nicht, wie sie gerade mit dem Kleid umgegangen ist.

»Ist schon in Ordnung.« Ich berühre ihren Arm. Sie lässt erschöpft die Schultern sinken. »Du musst nicht weglaufen. Jeder macht mal Fehler.« Ich sehe mich im Zimmer um. »Soll ich dir aufräumen helfen, bevor Mum das hier sieht? Wo ist sie überhaupt?«

»Ich hab sie gebeten, mir was aus der Apotheke zu holen. Ich wollte sie einfach aus dem Haus haben.« Laurel klingt müde und emotional ziemlich am Ende. Damit ist sie nicht allein.

Ich überlege gerade, sie zu umarmen, aber sie packt stoisch weiter. »Laurel! Hör auf! Wieso machst du denn weiter? Ich hab doch gesagt, es ist alles wieder gut.«

Sie schüttelt den Kopf. »Ich bin nicht ... ich bin nicht ...« Sie fängt an zu weinen.

Ich drehe sie zu mir herum. »Laurel! Hör auf damit, bitte! Das ist doch verrückt!«

Sie sieht mich an. Ich sehe sie an. In ihren Augen steht etwas, ich lasse schlagartig von ihr ab.

Ich weiß, was sie sagen wird. »Du bist nicht …«

»Ich bin nicht Laurel.«

KAPITEL 49

Sie ist nicht Laurel. Das weiß ich. Keine Ahnung, woher ich diese Sicherheit nehme, aber ich weiß es. Vielleicht habe ich es die ganze Zeit gewusst und mir nur nicht eingestanden? Oder ist es mir erst nach und nach aufgegangen? Ein winziger Hinweis nach dem anderen, und zusammen ergeben sie nicht meine Schwester.

Sie ist nicht Laurel.

Ich habe nicht gemerkt, wie stark sich meine Hand um ihre Schulter geklammert hat. Sie windet sich aus meinem Griff und macht einen unsicheren Schritt zurück, als hätte sie Angst, ich würde sie schlagen. Tränen laufen ihr über die Wangen, und aus ihrem Mund kommen laute, verzweifelte Schluchzer, als gäbe es nicht genug Luft auf dieser Welt für sie. »Es tut mir leid es tut mir so leid ich wollte das nicht ich meine ich wollte es schon aber es tut mir leid …« Sie hat die Hände zu Fäusten geballt. Ein kleines Mädchen, das weit weg von zu Hause ist.

Ich sehe dieses Mädchen an und frage mich, wie ich jemals glauben konnte, das wäre meine Schwester. Plötzlich bin ich erleichtert. Es ist jedoch schwierig, die einzelnen Emotionen genau zu benennen. Es sind so viele, sie fliegen alle durcheinander, und sie stoßen immer wieder gegeneinander, weil sich viele von ihnen widersprechen. Aber ich bin auf jeden Fall froh, dass dieses Mädchen nicht meine Schwester ist.

Dann wird mir klar: Wenn dieses Mädchen nicht Laurel ist, ist Laurel also immer noch vermisst. Der Albtraum der letzten 13 Jahre geht weiter. Die echte Laurel ist immer noch irgendwo da draußen, tot oder lebendig, und niemand sucht mehr nach ihr, weil wir ja dachten, wir hätten sie zurück. Meine Eltern werden am Boden zerstört sein und sich wahrscheinlich diesmal auch nicht wieder davon erholen. Muss ich diejenige sein, die ihnen die schreckliche Nachricht überbringt?

Laurel und ich stehen wie Fremde voreinander, beide wie erstarrt.

»Wer bist du dann?«

»Ist doch egal, oder? Nicht Laurel.«

Egal? Meine Schwester ist immer noch irgendwo da draußen, und niemand weiß davon außer mir. Und hier steht dieses Mädchen, wer auch immer das ist. Ich warte. Sie sieht immer wieder zwischen dem Rucksack und dem Wecker neben dem Bett hin und her. Ohne es zu merken, ballt sie die Fäuste und löst sie wieder. Ich habe keine Ahnung, wozu dieses Mädchen fähig ist. Ich weiß nichts über sie, außer dass es ihr irgendwie – bloß wie? – gelungen ist, uns allen etwas vorzumachen. Und wenn mir dieses Mädchen, das nicht Laurel ist, weh tut? Sie könnte ja eine Waffe in dem Rucksack haben, was weiß denn ich.

Ich hole mein Handy aus der Tasche. »Sag mir, wer du bist, oder ich rufe Mum an.« Ich hätte »*meine* Mum« sagen sollen, ihre ist es ja nicht.

»Nein, bitte nicht! Bitte mach das nicht!« Ihr Gesicht ist noch rot vom Weinen, aber darunter ist sie plötzlich totenblass.

Ich rufe meine Kontakte auf und scrolle zu Mum.

»Sadie. Ich heiße Sadie, okay? Und jetzt tu das Handy bitte wieder weg.«

Ich sollte Mum trotzdem anrufen, ich sollte ihr sagen, dass sie sofort nach Hause kommen muss, und dann würde sie sich um diese ganze verrückte Geschichte kümmern. Aber das kann ich ihr nicht antun, oder?

Ein SMS-Ton erklingt. Ich weiß, dass es nicht mein Handy ist, denn das habe ich auf lautlos gestellt. Das Mädchen zuckt zusammen und wühlt in den Sachen auf dem Bett. »Scheiße. *Scheiße!* Ich muss weg. Jetzt sofort. Mum kommt gleich.« Mein Blick brennt sich in ihre Stirn. »Deine Mum, meine ich.«

»Du gehst nirgendwohin.«

»Ich muss aber, du verstehst das nicht!«

Da explodiere ich endlich. »Da hast du vollkommen recht, ich versteh das nicht! Wie soll ich denn bitte schön verstehen, dass irgendein fremdes Mädchen einfach so in unsere Familie gekommen ist und behauptet hat, sie wäre meine vermisste Schwester?! Wer macht denn so was? Ging's dir um das Geld? Oder wolltest du berühmt werden? Hat es dir Spaß gemacht, im Fernsehen zu lügen? Hast du dich über uns lustig gemacht? Fandest du das alles witzig?«

Das Mädchen weicht immer weiter vor mir zurück. Jetzt steht sie schon mit dem Rücken vor dem Kleiderschrank. Sie atmet heftig. Ich auch. Sekunden verstreichen.

»Willst du wirklich die Wahrheit wissen?«, fragt sie leise.

Ich nicke.

»Dann komm mit.«

»Hast du sie noch alle? Ich geh doch nicht mit dir irgendwohin!« Ich spreche beinahe aus, dass sie schließlich eine verrückte Mörderin sein könnte, reiße mich jedoch zusammen.

Sie kann aber anscheinend Gedanken lesen, denn sie sagt: »Ich tu dir nichts.«

Ich schüttele den Kopf, mache aber trotzdem einen Schritt zurück, so dass sie an mir vorbeigehen kann. Sie packt den Rucksack zu Ende. Während sie ihn zuschnürt, überprüft sie noch einmal, ob sie auch nichts vergessen hat. Der Rucksack sieht noch halbleer aus, viel nimmt sie also nicht mit. Dann setzt sie den Rucksack auf.

Ich will die Wahrheit wissen. Aber das hier ist doch völliger Wahnsinn.

Das Mädchen namens Sadie sieht mir mein Zögern an. »Entscheid dich, ich geh jetzt nämlich los. Egal, ob du mitkommst oder nicht.«

»Und was ist mit Mum? Wenn die wiederkommt und sieht, dass du weg bist, rastet sie aus und ruft sofort die Polizei.«

Sadie erklärt, dass sie Mum einen Zettel dalässt, der besagt, dass sie heute bei Dad schlafen wird. Dad wird nicht erfahren, dass »Laurel« bei ihm sein soll, und Mum weiß nicht, dass sie dort nie angekommen ist. Bis es zu spät ist.

»Ich halte das für keine gute Idee.« Ein letzter Versuch meinerseits, vernünftig zu sein.

Nicht-Laurel/Sadie steht vor mir. Zu nah. »Ich mach dir einen Vorschlag. Wenn du jetzt mitkommst, mache ich hinterher alles, was du sagst.« Sie sieht mir in die Augen.

Ich versuche zu ergründen, ob sie das gerade ehrlich meint. Ich würde ihr wahrscheinlich glauben, wenn ich nicht aus eigener Erfahrung wüsste, dass dieses Mädchen eine der besten Lügnerinnen ist, die ich kenne. Aber es ist auch egal, ob sie die Wahrheit sagt oder nicht. Ich will wissen, warum sie so einen unglaublichen Aufwand betrieben hat, um die Identität meiner Schwester anzunehmen. Und dieser Wunsch ist stärker als jede Vernunft.

»Okay, ich komm mit.«

KAPITEL 50

Während sie den Zettel für Mum schreibt, überlege ich kurz, ob ich ein Messer aus der Küche mitnehmen sollte. Nur für den Fall. Aber die Vorstellung, es auch wirklich zu benutzen, kommt mir dann doch so absurd vor, dass ich den Gedanken gleich wieder verwerfe.

Bevor sie die Haustür hinter sich zuzieht, sieht Sadie sich noch einmal um. Sie scannt den Flur und die Treppe so hochkonzentriert, dass es mich nicht wundern würde, wenn ihre Blicke kleine Löcher in die Tapete brennen könnten. Dabei gibt es nicht einmal etwas Besonderes zu sehen: An der Wand stehen ordentlich Schuhe aufgereiht, an den Haken neben der Tür hängen ein Jutebeutel und ein paar Jacken, auf der untersten Stufe liegt ein kleiner Stapel Briefe. Sadie schluckt und beißt die Zähne zusammen. Ich weiß, wie das ist, wenn man seine Gefühle herunterschlucken muss, damit sie einen nicht überwältigen.

Vorn an der Straße gehen wir nach rechts und warten an der Haltestelle auf den Bus.

»Fahren wir an den Ort, wohin du immer allein verschwunden bist?«

Sie sieht aus, als wollte sie widersprechen, aber ich denke, uns beiden ist klar, dass die Zeit der Lügen vorbei ist. »Nur einmal.«

»Verrätst du mir, wo es hingeht?«

»Ich zeig's dir lieber.«

Der Bus kommt und wir steigen ein. Sadie eilt mit gesenktem Kopf ganz nach hinten. Offensichtlich hat sie Sorge, jemand könne sie erkennen. Das ist jedoch unwahrscheinlich, sie hat ihre Haare unter einer schwarzen Mütze versteckt und trägt kein Make-up. Sie sieht heute wie ein ganz normales Mädchen aus, das einem nicht auffallen würde. Der Einzige, der aufsieht, als wir vorbeigehen, ist ein Junge in unserem Alter mit einem Telefon am Ohr. Sein Blick geht jedoch durch uns hindurch, er ist mit wichtigeren Dingen beschäftigt. »Das war krass, Alter! Typisch Jim! Ohne Scheiß, Alter …«

Als wir unbehelligt in der vorletzten Reihe angekommen sind, atmet Sadie erleichtert auf. Sie setzt sich ans Fenster und nimmt den Rucksack auf den Schoß. Am liebsten würde ich mich ihr gegenüber setzen, denn es fühlt sich falsch an, so nah neben ihr zu sitzen, dass sich unsere Oberschenkel berühren. Ich habe in den letzten Monaten zwar unzählige Male so nah neben ihr gesessen, aber da waren wir ja noch Schwestern.

Ich habe wirklich nicht den leisesten Schimmer, wo es hingehen könnte. Vielleicht ein Hochhaus in einem heruntergekommenen Viertel? So ein Haus, wo es zwar einen Fahrstuhl gibt, der aber eh immer kaputt ist und in dem es nach Pisse riecht. Ich war noch nie in so einem Haus, aber ich habe sie schon oft im Fernsehen gesehen. Ich stelle mir vor, wie wir beide einen Flur entlanggehen und dann vor einer Tür stehen bleiben. Die Tür geht auf, und eine Frau steht da. Die Frau – die Mutter, die echte Mutter – steckt wahrscheinlich mit ihr unter einer Decke. Vielleicht war es sogar ihre Idee. Vielleicht hat sie eines Tages in der Zeitung geblättert und dabei festgestellt, dass Sadie dem künstlich gealterten Foto von diesem vermissten Mädchen ein bisschen ähnlich sieht. Das Motiv war bestimmt Geld. Aber man muss doch verrückt sein zu denken, dass man damit durchkommt. Es wäre doch nur eine Frage der Zeit, bevor Sadie von jemandem erkannt wird, der sie aus dem echten Leben kennt und die Polizei ruft. Plötzlich wird mir klar, wieso sie sich so gegen den DNS-Test gewehrt hat. Damit wäre alles aufgeflogen.

Rückblickend ist es schwer zu glauben, dass das keiner von uns verdächtig fand. Wir wollten alle unbedingt glauben, dass Laurel wieder da war. Da haben wir Logik und Vernunft einfach ausgeschaltet.

Ich sehe aus dem Fenster. Während ich hier einen kleinen Ausflug mit diesem verrückten Mädchen mache, ist meine Schwester immer noch irgendwo da draußen. Und vielleicht läuft ihr die Zeit davon, wer weiß? Die Polizei sucht schon so lange nicht mehr nach ihr, die denken ja, der Fall ist gelöst.

Ich lass dich nicht im Stich. Ich werde dich finden. Ganz bestimmt. Das sage ich ihr in Gedanken immer und immer wieder.

Seltsam. Ich wäre nie auf den Gedanken gekommen, dass ich an der Suche nach meiner Schwester beteiligt sein könnte. Das haben immer andere gemacht, und wenn ich Glück hatte, habe ich ab und zu etwas darüber aufgeschnappt. Den Satz »Die Polizei tut alles, was in ihrer Macht steht« habe ich bestimmt tausendmal gehört. Ich war ein Kind, ich konnte nicht helfen. Aber nun bin ich kein Kind mehr, und es muss einfach etwas geben, was ich tun kann. Ich bilde mir natürlich nicht ein, ich könnte genau so viel beitragen wie die Polizisten, die sich seit Jahren mit Laurels Fall beschäftigen, aber vielleicht könnte ich ja ein paar Interviews geben, im Fernsehen einen Aufruf machen. Irgendetwas. Ich könnte in die Länder fahren, in denen es die heißesten Spuren gab. Mit den Leuten da reden. Es ist an der Zeit, dass ich etwas unternehme.

»Du solltest deinem Dad eine SMS schreiben.«

Dieses Mal hat sie daran gedacht, dass es mein Vater ist, nicht ihrer.

Ich schreibe ihm, ich wäre mit Martha im Kino. Er schreibt sofort zurück, ob ich ihm ein paar von den Schokoladensternen mitbringen kann, die es nur im Kino gibt. Er ist süchtig nach den Dingern.

»Sind wir bald da?« Ich sehe sie nicht an und fühle deshalb nur, wie sie mit den Schultern zuckt. »Wo fahren wir denn überhaupt hin?«

Ich weiß, sie wird nicht antworten. Sie sitzt völlig regungslos da. Ich rutsche die ganze Zeit nervös hin und her, kann einfach nicht stillsitzen, aber sie wirkt wie eine Statue neben mir. Wenn es auch nur die geringste Chance auf eine Antwort gäbe, würde ich sie fragen, was sie denkt.

****

Die Fahrt dauert ewig. Eine dieser Strecken, auf denen der Bus ständig Umwege zu fahren scheint und wirklich überall hält. Als Sadie endlich auf den Halteknopf drückt, sind wir fast die einzigen Fahrgäste. Ich schaue aus dem Fenster, immer noch auf der Suche nach meinem ausgedachten Hochhaus, in dem Sadies ausgedachte Mutter auf uns wartet. Draußen sind jedoch nur Bäume zu sehen. Ich habe keine Ahnung, wo wir sind. Ich hätte wohl mehr darauf achten sollen, wie wir gefahren sind.

Wir warten, bis der Bus um die Ecke verschwunden ist. Auf der anderen Straßenseite stehen ein paar Einfamilienhäuser. Die passen gar nicht hierher, wir befinden uns nämlich mehr oder weniger im Nirgendwo. Sadie läuft los, weg von den Häusern. Ich habe keine Wahl und muss ihr hinterher. Ich halte einen oder zwei Schritte Abstand, um sie im Auge zu behalten.

Ein paar Autos überholen uns. Sadie hält den Blick gesenkt, aber ich sehe den Fahrern in der Hoffnung entgegen, dass vielleicht einer anhält und fragt, ob alles in Ordnung ist. Aber warum sollten sie? Wir sind eben zwei Mädchen, die im nachmittäglichen Sonnenschein einen Spaziergang machen.

Nach etwa einer halben Stunde kommen wir in einen kleinen Wald. Auf den ersten Blick sieht er aus wie jeder andere Wald, an dem wir vorbeigekommen sind. Dann fällt mir jedoch ein schmaler Weg auf, der in den Wald hineinführt. Davor ist ein Tor, auf dem ZUTRITT VERBOTEN steht. Das Tor ist halb versteckt, man würde es im Vorbeifahren übersehen.

»Wo sind wir hier?« Meine Stimme klingt zu laut. Die einzigen Geräusche sind unsere Schritte und ab und zu ein Vogelschrei.

Sadie dreht sich zu mir um und sieht mich an, als wollte sie abschätzen, wie meine Reaktion wohl ausfallen wird. Irgendetwas stimmt hier nicht. Irgendetwas stimmt mit ihr nicht.

»Wir sind da.«

KAPITEL 51

Anstatt das Tor zu öffnen, geht Sadie einfach drumherum. Es ist nicht an einem Zaun oder einer Mauer oder so etwas angebracht, es steht einfach so da. Autos könnten hier nicht durch, aber wir schon. Sadie läuft los. Ich zögere noch. Wir sind wirklich im Nirgendwo, und niemand würde mich hören, wenn ich um Hilfe schreie. Aber nun bin ich einmal so weit gekommen, jetzt ziehe ich das auch bis zu Ende durch. Außerdem gefällt mir die Vorstellung, allein hier draußen zurückzubleiben, auch nicht allzu gut. Ich schiebe mich also auch am Tor vorbei.

Der schmale, matschige Pfad windet sich in sanften Kurven durch den Wald. Es herrscht Dämmerlicht. Über uns dichte Baumkronen. Ich muss an Rotkäppchen denken und kann mich auf einmal nicht mehr daran erinnern, wie die Geschichte ausgeht. Ist sie dem Wolf entkommen? Hat sie ihn mit bloßen Händen umgebracht? Oder hat sie sich am Ende einfach in einer Ecke zusammengekauert und darauf gewartet, dass er sie frisst?

Ein Haus taucht vor uns auf. Ich weiß nicht genau, was ich erwartet habe, aber mit Sicherheit nicht so etwas. Das Haus ist hässlich, grau und klein. Es hat ein flaches Dach. Von den Fensterrahmen blättert die Farbe. Mir wird klar, dass ich halb mit meinem Märchenhaus gerechnet habe, einer kleinen schindelgedeckten Hütte aus weißem Holz, aus dessen Schornstein Rauch aufsteigt. Das hier wirkt eher wie ein militärisches Gebäude als ein Wohnhaus.

Das Seltsamste ist aber der Garten, der sieht nämlich tatsächlich aus wie aus dem Märchen. Es ist sogar ein kleiner weißgestrichener Holzzaun drumherum, hinter dem ein Steingarten und Küchenkräuter in Keramiktöpfen zu sehen sind. An der Wand neben der Haustür rankt sich Efeu empor. Alles wirkt, als wäre das hässliche Haus wie von Geisterhand hierherbefördert worden und hätte bei der Landung das hübsche Häuschen einer netten alten Dame unter sich zerdrückt, das eigentlich hier stand. Würde mich nicht wundern, wenn noch irgendwo die Schuhe der armen Frau unter der Hauswand hervorschauen.

Der Garten wirkt etwas vernachlässigt. An einigen Stellen wächst Unkraut, und die kleine Rasenfläche hat offensichtlich schon lange keinen Mäher mehr gesehen.

Sadie beobachtet mich, während ich mir das alles ansehe. »Wo sind wir hier?«, frage ich zum zweiten Mal.

»Zu Hause.« Sie lacht, aber es klingt nicht fröhlich.

Sie klingelt nicht (wobei ich auch keine Klingel entdecken kann) und klopft auch nicht an. Sie holt auch keinen Schlüssel aus der Tasche, sie drückt einfach die Klinke herunter, geht ins Haus und lässt die Tür hinter sich offen stehen.

Als Erstes fällt mir der Geruch auf, der sich sofort über die Innenseiten meiner Nase und meines Rachens legt. Süßlich und sehr stark, absolut unangenehm. Ich habe keine Angst mehr, dass uns hier jemand erwartet. Das Haus ist leer, das fühlt man sofort. Ich lasse die Tür in der vagen Hoffnung auf, dass vielleicht etwas frische Luft hereinkommt.

Das Innere des Hauses passt nicht zu seinem Äußeren, so wie sein Äußeres auch nicht zum Garten passt. Alle Räume sind mit altrosa Teppich ausgelegt, auf dem in unregelmäßigen Abständen scheußliche Läufer liegen. Grüngemusterte Tapete. Es gibt eine Menge Möbel, manche antik, manche eher aus den 70ern. Jede Ablagefläche ist mit Dekoartikeln vollgestellt, kleine Glastiere, kitschige Figuren, Sammeltassen. In der Ecke ein uralter Fernseher.

Gegenüber der Eingangstür steht ein wuchtiger Bücherschrank. Der Inhalt ist eine wilde Mischung aus Büchern über wahre Verbrechen und Liebesromanen.

Die Zimmer haben keine Türen, nicht einmal das Schlafzimmer oder das Bad. Es sieht jedoch nicht so aus, als wären die Türen nachträglich ausgehängt worden, sondern eher, als wäre das Haus nach den Vorgaben von jemandem (der sehr seltsam war) gebaut worden. Ich werfe einen Blick in das Badezimmer. Rosa Waschbecken, rosa Toilette, rosa Badewanne. Flaschen und Döschen auf dem Fensterbrett. Alles Alte-Damen-Pflegeprodukte, die zu dem generellen Alte-Damen-Dekor des Hauses passen.

Im Schlafzimmer ein breites Bett mit einer geblümten Decke und einer Unmenge an Zierkissen darauf. In der Ecke steht ein sehr viel kleineres Bett, fast ein Kinderbett. Daneben liegen drei Tablettenpackungen und eine Bibel mit Ledereinband. Anstatt vernünftiger Bettwäsche liegen hier nur ein flaches Kissen und ein schmutziger Schlafsack.

Auf dem Fußboden davor steht ein Laptop, der Deckel ist mit Fingerabdrücken verschmiert.

Das große Bett ist ordentlich gemacht, die Lakenzipfel alle sorgfältig unter die Matratze gesteckt. Auf dem Nachttisch steht eine Tasse, in der etwas Ekliges, Grünmeliertes klebt. Daneben ein gerahmtes Foto von einer alten Frau und einem jungen Mann. Sie sitzt kerzengerade in einem Sessel und lächelt (wobei es auch eine schmerzverzerrte Grimasse sein könnte, das kann man nicht genau sagen). Ihr Rouge ist viel zu dick, so dass die Wangen knallrot leuchten. Links von ihr steht eine hellblaue Handtasche auf dem Boden. Rechts von ihr kniet der Mann. Er ist klein und blass und hat große, runde Augen. Er erinnert an ein nachtaktives Tier. Sein Gesicht ist nichtssagend, fast könnte man ihn gutaussehend nennen, aber auch nur fast. Er lächelt nicht.

»Was machst du denn da?« Sadie hat sich von hinten angeschlichen und erschreckt mich fast zu Tode.

»Ich hab mich nur umgesehen.« Ich zeige auf das Foto. »Sind das …? Das ganze Haus ist so …«

»Komisch?«

Ich nicke. »Und woher kommt dieser Geruch?« Ich habe immer noch keine Ahnung, wonach es eigentlich riecht. Auf jeden Fall nach nichts Gutem, das steht fest.

Sadie dreht sich um. Erst denke ich, sie will meine Frage ignorieren, aber dann wird mir klar, dass ich ihr folgen soll. Sie geht ins Wohnzimmer und bleibt vor dem dick gepolsterten Sofa stehen. Zuerst kann ich nichts sehen, aber der Geruch ist hier am stärksten. Ich bekomme sofort einen metallischen Geschmack im Mund und muss husten. Sadie geht einen Schritt zur Seite, und da sehe ich es.

Der Fleck ist ziemlich groß. Er ist dunkel. Schwarz. Könnte Öl oder Sirup sein, oder vielleicht Balsamico.

Es ist Blut.

Manche Dinge *weiß* man einfach, ohne dass sie einem jemand sagen muss. Trotzdem muss ich fragen. »Was … wessen … das ist Blut? Was ist hier passiert?«

Sadie starrt den Fleck an. »Smith.«

KAPITEL 52

Ich verstehe das nicht. Ich mache einen Schritt zurück und stoße gegen das Sofa. Mir ist plötzlich schwindlig. Der Gestank nach Blut wird stärker, ich habe das Gefühl, daran zu ersticken. Ich würde mich gern kurz setzen, aber hier kann ich mich nicht hinsetzen. Nicht in diesem Haus.

»Aber du hast dir das doch alles bloß ausgedacht! Das mit Smith und dem Keller und so.«

Mein Blick folgt ihrem zu einer Tür. Die hatte ich bis eben gar nicht bemerkt. Von der Eingangstür abgesehen ist es die einzige Tür im Haus. Mit weichen Knien gehe ich hinüber. Meine Beine fühlen sich an, als würden sie jemand anderem gehören.

Die Tür hat ein massives Sicherheitsschloss. Der Schlüssel steckt. Ich drehe ihn herum und werfe noch einmal einen Blick zu Sadie, die immer noch wie angewurzelt neben dem Fleck auf dem Teppich steht. Sie nickt mir zu.

Langsam verstehe ich.

Vor mir führt eine Treppe hinab. Die Stufen sind aus nacktem Beton. Von der Decke baumelt eine Glühbirne. Neben der Tür hängt eine Schnur, an deren Ende ein Puppenkopf befestigt ist. Die Puppe hat die Augen geschlossen, als würde sie schlafen. Oder als wäre sie tot. Ich will diesen Puppenkopf nicht anfassen und ziehe ein Stück darüber an der Schnur. Das Licht geht an und erhellt den Rest der Treppe.

Ich würde Sadie gern bitten mitzukommen, aber das kann ich nicht von ihr verlangen, das ist klar. Also atme ich tief ein und aus und zähle die Stufen. 17. Eine für jedes meiner Lebensjahre.

Am Fuß der Treppe ist eine weitere Tür, genau wie die erste. Noch ein Schloss mit einem Schlüssel darin. Ich öffne sie. Dahinter liegt Dunkelheit. Ich taste an der Wand nach einem Lichtschalter. Ich könnte auch einfach mit meinem Handy leuchten, aber ich habe Angst vor diesem Raum. Ich geh da sicher nicht rein, solange ich nicht jede Ecke sehen kann. Man weiß ja nie, was dort in der Dunkelheit lauert! Ich sehe mich um und entdecke endlich einen Lichtschalter am Fuß der Treppe, außerhalb des Raums, in einer Höhe, an die ich kaum herankomme. Es gibt keinen normalen Grund für einen Lichtschalter in dieser Höhe. Mit den Fingerspitzen komme ich gerade so heran.

Ich betrete den Raum. Ich kenne diesen Ort.

Die Campingliege an der Wand. Das kleine Edelstahlwaschbecken mit dem roten Eimer daneben. Das Bücherregal mit den verschiedenfarbigen Ordnern darin. Sie sind mit einer ordentlichen Handschrift in schwarz beschriftet. Mathe. Englisch. Naturwissenschaften.

Links an der Wand stehen ein alter Stuhl und eine Schulbank. Darauf ein uralter Computer. An der Tastatur fehlen drei Tasten. In einer Ecke liegt ein Haufen alter Kleidung und Decken.

Ich sehe hoch. Über der Tür ist eine kleine Videokamera angebracht. Sie ist auf die Campingliege gerichtet. Das hier ist nicht irgendein Raum. Es ist eine Zelle.

KAPITEL 53

Ich stehe erst knapp eine Minute hier drin, und die Tür hinter mir ist weit offen, trotzdem habe ich das Gefühl, die Wände kommen näher. Wenn mich jemand hier drin einsperren und das Licht ausschalten würde, wie lange würde es dann wohl dauern, bis ich komplett durchdrehe?

Ich renne die Treppe hinauf, so schnell ich kann, mache nicht einmal das Licht aus oder die Tür zu. Ich stürme einfach nur raus. Die Haustür steht offen. Sadie sitzt draußen. Ich setze mich neben sie.

»Wie lange?« Ich starre auf ein paar Büschel rosa Heidekraut, die einen Stein überwuchern.

»15 Jahre.«

»Du hast ihn umgebracht.« Halb Frage, halb Feststellung.

Sie nickt.

»Und dann?«

»Ich wusste nicht, wo ich hinsoll.«

Also ist sie zu uns gekommen. Sie brauchte eine Familie. Wir haben perfekt gepasst. Trotzdem will mir das alles nicht in den Kopf. Es ist zu viel, es ist zu verrückt.

Sadie sieht mich an, auch wenn ich das eigentlich gar nicht möchte. »Es tut mir leid«, sagt sie.

Ich kann jetzt nicht sagen, dass es schon okay ist, dass

ich ihr verzeihe. Denn es ist nicht okay, und ich verzeihe ihr das auch nicht. Sie hat uns allen etwas vorgemacht. Sie hat uns angelogen.

»Also was du über Smith erzählt hast, was er mit dir gemacht hat ...«

»Stimmt alles.«

Ich warte. Der Himmel ist rot. Wenn ich mich genug auf den hübschen Garten vor mir konzentriere, löst sich das Horrorhaus hinter mir vielleicht in Luft auf.

Sadie fängt an zu erzählen. Erst langsam und stockend. Dann immer schneller, als wollte sie alles loswerden, bevor es dunkel wird.

Sie ist jetzt 23. Sie war acht, als sie entführt wurde. Es geschah in einem Einkaufszentrum, drumherum waren viele Menschen. Sie kann sich nicht mehr an viel vor der Entführung erinnern.

Ich frage nach ihrer Familie. Ihrer *echten* Familie. Sie habe sie ausfindig gemacht, sagt sie. Das sei das Erste gewesen, was sie nach ihrer Flucht getan habe. Ihre Mutter sei mittlerweile tot. Überdosis.

Ihr Blick huscht umher. Lügt sie? »Und dein Dad?«

»Ich hab keinen.«

Ich frage nach Smith. »Ist er das auf dem Foto?«

Sie nickt.

»Du hast die Polizei also angelogen, als du ihn beschrieben hast?«

Sie nickt wieder. »Die durften doch nicht rausfinden, wer er wirklich ist.«

Ich denke darüber nach. Wenn sie Smith wahrheitsgetreu beschrieben hätte, wäre jemand hier aus der Umgebung vielleicht auf ihn gekommen. Selbst wenn er hier draußen völlig abgeschieden gelebt hat, irgendjemand hätte ihn ganz bestimmt erkannt. Dann wäre die Polizei gekommen und hätte den Blutfleck entdeckt.

»Und wo ist er jetzt? Hast du ihn begraben?«

Sie deutet mit dem Kopf zu einem Weg, der hinter das Haus führt. »Ja, da hinten.«

Ich versuche, mir vorzustellen, wie sie seine Leiche aus dem Haus gezerrt hat. Wie er mit dem Kopf auf den Stufen aufgeschlagen ist, auf denen wir jetzt sitzen. Sie hat ihn bestimmt in ein Laken eingewickelt oder so. Es gab keine Blutflecke auf dem Teppich außer dem einen großen.

Ich würde sie gern fragen, wie sie es getan hat. Wie das ist, einen Menschen umzubringen. Ob es schnell ging. Als hätte sie meine Gedanken gelesen, sagt sie: »Ich habe nur einmal zugeschlagen. Ich wollte das gar nicht, ich wollte nur, dass er ohnmächtig wird, damit ich weglaufen kann. Er stand mit dem Rücken zu mir und hat geweint. Ich glaube, er hat erwartet, dass ich ihn tröste. Ich hab gar nicht drüber nachgedacht, einfach den Schürhaken genommen. Der stand da neben dem Kamin. Ist mir vorher nie aufgefallen. Der war noch von seiner Mutter, glaube ich.« So etwas wie ein Lächeln huscht über ihr Gesicht. »Ich hab ihm den Schädel eingeschlagen. Wusste gar nicht, dass ich so stark bin.«

Was soll man jemandem antworten, der einem gerade einen Mord gesteht? Aber war es überhaupt Mord? Notwehr war es ja nicht. Trotzdem schwer vorstellbar, dass sie dafür verurteilt worden wäre, nach allem, was sie durchgemacht hat. Ich frage, ob sie früher schon versucht hat, zu fliehen.

»Ein paarmal. In den ersten beiden Jahren.«

»Und danach?«

Sadie zuckt mit den Schultern. »Ich hab's aufgegeben. Ich hab mich dran gewöhnt, also an ihn. Er hat sich um mich gekümmert.« Sie sieht mir mein Entsetzen an. »Ich weiß, wie krank das klingt. Musst du mir nicht sagen.«

»Tut mir leid.«

»Das kann keiner verstehen, wie das war. Keiner außer mir.«

Irgendetwas passt hier trotzdem nicht so ganz. »Wieso bist du nicht einfach zur Polizei gegangen, nachdem du ihn … nachdem er tot war?«

»Ich wusste nicht, was ich machen soll. Ich war allein. Zum ersten Mal im Leben hat mir keiner gesagt, was ich tun und lassen soll. Ich habe gegessen, wann ich wollte, geschlafen, wann ich wollte, ich war am Computer, wann ich wollte, bin im Wald spazieren gegangen … es war so friedlich irgendwie. Erst als das Essen langsam knapp wurde, war mir klar, dass ich hier nicht für immer bleiben kann.«

Das ist der Teil, den ich nicht verstehe. Wie kam sie auf die Idee, sich als meine Schwester auszugeben? Ich warte darauf, dass sie mir das erklärt, aber sie sagt nichts mehr. Mittlerweile ist es fast völlig dunkel geworden. Mir graut vor dem Gedanken, wieder vor zur Straße laufen zu müssen.

»Ich kann Dad anrufen, wenn du möchtest. Der würde

uns auf jeden Fall abholen kommen.« Ich überlege kurz. Ja, das könnte funktionieren. »Wir erklären Mum und Dad einfach alles. Ich weiß, das wird nicht leicht, und es wird sie natürlich auch ganz schön mitnehmen …« Ich drücke das extra so vorsichtig aus, dabei ist es natürlich eine Untertreibung. »Aber sie verstehen das bestimmt. Vielleicht nicht sofort, aber irgendwann. Und wir können doch garantiert auch irgendeinen Verwandten von dir ausfindig machen. Du musst doch Großeltern oder eine Tante haben. Und die suchen dich ja auch, so wie wir nach Laurel gesucht haben. Stell dir mal vor, wie das wird, wenn du jetzt nach all den Jahren plötzlich wieder auftauchst.« Ich weiß ganz genau, wie sich das anfühlt. Wie ein Wunder.

»Faith«, versucht Sadie, mich zu unterbrechen, aber ich rede einfach weiter.

Dass alles gut wird und wir den Leuten außerdem auch Bescheid sagen müssen, dass Smith tot ist. Im Moment verschwendet die Polizei immer noch Ressourcen für die Suche nach einem Mann, den es gar nicht gibt, während sie stattdessen nach meiner Schwester suchen könnten. Ich höre nicht auf zu reden, ich will, dass etwas davon zu ihr durchdringt. Ich weiß, ich könnte Dad auch einfach so anrufen, ich brauche dazu ja nicht ihre Erlaubnis. Aber es ist mir auf einmal wichtig, dass Sadie damit einverstanden ist.

»FAITH!«, ruft Sadie schließlich. »Jetzt warte doch mal!« Sie steht auf und geht nervös auf und ab. Unter ihren Schuhen knirscht der Kies. Sie schlägt die Hände vors Gesicht und murmelt etwas vor sich hin. Als sie die Hände wieder sinken lässt, hat sie Tränen in den Augen. Sie beißt sich so hart auf die Lippe, dass es anfängt zu bluten. Ich stehe auf und lege ihr beruhigend die Hände auf die Schultern. Sie zuckt zurück. »Ich wollte dir nicht … ich muss dir was zeigen. Es tut mir so leid.«

Ich folge Sadie hinter das Haus. Sie geht vornübergebeugt und weint. Ich weiß nicht, was ich sagen soll. Ich habe keine Ahnung, was mich jetzt erwartet.

Gleich hinter dem Haus beginnt der Wald. Die Bäume stehen so dicht, dass die Äste die Fenster berühren. Ich muss mein Handy rausholen und mir damit leuchten. Sadie hat hingegen kein Problem damit, in der Dunkelheit den Weg zu finden. Sie ist daran gewöhnt.

Wir kommen zu einem Erdhügel. Er ist etwa zwei Meter lang. Sadie läuft einfach daran vorbei. Sie sagt nicht, was sich unter der Erde verbirgt. Das muss sie auch nicht. Wie die Leiche jetzt wohl aussieht? Verwestes Fleisch, eingesunkene Augäpfel. Würmer und Insekten.

Schließlich bleibt Sadie auf einer kleinen Lichtung stehen. Tagsüber wäre das bestimmt eine tolle Picknickstelle.

»Es tut mir so leid«, sagt sie noch einmal. Was meint sie denn bloß damit?

Dann sehe ich es. Ich sehe es.

Noch ein Erdhügel, etwa genauso groß. Ringsherum hat jemand kleine Steine gelegt. Ein schiefes Holzkreuz ragt aus der Erde. Etwas ist dagegengelehnt.

Ein Teddybär, dem ein Arm fehlt.

Ich starre den Erdhügel an.

Ich falle vor dem Grab meiner Schwester auf die Knie.

KAPITEL 54

EINEN MONAT SPÄTER

Meine Schwester ist seit etwas mehr als vier Monaten tot. Seit einem Monat trauere ich um sie. Sadie und ich sind die einzigen Menschen auf der Welt, die wissen, dass Laurel Logan tot ist. Und das soll auch so bleiben.

Folgendes hat mir Sadie erzählt. Ich weiß natürlich nicht, ob das alles so stimmt, aber ich muss ihr einfach glauben. Und Fragen, die jetzt noch auftauchen, werden unbeantwortet bleiben, denn sie ist weg.

Sadie war das erste Mädchen, das dieses Monster entführt hat, aber nicht das letzte. Er hat sich auch noch meine Schwester geholt. Noch ein kleines blondes Mädchen, nur jünger. Sadie hat meine Schwester gehasst. Sie war eifersüchtig. Kleine Mädchen mögen eben Aufmerksamkeit, meinte sie zu mir. Sie kniff sie oft und zog sie an den Haaren. Einmal, das war nach etwa zwei Jahren, schubste Sadie Laurel gegen eine Wand, und Laurel schlug sich dabei einen Zahn aus. Smith bestrafte Sadie dafür. Wie, hat sie nicht gesagt.

Meine Schwester hingegen hasste Sadie nicht. »Willst du meine neue Schwester sein?«, fragte sie sie oft, wenn sie nachts im Dunkeln lagen. Meine Schwester schlief auf der Campingliege, Sadie war nun der Boden zugeteilt.

Jede Nacht erzählte Laurel von ihrer Familie. Stundenlang, von Weinkrämpfen unterbrochen. Erst hielt Sadie sich immer die Ohren zu, aber nach einer Weile hörte sie ihr doch zu und freute sich sogar richtig auf die Geschichten. Sie selbst hatte keine eigenen zu erzählen.

In Sadies Kopf entstand ein Bild von unserer Familie, von mir, Mum, Dad, unserem Zuhause. Laurel erzählte von dem Nachtlicht namens Flocke, und wie sie und ich gemeinsam im Sandkasten gespielt hatten.

Sie lebten 13 Jahre zusammen und verbrachten fast jede Minute davon miteinander. Nur nicht, wenn das Monster Laurel hoch zu sich in die Wohnung holte. Irgendwann hasste Sadie Laurel nicht mehr. Die Zeit und Laurels Freundlichkeit waren stärker. Die beiden Mädchen teilten sich die Campingliege und schliefen oft aneinandergekuschelt ein. Barnaby, den Bären, knuddelten sie beide.

Laurel gab in all dieser Zeit nie die Hoffnung auf. Sie wusste, dass wir nach ihr suchten. Wenn ihr das Monster versucht hat einzureden, dass sie uns egal war, dass wir froh seien, dass sie weg war, schüttelte sie immer nur den Kopf und presste trotzig die Lippen aufeinander. Sie wusste, wie lieb wir sie hatten.

Heute tröstet mich dieser Gedanke am meisten, wenn ich nachts wach liege und mich frage, ob ich das Richtige getan habe. Sie hat sich das Vertrauen in uns nie ausreden lassen, sie hat bis zum Schluss daran geglaubt.

Ich bat Sadie, Laurel zu beschreiben. »Sie hatte ein gutes Herz«, war die schlichte Antwort. Ich wollte Details. »Es war … sie hat so von innen heraus gestrahlt. Als ob sie irgendwas Reines, Gutes in sich trägt, was ich nie hatte.« Sie sei auch viel hübscher gewesen als auf den digital gealterten Fotos. Sadie meinte, auf den ersten Blick seien sie sich ziemlich ähnlich gewesen. Laurel war jedoch zerbrechlicher. Schwächer als Sadie. Sie war oft krank, aber natürlich ging niemand mit ihr zum Arzt.

Manchmal waren sie fröhlich. Wenn das Monster sie allein ließ. Dann hatten sie Hunger, aber das war ihnen egal. Sie dachten sich zusammen Geschichten aus. Sie spielten Prinzessinnen, die von einem bösen Monster in einem Kerker eingesperrt sind. Laurel dachte sich eine Geschichte darüber aus, wie Sadie zusammen mit ihr bei uns wohnen würde. Sie meinte, sie könnten sich dann ein Zimmer teilen, so wie Schwestern. Das war Sadies Lieblingsgeschichte.

Ich habe Sadie natürlich auch nach der Narbe auf ihrer Wange gefragt, die gleiche, die Laurel hatte. Erst wollte sie es mir nicht erzählen, aber nach einer Weile habe ich es doch aus ihr herausbekommen. Laurel war seit über einem Monat krank gewesen, hatte Kopfschmerzen und musste sich immer wieder übergeben. Smith war schließlich so genervt, dass er mit Sadie nach oben gegangen ist, ihr die Haare geschnitten und die Sachen meiner Schwester angezogen hat. Aber selbst das alles war noch nicht genug: Sein Laurel-Ersatz sollte genau so aussehen wie das Original. Er schnitt ihr mit einem Küchenmesser in die Wange und sagte: »So, schon besser.« Was danach passierte, hat Sadie mir nicht erzählt.

Ich musste mich ziemlich überwinden, ihr noch mehr

Fragen zu stellen. Eigentlich wollte ich die Antworten gar nicht wissen. Hat Laurel Angst gehabt? Hat sie sich nach den vielen Jahren immer noch an uns – an *mich* – erinnert? Wie ist sie gestorben?

Die Antworten:

Manchmal. Aber an die Dunkelheit hat sie sich nie gewöhnen können.

Sie hat uns nie vergessen, hat ständig von uns erzählt.

Die letzte Frage konnte mir Sadie nicht beantworten. Erst wollte ich ihr das nicht glauben und war überzeugt, dass sie bewusst log, um mich zu schonen. »Eines Morgens ist sie einfach nicht mehr aufgewacht.« Sie behauptete steif und fest, das wäre die Wahrheit.

»Man stirbt doch nicht einfach so!«

Aber natürlich sterben manche Menschen einfach so. Das passiert jeden Tag. Alte Leute, Leute mitten im Leben, junge Leute, Babys. Und wer weiß, was Laurel für gesundheitliche Probleme hatte bei diesen Lebensbedingungen. Hätte sie einen Arzt gehabt, würde sie jetzt vielleicht noch leben, aber es hat keinen Sinn, darüber nachzudenken. Trotzdem überkommt mich stets aufs Neue das Grauen: Meine Schwester war nur eine Stunde von zu Hause entfernt, als sie starb. 13 Jahre lang war sie nur eine Stunde von uns entfernt, und wir wussten es nicht.

Selbst das Monster war nach ihrem Tod untröstlich. »Ich habe sie doch geliebt«, hat er immer wieder gesagt und wollte die Leiche gar nicht mehr loslassen. Natürlich machte er Sadie für Laurels Tod verantwortlich. Er schüttelte sie und schrie sie an. Sie verkroch sich daraufhin bloß in der Ecke unter ihren schmutzigen Decken. Geweint hat sie nicht, sie war viel zu schockiert.

Smith zwang Sadie, das Grab für Laurel auszuheben. Die Steine drumherum zu legen war aber ihre Idee. Von ihr stammt auch das Kreuz aus Zweigen. Smith wollte Barnaby unbedingt mit Laurel zusammen begraben. Er meinte, Laurel bräuchte Barnaby »zum Einschlafen«. Dann ließ er sie jedoch allein, um das Grab wieder zuzuschaufeln, und sie nutzte die Gelegenheit und versteckte den Bären unter einem Laubhaufen.

Seltsam, dass ich Barnaby bis dahin völlig ausgeblendet hatte. Das hätte mir doch als Erstes einfallen müssen, als Sadie sagte, dass sie nicht Laurel ist. Mir hätte sofort klar sein müssen, dass es eine Verbindung zwischen den beiden gab. Manchmal frage ich mich, ob ein Teil von mir vielleicht damals schon die Wahrheit geahnt hat. Aber das kann doch nicht sein, oder?

Sadie hat das Monster drei Tage nach Laurels Tod umgebracht. »Ich hätte es früher machen müssen, dann hätten wir gemeinsam fliehen können.«

Ich sage ihr, dass sie nicht so denken dürfe. Dass ich ihr keinen Vorwurf machen würde. Ich sagte immer wieder »Ich verzeihe dir«, bis es endlich bei ihr ankam.

Nachdem ich das Grab meiner Schwester gesehen hatte, entstand mein Plan: Meine Eltern sollten verschont bleiben.

Es war schon spät, und der letzte Bus fuhr bald. Es war nicht leicht, Sadie zu überreden, wieder mit zurückzukommen. Sie wollte in dem Haus bleiben und in Ruhe überlegen, wie es mit ihr weitergehen sollte.

»Ich lass dich aber nicht hier«, sagte ich. »Auf gar keinen Fall.« Ich erklärte ihr meinen Plan. Ich würden Dad sagen, wir wären spontan ins Kino gegangen und würden jetzt gerne gemeinsam bei ihm schlafen.

Sadie wich einen Schritt zurück, und ich hatte schon Angst, sie würde einfach in den Wald rennen. Das hätte ich jedoch nicht zugelassen. Ich wäre ihr nachgerannt, aber das war zum Glück nicht nötig. Ich machte ihr klar, dass ich ihr nur helfen wollte. Auf der Busfahrt zu Dad sprachen wir kein Wort miteinander.

Wir brauchten vier Tage, um unseren Plan auszuarbeiten. Mehr Zeit wäre praktisch gewesen, aber am Donnerstag war der Termin für den polizeilichen DNS-Test, und bis dahin musste Sadie verschwunden sein. Ich meldete mich in der Schule krank und blieb zu Hause. Mum fragte nicht weiter nach, auch nicht, als Sadie/Laurel anbot, auch zu Hause zu bleiben und sich um mich zu kümmern. Mum hatte die ganze Woche über sehr viel zu tun, weil sie mit der Organisation einer Spendengala beschäftigt war.

Geld war kein Problem. Sadie hatte ja das Honorar für das Buch bekommen, und ich hatte auch eine ganz schöne Summe zusammengespart. Ich hob alles ab und gab es ihr. Erst wollte sie es nicht annehmen, aber ich wusste, sie konnte jeden Penny gebrauchen.

Es gab zwei Probleme. Erstens: die Tatsache, dass sie jeder auf der Straße erkannte. Sie konnte ja auch nicht ins Ausland, was die Sache noch etwas komplizierter machte. Zweitens: meine Eltern.

Das erste Problem ließ sich relativ leicht lösen. Erst versuchten wir unser Glück mit einer Packung brauner Haarfarbe und einer Schere. Selbst mit braunen Haaren war sie jedoch immer noch zu erkennen. Also bat sie mich, ihr den Kopf zu rasieren. Die Wirkung war unglaublich: Sie sah aus wie ein dünner, hübscher Junge. Die Veränderung war perfekt, zumindest gehe ich davon aus, denn ich schaue seit ihrem Weggehen jeden Tag online nach, ob irgendjemand sie gesichtet hat.

Die Sache mit meinen Eltern war schon schwieriger. Sie hatten gerade erst ihre Tochter zurück. Würden sie wirklich einfach so akzeptieren, dass sie jetzt ihr eigenes Ding machen wollte?

Ich verfasste einen Brief, und Sadie schrieb ihn ab, mit der strengen Auflage, kein einziges Wort zu verändern. Ich hatte zwei Stunden gebraucht, bis ich mit dem Brief zufrieden gewesen war. Es war schrecklich, ihn zu schreiben. Ich musste mir immer wieder sagen, dass es richtig so war und dass ich Mum und Dad damit viel ersparte. Auf diesen Brief kam es an. Sadie fragte mich immer wieder, ob ich wirklich glaubte, dass es funktionieren würde.

»Natürlich funktioniert das«, antwortete ich jedes Mal, obwohl ich es ja auch nicht besser wusste als sie.

****

Am Mittwoch nach Thomas' Party verabschiedete ich mich morgens um fünf von Sadie. Sie überprüfte ein letztes Mal den Inhalt ihres Rucksacks. Wir hatten ihn tausendmal aus- und wieder eingeräumt, damit sie auch wirklich alles hatte, was sie brauchte. Nur eine Sache fehlte noch.

»Was ist das denn?« Ich hatte etwas in eins meiner T-Shirts gewickelt, das ich ihr mitgeben wollte.

»Flocke!« Das Pinguin-Nachtlicht, von dem Laurel so oft erzählt hatte, dass Sadie es bis ins letzte Details hatte beschreiben können. »Das kann ich nicht annehmen. Und das T-Shirt auch nicht.« Sie streckte mir beides entgegen.

»Du sollst aber beides haben.« Sie schüttelte wieder den Kopf. »Mum würde aber erwarten, dass Laurel den Pinguin mitnimmt. Also kannst du ihn auch genauso gut wirklich mitnehmen, und ich muss ihn nicht wegwerfen.«

Sadie sah mich erstaunt an, nickte dann jedoch, wickelte Flocke wieder in das T-Shirt und stopfte beides in eine Seitentasche des Rucksacks. »Danke«, flüsterte sie. Ich hatte das Gefühl, es war ein größeres Danke, ein ernsteres. »Ich werd dann mal.«

»Oh. Okay. Klar.« Plötzlich bekam ich Panik. Unser Plan würde doch nie im Leben funktionieren. Das war doch alles völliger Wahnsinn. Bestimmt hatten wir irgendetwas nicht bedacht. »Hast du auch wirklich alles? Hast du die Karte? Weißt du, wo du lang musst? Wir können es auch noch mal durchsprechen, wenn du willst. Wir haben noch genug Zeit, bevor Mum aufsteht.«

Sadie legte mir beruhigend die Hand auf den Arm. »Ist schon okay, ich weiß, was ich zu tun habe. Das wird schon.«

Es gab noch so viele Dinge, die ich über Laurel wissen wollte, aber wenn ich jetzt damit anfing, würde ich nicht mehr aufhören können. Ich würde nie genug über meine Schwester wissen, über ihr Leben. Und über ihren Tod.

Eine Frage konnte ich aber nicht runterschlucken. Ich musste es einfach wissen, bevor sie ging. Es war eine rein egoistische Frage. Albern eigentlich, in Anbetracht dessen, was alles geschehen war. Aber ich fragte trotzdem. »Wieso hast du Thomas geküsst?«

Sadie wollte gerade den Rucksack aufsetzen, ließ die Hand jedoch wieder sinken. Einen Moment lang starrte sie auf die Wand, dann drehte sie sich zu mir um. »Ich wollte dafür sorgen, dass du mich hasst.« Ich sah sie verständnislos an. »Ich wusste, dass ich hier weg muss, bevor die Polizei den DNS-Test macht. Aber ich habe es einfach nicht fertiggebracht. Mir gefällt es hier, weißt du? Sehr sogar. Ich dachte, es ist bestimmt leichter für mich, wenn du mich aus deinem Leben haben willst. Und ich hatte recht.« Sie sieht mich beschämt an. »Aber er hat mich nicht zurückgeküsst, das wollte ich dir noch sagen.«

Ich dachte kurz darüber nach. Das ergab Sinn. Trotzdem war da immer noch ein seltsames Gefühl, wie ein kleiner Stein im Schuh, der mich bei jedem Schritt störte. »Du konntest doch aber nicht wissen, dass ich in dem Moment reinplatze.«

Sie wirkte ein klein bisschen beschämt. »Na gut, vielleicht gab es auch zwei Gründe. Ich wollte wissen, wie es ist. Mit jemandem, der nicht Smith ist.«

Darauf fiel mir nichts mehr ein.

Ich weiß nicht, wer am Ende wen umarmt hat. Vielleicht hat sie den ersten Schritt dabei gemacht, vielleicht war ich es. Oder vielleicht hatten wir auch beide im selben Moment dieselbe Idee. Es fühlte sich nicht komisch an, sie zu umarmen. Es fühlte sich nicht an, als würde ich eine Fremde umarmen. Und wenn ich ganz ehrlich bin: Ich habe ungern wieder losgelassen.

»Es tut mir leid. Alles. Ich wollte niemandem weh tun, ich hoffe, das weißt du.« Ihr standen die Tränen in den Augen. Mir auch.

Ich nickte. »Pass auf dich auf, ja?«

»Mach ich.«

In der Tür drehte sie sich noch einmal um. Wir sahen uns schweigend an. Wenn unser Plan aufging, würden wir uns nie wiedersehen. Sie lächelte traurig, und plötzlich sehnte ich mich nach etwas, das ich nicht in Worte fassen konnte.

»Ich war gern deine Schwester, auch wenn wir nur eine kurze Zeit zusammen hatten«, sagte sie leise.

Sadie schloss die Tür hinter sich. Ich lauschte auf ihre Schritte im Treppenhaus und sah ihr dann vom Fenster aus zu, wie sie die Straße hinunterging. Sie drehte sich nicht noch einmal um.

»Ich fand's auch schön, deine Schwester zu sein«, flüsterte ich.

KAPITEL 55

Der Abschied von Sadie war schlimm, aber meiner Mutter dabei zuzusehen, wie sie den Brief las, war noch schlimmer. Ich dachte, sie würde gar nicht mehr aufhören zu weinen.

Sie packte mich an den Schultern und schüttelte mich. »Wusstest du etwa davon?«

Ich blieb stark. »Nein, ehrlich nicht! Ich hatte keine Ahnung!«

Mum rief Dad an, und der war innerhalb von 20 Minuten bei uns, das Gesicht noch ganz zerknittert vom Schlaf. Er weinte nicht. Ich glaube, er war zu fassungslos.

Sie lasen den Brief noch einmal gemeinsam. Ich musste mich daran erinnern, dass ich ja auch noch darum bitten musste, ihn zu lesen. Sonst wäre alles aufgeflogen.

Liebe Mum, lieber Dad und liebe Faith,
ich muss für eine Weile weg. Es tut mir leid. Ich weiß, es wird Euch schwerfallen, das zu verstehen, aber es ist wirklich das Richtige für mich, da bin ich ganz sicher. Ich brauche ein wenig Zeit, um herauszufinden, wer ich eigentlich bin und was ich mit meinem Leben anfangen möchte. Und ich muss dafür allein sein. Es tut mir leid, dass ich Euch das nicht besser erklären kann.

Bitte macht Euch keine Vorwürfe. Zurück nach Hause zu kommen war schöner, als ich es mir je vorgestellt habe. Ihr seid die beste Familie auf der ganzen Welt. Ich habe so ein Glück, Euch zu haben.
Ich freue mich auf die Zukunft. Darauf, neue Orte zu entdecken, neue Freunde zu finden. Menschen zu treffen, die noch nie von Laurel Logan gehört haben. Ich will einen Neuanfang. Ich will herausfinden, ob ich auch auf eigenen Beinen stehen kann. Das versteht Ihr sicher.
BITTE sucht nicht nach mir. Darum bitte ich Euch von ganzem Herzen. Ich muss das jetzt einfach machen, und es muss ohne Eure Hilfe sein.
Ich weiß noch nicht, wie lange ich wegbleibe. Aber eines Tages komme ich auf jeden Fall zurück. Ich hab Euch sehr lieb.
Laurel

Jetzt, wo ich den Brief über die Schultern meiner schluchzenden Mutter und meines völlig erstarrten Vaters noch einmal las, kam er mir nicht mehr gut genug vor. Nicht einmal ansatzweise. Ich hätte mehr sagen sollen, dicker auftragen müssen. Es war viel zu kurz und klang viel zu unnatürlich.

Ich war auch nicht sicher, ob ich überzeugend genug schauspielerte. Ich schaffte es nicht einmal zu weinen, als wir gemeinsam lasen.

»Wie kann sie uns das nur antun? Ich versteh das einfach nicht.« Mum fiel Dad in die Arme, er sprach leise und beruhigend auf sie ein.

Ich nahm den Brief und starrte eine Weile darauf, nur um irgendetwas zu tun zu haben.

Mum machte sich los. »Ich kann sie nicht noch mal verlieren, John. Das geht einfach nicht. Wir müssen die Polizei rufen. Sie kann ja noch nicht weit sein. Ich such gleich die Nummer raus … wo ist die denn bloß …« Sie fing an in der Küchenschublade zu wühlen, wo immer die Flyer vom Lieferservice und irgendwelche anderen Zettel liegen.

»Hör auf«, sagte Dad, aber Mum suchte weiter. Er ging zu ihr, schloss die Schublade und hielt ihre Hände fest. »*Hör auf.* Wir müssen …« Er schluckte. »Mir gefällt das doch auch nicht, aber wir müssen sie machen lassen. Sie ist 19, Olivia. Sie ist erwachsen. Es geht nicht darum, wie es uns dabei geht, es geht darum, was das Beste für Laurel ist.«

»Und du denkst, das Beste für sie ist, ganz allein da draußen zu sein?« Mums Gesicht war hochrot, und die Tränen liefen ihr nur so über die Wangen. Sie wischte sie nicht weg. »Es kann so viel passieren!«

»Aber sicher nichts Schlimmeres als das, was sie schon durchgemacht hat«, gab Dad sanft zurück.

Das überzeugte sie, glaube ich. Sie konnte sich immer noch nicht wirklich mit der Vorstellung anfreunden, dass Laurel wieder weg war, aber wenigstens hörte sie Dad zu. Ich setzte Wasser auf und holte unsere Tassen aus dem Schrank. Die mit Laurels Namen versuchte ich zu ignorieren. Gemeinsam setzten wir uns an den Küchentisch. Mum wollte Laurel gern anrufen und sie bitten, doch wieder nach Hause zu kommen. Dad hielt sie nicht davon ab.

Ich tat überrascht, als wir Laurels Handy in ihrem Zimmer klingeln hörten.

Drei Stunden später hatten sich meine Eltern darauf geeinigt, Laurels Wunsch zu akzeptieren. »Das sind wir ihr schuldig«, sagte Dad. »Sie kommt zurück, wenn sie bereit ist. Und wir werden sie mit offenen Armen empfangen. Mehr können wir nicht tun.« Er schien selbst nicht ganz überzeugt davon, aber viel mehr blieb den beiden ja nicht übrig.

Ich sprach schließlich die Presse an. Sadie und ich hatten schon darüber geredet. Selbst wenn Mum und Dad nicht nach ihr suchten, würde sich die Presse natürlich sofort auf die neuen Entwicklungen stürzen, und es gäbe kein Entkommen. Dem konnte man am besten mit einer Stellungnahme vorbeugen, dass Laurel sich im Ausland befände, vielleicht wegen einer Langzeitbehandlung für eine bestimmte Erkrankung. So machten wir es dann auch.

Das Interesse an der Geschichte ließ viel schneller nach als erwartet. Ohne Laurel vor Ort gab es keine Fotos zu den Artikeln, und ohne Fotos wandten sich die Leute schnell anderen Dingen zu. Gestern habe ich wieder einmal das Internet nach Neuigkeiten zu Laurel Logan durchstöbert, und zum ersten Mal nichts Neues gefunden. Rein gar nichts. Nicht einmal eine absurde Verschwörungstheorie in irgendeinem Blog. Ich lehnte mich lächelnd zurück. Wir hatten es geschafft.

****

Die Zeit danach war nicht einfach, besonders für Mum. Die ersten paar Wochen verließ sie kaum das Haus. Sie ging nichts ans Telefon und wollte mit niemandem reden. Die Lektorin vom Buchverlag hinterließ ihr insgesamt sieben Nachrichten. Keine Ahnung, was jetzt aus dem Buch wird. Vielleicht müssen wir das Geld zurückzahlen, vielleicht wollen sie es trotzdem noch herausbringen, obwohl »Laurel« nicht mehr da ist.

Mum hat mich immer wieder gefragt, was sie denn bloß falsch gemacht hat. Früher oder später wird es ihr aber wieder besser gehen, denke ich. Heute Abend geht sie mit ihrer Freundin Sita etwas trinken. Das ist doch ein gutes Zeichen, oder? Dad scheint die Sache besser wegzustecken. Er arbeitet viel, er meint, das lenkt ihn ab.

Am Sonntag haben wir alle zusammen Abendbrot gegessen: Mum, Dad, Michel und ich. Es war Mums Idee. Sie meinte, das könnten wir von jetzt an gern jede Woche machen. Sie hofft wahrscheinlich, dass Laurel schneller wieder nach Hause kommt, wenn wir immer ganz viele Dinge gemeinsam als Familie unternehmen, so als ob Laurel das fühlen könnte, egal, wo sie gerade ist.

Dad und Michel kamen ein wenig zu früh. Dad las Zeitung, Mum hantierte nervös in der Küche herum und sorgte sich, dass der Rinderbraten nicht für alle reichen würde.

Michel bestand darauf, die Kartoffeln zu schälen. »Mach's dir so lange im Wohnzimmer gemütlich, Olivia.«

Mum bedankte sich mit einem Lächeln, und ich glaube, sowohl der Dank als auch das Lächeln waren zum allerersten Mal echt. Ich wollte mich auch mit ins Wohnzimmer setzen, aber Michel bat mich, ihm in der Küche Gesellschaft zu leisten. Wir waren das erste Mal wieder unter uns, seitdem Sadie weg war. Ich gehe ihm und Martha im Moment konsequent aus dem Weg. Das Bedürfnis, jemandem die Wahrheit zu sagen, ist nämlich manchmal so stark, dass ich mich fast nicht zusammenreißen kann.

Thomas sehe ich ab und zu in der Schule. Er hat kein einziges Mal versucht, mit mir zu reden. Ich hätte erwartet, dass er mehr um unsere Beziehung kämpft, aber er hat offensichtlich schnell aufgegeben. Ich finde das schon ein bisschen seltsam, besonders wenn man davon ausgeht, dass Sadie ehrlich war. Das Komische ist jedoch: Ich vermisse ihn nicht. Überhaupt nicht. Wir hätten einfach nie zusammenkommen sollen.

»Und, wie geht's dir so? Ganz schön verrückt, die letzten Monate, hm?« Michel spülte die Kartoffeln unter fließendem Wasser ab.

»Mir geht's gut.« Oberstes Gesetz beim Lügen: simple Antworten.

»Ehrlich? Du siehst nicht aus, als ob es dir gutgeht. Du siehst eher aus, als hättest du seit Wochen nicht mehr geschlafen.«

Ich stieß ihn lachend mit dem Ellenbogen an. »Na schönen Dank auch! Es gehört sich nicht, einem Mädchen zu sagen, dass sie scheiße aussieht!«

Michel lachte nicht. Er sah mich nicht einmal an und begann, die Kartoffeln zu schälen. Nach einer Weile sprach er doch, aber so leise, dass ich mich zu ihm hinbeugen musste. »Ich will, dass du etwas weißt. Es gibt Dinge im

Leben, mit denen man nicht allein klarkommt. Man denkt vielleicht erst, man schafft das, aber manche Sachen fressen einen von innen her auf. Die vergiften einen. Manche Sachen lassen sich zu zweit besser schultern. Also wenn du jemals jemanden zum Reden brauchst, *egal,* worum es geht, bin ich für dich da. Du kannst mir vertrauen.«

Ich hörte ihm zu und betrachtete sein Profil, während er weiter die Kartoffeln schälte. Wovon redete er denn da? Er konnte auf keinen Fall wissen, was los war. Sadie und ich waren so vorsichtig gewesen. »Ähm … danke. Aber mir geht's wirklich gut, alles in Ordnung.«

Michel drehte sich zu mir um und sah mir in die Augen. Plötzlich redete er auf eine gespielt lässige Art los: »Wusstest du eigentlich, dass der Kuckuck kein eigenes Nest baut?« Ich schüttelte den Kopf. Hatte er jetzt völlig den Verstand verloren? »Er legt seine Eier in fremde Nester und verschwindet wieder. Der andere Vogel bemerkt davon nichts, weil das Kuckucksei genauso aussieht wie seine eigenen. Er brütet das fremde Ei also mit aus und zieht es auf und hat keine Ahnung, was los ist. Nicht einmal, nachdem die Jungen geschlüpft sind.«

Mir schlug das Herz bis zum Hals, und mein Mund war staubtrocken. Er wusste es. Er hatte es irgendwie herausgefunden. Ich sah zur Tür. Sie war immer noch zu. »Wieso erzählst du mir so was?«

Michel zuckte auf seine unnachahmlich französische Art mit den Schultern. »Nur so. Ich finde es nur interessant, weiter nichts. Manche halten den Kuckuck deshalb für böse.«

»Und was meinst du?«

Wieder dieses französische Schulterzucken. »Ich denke, er will eben überleben. Wie sagt man so schön – *la fin justifie les moyens.* Der Zweck …«

»… heiligt die Mittel«, beendete ich den Satz für ihn.

Michel wusste also Bescheid. Zumindest kannte er einen Teil der Wahrheit. Er konnte natürlich nicht wissen, was wirklich mit Laurel passiert ist. Vielleicht vermutete er, dass sie schon vor Jahren gestorben war. Eigentlich hätte ich in dem Moment Panik bekommen müssen, dass er es Dad erzählt. Aber wenn er das gewollt hätte, wäre dies sicher schon längst passiert. Vielleicht hatte er auch seine Gründe, es für sich zu behalten, so wie ich.

Seit diesem Abend schlafe ich wieder besser, was bestimmt kein Zufall ist. Vielleicht hatte Michel recht, dass sich die Last besser zu zweit tragen lässt. Ich habe trotzdem nicht vor, jemals mit ihm darüber zu sprechen. Es reicht zu wissen, dass Michel für mich da ist.

Ich habe ein Versprechen gegeben, und das werde ich auch halten. Für immer.

Heute Morgen hat das Telefon geklingelt, als ich gerade aus dem Haus wollte. Es durchfuhr mich wie ein Blitz, als ich Mum sagen hörte: »Hallo, Natalie!« Ich schlug die Wohnungstür zu, damit Mum dachte, ich wäre losgegangen, blieb jedoch im Flur stehen und lauschte. Wieso rief Sergeant Dawkins denn an? Vielleicht hatte jemand »Smith« gesehen, das passierte in letzter Zeit öfter. Da draußen lief anscheinend irgendein armer Kerl herum, auf den zufällig Sadies Beschreibung passte.

Ich schlich zur Wohnzimmertür. »Gibt's was Neues?« Pause. »Aber es muss doch irgendeinen Anhaltspunkt geben! Irgendjemand muss sie doch gesehen haben! Sie kann sich doch nicht einfach in Luft aufgelöst haben.«

Ich schloss die Augen und lehnte mich gegen die Wand. Das hätte ich mir ja denken können. Es wäre auch zu schön gewesen, um wahr zu sein, dass sie Laurels Verschwinden einfach so hingenommen hätte. Scheiße.

****

Ich steige nicht in den Bus zur Schule, sondern fahre in die entgegengesetzte Richtung. Ich hoffe sehr, dass Sadie besser im Verstecken ist als die Polizei im Suchen.

Ich laufe im Regen die Landstraße entlang. Barnaby, der Bär, ist völlig durchgeweicht. Ich hebe ihn auf und drücke ihn fest an mich.

Ich knie mich neben dem Grab auf den Waldboden und fange an zu reden. Ich hatte erwartet, dass ich mir albern dabei vorkommen würde, aber es fühlt sich ganz normal an. Ich erzähle Laurel von Mum, Dad und Michel. Ich erzähle nur die schönen Sachen, eben das, was ich selbst gern hören würde, wenn ich viele Jahre von meiner Familie getrennt gelebt hätte.

Ich sage ihr, dass es mir leidtut. Dass wir alles getan haben, was wir konnten, um sie zu finden. Ich sage ihr, dass wir nie die Hoffnung aufgegeben haben.

Ich erzähle ihr, dass ich nicht sicher bin, ob es richtig war, was ich getan habe. Ich frage sie, was sie an meiner

Stelle getan hätte, und warte tatsächlich kurz auf eine Antwort.

Ich sage ihr, wie stolz ich auf sie bin, weil sie die vielen Jahre hindurch immer so tapfer gewesen ist, obwohl sie doch unglaubliche Angst gehabt haben muss. Ich bin stolz auf sie, dass sie Sadies Freundin war, dass sie für sie da war, als sie niemand anderes hatte.

Ich sage ihr, dass ich sie liebhabe.

Danach fällt mir nichts mehr ein. Ich werde wiederkommen, vielleicht in einer Woche, vielleicht auch erst in einem Monat. Immer wenn der Wunsch zu groß wird, mit jemandem über alles zu reden, komme ich her und rede mit meiner Schwester. Sie ist die Einzige, die mich versteht, da bin ich mir ganz sicher. Manchen Leuten würde es vielleicht schwerfallen zu akzeptieren, was ich getan habe. Manche denken bestimmt, dass es unverzeihlich war und meine Eltern es verdienen, die Wahrheit über Laurel zu erfahren.

Aber meine Schwester und ich wissen es besser.

Wir wissen, dass man manchmal eben tun muss, was nötig ist, um die Familie zu beschützen.

Stell dir vor, du spielst an einem warmen Sommertag im Garten im Sandkasten. Du bringst deiner kleinen Schwester gerade bei, wie man eine Sandburg baut. Deine Mum ist drinnen, vielleicht in der Küche. Dein Dad mäht den Rasen hinter dem Haus. Ein Mann bleibt am Gartenzaun stehen und spricht dich an. Er wirkt nett. Er sieht sich um, dann öffnet er das Gartentor und kommt zu euch herein. Der

Mann nimmt deine Schwester an die Hand und sagt, er will ihr ein Eis kaufen. Und was machst du? Du klemmst dir deinen Teddy unter den Arm und schubst deine Schwester weg, so grob, dass sie anfängt zu weinen. Du sagst: »Nein! *Ich* will das Eis! Faith soll hierbleiben.« Du gehst schnell mit dem Mann davon. Du siehst nicht zurück.

Du tust eben, was nötig ist.

Ausschnitt aus Die vergessenen Kinder *von Jeanette Hayes (Neue und überarbeitete Auflage, 2014)*

... Sarah Braithwaite, von ihrer Familie Sadie genannt, wurde das letzte Mal am 07. April 2000 gesehen. Die Polizei ging zunächst davon aus, dass sie von ihrem Vater entführt worden war, dem bekannten Kriminellen Eddie Gibbons. Sarahs Mutter Gail glaubt bis heute nicht an den angeblichen Tathergang. Sadies Verschwinden wurde der Polizei erst nach einer Woche gemeldet. Ganze sieben Tage und Nächte hatte niemand etwas bemerkt. Erst als ein Nachbar vorbeischaute und Gail Braithwaite bewusstlos in ihrem eigenen Erbrochenen fand, wurden die Behörden alarmiert.

Gail Braithwaite konnte der Polizei leider nicht weiterhelfen. Aufgrund ihrer jahrelangen Drogen- und Alkoholsucht fiel es ihr – milde ausgedrückt – schwer, die Ereignisse glaubwürdig wiederzugeben. Die Polizei schloss die Untersuchungen zum Verschwinden von Sarah Braithwaite nach einem Monat ab; die Suche im Fall Laurel Logan hält weiterhin an, ganze zwölf Jahre nach ihrem Verschwinden. Die Tatsache, dass die beiden Mädchen weniger als eine Stunde voneinander entfernt lebten, verdeutlicht diesen traurigen Kontrast noch mehr.

NACHTRAG: Ich treffe Gail erneut, 14 Jahre nach Sadies Verschwinden, zehn Jahre nach meinem letzten Besuch. Blaxford hat sich seit damals kaum verändert, aber die Frau, die mir die Tür öffnet, ist nicht mehr als die Frau wiederzuerkennen, die ich vor vielen Jahren interviewt habe. Heute sieht Gail Braithwaite vielleicht etwas älter als ihre 43 Jahre aus, sie ist jedoch gesund und führt, zumindest in gewisser Weise, ein glückliches Leben. »Seit acht Jahren trocken«, erklärt sie mir stolz.

»Ich denke jeden Tag an Sadie. Sie ist das Erste, woran ich morgens nach dem Aufwachen denke, und das Letzte abends vor dem Einschlafen.«

Während wir uns unterhalten, schiebt sich ein kleiner Kopf durch die Tür.

»Das ist Selina«, sagt Gail stolz. Erst ist das kleine Mädchen noch schüchtern, sitzt aber bald schon auf dem Schoß ihrer Mutter und spielt Pferdchen auf ihr. Ich bemerke, dass sie Sadie sehr ähnlich sieht. Bevor Gail etwas erwidern kann, ruft das kleine Mädchen dazwischen: »Sadie! Sadie! Sadie!«

Gail lächelt traurig. »Wir reden oft über Sadie. Ich finde es wichtig, dass Selina möglichst viel über ihre große Schwester erfährt. Damit sie nicht verwirrt ist, wenn Sadie wieder nach Hause kommt.«

Selinas Gesicht leuchtet voller Hoffnung. Sie weiß nichts von der Hölle, die ihre Mutter durchlebt hat. »Kommt Sadie nach Hause?«

Gails Blick wandert zum Foto ihrer vermissten Tochter, das einen prominenten Platz auf dem Kaminsims hat. Tränen steigen ihr in die Augen. »Irgendwann ganz bestimmt, mein Schatz. Irgendwann.«

DANKSAGUNG

Ein herzliches Dankeschön an Julia Churchill, Roisin Heycock, Niamh Mulvey, Lauren Woosey, Talya Baker, Glenn Tavennec, the Sisterhood, die YA Thinkers, die UKYA Bloggers, Gillian Robertson, Sarah Stewart, Lauren James, Cate James, Ciara Daly, Robert Clarke und Caro Clarke.

Der erste Teil des Roman-Duos ›Nur ein Tag‹ und ›Ein ganzes Jahr‹ der Bestseller-Autorin Gayle Forman

»Wir werden an einem Tag geboren.
Wir sterben an einem Tag. Wir können uns an einem Tag verändern. Und wir können uns an einem Tag verlieben.
Alles kann passieren an einem einzigen Tag.«

Allysons Leben ist genau wie ihr Koffer – geplant und ordentlich gepackt. Doch am letzten Tag ihrer Europareise lernt sie Willem kennen. Als er sie einlädt, mit ihm nach Paris zu kommen, trifft sie eine für sie untypische Entscheidung. Sie geht mit ihm und erlebt einen Tag voller Freiheit und Nähe – bis Willem am nächsten Morgen nicht mehr da ist.

Gayle Forman
Nur ein Tag
Teil 1
432 Seiten,
Klappenbroschur

Jeden Morgen wacht A in einem anderenKörper auf, in einem anderen Leben.

A hat sich an dieses Leben gewöhnt, und er hat Regeln aufgestellt: Lass dich niemals zu sehr darauf ein. Falle nicht auf. Hinterlasse keine Spuren. Doch dann verliebt A sich unsterblich in Rhiannon. Kann sie jemanden lieben, dessen Schicksal es ist, jeden Tag ein anderer zu sein?

»Ist es unmännlich zu sagen, dass dieses atemlose Buch mich zum Weinen gebracht hat? Ja? Na, dann sag ich eben einfach, dass es großartig ist, und jetzt müsst ihr mich entschuldigen, mir ist was ins Auge gekommen.« Daniel Handler (Lemony Snicket)

David Levithan
Letztendlich sind wir dem Universum egal
Aus dem Amerikanischen
von Martina Tichy
400 Seiten, Hardcover
mit Schutzumschlag

Das gesamte Programm gibt es unter
www.fischerverlage.de

fi 6-2219 / 1